MENTIRAS PERDOÁVEIS

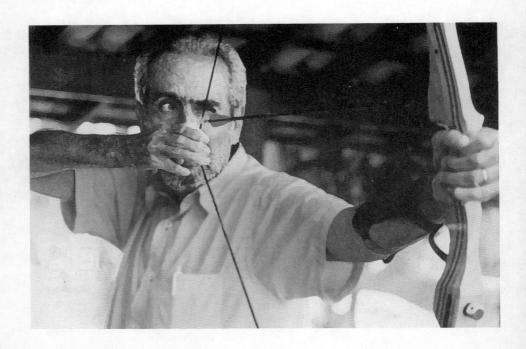

O Arqueiro

GERALDO JORDÃO PEREIRA (1938-2008) começou sua carreira aos 17 anos, quando foi trabalhar com seu pai, o célebre editor José Olympio, publicando obras marcantes como *O menino do dedo verde*, de Maurice Druon, e *Minha vida*, de Charles Chaplin.

Em 1976, fundou a Editora Salamandra com o propósito de formar uma nova geração de leitores e acabou criando um dos catálogos infantis mais premiados do Brasil. Em 1992, fugindo de sua linha editorial, lançou *Muitas vidas, muitos mestres*, de Brian Weiss, livro que deu origem à Editora Sextante.

Fã de histórias de suspense, Geraldo descobriu *O Código Da Vinci* antes mesmo de ele ser lançado nos Estados Unidos. A aposta em ficção, que não era o foco da Sextante, foi certeira: o título se transformou em um dos maiores fenômenos editoriais de todos os tempos.

Mas não foi só aos livros que se dedicou. Com seu desejo de ajudar o próximo, Geraldo desenvolveu diversos projetos sociais que se tornaram sua grande paixão.

Com a missão de publicar histórias empolgantes, tornar os livros cada vez mais acessíveis e despertar o amor pela leitura, a Editora Arqueiro é uma homenagem a esta figura extraordinária, capaz de enxergar mais além, mirar nas coisas verdadeiramente importantes e não perder o idealismo e a esperança diante dos desafios e contratempos da vida.

JACQUELINE WINSPEAR

MENTIRAS PERDOÁVEIS

UMA HISTÓRIA DE MAISIE DOBBS

Título original: *Pardonable Lies*
Copyright © 2005 por Jacqueline Winspear
Trecho de *Messenger of Truth* © 2006 por Jacqueline Winspear
Copyright da tradução © 2022 por Editora Arqueiro Ltda.

Todos os direitos reservados. Nenhuma parte deste livro pode ser utilizada ou reproduzida sob quaisquer meios existentes sem autorização por escrito dos editores.

tradução: Nina Schipper
preparo de originais: Lucas Bandeira de Melo
revisão: Midori Hatai e Rayana Faria
diagramação: Abreu's System
imagem de capa: Andrew Davidson
adaptação de capa: Renata Vidal
impressão e acabamento: Bartira Gráfica

CIP-BRASIL. CATALOGAÇÃO NA PUBLICAÇÃO
SINDICATO NACIONAL DOS EDITORES DE LIVROS, RJ

W744m

    Winspear, Jacqueline.
        Mentiras perdoáveis / Jacqueline Winspear ; tradução Nina Schipper. – 1. ed. – São Paulo : Arqueiro, 2022.
        352 p. ; 23 cm.   (Maisie Dobbs ; 3)

        Tradução de: Pardonable lies
        Sequência de: O caso das penas brancas
        Continua com: Mensageiro da verdade
        ISBN 978-65-5565-381-6

        1. Ficção americana. I. Schipper, Nina. II. Título. III. Série.

22-79162   CDD: 813
                                                        CDU: 82-3(73)

Gabriela Faray Ferreira Lopes – Bibliotecária – CRB-7/6643

Todos os direitos reservados, no Brasil, por
Editora Arqueiro Ltda.
Rua Funchal, 538 – conjuntos 52 e 54 – Vila Olímpia
04551-060 – São Paulo – SP
Tel.: (11) 3868-4492 – Fax: (11) 3862-5818
E-mail: atendimento@editoraarqueiro.com.br
www.editoraarqueiro.com.br

Para Anne-Marie,
com muito amor e gratidão,
pela nossa amizade de uma vida inteira.

Na verdade, contar mentiras não é honorável,
mas, quando a verdade envolve tremenda ruína,
falar de forma desonrosa é perdoável.

– Sófocles (*c.* 496-406 a.C.), *Creusa*

Empilhe os corpos em Austerlitz e Waterloo.
Enterre-os e deixe-me trabalhar –
Eu sou a relva, a tudo sepulto.
E empilhe-os bem alto em Gettysburg
E empilhe-os bem alto em Ypres e Verdun.
Enterre-os e deixe-me trabalhar.
Dois anos, dez anos, e os passageiros perguntam ao condutor:
Que lugar é este?
Onde estamos agora?

Eu sou a relva.
Deixe-me trabalhar.

– Carl Sandburg (1878-1967), "Grass"

PARTE UM

Londres, setembro de 1930

CAPÍTULO 1

A jovem policial estava em um canto da sala. Paredes pintadas de branco, uma porta pesada, uma mesa de madeira com duas cadeiras e uma janelinha de vidro fosco compunham o ambiente impessoal. Era uma tarde fria, e ela estava ali desde que começara seu turno, duas horas antes, tendo como única companhia a menina desalinhada e curvada que estava sentada na cadeira de frente para a parede. Outros haviam entrado na sala e ocupado o segundo assento. Primeiro, o detetive-inspetor Richard Stratton, acompanhado do sargento Caldwell, de pé atrás dele. Depois foi a vez de Stratton esperar enquanto um médico do Hospital Maudsley se sentava diante da menina, tentando fazê-la falar. Ninguém sabia sua idade nem de onde vinha, pois não dissera uma palavra desde que fora trazida naquela manhã, com seu vestido manchado de sangue, as mãos e o rosto que pareciam não ser limpos havia um mês. Ela agora aguardava outra pessoa que tinha sido convocada para interrogá-la: uma tal Srta. Dobbs. A policial tinha ouvido falar de Maisie Dobbs, mas, pelo que testemunhara até então, duvidava que alguém conseguiria fazer aquela jovem encardida falar.

A policial ouviu um burburinho atrás da porta: Stratton, Caldwell e, logo depois, outra voz. Uma voz suave. Uma voz que não era nem alta nem baixa, que não precisava se elevar para ser escutada ou, pensou ela, para receber atenção.

A porta se abriu e Stratton entrou, seguido por uma mulher que ela supôs ser Maisie Dobbs. A policial ficou surpresa, pois a jovem não era nem um pouco como havia imaginado. Em seguida, porém, deu-se conta de que a voz revelara muito pouco sobre sua dona, apenas a gravidade, embora não fosse grave.

Trajando um tailleur simples de cor vinho com sapatos pretos e carregando uma pasta de couro preta surrada, a visitante sorriu tanto para a policial quanto para Stratton de um jeito que deixou a oficial um pouco aturdida ao fitar os olhos azul-escuros de Maisie Dobbs, psicóloga e investigadora.

– É um prazer conhecê-la, Srta. Chalmers – disse Maisie, embora elas não tivessem sido apresentadas.

A familiaridade calorosa do cumprimento intrigou a policial.

– *Brrr*. Está frio aqui – acrescentou a investigadora, virando-se para Stratton. – Inspetor, podemos trazer um aquecedor a óleo, apenas para aumentar um pouco a temperatura?

Stratton arqueou uma sobrancelha e inclinou a cabeça ao ouvir o pedido incomum. Ao ver que seu superior fora pego desprevenido, Chalmers tentou conter um sorriso, e a menina sentada ergueu a vista, por um segundo apenas, atraída pela voz da mulher.

– Que bom. Obrigada, inspetor. Ah, e talvez uma cadeira para a Srta. Chalmers também.

Maisie Dobbs retirou as luvas, colocando-as sobre uma grande bolsa preta que ela acomodou no chão antes de puxar a cadeira para se sentar, não diante da menina, do outro lado da mesa, mas perto dela.

Estranho, pensou Chalmers, no momento em que um policial chegou com outra cadeira. O homem saiu da sala e em seguida voltou com um pequeno aquecedor a querosene, que deixou perto da parede. Os dois se entreolharam e deram de ombros.

– Obrigada – disse Maisie, sorrindo.

E eles sabiam que a visitante havia notado seus olhares furtivos.

Naquele momento, sentada ao lado da menina, Maisie não falou nada. Permaneceu em silêncio por alguns minutos, e Chalmers se perguntou que raios ela estava fazendo ali. Em seguida, percebeu que a tal Dobbs havia cerrado os olhos e lentamente mudado de posição. Por mais estranho que parecesse, Chalmers podia apostar que Maisie estava conversando com a menina sem abrir a boca, pois a menina – como se não pudesse evitar – inclinou-se em direção à investigadora. *Minha nossa, ela vai falar.*

– Não estou mais com frio agora.

Era uma voz ressonante com sotaque do sudoeste da Inglaterra. A menina falou lentamente, enfatizando o "r" e assentindo ao concluir a frase. *Uma camponesa*. Sim, Chalmers a classificaria como uma camponesa.

Maisie Dobbs, porém, não respondeu. Apenas abriu os olhos e sorriu, mas não com a boca. Não, foram seus olhos que sorriram. Depois, tocou a mão da menina e tomou-a na sua. Ela começou a chorar e, novamente, de modo muito estranho, pensou Chalmers, a tal Dobbs não a abraçou nem tentou interrompê-la, nem mesmo aproveitou a oportunidade como Stratton e Caldwell provavelmente teriam feito. Não, a investigadora apenas se sentou e assentiu, como se tivesse todo o tempo do mundo. Em seguida, a mulher surpreendeu a policial mais uma vez.

– Srta. Chalmers, faria a gentileza de pedir uma tigela de água quente, um pouco de sabão, duas flanelas e uma toalha, por favor?

Chalmers assentiu e se aproximou da porta. *Ah, mais tarde isso certamente renderá uma boa conversa com as garotas. Elas vão se divertir ao imaginar essa pequena pantomima.*

A policial providenciou tudo e levou para a sala. Maisie tirou o blazer, colocou-o sobre o encosto da cadeira e arregaçou as mangas da blusa de seda creme. Ela enfiou as mãos na água e esfregou um pouco de sabão numa flanela molhada, depois a torceu. Em seguida, ergueu o queixo da menina, sorriu ao encarar seus olhos avermelhados e injetados e começou a limpar seu rosto, repetindo o movimento de enxaguar a flanela e passar delicadamente o pano morno nas têmporas e na testa da menina. Limpou também os braços, primeiro mantendo a flanela quente na mão esquerda da menina, em seguida passando-a pelo antebraço até o cotovelo, e depois fazendo o mesmo do lado direito. A jovem estremeceu, mas Maisie não deu sinais de ter percebido. Continuou massageando a mão direita com o pano, subindo suavemente até o cotovelo e enxaguando-o outra vez.

Então ela se ajoelhou, pegou os pés descalços e imundos da menina e removeu a sujeira e a fuligem com a segunda flanela. Foi quando a policial percebeu que estava hipnotizada pela cena à sua frente. *É como estar na igreja.*

A menina falou novamente:
– A senhorita tem mãos macias.
Maisie Dobbs sorriu.

– Obrigada. Fui enfermeira na guerra, anos atrás. Era isso que os soldados costumavam dizer: que minhas mãos eram macias.

A menina assentiu.

– Qual é o seu nome?

Chalmers não desviou os olhos quando a menina – que durante doze horas permanecera naquela sala calada, sem tomar mais do que uma xícara de chá – respondeu imediatamente:

– Avril Jarvis.

– De onde você é?

– Taunton, senhorita.

Ela começou a soluçar.

Maisie Dobbs enfiou a mão na bolsa preta e sacou um lenço de linho limpo, que pôs na mesa diante da menina. Chalmers esperou que Maisie pegasse um bloco para tomar notas, mas não foi o que aconteceu. Em vez disso, ela continuou com as perguntas enquanto terminava de secar os pés da garota.

– Quantos anos tem, Avril?

– Farei 14 em abril, acho.

Maisie sorriu.

– Conte-me: por que está em Londres, e não em Taunton?

Avril Jarvis agora soluçava sem parar. Maisie dobrou a toalha e se sentou perto dela novamente. A menina respondeu à pergunta, assim como a todas as outras feitas no decorrer de uma hora, quando então Maisie disse que por enquanto era o bastante, que cuidariam dela e que voltariam a conversar no dia seguinte – e que o detetive-inspetor também precisaria ouvir o depoimento dela. Depois, para deixar ainda mais interessante a história que Chalmers contaria para as outras policiais alojadas nos quartos do segundo andar da Vine Street, a jovem Jarvis assentiu e disse:

– Tudo bem. Desde que a senhorita fique comigo.

– Sim, eu estarei aqui. Não se preocupe. Agora você pode descansar, Avril.

CAPÍTULO 2

Depois de se reunir com Stratton e Caldwell para relatar a conversa, Maisie foi levada de volta ao seu escritório na Fitzroy Square pelo motorista do inspetor, que a pegaria novamente na manhã seguinte para outra visita a Avril Jarvis. Maisie sabia que muitas informações surgiriam no segundo encontro. Dependendo do que fosse revelado e do que pudesse ser provado, Avril Jarvis talvez passasse o resto da vida atrás das grades.

– A senhorita demorou um bocado – comentou Billy Beale, seu assistente, passando os dedos pelo cabelo luminoso como o sol.

Ele se aproximou de Maisie, tomou seu casaco e o pendurou no gancho atrás da porta.

– Sim, dessa vez levou bastante tempo, Billy. A pobrezinha não teve nenhuma chance. Veja bem, não sei até que ponto a polícia já investigou seus antecedentes criminais, e eu gostaria de ir mais fundo para ter algumas impressões e informações mais detalhadas. Se eu for chamada para testemunhar no tribunal, quero estar preparada.

Maisie tirou o chapéu, colocou-o no canto da mesa e guardou as luvas na primeira gaveta.

– Estive pensando numa coisa, Billy. Que tal você e Doreen viajarem para Taunton no fim de semana, com tudo pago?

– A senhorita quer dizer como se fossem férias?

Maisie inclinou a cabeça.

– Bem, não será exatamente como tirar férias. Quero que você investigue Avril Jarvis, a menina com quem conversei esta manhã. Ela contou que é de Taunton e não há por que desconfiar disso. Descubra onde morou, como é a família, se frequentou a escola, se trabalhou e quando chegou a Londres. Quero saber por que veio para cá... duvido que soubesse que iria viver nas ruas... e como ela era quando criança. – Maisie balançou a cabeça. – Meu Deus, ela só tem 13 anos... ainda é uma criança. Isso é deplorável.

– Ela está em apuros, senhorita?

– Ah, sim. E dos grandes. Está prestes a ser acusada de assassinato.

– Deus... E tem apenas 13 anos?

– Sim. Então, podem ir a Taunton?

Billy comprimiu os lábios.

– Bem, na verdade, Doreen e eu não saímos de férias muitas vezes. Ela não gosta de deixar os meninos, mas, sabe, acho que minha mãe pode cuidar deles enquanto estivermos longe.

Maisie aquiesceu e pegou uma nova pasta de papel-manilha, na qual escreveu AVRIL JARVIS, e a entregou para Billy junto com uma série de fichas onde rabiscara anotações enquanto esperava começar a reunião com Stratton e Caldwell.

– Muito bem. Então me avise se poderão ir e quando. Vou adiantar o dinheiro para transporte, hospedagem e despesas extras. Bem, agora vamos voltar ao trabalho, pois tenho que sair à tarde.

Billy pegou a pasta e se sentou à sua mesa.

– Ah, sim, a senhorita tem um encontro marcado com aquela sua velha amiga, a Sra. Partridge.

Maisie voltou a atenção para um livro-razão diante dela.

– Sim, Priscilla Partridge... – respondeu, sem tirar os olhos da mesa. – Ou Evernden, como se chamava quando estudávamos na Girton. Em 1915, depois de dois semestres de faculdade, ela ingressou no Corpo de Enfermeiras de Primeiros Socorros e dirigiu uma ambulância na França. – Maisie suspirou e, por fim, ergueu o olhar. – Ela não aguentou ficar na Inglaterra depois do armistício. Perdeu os três irmãos na guerra, e os pais para a gripe de 1918, então foi viver na costa atlântica da França. Foi onde conheceu Douglas Partridge.

– Acredito que já ouvi esse nome – comentou Billy, tamborilando o lápis na têmpora.

– Douglas é um escritor e poeta famoso. Foi gravemente ferido na guerra, perdeu um braço. Sua poesia sobre o conflito suscitou muita controvérsia na época da publicação, mas ele conseguiu prosseguir com o trabalho... apesar de ser muito sombrio, se entende o que quero dizer.

– Não muito... Já ouvi falar dele, mas, a senhorita sabe, poesia não é meu forte, para ser sincero.

Maisie sorriu e continuou:

– Priscilla teve três meninos, que ela chama de "sapos". Diz que são exatamente como os irmãos dela: estão sempre tramando alguma coisa. Ela está em Londres procurando uma escola para eles para o próximo ano. Ela e Douglas perceberam que os meninos estavam crescendo e decidiram que precisavam receber uma educação britânica.

Billy balançou a cabeça.

– Acho que eu não conseguiria me desfazer dos meus meninos... Ah, desculpe, senhorita.

Ele cobriu a boca com a mão ao lembrar que Frankie Dobbs havia feito a filha trabalhar como criada na casa de lorde Julian Compton e sua mulher, lady Rowan, quando a mãe de Maisie morreu. Ela mal tinha 13 anos.

Maisie deu de ombros.

– Está tudo bem, Billy. Faz muito tempo. Meu pai agiu como achou que era melhor, e não tenho dúvidas de que é o que Priscilla está fazendo. Cada um sabe de si... e todos temos que partir um dia, não é? – Maisie deu de ombros novamente. – Vamos terminar estas contas e ir para casa.

Desde o ano anterior, Maisie morava na casa de Belgravia de lorde e lady Compton. Na verdade, ao aceitar ocupar o quarto na mansão, Maisie estava prestando um favor a lady Rowan, que queria alguém de sua confiança morando lá durante sua ausência. Maisie era agora uma mulher independente, dona de seu próprio negócio, desde a aposentadoria de seu mentor e antigo chefe, Maurice Blanche. Assim, em vez de uma cama modesta nos quartos da criadagem no andar superior da mansão – sua primeira experiência naquela vida doméstica –, Maisie agora ocupava aposentos elegantes no segundo andar. Os Comptons vinham passando mais tempo em Chelstone, a casa de campo em Kent, onde o pai de Maisie trabalhava como cavalariço. Todos pensavam que o casal mantinha a propriedade de Belgravia apenas para futuramente deixá-la para James, o filho dos Comptons, que cuidava dos negócios da família no Canadá.

Na maior parte do tempo, Maisie ficava sozinha na casa, a não ser pela companhia esporádica das criadas. No fim do verão, lady Rowan chegava para assumir o posto de uma das principais anfitriãs de Londres. Entretanto, ela restringira essa extravagância no ano anterior, quando, com uma compaixão raramente vista no meio aristocrático, declarou: "Eu não posso esbanjar nesses eventos enquanto metade da população não tem comida para encher a barriga! Não, agiremos com mais cautela e veremos o que pode ser feito para tirar o país dessa bagunça deplorável!"

Ao chegar à Ebury Place naquela noite, Maisie dirigiu até os estábulos nos fundos da mansão e percebeu imediatamente que o Rolls-Royce de lorde Compton estava estacionado ao lado do velho Lanchester e que George, o motorista, conversava com Eric, o criado que cuidava dos automóveis quando George estava em Kent.

George tocou brevemente a testa com os dedos numa saudação e abriu a porta do carro para Maisie.

– Boa noite, senhora. É um prazer vê-la outra vez.

– George! O que está fazendo aqui? Lady Rowan está em Londres?

– Não, apenas sua senhoria, lorde Compton. Mas ele não vai ficar muito tempo. Veio só para uma reunião de negócios, e depois irá ao clube.

– Ah. Uma reunião em casa.

– Sim. E, se não se importa, ele pediu que a senhora fosse encontrá-lo na biblioteca assim que chegasse.

– Eu?

Maisie estava surpresa. Ela às vezes pensava que lorde Compton havia apoiado os primeiros anos de sua educação apenas para satisfazer o desejo da esposa, embora sempre tivesse sido cordial com ela.

– Isso mesmo. Ele sabe que a senhora vai sair mais tarde, então avisou que não tomará muito do seu tempo.

Maisie assentiu para George e agradeceu a Eric, que apareceu com um pano para dar um trato no já lustroso MG. Em vez de entrar na casa pela cozinha, uma informalidade que havia se tornado hábito, ela andou rápido em direção à porta da frente, imediatamente aberta por Sandra, a mais antiga empregada depois do mordomo, Carter, que estava em Chelstone.

– Boa noite, senhora. – Sandra fez uma reverência breve, sabendo que Maisie não era afeita a tais formalidades. – Sua senhoria...

– Sim, George acaba de me contar.

Ela estendeu o chapéu e o casaco para Sandra, mas continuou segurando a pasta de documentos. Consultou o relógio de enfermagem de prata preso à lapela, um presente de lady Rowan quando fora convocada à França, em 1916. O relógio se tornara seu talismã desde então.

– Obrigada, Sandra. Poderia me preparar um banho, por favor? Preciso encontrar a Sra. Partridge no Strand Palace às sete horas e não quero me atrasar.

– Certo, senhora. É uma pena que ela não tenha se hospedado aqui. Não foi por falta de quartos.

Maisie arrumou o cabelo preto e grosso e respondeu enquanto andava depressa até a escada em curva:

– Ah, ela disse que queria ser mimada em um hotel extravagante, agora que teria alguns dias de paz sem os filhos.

Diante da porta da biblioteca, Maisie se recompôs antes de bater. Ouviu ressoarem vozes masculinas. Lorde Compton era seco e decidido. A segunda voz parecia grave e resoluta. Enquanto escutava, Maisie fechou os olhos e começou a mexer os lábios de acordo com as palavras entreouvidas, movendo o corpo automaticamente para incorporar a postura sugerida pela voz. Sim, era um homem decidido, um homem proeminente, que carregava um peso sobre os ombros. Pensou que talvez fosse um advogado, embora algo tivesse aguçado sua curiosidade logo antes de ela bater à porta e entrar na biblioteca: Maisie pôde ouvir na voz do homem mais do que uma insinuação de medo.

<hr />

– Maisie, que bom que pôde reservar alguns instantes do seu precioso tempo para conversarmos.

Julian Compton estendeu a mão para Maisie, convidando-a a entrar. Ele era um homem alto e magro, com cabelos grisalhos penteados para trás e maneiras afáveis e tranquilas, que sugeriam riqueza, autoconfiança e sucesso.

– É um prazer encontrá-lo, lorde Julian. Como vai lady Rowan?

– A não ser pelo infeliz problema em seu quadril, não há nada que possa detê-la! É claro, agora há outro potro a caminho... talvez outra promessa para o *derby* daqui a alguns anos!

Lorde Compton virou-se para o homem em pé, de costas para a lareira.

– Deixe-me apresentá-la ao meu grande amigo, sir Cecil Lawton, conselheiro do rei.

Maisie se aproximou, e os dois trocaram um aperto de mãos.

– Boa noite, sir Cecil.

Ela notou seu desconforto, a maneira como ele praticamente não a olhou nos olhos. Em vez disso, fitou um ponto atrás de Maisie antes de fitar os próprios pés e depois lorde Julian. *Quase posso farejar o medo*, pensou ela.

Cecil Lawton era apenas alguns centímetros mais alto que Maisie. Ele tinha cabelos grisalhos escuros e ondulados, repartidos ao meio e penteados para os lados. Usava óculos meia-lua e seu nariz de batata parecia acomodar-se mal sobre o bigode encerado. Suas roupas eram caras, embora já um pouco gastas. Maisie conhecera muitos homens assim ao longo de sua vida profissional, advogados e juízes que investiram muito dinheiro em roupas para impressionar, mas, depois de alcançarem o sucesso na carreira, não encaravam a Savile Row – onde se concentravam os melhores alfaiates de Londres – com a mesma reverência dos dias de juventude.

– É um prazer encontrá-la novamente. Já nos conhecemos, a senhorita lembra? Foi quando testemunhou para a defesa no caso Tadworth. Não fosse por suas observações aguçadas, o homem talvez tivesse sido mandado para a prisão de Wormwood Scrubs.

– Obrigada, sir Cecil.

Maisie estava ansiosa para saber por que fora apresentada a ele, mas queria ainda mais que sobrasse tempo de se arrumar para o jantar com Priscilla. Ela se virou para lorde Julian.

– Soube que queria me ver, lorde Julian. Há algum assunto em que eu lhe possa ser útil?

Lorde Julian lançou um breve olhar para Lawton.

– Vamos nos sentar. Maisie, sir Cecil precisa confirmar certas informações recebidas alguns anos atrás, durante a guerra. Ele me procurou, e eu imediatamente sugeri que você poderia auxiliá-lo.

Lorde Julian olhou de relance para Lawton e em seguida voltou sua atenção novamente para Maisie.

– Acho que seria melhor se sir Cecil lhe explicasse a situação numa conversa privada, sem a minha interferência. Sei que vai preferir ouvir os detalhes nas palavras dele, e qualquer pergunta que lhe dirija poderá ser respondida de forma absolutamente confidencial. Devo acrescentar, Maisie – lorde Julian sorriu para o outro –, que informei ao meu bom amigo aqui que seus honorários não são insignificantes e que você vale cada penny!

Maisie sorriu e inclinou a cabeça num cumprimento.

– Obrigada, lorde Julian.

– Muito bem. Vou me retirar para a minha toca por cerca de dez minutos. Volto logo.

∽

Sir Cecil Lawton se remexia no assento. Ficou de pé outra vez, parado de costas para a lareira. Maisie reclinou-se um pouco na cadeira, um movimento que levou Lawton a limpar a garganta e começar a falar:

– Isto é um tanto incomum, Srta. Dobbs. Nunca imaginei que um dia buscaria ajuda em um assunto como este...

Lawton balançou a cabeça com os olhos cerrados, em seguida ergueu o olhar e continuou:

– Meu único filho, Ralph, foi morto na guerra.

– Sinto muito, sir Cecil.

Maisie manifestou suas condolências com delicadeza. Sentia que Lawton queria se livrar de um peso, então se inclinou para a frente, dando a entender que prestava atenção. Ele havia pronunciado o nome do filho com uma dicção antiquada.

– Eu ocupava uma posição que me permitia fazer perguntas, então eu não tinha... não tenho... nenhuma dúvida de que Ralph morreu. Ele estava no Real Corpo Aéreo. Esses camaradas tinham sorte quando conseguiam sobreviver a três semanas na França.

Maisie aquiesceu, mas não disse nada.

Lawton pigarreou, ergueu o punho até a boca por um segundo, cruzou os braços e continuou:

– Minha mulher, no entanto, sempre afirmou que Ralph estava vivo. Ela se tornou muito... muito *instável*, acho que posso descrever assim, depois que recebemos a notícia. Ela acreditava que um dia ele voltaria para casa. Dizia que mães sabem dessas coisas. Agnes teve um colapso nervoso um ano depois da guerra. Tinha se envolvido com espiritualistas, médiuns, todo tipo de charlatanice, tudo numa tentativa de provar que Ralph ainda estava vivo.

– Muitos se consultaram com essas pessoas, sir Cecil. Quanto a isso, sua esposa não estava sozinha.

Lawton anuiu e seguiu com a história:

– Uma delas chegou a dizer que um guia espiritual... – Ele balançou a cabeça mais uma vez e sentou-se diante de Maisie. – Desculpe-me, Srta. Dobbs. Só de pensar nisso meu sangue ferve. O fato de uma pessoa exercer tal poder sobre outra é repugnante. Não basta a uma família ter que suportar a dor, ainda vem uma bruxa... – Lawton pareceu titubear, mas logo se recompôs. – Enfim, ela disse à minha mulher que um guia espiritual transmitiu uma mensagem do além, segundo a qual Ralph não estaria morto, mas bem vivo.

– Como isso deve ser difícil para o senhor...

Maisie tomou cuidado para não emitir opiniões enquanto ouvia a história. Havia algo no comportamento de Lawton enquanto falava do filho que a inquietava. A pele dela formigou de leve na nuca, de onde subia até o couro cabeludo uma cicatriz resultante da explosão de um projétil. *A estima dele pelo filho foi comprometida.*

– Minha mulher passou os últimos dois anos de vida em um hospital psiquiátrico, Srta. Dobbs, uma instituição privada no interior. Naquele momento eu não pude lidar com rumores que pusessem em risco minha reputação. Cuidaram dela em circunstâncias muito confortáveis.

Maisie olhou para o relógio de pêndulo no canto da sala. Ela precisava correr.

– Diga-me, sir Cecil, como posso ajudá-lo?

Lawton pigarreou e recomeçou a falar:

– Agnes morreu há três meses. Organizamos um pequeno funeral e publicamos a costumeira nota de falecimento na seção de obituários do *Times*. Entretanto, no seu leito de morte, ela implorou que eu prometesse que iria encontrar Ralph.

– Ah.

Maisie juntou as mãos e as levou aos lábios, como numa prece.

– Sim. Prometi encontrar alguém que está morto. – Ele se virou para encarar Maisie pela primeira vez. – Tenho o dever de procurar por ele. É por isso que apelo para a senhorita, por sugestão de Julian.

– Lorde Julian fez parte do Gabinete de Guerra durante o conflito. Tenho certeza de que ele tem acesso aos arquivos.

– Claro, e a busca revelou apenas o que já sabíamos: capitão Ralph Lawton, Real Corpo Aéreo, morto na França em agosto de 1917.

– O que quer que eu faça, sir Cecil?

– Quero que prove, de uma vez por todas, que meu filho está morto.

– Sinto muito, mas preciso perguntar: e quanto ao túmulo dele?

– Ah, sim, o túmulo. Meu filho morreu em um incêndio quando o avião caiu. Pouco foi encontrado da aeronave, menos ainda do meu filho. Seus restos mortais estão enterrados na França.

– Entendo.

– Estou dando esse passo para manter a promessa que fiz à minha mulher.

Maisie franziu a testa.

– Se me permite comentar, uma busca dessas pode prosseguir indefinidamente, além de ser insuportável, sir Cecil.

– Sim, sim, eu entendo. Entretanto, decidi que será estabelecido um limite de tempo para essa tarefa.

Maisie respirou fundo.

– Sir Cecil, como sem dúvida compreende, estou acostumada a receber solicitações incomuns e já assumi encargos que outros teriam recusado ou dos quais teriam se aproveitado. Em um caso desses, minha responsabilidade deverá contemplar também o seu bem-estar... se é que posso falar com franqueza.

– Estou perfeitamente bem, a senhorita sabe. Eu...

Maisie levantou-se, caminhou até a janela, olhou de relance para o relógio e se virou para fitar Lawton.

– Sinceridade irrestrita costuma ser uma exigência do meu trabalho e devo, como eu disse, ser franca. Faz pouco tempo que o senhor está de luto e, para piorar, sua esposa jogou sobre seus ombros a terrível tarefa de encontrar um filho que, para todos os efeitos, está morto. Parece que, desde que recebeu a notícia do falecimento, o senhor ainda não pôde atravessar os rituais de luto que devemos cumprir a fim de deixar no passado aqueles que se foram.

Maisie fez uma pausa, olhou novamente para Lawton e prosseguiu:

– É somente após esse longo processo de luto que nos sentimos livres para recordar os mortos com todo o nosso sentimento. Se eu assumir este caso, será imprescindível levar em conta sua passagem pelo processo de luto e suas lembranças. Veja bem, sir Cecil, não estou certa de como devo proceder aqui, mas sei muito bem quanto será difícil para o senhor reviver a perda no decorrer da investigação. E, é claro, precisarei interrogar as pessoas que sua mulher consultou para confirmar o pressentimento de que seu filho estaria vivo.

– Entendo. Ou acho que entendo. Pensei que talvez a senhorita pudesse apenas buscar documentos em arquivos, ir à França e...

Lawton não encontrava as palavras. Estava claro que não tinha ideia do que Maisie poderia descobrir na França.

– Permita-me fazer uma sugestão. Considere tudo o que eu expliquei e as implicações de minha investigação. Depois, telefone para meu escritório e, caso ainda queira que eu vá atrás da verdade sobre a morte de Ralph, seguiremos em frente.

Maisie pegou a pasta e retirou dela um cartão de visita, que estendeu para Lawton. Nele estavam escritos seu nome, seguido pelas palavras "Psicóloga e Investigadora", e seu número de telefone.

Lawton examinou o cartão por um momento antes de enfiá-lo no bolso do colete.

– Sim, claro. Vou refletir sobre o escopo da minha demanda.

– Muito bem. Agora, com sua licença, sir Cecil, preciso me apressar. Tenho um jantar marcado esta noite.

Uma única batida à porta anunciou a entrada, no momento oportuno, de lorde Julian Compton.

– Imagino que estejam concluindo o assunto.

– Sim, Julian. A Srta. Dobbs foi muito atenciosa.

Sir Cecil estendeu a mão para Maisie.

– Estarei à espera de notícias suas quando julgar apropriado, sir Cecil. –

Maisie apertou a mão que ele lhe estendera e se virou para sair. – Mais uma coisa a respeito da afirmação de sua mulher: se o senhor decidir dar início à investigação, gostaria de saber se ela sugeriu um motivo para Ralph não ter voltado para casa, já que acreditava que ele estivesse vivo.

CAPÍTULO 3

Em seus aposentos, Maisie tomou banho, arrumou o cabelo rapidamente e se decidiu por um vestido preto simples. Como não tinha vestidos de baile ou de noite, acabou escolhendo uma peça de seu guarda-roupa que serviria para um jantar no Strand Palace Hotel. Ela passou o ruge com moderação e apenas um pouco de batom nos lábios e deu uma última retocada no cabelo. Suas longas madeixas haviam finalmente se encontrado com as tesouras da cabeleireira no início do verão, mas, apesar de o novo corte ser estiloso, ela descobriu que sentia falta do peso atrás da cabeça e ao longo de suas costas quando ela soltava o coque. Agora o corte chanel na altura do queixo estava crescendo, e Maisie começava a gostar: pela primeira vez em sua vida ela estava seguindo a moda.

Maisie deu partida no MG que acabara de ser lustrado e acelerou em direção ao Strand Palace, onde se encontraria com Priscilla. Apesar de terem mantido contato, as mulheres haviam se encontrado apenas uma ou duas vezes depois da mudança de Priscilla para Biarritz. Num primeiro momento, Maisie questionara a decisão da amiga de morar no exterior, mas ela sabia que Priscilla precisava reavivar sua personalidade vibrante, adormecida pela perda e pelo luto. Em Biarritz, ela se entregara a uma espiral de festas e noitadas, mas foi salva da decadência do pós-guerra pela força e pela determinação discreta do marido, o poeta Douglas Partridge, que a acolheu em sua casa no litoral e na tranquilidade de uma vida devotada à arte e à introspecção. Maisie estava feliz pela amiga e considerava a união saudável. Priscilla havia redescoberto a verdadeira felicidade e, assim, estimulara em Douglas a confiança no companheirismo. Agora, com os três filhos, no fim do dia Priscilla já não tinha mais sua energia invejável, e Maisie se perguntava como a amiga lidaria com a situação se não pudesse mais contar com a babá dos meninos.

Não eram apenas Priscilla e a família dela que ocupavam os pensamentos de Maisie enquanto ela dirigia pelo tráfego londrino. O encontro com sir Cecil Lawton a perturbava. Aquele caso poderia ser lucrativo, mas parecia carregado de ambiguidades. Ela gostava de concluir seus casos de forma bem amarrada, sabendo que, quando suas anotações fossem arquivadas, todas as questões estariam solucionadas. Chamava sua atenção o fato de que, enquanto Agnes Lawton pedira explicitamente que o marido encontrasse o filho vivo deles, Lawton instruíra Maisie a provar que ele estava morto, e essa diferença indicava que talvez aquele cliente viesse a ser mais problemático do que a maioria. Ela esperava que Lawton desistisse da investigação.

Maisie estacionou o carro. Enquanto atravessava apressada a entrada principal do Strand Palace, viu de relance um reflexo de si mesma no recém-reformado saguão espelhado, moderno e muito vanguardista. Suspirou. Na verdade, um aspecto daquele encontro a deixava apreensiva: Priscilla era uma confessa caçadora de tendências. As pernas compridas, os traços aquilinos e os cabelos castanhos lustrosos pareciam se prestar a qualquer estilo, a todas as roupas – sempre novas em folha e muito caras. Como ela havia escrito para Maisie: "Passo grande parte do meu dia de quatro no chão, mergulhada na vida dos meus três sapos travessos, então nunca reluto quando surge uma chance de ir a Paris fazer umas comprinhas." Maisie sabia que se sentiria irremediavelmente insossa na companhia de Priscilla.

∽

Maisie logo avistou Priscilla sentada em uma poltrona no lugar em que haviam marcado de se encontrar. Ela parou por um instante para observar a velha amiga. Priscilla vestia calças largas de seda preta e uma camisa cinza-claro enfiada por dentro da ampla faixa na cintura. Sobre seus ombros pendia um blazer de seda preto, mais curto do que os casacos alongados de que gostava Maisie. Um bordado cinza-claro arrematava o blazer, e um lenço de seda cinza fora colocado dentro do bolso na altura do peito. Maisie removeu alguns fiapos de seu vestido, que de repente lhe pareceu lamentavelmente antiquado. Priscilla se virou e a viu. Em seguida, com um sorriso radiante e de maneira rápida mas elegante, descruzou as pernas compridas e levantou-se da poltrona.

– Maisie, querida, você está absolutamente formidável. Deve ser o amor!

– Ah, pare com isso, Pris.

Maisie e Priscilla se cumprimentaram com dois beijinhos na bochecha antes de cada uma delas dar um passo para trás e avaliar a outra.

– Bem, vou lhe dizer uma coisa: você não tem uma ruga.

Priscilla pôs a mão dentro da bolsa e sacou um cigarro, que enfiou em uma piteira de marfim. Maisie se lembrou do floreio com o qual Priscilla costumava fumar seus cigarros ilícitos quando estavam na Girton, agitando a piteira para enfatizar um argumento e às vezes soprando um anel perfeito de fumaça antes de dizer "Bem, se quer saber minha opinião...", e ela daria sua opinião de todo jeito, sem esperar por uma resposta.

Priscilla passou o braço sobre os ombros de Maisie e a levou de modo conspiratório em direção ao Grill Room.

– Bem, agora quero saber tudo, e digo tudo *mesmo*, especialmente sobre a pessoa que a deixou com esse brilho nos olhos. Sei que você teve alguns pretendentes, e conheço essa expressão. Lembro-me de tê-la visto quando fomos à festa de despedida de Simon. Você lembra... – Priscilla se interrompeu. – Ah, meu Deus. Me desculpe, Maisie, não quis dizer...

– Ah, não se preocupe, Pris. Faz muito tempo. E *foi* uma festa maravilhosa, a melhor da minha vida.

Maisie sorriu para que Priscilla soubesse que não ficava incomodada com referências a Simon. Ela amara o capitão Simon Lynch, jovem médico do Exército, mas os terríveis ferimentos sofridos na Grande Guerra haviam incapacitado seu corpo e sua mente.

Priscilla parou de falar e fitou Maisie nos olhos, enquanto os seus próprios cintilavam com lágrimas que revelavam a profundidade do luto que ela revivia. Maisie acariciou a mão da amiga, que continuava apoiada em seu braço.

– Vamos lá, vamos tomar um drinque, Pris. Estou precisando.

– Meu Deus, como você mudou! Agora só falta eu levá-la às compras.

Maisie se virou para Priscilla quando lhes mostraram a mesa delas.

– Eu sabia que não demoraria muito para você tentar me arrastar para as compras.

– Tudo bem, vou deixar esse assunto para mais tarde. Você pode estar saindo com um médico do interior... *é ele*, não é?... mas isso não é motivo para circular por aí toda antiquada, usando pérolas ou coisas do tipo.

– Mas eu não...

Priscilla levantou uma das mãos, provocadora, enquanto pedia um gim-tônica. Maisie pediu um xerez doce.

– Então, vamos lá, desembuche, conte-me tudo sobre ele. É aquele tal de Andrew Dene? *Dr.* Andrew Dene? Sobre o qual você me escreveu em sua última carta?

– Veja bem, não é nada sério, nós... Ah, obrigada.

Maisie sorriu para o garçom que colocava as bebidas sobre a mesa, grata pela interrupção.

– Não é sério? Aposto, Maisie, que é sério para o Dr. Dene! Ele a pediu em casamento?

– Bem, não...

– Ah, vamos lá. Aqui está você, uma mulher bem-sucedida, uma profissional conceituada, e vendo você corar sinto-me como se eu estivesse falando com minha babá perdida de amores... – Priscilla apagou o cigarro e deu um grande gole no gim-tônica – ... que, devo acrescentar, quase me deixou de cabelos em pé quando descobri que tinha um caso com um homem que eu considero repugnante.

– Graças a Deus a comparação termina aqui. Na verdade, Andrew é adorável.

– Então por que você não vai se casar com ele?

Maisie bebericou seu xerez e pousou a taça na mesa.

– Se quer saber, ele ainda não pediu minha mão. Pelo amor de Deus, mal nos vimos desde que fomos ao teatro pela primeira vez. Eu gosto da companhia dele... ele é muito divertido, você iria gostar dele... mas nós dois estamos sempre muito ocupados, a não ser quando passamos um dia juntos no fim de semana ou saímos de noite quando ele vem à cidade.

Priscilla enfiou outro cigarro na piteira, ergueu uma sobrancelha e se aproximou de Maisie.

– Tem certeza de que você passou apenas *um dia* com ele no fim de semana? Não foi o fim de semana todo?

– Foi isso mesmo. Sem mais, Priscilla Evernden. Você é uma diabinha! Maisie riu junto com Priscilla.

– Ah, é bom vê-la, Pris. Vamos, conte-me sobre os meninos. Conseguiu encontrar uma escola adequada para eles?

O garçom voltou para anotar os pedidos e, quando se afastou, Priscilla contou a Maisie novidades de sua vida familiar e da busca por uma escola à qual pudessem se adaptar três meninos acostumados a certa liberdade em uma elegante estância no litoral francês, mas que agora precisariam se preparar para uma vida mais disciplinada. A conversa se prolongou durante o jantar.

– Assim, estamos entre a cruz e a espada, tentando educá-los, mas sem achar que qualquer errinho deles seja o fim do mundo. – Priscilla apoiou os talheres sobre o prato e pegou sua taça de vinho. – Enfim, ainda visitarei três escolas esta semana. Além disso, vou me encontrar com meus advogados para falar sobre as despesas da propriedade. Parte de mim quer vendê-la, mas a outra parte adoraria que os meninos a herdassem. – Priscilla balançou a cabeça. – Mas que assunto tedioso para um jantar! Bem, e quanto a você? Qual é o seu caso mais recente?

– Você sabe que não posso lhe contar nada.

– Nem mesmo um pouquinho para uma mãe sobrecarregada?

– Isso nunca vai acontecer! – Maisie sorriu. – Tudo bem, vamos apenas dizer que meu próximo caso, se eu for mesmo contratada, envolverá provar que alguém que morreu na guerra de fato está morto.

Maisie teve o cuidado de não dizer "aviador" e estava ciente de que a informação compartilhada com Priscilla era mais do que ela jamais havia revelado a alguém que não estivesse diretamente envolvido na investigação.

Priscilla fez uma careta.

– Meu Deus, preferiria não ter perguntado... Veja bem, se parar para pensar, isso não é nada incomum. Afinal, tantos foram registrados como "desaparecidos", o que deve ter causado uma terrível dor de cabeça para muitas famílias.

– E é bem possível que eu tenha que ir à França para complementar minhas investigações – continuou Maisie. – Embora eu não possa dizer que estou ansiosa por isso.

– Então você tem que ir a Biarritz. Considere um descanso depois de todo o trabalho árduo. Meu Deus, há quantos anos tenho tentado convencê-la a me visitar!

– Provavelmente será um pouco fora do meu caminho. Se você estivesse em seu apartamento de Paris, talvez eu pudesse encontrá-la.

Priscilla balançou a cabeça.

– Eu quase não fico lá, exceto nas visitinhas para fazer compras. Douglas às vezes vai ao apartamento para escrever. Há uma espécie de Liga das Nações livresca sediada em Paris que ele acha estimulante. Os americanos são bem divertidos, mas me parece que todos estão passando a perna uns nos outros, sabe?

– Eu não saberia dizer, Pris. Há um grupo similar que se reúne na Fitzroy Square, mas eu raramente vejo os integrantes. Nem chegamos a dizer bom-dia.

Priscilla permaneceu em silêncio por alguns instantes e Maisie observou-a atentamente passar o dedo na beirada de sua taça de vinho. Sua atitude mudara. Havia nos ombros de Priscilla uma tensão que Maisie sabia que nascera no coração dela.

– O que foi, Priscilla?

– Ah, nada. Não é nada, realmente.

Maisie se reclinou, e Priscilla inclinou-se para a frente, apoiando os cotovelos sobre a mesa. Ela sempre tentava se livrar dos pensamentos incômodos com um risinho nervoso e uma piada.

– Sabe, meu pai teria me expulsado da mesa por isso. "Apenas carne cozida sobre a mesa" era o seu gracejo preferido, e ele dava uma espetadinha no nosso braço com o garfo.

– Aqueles que se foram nunca estão distantes – refletiu Maisie.

– Sim, eu sei. Eu o vejo cada vez mais nos meninos à medida que crescem. Apesar de eles nunca terem conhecido os tios, encontro coisas que me fazem lembrar deles todos os dias, até quando um dos meus filhos está prestes a dar um safanão na orelha do outro! Meu Deus, como sinto falta deles. Ainda sinto falta da minha família, Maisie.

Priscilla ergueu a piteira de marfim e, a despeito dos olhares de reprovação das duas matronas que jantavam em uma mesa próxima, acendeu outro cigarro.

– Mas há algo mais, não?

Maisie apoiava as mãos na mesa, não com as palmas para baixo, mas relaxadas e ligeiramente viradas para cima.

Priscilla soprou um anel de fumaça e abriu um largo sorriso para as comensais vizinhas. *Ela não mudou nada*, pensou Maisie.

– É esse caso que você mencionou, Maisie. – Priscilla pareceu vacilar, mas continuou: – Ele me fez pensar no meu irmão mais velho, Peter. Como você sabe, eu sou a caçula, os meninos eram todos mais velhos. Phil e Pat foram mortos em 1916, com duas semanas de intervalo entre um e outro, mas Peter... não soube nada dele.

– Não soube?

Apesar da vontade de se inclinar na direção de Priscilla, Maisie se manteve afastada para que ela prosseguisse.

– Não. Não faço ideia de nada. – Priscilla encarou Maisie. – Talvez seja por causa dos meus filhos, que estão crescendo tão rápido. Depois da guerra, eu tratei de afastar qualquer pensamento sobre isso, depois que mamãe e papai morreram. Fui embora correndo para a França, por um ano bebi como uma doida e, graças a Deus, Douglas apareceu para me tirar do abismo. Eu o adoro, Maisie, e adoro meus meninos. Douglas e eu ajudamos um ao outro, e não quero olhar para trás, mas...

– Mas...?

– Nunca soubemos onde Peter morreu. Seu corpo nunca foi encontrado, apesar de isso não ser incomum, não é? Eu nem cheguei a ler o telegrama. Meus pais já haviam perdido Patrick e Philip, por isso eles o queimaram, e desde então isso me incomoda. Eu enterro essa história bem no fundo da minha mente, mas algo... e às vezes é algo muito simples, nada grandioso como esse seu caso... traz tudo à tona novamente.

Maisie ficou calada por alguns segundos. Em seguida estendeu o braço para a amiga e tomou a mão dela nas suas.

– Escute, Pris, quero que pense no seguinte, e por favor pense antes de rejeitar minha sugestão. Posso colocá-la em contato com uma pessoa que vai conversar com você e ajudá-la a tranquilizar seu coração com relação a Peter. Sou sua amiga, e somos muito próximas para um trabalho desses, mas Maurice...

Priscilla recolheu a mão e a ergueu para interromper Maisie:

– Sei o que você está sugerindo, Maisie. Já ouvi tudo sobre essas modernas terapias da fala, mas elas não são para mim. Prefiro ouvir um velho disco no gramofone e tomar um drinque fumando um cigarro até que minha tristeza encontre outra pessoa para atazanar. – Ela parou de falar por um instante e mudou de assunto: – Você recebeu uma carta da Girton pedindo contribuições para uma nova campanha de arrecadação de fundos? Pensei em contribuir com alguma coisa.

Maisie e Priscilla permaneceram ali por cerca de uma hora ainda, rememorando, durante o jantar, o tempo que passaram juntas na Girton College e suas vidas desde a guerra. Elas combinaram de se encontrar novamente para almoçar antes de Priscilla viajar de volta à França a partir do Aeródromo de Croydon. Mas, quando deixou a amiga e voltou dirigindo para a Ebury Place com a capota do MG abaixada, pois fazia uma noite de calor atípico, Maisie pensava, com temor no coração, na possibilidade de um retorno à França.

CAPÍTULO 4

Na manhã seguinte, Maisie teria apenas uma hora no escritório antes de o motorista da Scotland Yard passar para buscá-la num Invicta preto. Ainda assim, haveria tempo de falar com Billy antes de dar início ao seu dia de trabalho.

— Bom dia, senhorita — cumprimentou Billy, que havia chegado cedo. — Passou uma noite agradável com a Sra. Partridge?

Maisie tirou o casaco e o chapéu, pendurou-os no gancho atrás da porta e se dirigiu à sua mesa, guardando a bolsa de mão na gaveta. Deixou sua pasta preta — um presente dos criados dos Comptons quando ela foi para a Girton em 1914 — apoiada no chão junto à cadeira e suspirou.

— Sim, foi uma noite ótima. Obrigada por perguntar.

Billy ergueu o olhar, pois não estava acostumado a reconhecer sinais de cansaço na voz da chefe.

— A noite acabou tarde, hein? Bem que a senhorita me avisou que a Sra. Partridge costumava apreciar noitadas e festas...

Maisie assentiu e se reclinou na cadeira.

— Bem, acabou mais tarde do que o habitual, mas não é por isso que estou indisposta esta manhã, Billy. Não posso dizer que dormi muito bem.

— Não está ficando resfriada, espero.

— Não, apenas algumas preocupações.

Billy franziu o cenho.

— Com aquela menina de Taunton?

— Na verdade, não. Talvez peguemos um caso novo do qual eu não...

Billy estendeu a mão e pegou uma pasta de arquivo bege.

– Tem a ver com... – ele virou a pasta e um pedaço de papel se agitou na parte de cima – ... sir Cecil Lawton?

Billy prosseguiu sem esperar resposta, afastando-se de sua mesa para entregar a pasta para Maisie.

– O telefone estava tocando sem parar quando cheguei esta manhã, e esse sujeito pediu que eu lhe avisasse que ele pensou sobre o que a senhorita disse e que gostaria de lhe designar a tarefa... foi assim que chamou, "tarefa"... e pediu que a senhorita ligasse para o escritório dele hoje, então...

– Ah, inferno! – Maisie se inclinou para a frente e apoiou a cabeça nas mãos.

Os olhos de Billy se arregalaram quando ele colocou a pasta sobre a mesa diante dela.

– Desculpe-me, senhorita. Fiz alguma coisa errada? Quer dizer, eu anotei o recado, deixei o arquivo pronto para os pormenores e...

Maisie ergueu o olhar.

– Não, está tudo bem, Billy. Desculpe-me por ter sido rude. A verdade é que não estou muito segura sobre esse caso, apenas isso.

Billy pensou por um momento.

– Bem, a senhorita sempre defendeu que aceitar ou não um trabalho é decisão nossa, certo?

– Eu sei, eu sei.

Maisie suspirou, arrastou para trás sua cadeira e andou em direção à janela.

– E eu nunca pensei que ficaria abalada, mas estou com um... um pressentimento muito desconfortável em relação a esse caso.

– Então por que a senhorita não acaba logo com isso? Diga para o homem procurar outra pessoa.

Billy se juntou a ela perto da janela. Eles não olhavam um para o outro, mas para a praça lá fora, onde as folhas iluminadas pelos raios de sol começavam a assumir tons de cobre, vermelho intenso e dourado. Folhas que logo iriam se espalhar pelas lajotas, tornando-as escorregadias e amarronzadas.

Maisie não respondeu, apenas cerrou os olhos. Billy se afastou em silêncio, preparou uma bandeja para o chá e deixou a sala. Sabia que aquele era um dos momentos em que ela precisava ficar sozinha. Ao ouvir a porta se fechar, Maisie pegou uma almofada numa velha poltrona posicionada a um canto e a colocou no chão. Ela sabia que Billy lhe daria dez minutos antes de bater à porta delicadamente e entrar com um bule de chá recém-preparado para revigorar os dois. Levantando um pouco a saia para ganhar mais liberdade de movimento, ela se sentou sobre a almofada, as pernas cruzadas, os braços relaxados em seu colo, os olhos semicerrados. Logo ela sairia do escritório para ir à Vine Street. Pelo bem de Avril Jarvis, precisaria estar com a mente clara e atenta, e não exaurida por outras preocupações.

Ela esvaziou a mente, como havia aprendido muitos anos antes com Khan, o sábio do Ceilão a quem fora levada por Maurice Blanche. Em seguida, ainda em silêncio, fez a si mesma perguntas as quais não se esforçou para responder, sabendo que ideias e respostas lhe sobreviriam horas ou dias depois, desde que ela seguisse em frente com o coração aberto. Qual era a fonte de suas dúvidas a respeito do trabalho para Lawton? Era uma questão de confiança? Certamente ela havia intuído certa... certa... qual foi mesmo a sensação que teve? Hesitação? Sim, havia medo, mas por quê? O que poderia um homem temer de um filho que estava morto, um filho que foi um aviador condecorado? Sem dúvida, Agnes Lawton exigira uma promessa terrível em seu leito de morte, então era provável que sir Cecil estivesse abalado não apenas por causa do falecimento e do estado mental da esposa em seus anos finais, mas também por causa da tarefa que ele havia assumido. Uma tarefa que agora ele queria transferir para Maisie.

Estaria ela preocupada com o fato de que sir Cecil estava interessado apenas em manter sua palavra, como se o caso fosse uma trivialidade? Sem dúvida teria que regressar à França e a Flandres. *Ah, meu Deus, por quê? Por quê?* Maisie ficou em silêncio, deixando sua mente clarear novamente, e meros segundos se expandiram como se fossem horas, de maneira que, em repouso, teria sido possível sonhar que anos haviam transcorrido e, no entanto, ao acordar e olhar para o relógio, dar-se conta de que passara apenas o tempo de um breve cochilo.

Billy bateu suavemente à porta, esperou um momento e entrou. Maisie já estava de pé e andou até a mesa, com seu costumeiro passo firme e seu sorriso pronto para saudá-lo.

– Parece bem melhor, senhorita. Agora, beba isso antes que a campainha toque e a senhorita tenha que ir correndo para a Vine Street.

Billy serviu o chá numa xícara gasta do Exército, a favorita de Maisie desde seus dias de serviço militar na França, quando o chá quente, forte e quase doce demais a mantinha de pé mesmo nos piores dias.

– Acha que ela vai falar com Stratton na sala?

– Ah, sim, acredito que sim, embora talvez com um pouco de dificuldade. E deve repetir boa parte da história que me contou ontem.

– Pobrezinha.

Billy tomou um gole de chá e continuou:

– Bem, falando nessa menina, Avril Jarvis, eu resolvi tudo com Doreen e nós iremos este fim de semana para Taunton.

– Ah, bom trabalho, Billy.

– E a senhorita sabe como eu me sinto quando posso me afastar da fumaça de Londres! Enfim, minha velha mãe vai tomar conta dos meninos, então iremos só nós dois. Doreen disse que não se importa por eu ter que trabalhar, então vai ser uma ótima folga para ela.

– Muito bem. Agora, Billy, por favor, faça o planejamento de sua investigação e vamos repassá-lo antes de você partir... Faremos isso amanhã. Na verdade, você poderia partir na quinta, para ter um pouco mais de tempo.

– Certo, senhorita.

A campainha tocou no escritório, ativada por um visitante na porta da frente, no andar de baixo.

– Aí está o camarada da Scotland Yard. É melhor a senhorita sair agora.

– Eu o verei esta tarde, Billy?

Maisie rapidamente vestiu o casaco e colocou o chapéu e abriu a porta.

– Sim. Ah, senhorita, decidiu-se a respeito de sir Cecil Lawton?

Maisie se virou para responder:

– Sim, tomei minha decisão. Vou telefonar para o escritório dele enquanto estiver esperando na Vine Street.

∞

Assim que chegou à Vine Street, Maisie foi conduzida ao escritório para encontrar o detetive-inspetor Stratton e seu assistente, Caldwell.

– Recebemos do patologista o relatório da necropsia.

Stratton retirou várias folhas de papel de uma pasta, mas não as entregou para Maisie.

– É difícil crer que um fiapo de gente conseguiu matar um homem desse tamanho, mas as evidências estão lá para todo mundo ver: há digitais por toda a arma do crime.

– Ela afirma que não o matou. Ele era tio dela...

– Com todo o respeito, Srta. Dobbs – interrompeu Caldwell –, a menina também não se lembra dos fatos, de acordo com a confissão que ela lhe fez ontem.

– Eu não chamaria a história dela de confissão, sargento Caldwell.

Maisie se virou para o assistente de Stratton, disfarçando sua aversão pelo homem que ela considerava um oportunista que sempre chegava a conclusões precipitadas.

– A Srta. Jarvis contou os episódios de que ela pôde se lembrar antes de seu colapso nervoso.

– Sim, com uma faca na mão, bem próxima ao corpo. Ela devia ter pensado na fobia de sangue antes de enfiar a faca no pescoço e no peito de seu amado tio.

– Acho que "amado" descreve mal uma relação marcada por um comportamento tão brutal, não acha?

– Mas, com todo o respeito, Srta. Dobbs...

Stratton suspirou.

– Tudo bem, já basta, Caldwell. – Ele se voltou para Maisie. – Vamos ver o que conseguimos extrair dessa conversa, sim? Enquanto isso, tentaremos confirmar se Harold Upton, a vítima, de fato era parente de Jarvis. Contatei a força policial em Taunton esta manhã e esperamos receber notícias em breve. A família dela será informada no momento oportuno.

– E o "momento oportuno" vai demorar quanto tempo, inspetor?

Stratton estava prestes a responder quando se ouviu uma batida à porta.

– Sim?

Maisie notou a reação irritada de Stratton, uma indicação de que sua pergunta não seria respondida e de que provavelmente a família de Avril ainda não seria informada de que ela estava sob custódia. Estava curiosa para saber quem defenderia a menina.

– Senhor, ela está na sala de interrogatório agora.

– Muito bem, Chalmers.

A policial acenou e fechou a porta.

– Bem...

– Estávamos falando sobre a família ser notificada, inspetor.

– Ah, sim. – Stratton consultou o relógio. – É melhor começarmos, tenho um compromisso às onze horas.

Ele se levantou e abriu a porta para Maisie.

Enquanto atravessavam o corredor até a sala de interrogatório, Maisie se virou para Stratton.

– Jarvis já recebeu a assistência da defensoria pública, inspetor?

Stratton abriu a porta para uma antessala e indicou que Maisie entrasse antes dele e de Caldwell.

– Ela se recusa a falar com qualquer um que não seja a senhorita. Foi designado um advogado de plantão – Stratton olhou de relance para o relógio –, que a esta hora já deveria estar aqui.

Quase no mesmo momento, um homem jovem entrou apressado na sala, agarrado a uma pasta novinha em folha. Maisie balançou a cabeça, embora não a surpreendesse que tivessem designado para Avril Jarvis um novato inexperiente. A combinação de falta de recursos, até onde se sabia, e um advogado novato, que não fazia parte de uma banca de advocacia nem tinha reputação ou contatos nas salas de audiência, certamente significaria que, durante o julgamento, Avril Jarvis seria representada por um profissional em início de carreira, e não por um profissional de alguma envergadura.

– Espero não ter deixado ninguém aqui esperando. Estava resolvendo uma contenda sobre um testamento envolvendo parentes bastante mal-humorados. Peço desculpas! – Vermelho e esbaforido, o advogado não inspirou nenhuma confiança. – Charles Little, o *cachorro de plantão* designado para Jarvis.

Ele estendeu a mão para Stratton e abriu um sorriso brincalhão. Maisie observou Caldwell sorrir com sarcasmo. "Cachorro de plantão" deve ter sido uma tentativa de parecer engraçado, mas nem mesmo Maisie pôde evitar pensar que ele se parecia mais com um "filhote de plantão".

– Bem, vamos logo com isso.

Stratton se virou para entrar na sala de interrogatório, mas Maisie pousou a mão em seu braço.

– Inspetor, veja bem, sei que isso precisa ser feito, mas eu poderia falar com a Srta. Jarvis a sós por um momento, apenas na presença da Srta. Chalmers? Receio que, se todos nós entrarmos ao mesmo tempo, só conseguiremos outro muro de silêncio.

– Devo dizer, isso é o mais... – começou Little, dando um passo à frente e agarrando uma possível oportunidade de exercer influência.

– Ah, pelo amor de Deus! – A reclamação de Caldwell quase não pôde ser ouvida, encoberta pelo jovem advogado que defendia seu ponto de vista.

Maisie ergueu a mão.

– Isso levará apenas um minuto e pode fazer toda a diferença para nosso sucesso aqui.

Stratton se virou para os dois homens.

– Acredito que a Srta. Dobbs deva ter essa oportunidade, e concordo com a conclusão dela. – Dirigindo-se a Maisie, ele acrescentou: – Dois minutos, Srta. Dobbs, o dobro do tempo solicitado.

Maisie assentiu e entrou na sala. Avril Jarvis estava parada ao lado de uma mesa e uma cadeira. Ela não estava algemada, mas seus pulsos em carne viva sugeriam que um par de algemas fora removido depois que a levaram para a sala de segurança. Chalmers estava de pé ao lado da porta. Jarvis trajava um vestido cinza simples fornecido pela prisão e sapatos pretos com cadarços, também simples. Seu cabelo fora puxado para trás rudemente num coque, e seu rosto e suas mãos pareciam ter sido esfregados com rispidez. Ela sorriu ao ver Maisie entrar, mas em seguida seus olhos se encheram de lágrimas. Deu um passo em direção a Maisie, mas Chalmers moveu-se rapidamente. A menina, afinal, estava detida sob suspeita de homicídio.

– Está tudo bem, Chalmers.

Maisie ergueu a mão e se virou para Avril, que desabou em seus braços. Ela não disse nada, apenas deixou que a menina chorasse.

– Estou com medo, senhorita. Estou com muito medo.

– É claro que está. Escute...

Maisie afastou Avril Jarvis, mas manteve as mãos nos braços da menina, de modo que ela se sentisse reconfortada pela força de Maisie.

– O detetive-inspetor está esperando lá fora, assim como o seu advogado. Avril? Avril, olhe para mim.

Maisie levantou o queixo da menina, que tentava repousar a cabeça no ombro de Maisie. *Ela está exausta.*

– Vamos lá, Avril, olhe para mim. Tudo o que precisa fazer é contar para eles o que você me contou ontem.

Avril Jarvis enxugou os olhos com as costas da mão e fungou.

– Sim, senhorita, tudo bem.

Maisie a olhou nos olhos e deu um sorriso de que sabia das coisas. *Mas você não me disse tudo, ou disse, querida menina?*

– Respire fundo... sim, assim. Mais uma vez... e novamente... Sacuda as mãos desta maneira... Muito bem. Agora, fique de pé com os braços soltos na lateral do corpo, bem relaxados, e... – Maisie se colocou atrás da menina e pressionou os dedos no meio das costas delgadas de Jarvis – ... deixe sair.

Avril Jarvis arquejou e quase caiu para a frente, sentindo a tensão em sua coluna ceder quando Maisie a tocou.

– Senti minhas costas queimarem. Como se a senhorita tivesse fogo nas mãos. Foi como se um atiçador de lareira tivesse atravessado meu corpo.

Maisie aquiesceu.

– Mantenha seus pés firmes no chão, Avril, e fique bem ereta, mas não como um poste!

Stratton entrou sem bater, acompanhado por Caldwell e Charles Little.

– Certo, Srta. Jarvis, vamos ao que interessa. Isso não precisa levar muito tempo nem ser desagradável, desde que a senhorita coopere e responda às minhas perguntas. Em seguida, o Sr. Little aqui poderá conversar a sós com a senhorita, quer dizer, apenas com a policial dentro da sala.

– E quanto a esta senhora? – Avril apontou para Maisie. – Ela pode ficar?

Maisie deu um passo à frente.

– Não, Avril, terei que deixá-la apenas com seu advogado. É para o seu bem, e também é o que dita a lei.

– Mas...

Maisie se virou para Stratton.

– Acho que a Srta. Jarvis está pronta.

Ela sorriu para a garota e inclinou a cabeça.

O interrogatório de Avril Jarvis durou duas longas horas. Depois, Maisie esperou para falar com Charles Little, que deixou a sala ansioso para retornar ao seu escritório.

– Sr. Little, podemos conversar um pouco?

– Ah, Srta. Dobbs. – Ele consultou seu relógio. – Não tenho muito tempo. Peço desculpas, mas estou realmente ocupado.

– Tenho apenas uma pergunta: o senhor já sabe quem irá instruir para representar a Srta. Jarvis como advogado de defesa?

Little suspirou.

– Bem, evidentemente ela está em uma situação difícil. Precisará de um funcionário da lei milagroso para tirá-la dessa encrenca. Mesmo com a assistência disponível para os que não têm meios, ela não terá acesso ao advogado de alto calibre que eu gostaria de indicar para defendê-la.

– Entendo.

– Certo, então. Preciso ir. Adeusinho, Srta. Dobbs.

Maisie observou o jovem advogado partir e balançou a cabeça. *Um funcionário da lei milagroso.* Ela andou lentamente em direção à policial, que chamaria o motorista de Stratton para levá-la de volta à Fitzroy Square. *Que assim seja.*

CAPÍTULO 5

Maisie conferiu as três páginas de anotações escritas na caligrafia grande e arredondada de Billy e sorriu. O traçado cuidadoso que formava garranchos como os de uma criança de escola primária refletia uma ingenuidade que ela considerava enternecedora.

– Acrescentaria apenas as redações de jornais à lista, Billy. Deve haver um jornaleco local, então veja se há referências à família. Sei que esta é uma exigência absurda, afinal ela tem 13 anos, mas algumas publicações têm uma bibliotecária para ajudar em pesquisas mais complexas. Eu apostaria que, em uma cidadezinha como essa, as pessoas que trabalham no jornal estão lá há séculos... Descubra quem são elas, mas seja cuidadoso. Essa história vai acabar nas manchetes. Não revele nada que possa estampar a primeira página do *Express*.

Billy tomou nota em seu caderno.

– Certo, senhorita.

Maisie lhe devolveu as anotações e sorriu.

– Bom trabalho, Billy. Agora você só precisa seguir seu plano, mas deve deixar espaço para acrescentar novas linhas de investigação. E lembre-se: perscrute tudo que for possível. Mantenha a mente aberta e não tire conclusões precipitadas. Atente-se para as coincidências. Cada detalhe, mesmo que pareça insignificante, pode ser vital.

– Sim, senhorita.

– Ótimo.

Maisie foi até sua mesa, pegou uma chave de dentro da pasta e destrancou uma gaveta do lado direito.

– Aqui está. – Ela entregou um envelope marrom para Billy. – Aí deve ter o bastante para o trem, a pousada, os jantares e mais algum dinheiro para vocês.

Billy espiou dentro do envelope e contraiu os lábios.

– É muita gentileza sua. Sabe, não apenas por isso – ele agitou o envelope –, mas por confiar em mim para tratar de um caso por conta própria. Não vou desapontá-la, senhorita.

Maisie deixou o silêncio pairar por uns instantes até retomar a conversa.

– Não é por mim que você vai lá, Billy. É para ajudar uma menina que está apavorada. Um único detalhe a favor dela pode determinar o sucesso ou o fracasso da defesa.

Billy assentiu.

– E o detetive-inspetor Stratton não sabe o que estou aprontando, certo?

– Não. Não há necessidade de informá-lo neste momento. Esta é uma investigação particular, com os custos pagos pela empresa.

– Bem, como eu disse, não vou desapontá-la... nem à Srta. Jarvis. Entretanto, li no *Daily Sketch* que eles acham que o assassino não tem chances de se safar, já que a vítima é um homem da família e tudo mais.

Maisie trancou a gaveta e guardou novamente a chave na pasta.

– Sem tirar conclusões precipitadas. Deixe o caminho livre para a verdade se apresentar. *Não* atravanque a investigação com especulações. *Perguntas*, Billy, são a chave do sucesso. Quanto mais perguntas fizer, mais bem preparados estaremos para ajudar a menina.

Billy aquiesceu.

– Certo – disse Maisie, olhando para o relógio de prata preso ao bolso de seu blazer azul-marinho. – Preciso ir agora às Inns of Court, as associações profissionais dos advogados, para me encontrar com sir Cecil Lawton em seu gabinete. Você já terá partido quando eu estiver de volta. Desejo toda a sorte amanhã.

Maisie estendeu a mão para seu assistente.

– Obrigado, senhorita.

Ela sorriu, pegou o chapéu, as luvas e a bolsa, e saiu apressada do escritório.

Maisie foi de metrô para Holborn e, de lá, caminhou até a Lincoln's Inn Fields, onde ficava o gabinete de sir Cecil Lawton, em um prédio construído no século XV. Maisie chegou intencionalmente alguns minutos mais cedo e aproveitou o tempo para andar pela Lincoln's Inn, uma das primeiras praças residenciais de Londres. Maurice Blanche lhe havia ensinado repetidas vezes que raramente ela encontraria a resposta para um problema ou uma pergunta se ficasse sentada sozinha e que o movimento do corpo também fazia a mente trabalhar. Era uma parte crucial da peregrinação, da jornada rumo à verdade.

Embora por dentro hesitasse a respeito daquele trabalho, ela devia lealdade a lady Rowan Compton e a seu marido, lorde Julian. E, embora soubesse que lorde Julian nunca exigiria que ela ajudasse seu amigo, Maisie se sentia na obrigação de aceitar aquela investigação por causa de sua associação com a família e por tudo o que fizeram por ela. Agora, porém, havia outro motivo para aceitar o caso.

Maisie foi conduzida pelo secretário do gabinete e esperou apenas alguns instantes para ser introduzida ao escritório particular de Lawton. O homem se levantou de trás de uma mesa de mogno ornamentada, cujo peso parecia enfatizar a reputação de Cecil Lawton como um dos grandes oradores daquele tempo.

– Srta. Dobbs, por favor, queira se sentar.

Lawton indicou duas poltronas Queen Anne de couro, com uma pequena mesa entalhada entre elas. Ouviu-se uma batida à porta, e um assistente entrou trazendo uma bandeja com duas xícaras, um bule de café e uma jarra com creme.

– Um de meus clientes, alguns anos atrás, tinha uma plantação de café na África Oriental Britânica. Parece que, além de meus honorários, ele achou necessário prover meu escritório de um bom suprimento de café. Deste modo, todos os advogados juniores precisam aprender a arte de preparar uma bela xícara no meio da manhã.

Maisie sorriu e pegou a xícara que lhe foi oferecida enquanto ela se acomodava na cadeira.

– Meu primeiro patrão estudou na França e até hoje aprecia todos os dias um desjejum francês com um café bem forte, apesar de morar em Kent. Eu adquiri o hábito.

– Ah, sim, Maurice Blanche. Um homem para se ter sempre ao lado no tribunal.

Lawton deu um gole em seu café, apoiou a xícara na mesa e se virou para Maisie.

– Estou muito grato por ter assumido esta investigação.

Maisie notou que Lawton estava mais relaxado do que no primeiro encontro deles. *O peso em seus ombros foi transferido para mim.* Ela pousou a xícara sobre a mesa ao lado da de Lawton.

– Antes de começarmos, eu gostaria de discutir as minhas condições.

– É claro. Como falei ao telefone, seus honorários são perfeitamente aceitáveis, e eu também agradeço por seu conselho sobre o encerramento da investigação. Todas as despesas serão reembolsadas imediatamente assim que a senhorita apresentar os recibos ao meu contador. Na verdade – Lawton retirou um envelope do bolso do paletó preto –, senti que seria adequado um adiantamento.

Maisie pegou o envelope e o colocou sobre a mesa, perto de sua xícara.

– Obrigada. Entretanto, tenho outro pedido, sir Cecil. – Ela abriu sua pasta e de dentro dela sacou um exemplar do *Times*. – O senhor sem dúvida leu sobre este caso.

Ela entregou o jornal para Lawton, apontando com o indicador direito uma coluna na primeira página.

Lawton correu os dedos pelas dobras de sua beca para alcançar novamente o bolso do paletó. Pegou os óculos e leu a notícia apontada por Maisie.

– Ah, sim. É claro. Mas não consigo ver...

– Eu gostaria que o senhor representasse a Srta. Avril Jarvis como advogado de defesa, sir Cecil.

Lawton tirou os óculos.

– Srta. Dobbs, não sei. Isso é bastante incomum.

– Sei disso, senhor. Nunca pedi algo assim como condição para assumir uma investigação, mas estou envolvida no caso... de vez em quando sou chamada para ajudar a Scotland Yard... e sei que, se não fizer nada, a menina não terá acesso a um bom advogado. Devo acrescentar que, na minha opinião, o caso dela merece tal representação.

– Acredita que ela seja inocente?

Maisie tomou o cuidado de manter contato visual com Lawton.

– Acredito na *inocência* dela, sir Cecil. Meu assistente viajará para Taunton amanhã a fim de levar a cabo novas investigações sobre seus antecedentes e sua vinda a Londres.

Lawton suspirou, batendo de leve no jornal.

– Tudo isso parece muito familiar: uma menina pobre sai de casa em busca de oportunidades em Londres. Ela enfrenta tempos difíceis, se abriga com um cafetão e, nesse caso, paga um preço por seus pecados.

Ele se levantou e andou em direção à janela que dava vista para a praça.

– Se eu concordar em representar a menina... e, nesse caso, não preciso lembrá-la de que terei que ser instruído pelo advogado titular... isso implicaria que a senhorita renunciaria a seus honorários?

Maisie respirou fundo. Lawton era um homem rico. Ele não precisava desse tipo de barganha, embora ela suspeitasse de que ele agia assim por hábito, como um homem acostumado aos duelos retóricos no tribunal. Por anos ela fora prudente com o dinheiro que ganhava, mas seus bolsos não eram assim *tão* fundos. No entanto, ela havia tomado uma decisão: Avril Jarvis precisava de um funcionário da lei milagroso.

– Os honorários serão reduzidos pela metade, mas minhas despesas não, obviamente.

Lawton debruçou-se sobre a mesa, pegou uma caneta-tinteiro e fez uma anotação.

– Concordo com seus termos, Srta. Dobbs. Agora, vamos em frente.

– Obrigada, sir Cecil.

Maisie sorriu, satisfeita por terem chegado a um acordo. Em seguida, tirou um punhado de fichas de sua pasta enquanto Lawton tornava a ocupar a cadeira diante dela.

– Eu gostaria de saber o que aconteceu quando o senhor recebeu a notícia da morte de Ralph.

Lawton suspirou.

– Foi no dia 17 de agosto de 1917. Eu estava prestes a sair da nossa casa no Regent's Park quando chegou um telegrama. Ele declarava que Ralph estava desaparecido, presumivelmente morto. Uma correspondência posterior confirmou que seu avião fora atingido em território inimigo e que ele havia falecido.

– Quanto tempo ele ficou no Real Corpo Aéreo?

– Ao todo, foi bastante tempo, mas apenas alguns meses como piloto.

– Como assim?

– Ele se alistou muito jovem, logo depois de terminar a escola, e então foi transferido do Real Corpo de Engenharia para o Real Corpo Aéreo, onde foi mecânico antes de se tornar observador.

– Um mecânico?

Maisie se deu conta de que ela mesma dera o passo que horas antes advertira Billy para evitar. Supusera que Ralph Lawton havia feito parte do Real Corpo Aéreo como oficial.

– Sim. Ralph foi para o Exército assim que terminou a escola. – Lawton coçou o queixo. – Ele era um sujeito singular em St. Edmunds, não tinha amigos realmente próximos. – Ele fez mais uma pausa. – Enfim, meu filho gostava de se lançar em atividades solitárias e desenvolveu uma espécie de raciocínio matemático, se interessou por física e por aí vai, e gostava de mexer com motores. Essencialmente, Srta. Dobbs, seria justo dizer que Ralph preferia a própria companhia, gostava de ficar no canto dele.

– Ele gostava da escola?

Lawton franziu a testa.

– Não acredito que um período desses exista para que alguém *goste* dele. Infelizmente, meu filho não era um acadêmico, tampouco se sobressaiu nos esportes. Na verdade, suponho que ele era um tanto esquivo quando se tratava de atividades como essas. Ele não se sentia confortável no campo de críquete e era sensível demais para o rúgbi.

– "Sensível"?

Lawton parecia incomodado.

– Bem, sabe, ele não ligava para a camaradagem entre os colegas ou para o que um esporte desses exige. Isso é realmente necessário, Srta. Dobbs?

– Sim, sim, é necessário. – Maisie estava pensativa. – Conte-me, sir Cecil, o que estaria no âmago do caráter *singular* de Ralph?

– Se quer saber, acho que tudo isso foi culpa da minha mulher. Ralph foi muito mimado pela mãe, Srta. Dobbs.

– E acha que isso prejudicou o desempenho dele?

– Srta. Dobbs, eu esperava que ele demonstrasse ambições mais adequadas para o filho de alguém na minha posição. Seu desempenho na escola era no máximo mediano, exceto em disciplinas ligadas à matemática, como informei. Sua relutância em participar dos aspectos recreativos dos estudos em uma escola para meninos tão prestigiada, aliada à sua insistência em se juntar aos homens que haviam se alistado em vez de assumir um cargo, tudo isso serviu para me convencer de que meu filho queria apenas me irritar.

– Entendo. Então houve um rompimento entre vocês?

Lawton ficou em silêncio por um momento antes de responder:

– Por mais que fosse meu filho, Srta. Dobbs, eu não tinha muita afinidade com a personalidade dele, infelizmente.

– E sua mulher?

– Ela o adorava. Perdemos dois filhos no parto antes de Ralph nascer, e a morte de nossa filha em decorrência da rubéola o transformou em filho único. Minha mulher superestimou Ralph num nível ridículo. Ela não ligava para o que ele fizesse nem para o que viria a ser, desde que ele estivesse *ali*, daí sua estupidez em continuar acreditando que ele está vivo. E agora estou encarregado de levar adiante esta farsa!

Maisie se reclinou na cadeira e respirou profundamente. Ela estava perplexa com a força do sentimento revelado na voz de Lawton, que se elevara bastante. Em vez de encontrar um pai arrasado pela perda do filho único, Maisie se viu inclinada a tentar abrandar a frustração e a amargura dele. Quando Lawton começou a se recompor, Maisie ficou de pé.

– Sir Cecil, hoje o dia está muito agradável. Sei que isto pode parecer um tanto incomum, mas talvez pudéssemos continuar a conversa enquanto damos uma volta na praça.

Lawton franziu a testa.

– Julian insinuou que eu deveria esperar da senhorita uma abordagem um pouco incomum à investigação. – Ele suspirou e consultou o relógio. – Posso lhe ceder mais meia hora.

– Então vamos caminhar. Antes de eu ir embora, gostaria de saber os nomes das pessoas que sua mulher consultou na tentativa de provar que seu filho estava vivo. Vou precisar de todos os dados que dispuser sobre o serviço militar de Ralph. Se o senhor se lembrar de mais informações sobre os amigos deles, gostaria de saber dos pormenores. Por favor, tome nota dessas coisas. Talvez um de seus assistentes possa começar a...

– Ah, não, Srta. Dobbs. Vou compilar eu mesmo essas informações.

Maisie aquiesceu.

– Precisarei tomar providências para visitar o quarto de Ralph na sua casa. Mesmo que esteja mudado desde a suposta morte de seu filho, eu gostaria de vê-lo. Peço também que me entregue todos os pertences que tenham sido guardados; ficarei com eles, mas por pouco tempo.

Ela fez uma pausa e olhou diretamente para Lawton.

– E, sir Cecil, esta é apenas a primeira de várias conversas que teremos. Há muito que preciso descobrir e compreender sobre Ralph. Pois bem, vamos?

Maisie deu alguns passos em direção à porta, mas não antes de notar a transpiração na testa de Lawton e o tremor em suas mãos quando ele sacou um lenço e o segurou contra a fronte. Ela não o pressionaria muito durante a caminhada. Não, era importante atraí-lo de volta ao seu campo de influência com perguntas mais leves. Entretanto, ela o visitaria novamente, e em breve. Entendera uma coisa muito rapidamente: Ralph Lawton havia desapontado o pai de alguma forma, e Cecil Lawton, o famoso Cecil Lawton, o grande e milagroso funcionário da lei, não o perdoava por isso – mesmo que seu filho estivesse *morto*.

CAPÍTULO 6

Sir Cecil deu a Maisie uma longa lista de nomes conforme ela havia pedido e a convidou para visitar tanto a casa do Regent's Park quanto a propriedade rural em Cambridgeshire, onde Ralph costumava passar as férias escolares. Billy e Doreen Beale haviam viajado para Taunton no primeiro trem da manhã, partindo da Paddington Station. No dia seguinte, uma sexta-feira, depois do almoço com Priscilla, Maisie iria de carro a Chelstone, onde visitaria o pai antes de seguir para Hastings no sábado pela manhã. Enquanto Maisie planejava os dois dias seguintes e a investigação tomava forma na grande folha de papel que eles chamavam de "mapa do caso", o telefone tocou.

– Fitzroy 5.600 – disse Maisie, remexendo numa caixa repleta de documentos que um mensageiro havia acabado de entregar, enviada pelo gabinete de Lawton.

– Maisie, querida, pensei em falar rapidamente por telefone com você.

– Oi, Andrew.

Maisie mordeu a parte interna do lábio. Eles haviam planejado passar um dia juntos, mas ela se sentia dividida. Queria ter tempo para ficar sozinha e refletir sobre os dois casos que ocupavam sua mente.

– Ah, querida, conheço essa voz. Você está mergulhada em um caso e quer ficar sozinha e pensar por horas, sem ser interrompida, a despeito do fim de semana planejado com o inabalável Dr. Andrew Dene. – Ele fez uma pausa breve. – Mas, Maisie, vou cobrar sua promessa. Na verdade, tenho uma surpresa para você. Eu a aguardo na minha porta por volta das onze horas da manhã de sábado.

Maisie desviou a atenção dos documentos e olhou para cima, sorrindo e imaginando Dene. Sem dúvida haveria uma mecha dos cabelos castanhos com tons dourados, sempre desordenados, caindo sobre seus olhos. Ele teria chegado ao consultório com a gravata frouxa, jogado o paletó de lã no encosto da cadeira, e estaria tentando vestir seu jaleco branco enquanto falava com ela.

– Tudo bem, tudo bem, admito que estava arranjando uma desculpa...

– Eu sabia!

Maisie ouviu uma pilha de papéis e arquivos caírem da mesa abarrotada de Dene e depois o ruído do médico se atracando com eles, tentando segurá-los e ouvi-la ao mesmo tempo.

– ... mas irei para Hastings no sábado pela manhã.

– Excelente. Vou levá-la para comer peixe com fritas na praia se você fizer tudo direitinho!

– Ah, como eu poderia recusar uma oferta dessas?

– Você não poderia. Tudo bem, preciso correr. Tenho um novo paciente esta manhã, um jovem que temo ter ficado com sequelas da pólio. Até sábado.

– Até lá, Andrew.

Maisie recolocou o telefone no gancho e ficou olhando pela janela por um instante. Na verdade, ela suspeitava de que Dene estava apaixonado por ela, mas não iria pedi-la em casamento até que se sentisse seguro de que receberia um "sim" como resposta. E ambos sabiam que o momento ainda não chegara. Eles tinham um relacionamento tranquilo, dada a personalidade confiante e despreocupada de Dene. No entanto, um aspecto incomodava Maisie: quando estavam separados, ela raramente pensava nele. Quando o reencontrava, porém, lembrava-se rapidamente de quanto o considerava encantador. Como ela, ele havia superado circunstâncias difíceis – a morte precoce dos pais – e com muito esforço ingressara na faculdade de medicina. Depois de servir na guerra, ele agora era um ortopedista com um futuro brilhante trabalhando em um hospital de reabilitação e convalescença no alto dos penhascos da Cidade Velha de Hastings, em Sussex. Maisie às vezes invejava a maneira como Dene impedia que os acontecimentos de seu passado se transformassem num peso em seus ombros, embora ela suspeitasse de que ele empregava sua leveza e seu bom humor como antídotos para o próprio sofrimento e o de seus pacientes.

Mais uma vez Maisie voltou sua atenção para os documentos e anotou algo em uma ficha. Olhou de relance para o relógio. Lawton lhe dera o nome de três mulheres que se diziam médiuns com quem sua mulher havia se consultado, e naquele dia planejava visitá-las. Ela se lembrava muito bem de várias médiuns e tipos parecidos que dissimulavam uma conexão especial com os mortos e diziam ter ouvido um filho, um pai, um irmão ou um marido falecido. Ela também se lembrou dos enlutados que seu mentor, Maurice Blanche, havia aconselhado depois de tais desapontamentos – e das praticantes da mediunidade que ele havia desafiado e que efetivamente tiveram que largar a atividade.

Enquanto Maurice a treinava, eles trabalharam juntos para destruir uma rede de paranormais fraudulentas que tomavam o dinheiro de pessoas enlutadas em troca de falsas mensagens dos mortos. Foi um caso histórico que pôs Maisie totalmente à prova, especialmente por ter sido a primeira vez que ela teve que testemunhar diante de um tribunal. De acordo com os jornais, foi a jovem inocência de uma das testemunhas, a Srta. Maisie Dobbs, que convenceu o júri de que Frances Sinden, Irene Nelson e Margaret Awkright eram culpadas, decisão que as despachou para a Prisão Holloway por um bom tempo. Depois de verificar se havia condenações ou queixas prévias contra as mulheres que constavam na lista de Lawton, ou se ela e Maurice haviam investigado alguma delas naquela época, ela partiu.

⦈⦇

A Barrow Road, em Islington, estava se transformando. As grandes casas vitorianas haviam sido divididas em apartamentos; algumas estavam decrépitas, outras conservavam o soberbo esplendor, apesar da pintura que começava a descascar. O apartamento no subsolo do número 21 seria escuro e úmido se fosse habitado por alguém menos cuidadoso que Lillian Browning. O exterior escurecido pela fuligem foi avivado por jardineiras com gerânios cor-de-rosa e vermelhos, e em cada degrau que levava ao apartamento havia um vaso não muito grande de terracota, repleto de brotos de cores vivas. Em um vaso maior, a Sra. Browning havia plantado heras que agora se enroscavam vigorosamente pelas cercas de ferro recém-substituídas, já que as originais haviam sido retiradas para alimentar as fábricas de armamento logo no início da guerra, em 1914.

Maisie bateu à porta.

Lillian Browning tinha cerca de 40 anos, olhos castanho-claros e cabelo castanho-dourado, que havia pouco tempo passara por um permanente, de maneira que os cachos eram frisados, e não levemente encaracolados. Seu vestido verde-claro liso parecia um pouco apertado na barriga, o que talvez indicasse uma silhueta que fora esbelta na juventude, mas que agora sugeria a necessidade de certa moderação no consumo alimentar.

– Sim?

Browning estreitou os olhos enquanto sorria para Maisie, depois sacou do bolso de um cardigã preto um par de óculos de aro fino, colocou-os sobre o nariz e analisou a visitante.

– Sra. Browning?

– Sim. Em que posso ajudá-la?

– Meu nome é Maisie Dobbs. Será que a senhora poderia me reservar alguns minutinhos?

Maisie sorriu e inclinou a cabeça, um movimento aparentemente insignificante, mas que surtia grande efeito.

– Está aqui para uma leitura?

– Bem, *estou* curiosa para saber mais sobre sua linha de trabalho, Sra. Browning. Posso entrar?

A mulher assentiu e deu um passo para o lado, mostrando a Maisie o caminho pela passagem estreita até uma sala à direita.

– Recebeu recomendação de alguma amiga?

– Sim, mais ou menos isso.

Enquanto esperava por um convite para se sentar, Maisie observou a pequena sala à sua volta. O papel de parede vitoriano texturizado havia sido pintado com uma tinta brilhante creme, que agora estava manchada nos sulcos do padrão em relevo, e as cortinas desbotadas de veludo eram arrematadas com uma franja de seda em frangalhos. Apesar desses e de outros indícios de um requinte um tanto gasto, a sala era confortável e limpa, embora bolorenta.

– Por favor, sente-se, Srta. Dobbs. – Browning indicou uma poltrona com almofadas puídas. – Gostaria de uma xícara de chá?

– Não, obrigada.

Maisie sorriu novamente. Ela estava de certa forma aliviada, pois sabia que não havia nada a temer ou do que se proteger naquela casa. Nenhum espírito do além algum dia entrara na sala. Browning era apenas uma pseudoparanormal tentando ganhar a vida. Mas, ainda assim, ela poderia ser útil.

– O que posso fazer pela senhorita?

Browning pegou uma caixa de madeira no alto do aparador e de dentro retirou um maço de cartas de tarô.

– Cobro 1 libra e 6 *pennies* para tirar cartas. E mais se eu tiver que evocar os espíritos.

– Não, não será necessário, Sra. Browning. Eu devia ter dito assim que entrei que estou aqui para indagá-la sobre uma de suas antigas clientes, lady Agnes Lawton.

Browning levantou-se rapidamente, devolveu as cartas à caixa e cruzou os braços.

– Bem, como disse, a senhorita devia ter mencionado isso logo de início, e eu teria falado na escada que não tenho nada a dizer sobre ela. A senhorita é da polícia?

Maisie se reclinou na poltrona.

– Não, não sou da polícia, mas estou tentando... – Maisie fez uma pausa. – Estou tentando ajudar o marido de Agnes Lawton a fazer as memórias do filho e da mulher dele descansarem em paz. Sei que ela procurou a senhora pedindo ajuda.

A mulher se sentou novamente e contraiu os lábios antes de falar:

– Sei que ela faleceu. Vou à biblioteca uma vez por semana para ler os obituários e vi que ela havia se livrado do tumulto da existência.

Maisie olhou para as mãos da mulher. Havia algo tristemente divertido em Browning, que voltou a falar depois de refletir um pouco sobre o assunto.

– Bem, contanto que a senhorita não acabe com meu negócio, acho que tudo bem. Eu mal consigo sobreviver, sendo eu mesma uma viúva da guerra. É claro, foi por isso que ela me procurou, tendo passado pela perda de uma pessoa. Tenho uma clientela altamente respeitada, saiba disso, e todos confiam em mim.

Maisie aquiesceu.

– É claro que eu nunca me esqueceria daquela cliente, mesmo depois de terem se passado anos desde que a vi pela última vez. Ela era muito chique. Muito endinheirada, embora não tenha se apresentado como "lady"... Dizia que era a Sra. Lawton. A pobre mulher achava que o filho estivesse vivo.

– E o que a senhora lhe disse? – perguntou Maisie, inclinando-se para a frente.

Ao responder, Browning se esquivou do olhar de Maisie.

– Bem, eu falei que ele não tinha aparecido para mim, sabe, em espírito.

– E a levou a acreditar que ele não estivesse morto?

– Eu nunca disse uma coisa dessas, não exatamente. Bem, pelo que eu me lembre, Srta. Dobbs...

– Ela alguma vez mencionou por que pensava que o filho estivesse vivo?

Browning se levantou e andou até a janela. Maisie sabia que o desejo da mulher de proteger sua reputação a impedia de mandá-la embora de sua casa. Afinal, Maisie poderia ter bons contatos.

– A Sra. Lawton comentou que uma mãe sempre sabe, e que ele teria aparecido para ela. Ouvem-se muitas histórias assim, de filhos aparecendo em casa por apenas um segundo para que as mães os vissem, e então já se sabe: o telegrama logo chega. Aconteceu comigo, por isso entendo o que ela queria dizer. Pensei que eu tivesse visto o meu Bernard descendo os degraus daqui de casa. E então, de repente, ele se foi. Desapareceu. Uma semana depois o telegrama chegou, informando que ele morrera. Foi assim que eu soube que tinha o dom da visão.

– Sinto muito...

– Então entendo o que ela queria dizer. Se ele não tinha aparecido para ela, mesmo que apenas em um relance, era porque devia estar vivo.

Maisie se levantou, pronta para sair. Não havia nada para ela ali, exceto, talvez, uma imagem do desespero de Agnes Lawton. Ela imaginou a mulher dirigindo-se até a sala de Browning – sombria, apesar das tentativas de alegrar o exterior com flores – e passando um tempo ali com a pseudo-paranormal que dissimulava uma comunhão com os mortos, permitindo-se acreditar que o filho ainda estivesse vivo. Embora abominasse esses truques, Maisie sentia compaixão. Havia uma tristeza imensa no trabalho de Browning, apesar de a mulher não conseguir enxergar o dano inerente a suas afirmações.

– A senhora ainda recebe muitas visitas de pessoas enlutadas?

– Ah, uma ou outra, de vez em quando, mas não como na época da guerra. Agora recebo um monte de jovens querendo saber com quem irão se casar, se farão um bom casamento, esse tipo de coisa. Atribuo isso ao cinema, sabe? Todas elas querem saber se conhecerão alguém como Douglas Fairbanks ou Ronald Colman ou se serão ricas e irão morar em uma casa grande. – Ela levantou os olhos para Maisie. – Bem, notei que a senhorita não está comprometida, Srta. Dobbs. Vejo um homem alto no seu futuro, usa chapéu...

Maisie ergueu a mão.

– Nem comece! Já estou indo, Sra. Browning. Obrigada por seu tempo.

E, antes mesmo de Lillian Browning ter a chance de dizer adeus, Maisie já havia partido.

A parada seguinte era Camberwell, o endereço da Srta. Darby. Os fundos da pequena casa geminada davam para a linha do trem. O constante ir e vir dos trens a vapor expelindo fumaça ao chegar e partir das principais estações de Londres deixava um odor acre no ar, e o resíduo do combustível das caldeiras, proveniente das minas de carvão de Gales, pairava nos jardins. Maisie bateu à porta do número 5 da Denton Street, e uma pequena e delgada mulher de aproximadamente 60 anos apareceu para abrir a porta. Ela trazia um lenço sobre a boca e o nariz, e o removeu apenas para dizer rapidamente:

– Pois não?

Maisie tossiu.

– Maisie Dobbs. Estou aqui para ver a Srta. Darby. Se tiver um momento.

A mulher assentiu e deu um passo para o lado, sem dizer nada até que elas estivessem dentro da casa, andando em direção à sala de estar.

– Vou lhe contar, há dias em que não consigo nem me sentar no meu próprio jardim. Coloco minhas roupas limpas para secar e elas ficam todas manchadas de preto. Sabe, foi sempre assim. Sempre assim desde que vim morar aqui, mas ultimamente, desde que adoeci da gripe na... Ah, desculpe, Srta. Dobbs. Por favor, sente-se.

A mulher apontou na direção de uma cadeira de madeira Windsor e puxou outra idêntica para se sentar ao lado. Ela tomou as mãos de Maisie nas dela.

– Bem, e então, foi um ente querido que faleceu?

CAPÍTULO 7

A visita à Srta. Darby correu praticamente como Maisie havia previsto. Apesar de a compaixão da mulher por suas clientes ser evidente, Maisie não detectou nela nenhuma capacidade autêntica de se comunicar com algo que não fossem pessoas de carne e osso, e com essas ela agia muito bem, o que certamente contava a seu favor. Darby fora cautelosa ao não fazer promessas que não poderia cumprir e, segundo seu relato sobre os encontros com Agnes Lawton, parecia que esta não tivera mais do que uma hora ou duas de conforto. Maisie deixou a casa com um sentimento de frustração e pena: frustração por Agnes Lawton não ter percebido a falsidade das afirmações da vidente e pena por aquela mulher que claramente sofria uma crise profunda, vivendo um luto tão sombrio que nublava o bom senso. A ideia de uma terceira visita dessas era quase insuportável, mas Maisie tentou se livrar de todas as pressuposições enquanto dirigia para Balham, onde visitaria Madeleine Hartnell.

Depois de estacionar perto do Dufrayne Court, um moderno bloco de apartamentos circundado por pátios ajardinados, Maisie saiu do carro e ficou parada por um momento, com as costas apoiadas no MG, para observar o prédio branco. Projetada para lembrar um transatlântico, a construção tinha três andares que pareciam ampliados por varandas que os contornavam, também brancas, onde havia escotilhas que permitiam ver de relance as janelas francesas que se estendiam do chão ao teto de cada apartamento. Maisie imaginou que os moradores eram pessoas abastadas que recebiam convidados e apreciavam estar na vanguarda dos subúrbios de Londres. Eram pessoas de quem se esperava um futuro de sucesso, embora a rapidez com que prosperavam devesse ter sido reduzida por causa da depressão econômica que assolava o país. Parecia uma escolha de moradia bastante improvável para uma mulher que costumava frequentar o passado, de acordo com o que disse sobre si mesma para Agnes Lawton.

Maisie localizou a campainha do apartamento de Hartnell e seu sobrenome numa lista de moradores protegida por um vidro. Ela apertou o botão e o interfone fez um estalido.

– Quem é? – indagou uma voz difícil de discernir por causa das falhas na linha.

– Maisie Dobbs. Estou aqui para ver a Srta. Hartnell.

Outro estalido.

– Vou chamar a Srta. Hartnell.

Enquanto Maisie esperava, a linha continuou produzindo ruídos, até que escutou o fone sendo retirado do gancho mais uma vez.

– A Srta. Hartnell a receberá agora. Depois que ouvir uma campainha e um clique, empurre a porta para entrar. Tudo bem?

– Sim.

A campainha soou e Maisie entrou num saguão claro e arejado, com uma escada acarpetada diante dela. Para acessar a porta principal de cada apartamento era preciso cruzar um pátio interno.

Maisie subiu as escadas até o segundo andar. A empregada esperava com a porta do número 7 do Dufrayne Court aberta.

– Boa tarde, Srta. Dobbs. Foi sorte a Srta. Hartnell ter tido um cancelamento esta tarde. Por favor, queira entrar.

Ela fechou a porta atrás de Maisie e começou a guiá-la pelo corredor.

Maisie esperava poder ficar alguns minutos sozinha antes de se encontrar com Hartnell. Ao ver o prédio de fora, uma sensação se insinuou de leve, e agora um formigamento mais forte lhe percorria a parte de trás do pescoço, seu ponto mais vulnerável. Um ar gelado pareceu envolvê-la por um breve momento enquanto as duas caminhavam pelo corredor. Maisie conhecia muito bem a origem desses calafrios, mas não tinha medo. Hartnell podia ter enganado Agnes Lawton, podia tê-la encorajado a acreditar que o filho dela não estava morto, mas a verdade era que, mesmo quando a empregada ia embora depois do expediente, a mulher nunca ficava completamente sozinha em casa.

Uma grande sala de estar podia ser vista através de portas duplas de vidro, e Maisie avistou uma lareira de tijolos vermelhos contra um fundo branco. O chão de madeira polida era coberto de tapetes, e um raio solar parecia varrer a sala vindo do lado esquerdo, onde Maisie imaginou que ficariam as janelas francesas e a varanda. Antes de chegar à sala, a empregada parou e indicou uma saleta, também à esquerda.

– A Srta. Hartnell logo estará aqui. Trarei o chá num instante.

– Ah, não é precis... – Maisie começou a falar, mas foi interrompida.

– A Srta. Hartnell sempre toma uma xícara de chá às três.

A empregada juntou as mãos, assentiu e deixou o cômodo, fechando a porta.

Maisie avaliou o lugar rapidamente. Não havia nenhuma mesa redonda por perto, nenhum abajur com franjas pesadas como os que já vira na sala de outras mulheres que trabalhavam como médiuns e paranormais. Em vez disso, duas poltronas haviam sido colocadas formando um ângulo diante de uma janela, entre as quais havia uma mesa baixa com espaço apenas para uma bandeja. Não havia cortinas, apenas venezianas parcialmente abaixadas para bloquear o forte sol daquela tarde. Havia um vaso de lírios no canto, e no ar pairava uma doce fragrância que Maisie não pôde identificar de imediato, porque se inclinou na direção das flores e elas aparentemente não exalavam nenhum perfume. Maisie se postou diante da janela e cerrou os olhos. Juntou as mãos e imaginou um círculo. Ela o visualizou movendo-se em sua direção antes de deslizar sobre sua cabeça e cobrir todo o seu corpo, envolvendo-a em uma camada protetora. Quando o círculo enfim chegou aos seus pés, ela respirou fundo mais uma vez. Agora estaria segura.

A porta se abriu.

– Srta. Dobbs. Por favor, sente-se.

Embora esperasse alguém mais jovem do que as duas mulheres que visitara antes, Maisie não estava preparada para ver alguém como Madeleine Hartnell. Ela aparentava ter uns 25 anos e usava um tailleur de crepe azul-claro da última moda. Era uma mulher muito atraente. Hartnell capturou o olhar de Maisie com seus olhos azul-esverdeados penetrantes e seu cabelo louro platinado que refletia um raio oblíquo de luz que se infiltrava pelas venezianas. *Ela sabe exatamente por que estou aqui*, pensou Maisie, enquanto sentia a pele de sua nuca formigar novamente. Precisaria tomar muito cuidado com Madeleine Hartnell.

– A Sra. Kemp trará o chá em instantes.

Assim que Hartnell estendeu a mão para indicar o assento, a empregada entrou com uma bandeja de chá.

– Ah, aqui está ela. – Hartnell sorriu. – Obrigada, Sra. Kemp.

Sem perguntar, a mulher serviu o chá para as duas, posicionou uma xícara diante de Maisie e se reclinou na poltrona com a própria xícara. Ela deu um gole e em seguida se virou para a visitante.

– Muito bem. Quer me fazer algumas perguntas, Srta. Dobbs?

– Sim, quero. E obrigada por me receber.

Hartnell assentiu. Maisie notou os gestos relaxados da mulher. *Calma demais, calma demais.*

– Lady Agnes Lawton foi sua cliente – disse Maisie, formulando as palavras nem como uma pergunta, nem como uma afirmativa, permitindo que Hartnell a respondesse se quisesse.

Hartnell a observou por alguns segundos, deu outro gole no chá e se inclinou para a frente a fim de apoiar sua xícara na bandeja.

– Por favor, Srta. Dobbs, ponha suas cartas na mesa. Isso vai facilitar muito nossa conversa.

Maisie sentiu como se estivesse em uma partida de xadrez, uma jogadora atenta ao próximo lance estratégico.

– É claro. Em seu leito de morte, Agnes Lawton exigiu que o marido, sir Cecil Lawton, lhe fizesse uma promessa. Como a senhorita sabe... – Maisie fez uma pausa e fitou o olhar penetrante de Hartnell, que não vacilou. – Como sabe, lady Agnes nunca aceitou a morte do filho, embora seus restos mortais estejam enterrados no cemitério de Faubourg-d'Amiens, junto com os de outros membros do Real Corpo Aéreo que perderam suas vidas. – Maisie fez uma pausa. – Fui contratada por sir Cecil Lawton para provar que seu filho está morto.

– É isso, então?

Maisie não respondeu imediatamente.

– Sim, é isso – disse por fim.

Ela se remexeu na cadeira, assumindo a posição da outra mulher. Hartnell era confiante e calma. No entanto, assim que percebeu que Maisie mudara de posição, ela descruzou as pernas e se inclinou para a frente, sorrindo. *Ela prevê quais passos eu vou dar*, pensou Maisie.

– Eu esperava que pudesse me ajudar, Srta. Hartnell, a esclarecer a questão da morte de Ralph Lawton – disse Maisie.

Hartnell se reclinou novamente e balançou a cabeça.

– É uma lástima, mas não há muito que eu possa dizer, Srta. Dobbs. Lady Agnes Lawton acreditava que o filho estivesse vivo, e eu não via motivos para duvidar dela. Devo acrescentar que minhas clientes esperam completa confidencialidade, e eu cumpro esse compromisso. Sei que ela morreu – novamente ela capturou o olhar de Maisie –, mas isso não influencia meu trabalho. A morte não é o fim da linha no que diz respeito à minha responsabilidade para com minhas clientes.

– Entendo.

– Sei que sim, Srta. Dobbs.

Maisie inclinou a cabeça, um movimento imitado por Hartnell.

– A senhorita enxerga mais longe do que deixa transparecer para a maioria das pessoas, mas eu não sou a maioria das pessoas.

Hartnell inclinou-se para a frente, serviu um pouco mais de chá ainda quente em sua xícara e adicionou leite.

– A senhorita herdou isso de sua mãe, não?

– Srta. Hartnell, temo que...

– Não, você não teme. Não tem nenhuma razão para isso, pois ela caminha ao seu lado. Sua mãe está sempre ao seu lado, tomando conta da senhorita.

Maisie sentiu um nó na garganta. Ela se sentia protegida contra as trevas do mundo espiritual, mas não nos lugares mais vulneráveis de seu coração. Ela se sentou mais ereta na cadeira, mas Hartnell estava pronta.

– Sim, uma coisa é se proteger dos mortos, mas é muito fácil se esquecer dos danos que os vivos podem causar, não é?

Hartnell sorriu, olhando para ela e, depois, para um ponto além do ombro de Maisie, como se estivesse compartilhando um segredo com alguém.

– Tem certa razão, Srta. Hartnell.

Maisie estava preocupada em recuperar o controle da conversa, embora desejasse profundamente esticar a mão para tocar, apenas uma vez, a mão macia porém forte que, no passado, havia segurado sua própria mão pequenina. *Vamos lá, Maisie, minha querida, vamos andando, temos que voltar do parque e deixar o chá do seu pai pronto sobre a mesa às cinco horas. Venha, minha menina, venha com a mamãe.* Maisie falou rapidamente, antes que outras memórias inundassem sua mente:

– A senhorita teria alguma informação que pudesse ser útil? Estou apenas tentando ajudar meu cliente a trazer um pouco de paz à sua vida.

– E o fato de saber vai lhe trazer alguma paz?

– Eu sugeri, é claro, que tal conhecimento talvez não lhe restituísse a paz, mas enquanto isso tenho o compromisso de buscar a verdade.

Hartnell foi até a janela e abriu as venezianas, usando uma polia presa à parede. Fechou os olhos e se virou para Maisie. A luz do sol tocava agora seu cabelo louro e formava um halo brilhante sobre sua cabeça.

– Não há mais nada que eu possa lhe contar, Srta. Dobbs. Posso apenas dizer que seria recomendável a senhorita cancelar esse acordo imediatamente.

– Eu dei minha palavra.

– Sim, eu sei. E a senhorita também não pode abandonar a menina, certo?

Hartnell fechou a veneziana e foi até a porta. O encontro havia terminado.

Perplexa com o comentário e com a forma abrupta como foi dispensada, Maisie se ergueu, pegou sua pasta e a abriu para sacar um cartão de visita. Ela sabia muito bem o que Hartnell queria dizer, mas não iria admitir a exatidão de suas palavras.

– Srta. Hartnell, obrigada por disponibilizar seu tempo, sou muito grata por isso. – Maisie estendeu o cartão. – Talvez a senhorita queira fazer a gentileza de me telefonar caso se lembre de algo que possa me ajudar a provar a morte de Ralph Lawton.

Hartnell segurou o cartão com uma das mãos e a maçaneta com a outra. Ela olhou de relance para ele.

– "Psicóloga e Investigadora"? Ora, ora, ora...

Mais uma vez, Maisie não disse nada e se dirigiu à porta, agora aberta.

– Pediram que eu lhe dissesse duas coisas, Srta. Dobbs.

– Sim?

Surpresa, Maisie se virou rapidamente, seus sentidos em alerta.

– Primeiro, que a senhorita olhe para além da cidade, da cidade no sudoeste da Inglaterra.

Maisie aquiesceu.

– A outra é que há duas pessoas do lado de lá que a protegem, embora uma delas ainda não tenha feito a travessia.

Hartnell fechou os olhos. Maisie pôde escutar os passos da empregada que se aproximava ressoando pelo chão de parquê do corredor.

– É estranho. Ele está entre este mundo e o outro: preso em vida e, no entanto, seu espírito vagueia. É muito triste.

Sem dizer adeus, Madeleine Hartnell deixou a sala com lágrimas nos olhos.

Maisie agradeceu a Sra. Kemp e deixou depressa o apartamento no Dufrayne Court. Ela se jogou no assento do motorista do MG, reclinou-se e expirou profundamente. Madeleine Hartnell era formidável, sem dúvida. Maisie pôs a mão sobre a fivela do vestido acinturado e deu outro suspiro profundo. *Calma, fique calma.* Alguns momentos se passaram antes de Maisie se inclinar para a frente e ligar o motor. Enquanto se afastava, ela refletiu sobre tudo o que havia descoberto sobre Madeleine Hartnell. Não tinha dúvidas de que a médium possuía todas as habilidades que asseverava ter. De fato, ela tinha provado isso. Tinha mesmo? Ou seus comentários foram tiros no escuro? Não, ela chegou muito perto do alvo – tanto que Maisie se lembrou de que precisaria contatar Billy e lhe dar instruções para que estendesse a investigação aos povoados próximos a Taunton. Maisie pensou nas palavras que Hartnell pronunciara ao sair. De repente, sentiu seus olhos arderem. *Ah, mãe, sinto tanto a sua falta, tanto...* Mas foi só quando ela dirigia para o West End de Londres que sentiu o coração apertar, e uma imagem de seu antigo amor, Simon, surgiu em sua mente. Ela o imaginou na cadeira de rodas com uma manta sobre os joelhos, uma leve brisa movendo as folhas das plantas exóticas no solário da casa de repouso, enquanto ele permanecia ali sentado, sozinho. *Preso em vida e, no entanto, seu espírito vagueia...*

O que havia de errado com Madeleine Hartnell para que Maisie desconfiasse dela, ainda mais do que de Browning ou Darby? Estas certamente eram pseudovidentes tentando ganhar a vida em tempos difíceis. *Tenha cuidado.* As palavras ecoaram na mente de Maisie. *Tenha cuidado.* Foi a voz da mãe que ela escutou.

E algo mais intrigava Maisie. Apesar de toda a sua sofisticação, de seu domínio e de sua sensibilidade aguçada, havia uma vulnerabilidade em Madeleine Hartnell que a fazia lembrar Avril Jarvis. Enquanto pisava fundo no acelerador, ocorreu-lhe ter notado uma meninice em Hartnell, embora não conseguisse identificar o motivo exato que a levou a pensar dessa maneira.

CAPÍTULO 8

Sentada à sua mesa na sexta-feira de manhã cedo, Maisie se preparava para o almoço com Priscilla. Ela repassara todo o seu guarda-roupa e percebera que deixava a desejar. Pegou uma das três blusas de seda creme que tinha para ver se não ficaria muito desalinhada com o tailleur vinho que, alguns meses antes, ela havia considerado tão estiloso. Acabou escolhendo o vestido preto novamente, além de sapatos pretos e um chapéu com uma fita larga de cetim vinho. Ela usaria o blazer do tailleur sobre o vestido preto. *Isso daria um toque de charme...*

Enquanto examinava o mapa do caso e tamborilava um lápis vermelho na ampla folha de papel branco, pensou que grande parte de seu desconcerto partia de Madeleine Hartnell. Maurice não a havia ajudado muito, talvez porque as respostas dele não a tranquilizaram de imediato. Estava evidente que a intenção dele não fora confortá-la, mas, refletindo sobre o telefonema que Maisie lhe fizera assim que retornara aos seus aposentos na Ebury Place, percebeu que o conselho que ele lhe dera era verdadeiro.

– Lembre-se, Maisie: essas pessoas nos atingem em dois níveis, por assim dizer. – Ele fez uma pausa durante a conversa para tragar com força o cachimbo. – Por outro lado, sim, você deve tomar muito cuidado com gente como Hartnell. Já vimos esse tipo, e não sofremos nenhum dano porque tomamos o devido cuidado. Está claro que ela poderá ser útil mais para a frente. Meu conselho seria buscar a sabedoria de nosso amigo Khan.

– Faz muito tempo que não o vejo, Maurice. Para lhe dizer a verdade, acho incrível que ele ainda esteja vivo.

– Khan parece transcender noções como idade. – Maurice fez uma pausa. – Foi a ele que *eu* recorri, Maisie, em tempos espiritualmente sombrios.

– Ah, eu não diria que estou...

– O segundo nível, Maisie, é a tarefa que cada um de nós deve realizar na vida de outras pessoas. É uma tarefa da qual não temos consciência, mas que está lá mesmo assim. A aparição de Hartnell em uma hora como esta sem dúvida vai obrigá-la a lidar com... um conflito, talvez? Esta foi uma pergunta retórica. Pense em seu desconforto e aceite-o como a dor necessária para que atinja uma harmonia mais profunda consigo mesma.

Maisie suspirou, e o som de sua própria respiração a trouxe para o presente. Olhou para as notas rabiscadas e os diagramas no mapa do caso e voltou a atenção para o trabalho. Dentro de um círculo no centro do papel ela havia escrito RALPH LAWTON; em outro, AGNES LAWTON. Enquanto traçava linhas estabelecendo conexões entre os nomes das pessoas já identificadas que Ralph conheceu, Maisie se perguntava quais poderiam lançar luz sobre a personalidade dele e como ela iria abordar cada uma. Ainda havia trabalho a ser feito antes mesmo de começar propriamente a investigação, então ela anotou que deveria pesquisar a ficha militar do aviador assim que possível. A palavra CASA estava circulada, e quando ela estudou o encadeamento de pensamentos, suposições, perguntas e fatos conhecidos, todos eles conectados por uma série de linhas, concluiu que sua próxima visita teria que ser à casa de campo de Lawton.

Ela trabalhou por algumas horas, consultando seu relógio e aguardando notícias de Billy. Escrevera FRANÇA e FLANDRES no mapa do caso e, num canto, anotara a lápis, bem fraquinho, a palavra BIARRITZ – uma frivolidade, e apenas se o tempo permitisse. O telefone tocou.

– Fitzroy...

– Sou eu, senhorita.

– Billy, olá! Como vai?

Maisie se reclinou na cadeira e olhou para a praça lá fora.

– Está tudo bem, muito obrigado. Doreen saiu para dar um passeio e vim a uma cabine telefônica falar com a senhorita.

– E então, alguma novidade?

– Não muitas ainda, senhorita, não muitas. Principalmente porque os jornais ainda não descobriram o verdadeiro nome da menina, mas, quando isso acontecer, estará por toda parte, garanto.

– Não acontece muita coisa nessas cidadezinhas, Billy.

– Bem, eu não diria isso, senhorita... Ei, ops... preciso colocar mais dinheiro aqui.

Ruídos na linha indicavam que Billy estava inserindo moedas no aparelho de telefone e depois pressionando o botão para continuar a chamada.

– Já fui à biblioteca e pesquisei o nome "Jarvis". Lá tem uma bibliotecária muito boa que esteve na França, sabe? Uma mulher muito interessante. Ela disse que fez algo na guerra que não podia comentar, mas, enfim, eu lhe falei que estava procurando um velho amigo da época em que fomos sapadores no Exército e que morava por estes arredores, e que havíamos perdido contato em 1917, quando fui ferido. Então ela desenterrou todo tipo de livro, jornal e registro, e o que a senhorita...

– E...? – Maisie queria apressar Billy. Se deixasse, ele continuaria tagarelando eternamente.

– Enfim, o que é interessante é que há uma família Jarvis morando nos arredores da cidade, em um povoado não muito longe daqui e... A senhorita não vai acreditar, não que isso tenha algo a ver com a minha investigação, mas...

Ah, vamos logo com isso, Billy, pensou Maisie, tamborilando o lápis na mesa outra vez.

– ... mas, aparentemente, essa família Jarvis se envolveu em algumas coisas esquisitíssimas.

– Que tipo de coisas... esquisitíssimas?

– Bem, há alguns anos, uma das mulheres dessa família foi presa porque se meteu a fazer uns remédios... sabe, quando dão aos doentes umas tinturas, uns preparados...

– Não acho que exista uma lei de verdade que proíba isso, Billy.

– Existe quando isso mata as pessoas.

– Ah, estou entendendo.

– Eles não eram bem aceitos na sociedade, se é que me entende. Bem, não sei se nossa Avril Jarvis é da mesma família, mas isso me pareceu muita coincidência, não é mesmo, senhorita?

– Investigue isso, Billy. Qual é o nome do povoado?

– Downsmarsh-on-Lye.

– Soa como uma cidadezinha de cartão-postal.

– Não pelo que ouvi dizer, senhorita. Está mais para um lugar onde só há camponeses e funileiros que mal têm meios para comprar roupas para as crianças. Sabe, pelo menos eles podem plantar alguns alimentos.

– Você vai até o povoado hoje?

– Há uma linha ferroviária secundária. O trem que parte para lá sai a cada três horas. Vou pegar o das onze e meia.

– Muito bem.

– Falo com a senhorita amanhã de manhã. Devo telefonar para Chelstone?

– Sim. É melhor ligar cedo, pois irei a Hastings. Ligue às sete... e, Billy, tome cuidado.

– Claro, senhorita. O que poderão fazer, me bater na cabeça com algumas ervas?

– Você sabe o que quero dizer.

Maisie balançou a cabeça e recolocou o fone no gancho.

Aparentemente, Madeleine Hartnell estava certa: a menina vinha de um povoado nos arredores de Taunton. A acurácia da previsão surpreendeu Maisie mais uma vez. Ela se sentiu vulnerável, como se estivesse atravessando um lago coberto de gelo. Bastaria um passo em falso e... Tamborilou na mesa novamente. Ela se encontraria com Priscilla no Strand Palace à uma da tarde. Era o tempo exato para visitar Khan. *Foi a ele que recorri, Maisie, em tempos espiritualmente sombrios.* Maisie partiria agora, antes que a nuvem que sentia pairar sobre sua cabeça se precipitasse.

⁓

O casarão em Hampstead não havia mudado desde que ela entrara ali pela primeira vez, quando ainda era uma menina, levada por Maurice Blanche para conhecer o Dr. Basil Khan, o que ele descreveu como uma *visita educativa*. Foi com Khan que Maisie aprendeu que ver não é necessariamente algo feito com os olhos: há uma visão profunda que se conquista por meio da serenidade, uma visão que desde então lhe foi útil. E Maurice a levou para ver Khan mais uma vez, poucos dias depois de seu regresso da França, em 1917, para que seu conhecimento, sua calma e sua presença benfazeja trouxessem paz àquela jovem mulher com o corpo e o espírito machucados. Ele não a desapontou; pediu que ela contasse sua história repetidas vezes e, ao contar, ela iniciou uma jornada para se livrar do repugnante cheiro da morte, um vapor aderente que ela acreditava ter se apoderado de seus sentidos para sempre.

Um jovem vestindo túnica branca de algodão a atendeu e fez uma reverência para Maisie, convidando-a a entrar no espaçoso saguão hexagonal.

– Vim para vê-lo, se possível.

– Vou perguntar. É a Srta. Dobbs, certo?

– Sim. Obrigada.

O jovem se curvou, as mãos juntas diante de seu peito, e em seguida deixou a sala.

Maisie andou até a janela saliente que dava para o jardim. Uma densa sebe de alfeneiros escondia a casa, oferecendo privacidade diante da curiosidade dos pedestres. Havia duas estátuas no jardim, que exalava a fragrância de flores e arbustos não imediatamente familiares para Maisie. Uma das estátuas havia sido trazida do Ceilão. Representava o Buda, sentado com as pernas cruzadas. Pétalas cor-de-rosa haviam sido depositadas na base e em volta do pescoço da estátua. A outra, talvez surpreendentemente, era de São Francisco. Ao pé desta, havia sido colocada uma pequena plataforma para alimentação dos pássaros. Maisie sorriu quando um tordo pousou num dos braços de São Francisco, antes de descer saltitante para um repasto de migalhas de pão.

Os alunos de Khan vinham de todas as partes do mundo e se alojavam nos muitos quartos do casarão. Além dos homens e das mulheres jovens que passavam meses ali, Khan recebia todos os dias os que buscavam seus conselhos. Os visitantes representavam um amplo espectro de influência. Eram políticos, comerciantes ou membros do clero, e era dessas fontes que provinham os recursos para manter a casa e a propriedade, embora as necessidades materiais de seus ocupantes fossem frugais.

O jovem apareceu novamente, e Maisie foi levada aos aposentos de Khan. A sala da recepção permanecera praticamente da forma como se lembrava de quando era menina, embora as amplas janelas do chão ao teto agora estivessem fechadas e as cortinas brancas não mais se enfunassem imponentes. Ela tirou os sapatos antes de entrar na sala espartana. Khan estava sentado de pernas cruzadas sobre almofadas, de frente para a janela, que o banhava de luz natural. Maisie andou até ele e, quando se aproximou, Khan se virou. Ela segurou a mão encarquilhada, parecendo uma garra, estendida para ela, e se inclinou para a frente a fim de beijar sua fronte.

– Fico contente que tenha vindo me visitar, Maisie Dobbs.

– E eu também, Khan.

– Você dispõe de pouco tempo, sem dúvida.

– Sim.

Khan assentiu. Maisie silenciosamente se ajoelhou em uma almofada perto dele, depois sentou-se com as pernas para o lado. Ela apoiou uma das mãos no chão e sorriu para Khan. Embora não a pudesse ver, ele se voltou para ela mais uma vez e sorriu. Quando ele se virou para a janela novamente, Maisie viu um único inseto pousar em sua fronte e rastejar até seu ouvido e em seguida até seu nariz antes de voejar pelo quarto. Khan não esboçou reação. Ela sabia que teria que falar primeiro e que suas palavras precisariam sair do coração.

– Estou com medo, Khan.

Ele aquiesceu.

– Pediram que eu assumisse um caso que eu sinto... não, *receio* que irá comprometer meu espírito. Não me sinto segura em relação a esse trabalho, apesar de toda a minha experiência e serenidade. Não há evidência de que eu esteja sob ameaça, embora a investigação exija que eu me comunique com pessoas que afirmam ter canais diretos para o além.

Fez-se silêncio na sala. E então Khan falou:

– O que a motiva a assumir o trabalho?

– Eu... bem, a princípio, pensei em recusá-lo. No entanto, uma menina precisa de representação legal, e eu poderia lhe garantir um advogado de defesa como parte dos meus honorários.

O sol esquentava as vidraças e Khan levantou a cabeça.

– Quem é esta menina que você está ajudando? – Parecia até que era Maurice quem estava falando.

Os olhos de Maisie se umedeceram quando ela confessou:

– Eu senti tanta falta dela, Khan, tanta falta. Sempre soube que ela estava comigo, de verdade, e eu não queria que meu pai pensasse que não me bastava. Não queria que ele soubesse da dor profunda que sinto pela morte de minha mãe. E então, quando ele quase morreu, eu...

Khan se virou para Maisie, que começou a chorar.

– Quero ajudar essa menina. Não vou suportar se ela terminar encarcerada pelo resto da vida. Se ela for mandada para a cadeia... – Maisie se esforçou para se recompor. – E temo que, se eu for para a França, as memórias...

Khan deixou que ela chorasse. Os ombros de Maisie tremiam quando ele pôs a mão sobre a cabeça dela. Em seguida, ele falou:

– Minha criança, quando uma montanha surge em nossa jornada, tentamos desviar para a esquerda e depois para a direita. Tentamos encontrar um jeito de voltar para o caminho mais fácil. – Ele fez uma pausa. – Mas a montanha está ali para ser atravessada. É nessa peregrinação, quando escalamos mais alto, que somos forçados a retirar camada por camada daquilo que carregamos por tanto tempo. E então descobrimos que nossa carga é mais leve e descobrimos algo sobre nós mesmos na perigosa escalada.

Maisie olhava para cima enquanto ele aconselhava. A voz melodiosa capturava sua atenção.

– Não tente evitar a montanha, minha criança, pois ela foi colocada ali no momento perfeito. Ela se tornará maior se você postergar ou evitar a travessia.

Maisie não disse nada. Apenas se afastou e pegou um lenço do bolso para secar os olhos e o nariz.

– Saiba que está protegida, minha criança. Que na sua prática e na sua crença reside sua força.

Khan fechou os olhos e pareceu estar dormindo. Ele era um homem muito idoso e estava cansado, mas tinha uma mensagem final.

– E você é abençoada tanto pelos que a protegem quanto por aqueles que busca proteger.

Maisie se pôs de pé silenciosamente, beijou Khan na fronte mais uma vez e calçou os sapatos antes de sair da sala. Um estudante a acompanhou até a porta de entrada, e ela colocou uma meia-coroa em sua mão. Ele se curvou, se virou e partiu. A porta se fechou atrás dela. A montanha assomava adiante. Ela endireitou os ombros para encará-la. *Sim, mas no que eu acredito?*

Maisie chegou com dez minutos de atraso para seu encontro com Priscilla no Strand Palace. Embora o país estivesse atravessando uma crise econômica, o moderno hotel, com suas portas giratórias prateadas e seu design ultramoderno, acolhia os hóspedes em um refúgio de otimismo, ainda que apenas por uma noite, para um jantar ou um drinque. Priscilla aguardava no saguão. Trajando um vestido cinza-ardósia que claramente havia sido confeccionado num caro ateliê parisiense, com sapatos e bolsa combinando, ela parecia observar o movimento do lugar. Recebia confiante os olhares de admiração, mas ao mesmo tempo parecia olhar entretida à sua volta. Ela avistou Maisie e sorriu. Maisie percebeu imediatamente que Priscilla segurava um grande envelope marrom.

– Querida! – Priscilla pressionou sua bochecha na de Maisie e se afastou. – O que há de errado com você? Em primeiro lugar, nunca a vi se atrasar em toda a sua vida, e, depois, está parecendo péssima.

– Não acabe comigo, Pris.

Maisie endireitou a postura. Por que ela sempre se sentia tão pequena perto de Priscilla, por mais que amasse a amiga?

– Você está doente?

– Não. Bem, vamos comer alguma coisa. Só estou um pouco ocupada, isso é tudo.

– *Humpf!* Espero que esse médico não tenha se revelado um safado.

Maisie olhou ao redor.

– Não, é claro que não. Eu só me comprometi com muitos trabalhos ultimamente.

– Por aqui.

Priscilla deu o braço para Maisie e a conduziu até o restaurante.

– Sabe o que penso disso? Você está precisando de umas férias. Venha para Biarritz, Maisie. Tenho certeza de que Billy e seu médico conseguirão se virar por algumas semanas sem você por perto.

Maisie balançou a cabeça quando elas já estavam sentadas.

– Sem chance, sinto muito.

Priscilla arqueou uma sobrancelha enquanto enfiava a mão na bolsa e sacava uma piteira e um maço de cigarros. Encaixou um cigarro na piteira e o acendeu com um isqueiro de prata que tinha suas iniciais gravadas e o deixou sobre a mesa, tragando profundamente. Fitou Maisie bem de perto. Em seguida, inclinou-se para a frente e apagou o cigarro, apoiando a piteira no cinzeiro.

– Sabe o que eu acho, Maisie?

Maisie suspirou.

– Eu estou *bem*, Priscilla.

– Bom, vou lhe dizer de todo modo, você gostando ou não. Em primeiro lugar, você precisa de férias. Essa é a verdade. Se sua ideia de diversão é passar um fim de semana com um médico do interior sem parar de pensar em trabalho, já está na hora de abrir seu leque de opções.

Maisie abriu a boca para falar, mas Priscilla ergueu a mão.

– Ainda não terminei. A outra coisa que você deveria fazer é arrumar um teto todo seu, um apartamento ou algo assim.

– Como se eu já não tivesse feito *isso* antes.

– Não, você não fez, não de verdade. Pense nisso. Você voltou da França, se recuperou de seus ferimentos... e, lembre-se, sei tudo sobre feridas... voltou à Girton para concluir os estudos, e é claro que você passou algum tempo na Escócia, não foi? Naquele lugar medonho, o que era aquilo, aquele lugar onde trabalhou com uns camaradas de Maurice Blanche? O Departamento de Medicina Legal. Ugh! E então voltou para Londres para trabalhar com Maurice. E onde morou? Foi direto para Lambeth, onde por anos viveu em um quarto alugado. *Lambeth*. De volta ao útero, por assim dizer. Depois ocupou por uma temporada um cômodo ao lado de seu escritório na Warren Street. Como você pôde viver naquele lugar está acima da minha capacidade de compreensão. Então foi morar na Ebury Place por insistência de lady Rowan, que, como não podia sair por aí dizendo que queria lhe dar algo, não a convidou para ficar lá como hóspede, mas como uma espécie de supervisora não remunerada enquanto eles estivessem em Kent. Tudo ótimo, devo admitir, mas você nunca se desgarrou completamente do ninho, não é mesmo? Se não tomar cuidado, vai acabar morando em Sussex, em uma velha e poeirenta casa de campo com vigas de madeira.

Maisie encarou Priscilla, que deu de ombros, pôs um novo cigarro na piteira e ficou fumando por alguns instantes sem dizer nada. Maisie acabou rompendo o silêncio.

– Nem todo mundo tem a oportunidade de morar em um apartamento próprio na cidade, sabe? A maioria das mulheres sai direto da casa do pai para a do marido, e muitas delas vivem sob o teto de seus cunhados por alguns anos antes de poderem arcar com o aluguel do próprio apartamento, isso se tiverem sorte.

– Lá vem você novamente se penitenciando! Você é *diferente*, Maisie. É uma *profissional*. Você se esforçou muito para chegar aonde chegou, então, pelo amor de Deus, desfrute de um pouco mais de liberdade antes que sir Lancelot venha correndo em seu cavalo e a carregue. Não quero começar a divagar sobre isso, mas eu gostaria muito de saber por que ele ainda é solteiro. Afinal, não há poucas mulheres solteiras disponíveis. Mas, voltando ao que eu estava dizendo, francamente, sou grata por ter tido alguns anos de independência, mesmo que não tenham sido exatamente a melhor época da minha vida.

Maisie queria mudar de assunto desesperadamente.

– O que há no envelope?

– Já vou chegar a esse assunto. Não terminei ainda.

Priscilla dispensou o garçom pela segunda vez e depois o chamou de volta para pedir dois gins-tônicas. Maisie abriu a boca para protestar, mas ele já havia se afastado.

– Veja bem – continuou Priscilla. – Decidi investir em uma propriedade. Parece que tenho que fazer isso, de acordo com meus consultores financeiros. O dinheiro da minha herança foi resgatado do mercado de ações no momento certo, e eu preciso usá-lo em algo construtivo, e não há nada mais construtivo do que a construção civil, certo? Quero comprar alguns apartamentos, talvez uma casa em Chelsea daquelas que um dia foram estábulos. *Esse* seria o lugar ideal para uma profissional.

– Mas, se eu alugar de você, será como morar na Ebury Place, Priscilla!

– Nem um pouco. Para começar... é um lugar novo, jovial. Nada dessa velharia que já não faz sentido. Vitória, que Deus a receba em seus braços, já morreu. Siga em frente, Maisie.

– Vamos falar sobre o envelope. Sei que o trouxe para mim.

– Certo.

Com as mãos trêmulas, Priscilla apoiou a piteira no cinzeiro e se inclinou na direção de Maisie.

– Voltarei a esse assunto mais tarde. – Ela pegou o envelope. – Isto tem a ver com Peter.

Maisie percebeu que Priscilla apertava o envelope com força. A amiga voltou a falar, mas não com sua forte voz impositiva, e sim de maneira hesitante, como se não soubesse exatamente por onde começar.

– Eu... bem, eu fui... Não, deixe-me começar novamente.

Priscilla abriu o envelope e o fechou de novo.

– Eu estive pensando, sabe, desde o nosso jantar. Estive pensando em lhe pedir um favor.

– A mim?

– Sim. Veja, eu acho... não, eu *espero* que talvez você possa me ajudar. – Priscilla pegou seu drinque. – Veja bem, Maisie, sei que você está terrivelmente ocupada, e eu não pediria isso se não fosse muito importante para mim... para minha família... e seria apenas se você realmente fosse para a França, como sugeriu...

Maisie franziu a testa, observando as lágrimas nos olhos da amiga.

– O que está havendo, Pris?

– Bem, foi quando você mencionou o caso em que está trabalhando e disse que teria que ir para a França. Uma luzinha se acendeu e...

– Mas como *eu* posso ajudá-la, Pris?

– Eu acho... não, eu *sei* que devo descobrir onde Peter morreu. Há tempos quero saber, quero que a memória dele descanse em paz, quero depositar flores no memorial do povoado mais próximo, esse tipo de coisa. Visitei os túmulos de Pat e Phil anos atrás, mas é como se Peter ainda estivesse por aqui. Há muito tempo sinto que preciso fazer isso, se não por mim, então pelos meus meninos, para que saibam como é importante não ignorar esse tipo de coisa.

Maisie assentiu.

– Sim, entendo.

Priscilla acenou para o garçom e pediu mais um drinque, então voltou-se novamente para Maisie.

– Sei que essa não é sua especialidade... quer dizer, não se trata de um crime a ser investigado. Mas, quando você mencionou esse caso, ele calou fundo em mim... Pensei que, como você está assumindo um caso desse tipo, talvez pudesse descobrir onde Peter morreu.

Maisie respirou fundo. Na verdade, ela não queria aceitar essa tarefa, mesmo sendo informal e para uma amiga querida, assim como não queria ter que provar que o filho de Lawton estava morto. Ela pensou que, se pedisse um conselho a seu mentor, o Dr. Maurice Blanche, ele chamaria a atenção para o fato de os dois pedidos apontarem na direção da França, logo lá deveria haver algo para aprender sobre si mesma. Ela já ia recusar, quando olhou para Priscila e viu a súplica claramente gravada em seu olhar e refletida em sua tensão. Foi um apelo que a tocou no coração.

Maisie mordeu a parte de dentro do lábio e pensou por mais um momento. Pegou o drinque e ficou girando o líquido em um redemoinho sem levar o copo à boca, até que encarou Priscilla novamente.

– Veja, Pris, farei o que eu puder por você, mas não espere nenhum resultado por algum tempo. Esse terá que ser um trabalho informal. É o melhor que posso fazer, o máximo que posso prometer.

Priscilla abriu um sorriso enorme e se debruçou sobre a mesa, tomando a mão de Maisie nas suas.

– Ah, Maisie, isso já é bom demais para mim. Não sei como agradecer. Certamente é um fardo terrível, e eu não teria pedido se não fosse...

Maisie soltou a mão e apontou para o envelope.

– E então, o que você tem aí para me mostrar?

Priscilla retirou de dentro do envelope vários documentos, que foi entregando a Maisie, um por um.

– Estas cartas foram enviadas por Peter depois que ele se alistou. Ele estava em algum lugar em Surrey. Quase todas foram escritas para meus pais, mas há algumas endereçadas a mim, antes que me juntasse ao Corpo de Enfermeiras de Primeiros Socorros.

Priscilla pegou mais cartas.

– E estas foram enviadas da França. Dá para identificar as da França, pois a tinta é visivelmente mais diluída. Acho que as lojas deviam ter tal demanda de tinta que a misturavam com água para render mais. – Ela deu de ombros e continuou a falar: – Bem, essas foram enviadas da Inglaterra quando ele voltou da França. Da caserna em Southampton, de onde parece que ele viajava para Londres para fazer cursos.

– Uma promoção? – perguntou Maisie.

– Eu realmente não sei. Só sei que os comunicados dele eram extremamente sucintos, e ele comentava que de fato não dispunha de muito tempo para escrever.

– Não é de estranhar, não é mesmo?

– E aqui estão mais algumas da França.

Priscilla passou as cartas para Maisie, caindo em silêncio enquanto segurava firme um último pedaço de papel.

– Ah, droga! Esta maldita carta sempre faz isso comigo, toda vez, não importa quanto eu já tenha olhado para ela! – Ela pegou um lenço da bolsa e limpou levemente o canto dos olhos. – Esta foi a última carta que meus pais receberam dele. Apenas meia página, sem nada de mais escrito.

Maisie pegou o papel e olhou frente e verso dos envelopes.

– Priscilla, parece que ele estava na França havia algum tempo antes de vocês receberem o último telegrama, e no entanto há apenas três ou quatro cartas, com datas muito próximas umas das outras, depois de ele ter ido para lá novamente. Supondo, é claro, que esta seja a última carta.

Priscilla deu de ombros.

– Sim, notei a mesma coisa. Imagino que mamãe e papai as tenham queimado. Pelo que sei, eles queimaram todas as cartas do Exército que chegaram depois.

– Mas por que apenas aquelas da segunda temporada na França? Por que não todas?

Priscilla encarou Maisie.

– Francamente, não faço ideia. Por que as pessoas fazem o que fazem, especialmente naquela época? Talvez ele realmente não tenha escrito mais, embora, conhecendo Peter, eu deva dizer que isso me surpreende. Ele era tagarela, sempre tinha uma história para contar. Mas eu mesma achei que escreveria para os meus irmãos o tempo todo, *As diabólicas proezas de guerra de Priscilla, a caçula*, e, no entanto, tirando uma carta aqui e outra ali, eu caía na cama exausta toda santa noite.

– Bem, eu com certeza supus que Peter seria o tipo de pessoa que escreveria com frequência. Por tudo o que você me contou, imaginei que ele teria muito para contar.

Maisie inclinou a cabeça e franziu a testa. Sua curiosidade havia sido estimulada.

– Bem, sim. Mas... Ah, eu não sei, Maisie. Eu só queria saber onde ele morreu e, como nunca recebi uma carta do tipo "Sinto informar", fiquei completamente no escuro.

Maisie juntou os papéis e os guardou no envelope.

– Bem, talvez isso a surpreenda, mas, apesar de todo o horror e o caos da guerra, até que foi possível conservar uma boa quantidade de registros. É curioso que você não tenha conseguido localizar essa informação.

Ela sorriu para Priscilla de um jeito amável, embora seu cérebro já estivesse trabalhando, pois sabia que a amiga não devia ter tentado todos os meios de obter os pormenores sobre a morte de Peter Evernden.

Priscilla estava pensativa.

– Acho que a única informação útil que tenho é que ouvi meus pais comentando, um pouco antes de eu ir para a França, que Peter havia sido transferido para outro posto e que estava muito animado com isso. O que aconteceu em seguida você já sabe: Peter se fechou em si mesmo, e eles ficaram loucos de curiosidade para saber o que ele andava fazendo. Meu pai tinha um mapa marcado por tachinhas na parede do seu escritório e tentava acompanhar, o melhor que podia, a movimentação de todos nós, seus quatro filhos. Depois de Southampton, ele não conseguiu mais marcar a posição de Peter, pois não sabia para onde ele havia sido enviado, e nunca me contaram nada sobre o lugar onde meu irmão morreu. E então, é claro, as tachinhas foram sendo retiradas uma por uma, até que fui a única que sobrou.

Priscilla reacendera o cigarro enquanto falava. Naquele momento, deu uma tragada profunda, expirando um anel de fumaça.

– Voltei para casa, papai enrolou o mapa, e foi isso.

Maisie deixou que o silêncio invadisse o espaço entre elas. Não pôde evitar traçar paralelos entre as duas investigações: uma por parte de um estranho, outra de sua querida amiga. Um pedido inspirado pelo outro. Dois homens mortos na França, dois parentes enlutados incapazes de reencontrar a paz, um dos quais ela amava profundamente. Ela se inclinou sobre a mesa e pôs a mão no braço de Priscilla.

– Farei o que puder para descobrir onde ele morreu, Pris. Mas agora vamos comer alguma coisa. Estou morrendo de fome. – Maisie encarou Priscilla até a amiga se virar para ela. – E quero conversar mais com você sobre arrumar um apartamento. Mas não quero morar no imóvel de ninguém. Tenho economizado e acabei de pagar meu carro. Acho que quero um lar só meu.

Priscilla abriu um sorriso travesso, como Maisie sabia que ela faria.

– Excelente!

CAPÍTULO 9

Maisie não retornou para a Ebury Place depois do encontro com Priscilla. Em vez disso, decidiu refletir sobre onde poderia morar caso se mudasse. Também queria pensar sobre outras coisas.

A noite caía quando ela chegou ao Embankment. Ela adorava caminhar às margens do rio, mas, quando a corrente estava baixa, a lama do Tâmisa não exalava um odor agradável. Refletindo sobre o almoço com sua amiga, Maisie se perguntou por que cedia aos pedidos de Priscilla toda vez que se encontravam. Em um minuto ela se via bastante determinada e, no seguinte, se ouvia concordando que um apartamento para si própria seria a melhor coisa do mundo, quando ela *sabia* que não teria dado muita bola para aquela ideia se estivesse sozinha ou se a sugestão tivesse vindo de outra pessoa – mesmo de Maurice. Além disso, também se viu concordando em visitar Priscilla em Biarritz quando fosse para a França. Maisie adorava Priscilla e, no fim das contas, acabava levando em consideração a opinião franca que a amiga nunca hesitava em oferecer. Sem dúvida, eram como água e vinho, mas entre elas havia um vínculo que ninguém poderia negar. E ela havia sentido muito a falta da amiga.

Priscilla sugeriu que Maisie fizesse uma lista das características que sua casa nova precisaria ter. Maisie levantou a gola do blazer quando um vento frio gelou seu pescoço. Era o tipo de coisa que ela mesma teria sugerido e, no entanto, além da proximidade com o rio, não sabia o que esperar de um lugar para morar. Suas acomodações já vinham mobiliadas, por isso ela nunca tivera a chance de refletir sobre seus gostos pessoais. *O que eu quero?* Priscilla decretara que seu apartamento deveria estar localizado onde ela pudesse encontrar pessoas, deveria ser num lugar sociável.

Maisie deu a volta. Caminhava agora na escuridão, orientando-se apenas pelos postes de luz. Não demoraria muito para obter respostas para as perguntas de Priscilla depois de consultar os registros de Peter no arquivo do Gabinete de Guerra, tarefa da qual ela se livraria assim que possível. Maisie pensou sobre o tipo de treinamento que Peter poderia ter recebido, especialmente quando foi trazido de volta da França para ser promovido – se é que isso tinha mesmo acontecido.

Billy estaria de volta na segunda-feira com novidades sobre os antecedentes da menina Jarvis, e ela viajaria de carro para Cambridgeshire, a casa da infância de Ralph Lawton. No fim de semana, quando voltasse da visita a Andrew Dene, passaria na casa de Maurice. Ela lhe contaria sobre seus planos de ir para a França, provavelmente nas semanas seguintes. É claro que, antes, ela também contaria tudo para Andrew, depois que ele revelasse a surpresa que havia mencionado. Tentou imaginar que surpresa seria, e torceu para que não fosse algo que a pressionasse a ponto de causar uma indisposição entre os dois.

◈

– Ah, senhora, o Dr. Dene telefonou – avisou Sandra, pegando o casaco de Maisie enquanto ela entrava na mansão dos Comptons na Ebury Place.

– É mesmo? O que ele disse?

– Pediu muitas desculpas, senhora. Disse que recebeu um chamado de urgência. Parece que houve um acidente em um canteiro de obras esta tarde e agora tem um monte de colunas e pernas para operar, foi o que contou, e ele foi convocado para o Hastings General para ajudar. Vai ficar ocupado durante todo o fim de semana.

– Ah, minha nossa.

Maisie esperava que o alívio que sentiu não tivesse transparecido.

– Aposto que a senhora estava ansiosa pela viagem no fim de semana. Tem trabalhado muito ultimamente.

Sandra fez uma reverência e começou a se afastar, então Maisie foi em direção às escadas.

Pensando melhor, Maisie se virou e recuou até o saguão da entrada.

– Sabe, Sandra, acho que de toda forma não vou ficar em Londres, portanto não se preocupe comigo neste fim de semana. Minha mala está pronta, partirei amanhã bem cedo para Cambridgeshire. Assim tenho a oportunidade de visitar um cliente em casa.

– Certo, senhora.

Depois de telefonar para o pai e explicar que ela teria que adiar a visita quinzenal que havia se tornado parte da rotina desde que ele se acidentara no verão, Maisie incluiu na bagagem a coleção de cartas que Ralph Lawton escrevera a seus pais, a maior parte enviada especificamente para a mãe, apesar de haver uma ou duas endereçadas ao pai. Também deu mais uma olhada na correspondência de Peter Evernden, recolocou os papéis no envelope marrom e os guardou na sua bolsa junto com outras anotações e arquivos. A casa de campo dos Lawtons ficava no povoado de Farthing, a pouco menos de 10 quilômetros de Cambridge. Ela não voltava àquela região desde seus tempos da Girton.

Lorde Compton viajara da Ebury Place para Kent e, mais uma vez, Maisie encontrava-se sozinha. Ela não estava habituada a passar uma noite de sexta-feira sem ter nada para fazer. Não que estivesse ociosa. Não, ela nunca teria problema para encontrar o que fazer. No entanto, depois de se despir e preparar seu banho, Maisie se sentou por um momento na poltrona perto da janela, vestida com o robe, e suspirou. *Férias em Biarritz.* Ela nunca havia tirado férias propriamente, nunca fizera uma viagem para a qual precisasse colocar roupas especiais na mala ou que a fizesse ansiar pela salgada brisa marinha ou pelas longas caminhadas no campo. Antes de a mãe adoecer, "férias" significavam duas semanas de setembro colhendo lúpulo em Kent ou alguns dias com seus avós maternos. Anos depois, seu avô havia assumido o posto de supervisor dos diques nos canais do Tâmisa, por isso a família Dobbs costumava viajar de trem para Marlow e, de lá, pegar um ônibus para o vilarejo onde seus avós tinham uma casinha perto do canal.

Agora Maisie sorria ao evocar essas memórias. Afinal, havia muito tempo que seus avós e sua mãe tinham partido. Parecia que desaparecera com eles toda a disposição para uma viagem de férias.

O motivo, dizia ela, primeiro fora esquecer a guerra, depois concluir sua formação. Determinara a si mesma que seria bem-sucedida no trabalho com Maurice Blanche e agora sua energia estava dedicada ao seu negócio. Maisie se empenhava para, ao concluir um caso, garantir àqueles em cuja vida havia interferido que, na medida do possível, ficassem em paz com o resultado de seus atos. Mas já havia muitos meses que ela trabalhava sem parar, a não ser por um ou dois dias em fins de semana alternados, quando passava o dia em Kent com o pai ou com Andrew Dene em Sussex. Ainda assim, ela sempre levava trabalho em sua bagagem, e seus pensamentos nunca se afastavam do escritório.

Ela pensou nos cartazes que adornavam as plataformas das estações de trem, que via toda vez que passava pela catraca da estação na Warren Street, incentivando-a a viajar para outros países. Mas ela se perguntava se não era aquilo que sentiam, desde a guerra, todos os que podiam arcar com essas viagens por navio, trem, carro ou avião para a Riviera, a África, o Mediterrâneo ou mesmo para Devon e a Cornuália. Não que viajar fosse caro, pois os navios de guerra foram convertidos para uso civil, e, assim, os preços haviam despencado. Mas era preciso ter uma reserva financeira de modo que restasse tempo para viajar, por isso Maisie havia ignorado as imagens persuasivas da proa de um navio imponente ou de um oceano de um profundo azul-celeste entrevisto entre os galhos de uma laranjeira: o convite à viagem, que levaria embora as lembranças das trincheiras, do frio, da lama e do sangue. *Para aqueles que tinham liberdade de partir.*

E lá estava ela em uma noite de sexta-feira sem ter nada para fazer a não ser trabalhar. Ou ler, que era, claro, sua outra distração: a busca por aprender, por expandir seu conhecimento de mundo, sem necessariamente ter que ir a outros países. Talvez por isso não estava meditando bem, pois nem sempre Maisie gostava da mensagem que recebia ao se ver sozinha ao fim do dia. Ouvia uma voz que falava de isolamento e de sua escolha de não ultrapassar os limites do mundo onde experimentava uma módica segurança. O que era mesmo que Maurice dizia, um de seus desafios preferidos? *Busque a oportunidade de nadar para além dos confins do próprio oceano.* Ela conhecia todos os recifes, bancos de areia e peixes de seu mar.

Talvez tivesse chegado a hora de buscar um apartamento, afinal, e sem deixar para depois.

Após o banho, Maisie telefonou para a residência de Lawton, esperando que sir Cecil estivesse lá. Ele era conhecido por suas atividades de lazer no campo e por desfrutar da companhia de um círculo de acadêmicos com os quais jantava nos fins de semana. Lawton concordou que Maisie visitasse a casa, como ela havia proposto, para examinar os pertences de Ralph, itens pessoais que haviam sido guardados pela Sra. Lawton acreditando que um dia o filho retornaria. Maisie também foi convidada a se hospedar na casa, mas, sabendo que a oferta fora um gesto protocolar e depois do que refletira sobre viagens, declinou o convite, preferindo ficar em um hotel. Afinal, ela havia recebido um generoso adiantamento para custear suas despesas. Sim, ela iria esbanjar e se paparicar um pouco.

Na manhã de sábado, Billy telefonou bem quando Maisie vestia o casaco para deixar a Ebury Place. Maisie atendeu na biblioteca.

– Billy, como vai?

– Está tudo bem, e a senhorita?

– Bem também. E então, quais são as novidades?

– Fiquei sabendo afinal que Avril Jarvis é mesmo daquela família. Isso é o que descobri até agora: são quatro crianças; Avril é a mais velha, mas as outras não são exatamente consanguíneas.

– O que quer dizer?

– O pai biológico de Avril foi morto na guerra. Ela não o conheceu porque ainda não tinha nascido quando ele voltou para o front após a licença. A Sra. Jarvis se casou de novo, depois da guerra, com um camarada que andava pelo povoado atrás de trabalho. A pequena Avril tinha 4 anos.

– Continue.

– A família passou por maus bocados... como muitas pessoas, não é mesmo?

– Billy...

– Bem, descobri que o pai... o segundo, quero dizer... tinha uns probleminhas com a lei. Foi preso por furto, roubo. Parece que a mamãe de Avril se meteu em uma encrenca quando se casou, porque, além de tudo, ele enchia a cara. As crianças precisando comer, e o homem entornando umas no pub...

– E como Avril chegou a Londres, você descobriu?

– Pelo que pude deduzir... Também ouvi muita coisa de um vizinho...

– Você não deu nenhuma explicação?

– Não, eu falei que era do conselho escolar, que as crianças não estavam indo para a escola, o que foi uma boa ideia, porque provavelmente não estavam mesmo. Botaram os garotos para trabalhar no campo e fazer a parte deles pela família.

– Pobres crianças.

– Pobres mesmo. A senhorita precisava ver a mãe, toda acabada, aparentando o dobro da idade.

– E afinal?

– Bem, afinal, parece que o padrasto disse que Avril poderia ganhar um bom dinheiro em um serviço em Londres... isso foi o que disseram para a mãe, de acordo com o vizinho... então ele a pôs num trem para Londres, onde um sujeito que ele conhecia arrumou um trabalho para ela, e os salários seriam enviados para a família, deixando a menina só com uns trocados para se virar. A mãe contou para o vizinho que o amigo do marido disse que a acomodação e o básico estavam garantidos.

– Ah, com certeza. – Maisie balançou a cabeça. – E quanto àquele negócio dos remédios?

– Isso vem da família do pai dela. Acontece que eles não gostavam muito do novo padrasto de Avril, mas não tinham o que fazer a respeito. A família estava em uma posição complicada por causa da história das mulheres que tinham matado um homem com as ervas e tudo o mais. Pelo que sei, foi a irmã do pai, a tia da menina... aparentemente, as duas eram bastante próximas.

– Consegue descobrir mais sobre isso, Billy, e sobre as atividades da tia?

– Já estou trabalhando nisso.

– Muito bem. E, se puder, descubra o nome da pessoa que a recebeu em Londres. Aliás, algum sinal de jornalistas ou dos homens de Stratton?

– Nadica. Um pouco estranho, não é, senhorita?

– Sim, é mesmo. Enfim, você estará de volta amanhã à tarde. Vamos conversar na segunda-feira logo cedo.

– Muito bem. Estou grato por ter conseguido falar com a senhorita, telefonei por via das dúvidas, sem saber se a encontraria. Fiquei um pouco surpreso quando me disseram que a senhorita ainda estava aí na fumaça de Londres.

– Mudança de planos. Bem, é melhor eu ir agora, Billy. Eu o vejo na segunda. Leve Doreen para jantar fora hoje à noite.

– Certo, senhorita. Tchau.

Maisie recolocou o telefone no gancho. *Então Avril Jarvis foi enviada para Londres por um padrasto violento. Para ficar com quem?* Era comum um amigo da família ser chamado de *tio* – seria ele um parente do padrasto ou "tio" teria outra conotação? Billy encontraria a resposta.

O Moor's Head Hotel fora construído no início do século XIX. Depois de um período que deveria ser descrito como "decadência requintada", foi reformado em 1925 pelos novos proprietários e agora era um lugar bastante suntuoso, que atraía com regularidade acadêmicos visitantes, famílias de estudantes e um fluxo de turistas americanos ávidos por desfrutar de uma cidade muito apreciada. Maisie chegou no sábado logo depois do meio-dia e, após almoçar no restaurante do hotel, pegou seu MG na garagem que outrora funcionara como estábulo para cavalos de carruagem e seguiu seu caminho para a casa de campo dos Lawtons.

Quando cruzou os pântanos de Cambridgeshire em direção ao povoado de Farthing, ela se lembrou de como ficara fascinada pelos campos planos, tão diferentes das colinas suaves de Kent e Sussex. Farthing era um povoado pequeno, porém dinâmico, cheio de gente na rua cuidando de seus afazeres, indo ao mercadinho, à agência do correio ou ao açougue. Ainda era muito cedo para avistar grupos chegando ao King's Arms, embora, quando reabrisse, no fim da tarde, com certeza a hospedaria local atrairia um bom número de fregueses. Saplings, a casa dos Lawtons nos limites do povoado, foi inicialmente construída como uma casa paroquial, mas logo depois pareceu muito imponente para um pároco do interior. Os Lawtons compraram a casa antes de Ralph nascer, quando era comum que um homem na posição de Cecil Lawton possuísse não apenas uma residência em Londres, mas também um refúgio no campo para onde pudesse viajar no fim de semana, quando concluísse seu trabalho na City, o bairro financeiro de Londres. Havia já alguns anos que o trabalho de Lawton costumava "terminar" na quinta-feira e só era retomado na tarde de segunda.

Um criado atendeu à porta e conduziu Maisie ao salão de estar, onde Lawton a aguardava. No lugar das roupas mais formais que usava em seu gabinete, Lawton vestia calças de gabardine cinza, uma blusa de algodão escovado quadriculada, um plastrão no lugar da gravata e um paletó de tweed com protetores de couro nos cotovelos. Ele imediatamente estendeu a mão para cumprimentar Maisie.

– Foi bom a senhorita ter vindo logo. Fico grato em saber que está progredindo bem. Já chegou a alguma conclusão?

Maisie sorriu.

– Ah, meu Deus, não, ainda é muito cedo. Como sabe, talvez eu tenha que viajar à França depois de consultar os arquivos em Londres. Espero ter a confirmação que o senhor me solicitou dentro do tempo acordado, embora não tenha como garantir isso.

Lawton se dirigiu à porta.

– Certo. Bem, estarei fora esta tarde. Vou caçar e depois tomar chá com o professor Goodhaven, um grande jurista. Pedirei que Brayley lhe mostre o quarto que era de Ralph e lhe entregue as caixas com seus pertences.

– Ótimo.

Maisie franziu o cenho. "O quarto que era de Ralph", *e não* "o quarto de Ralph".

– Mas, sir Cecil, eu gostaria muito de conversar um pouco com o senhor sobre seu filho, de maneira mais informal.

Lawton apertou a maçaneta, parecendo agitado. Ele gaguejou e balançou a cabeça.

– Ah... me desculpe, hoje não será possível, tenho compromissos previamente assumidos, veja bem. Para tranquilizá-la, falei com aquele camarada, o defensor que está representando a menina. Na semana que vem lhe darei mais detalhes sobre o caso. Boa sorte, Srta. Dobbs. Espero que encontre algo que possa ser útil, embora, francamente, eu não consiga imaginar como os objetos pessoais de Ralph irão provar alguma coisa. Bem, agora preciso partir.

Ele está fugindo de mim. Maisie sabia que Lawton, embora estivesse disposto a tomar ações concretas para cumprir a promessa que fizera à mulher, não queria de fato se envolver na investigação que se segue à contratação dos serviços de um detetive. *O que intimida uma pessoa como Lawton? Que verdade pode abalar um homem em sua posição?* Maisie refletiu sobre essas questões por alguns instantes, e então Brayley, o criado de Lawton, voltou para a sala e anunciou que os pertences de Ralph haviam sido levados para o quarto que ele havia ocupado no segundo andar.

O amplo cômodo fora decorado havia pouco tempo, e o cheiro do chumbo da pintura fez Maisie tapar o nariz.

– Meu Deus, o cheiro está forte.

– Acabou de ser pintado, senhorita.

– Entendi.

– A reforma foi marcada logo depois que lady Agnes faleceu.

– E como era antes?

Brayley foi até as janelas e as abriu completamente.

– Bem, nada havia mudado desde que o menino Ralph morava em casa. É claro, ele ficava aqui apenas durante as férias e licenças escolares, e quase não voltou depois de ter se alistado no Real Corpo Aéreo, mas, de toda forma, a mãe quis manter o quarto inalterado.

– Porque ela achava que ele voltaria para casa.

O criado foi até a porta e parou. Maisie já havia percebido que, toda vez que ia fazer alguma pergunta mais complexa sobre Ralph, as pessoas se aproximavam da porta, prontas para ir embora.

– Espere... Por favor, apenas um momento, Sr. Brayley.

– Pois não?

Os olhos do homem pareceram cintilar por um segundo, e Maisie entendeu que ele era leal a uma única pessoa: o patrão.

Ela endireitou a postura para que seu corpo não parecesse se inclinar em direção a Brayley e deu um passo para trás, sabendo que o movimento atenuaria a sensação do homem de estar sendo encurralado. Era mais provável que ele falasse abertamente se houvesse espaço à sua volta, mas também era certo que suas revelações não ultrapassariam certo limite.

– Sr. Brayley, poderia me contar se houve algum motivo de desentendimento entre seu patrão e o filho dele?

Brayley ficou ruborizado, embora apenas por um segundo, antes de se recompor.

– Eu... eu temo que não, senhorita. É claro que, tratando-se de pai e filho, tiveram seus altos e baixos, e o menino era muito próximo da mãe, que tinha noções diferentes sobre como educá-lo e tudo o mais.

– É mesmo?

– Um homem gosta de se ver refletido no filho.

– E Ralph não refletia sir Cecil?

– Bem, não no sentido de gostarem das mesmas coisas. O menino Ralph não ligava para caça ou prática de tiro. Ele tinha mais o jeito da mãe.

– E como descreveria lady Agnes?

– Uma alma bondosa e uma pessoa muito gentil. Era assim que eu a via.

– Entendi.

Maisie caminhou até a janela e contemplou o terreno a perder de vista.

– Então foi uma surpresa Ralph ter se alistado?

– Ah, uma grande surpresa. Todos nós comentamos sobre isso. Foi antes da guerra, sabe? – Brayley agora estava mais animado. – Para falar a verdade, nós... quer dizer, a criadagem... bem, pensamos que talvez ele quisesse ir a fim de se provar para o pai.

Maisie assentiu, decidindo dar a cartada final.

– Sr. Brayley, sabia se Ralph estava cortejando alguém? Entre as amigas dele, havia alguma jovem por quem ele sentisse admiração especial? Ele trouxe alguém a sua casa para conhecer os pais?

Brayley corou novamente.

– Não que eu saiba, senhora. Veja bem, um homem jovem não trocaria confidências com gente como eu, não é mesmo?

Maisie aquiesceu.

– Sim, certo, certo. Obrigada, Sr. Brayley, foi muito prestativo.

O criado fez uma breve reverência e deixou o quarto.

∽

Maisie retirou uma ficha de sua pasta preta de couro e fez uma série de anotações. Ela incluiu não apenas os detalhes da conversa com Brayley, mas também uma descrição dele, da iluminação do quarto, da decoração simples e até mesmo das marcas na parte de fora das três grandes caixas.

Ela pôs a ficha e o lápis numa mesa de canto e, sacando o canivete Victorinox da bolsa, começou a romper o lacre da primeira caixa. Depois de fechar o canivete, abriu as abas e encontrou um álbum de fotografias no topo de uma seleção de pertences muito bem empacotada. Pegou o álbum e abriu na primeira página, onde uma fotografia do casamento dos Lawtons fora afixada de forma desajeitada, como se Ralph tivesse começado a compor aquela coleção na infância. Quase todas as imagens apresentavam um fundo formal, e algumas poucas haviam sido tiradas nos jardins ou na casa. Na verdade, parecia que Ralph Lawton fora engomado junto com suas camisas, tão rígida era a sua postura. Maisie virou mais páginas, até se deparar com a primeira fotografia informal. Parecia que os fotografados haviam sido flagrados quando menos esperavam, mas, uma vez diante da câmera, logo se puseram a sorrir. Dois meninos de aproximadamente 16 anos estavam vestidos com suas roupas brancas e tênis e riam juntos, com os braços nos ombros um do outro. O menino à esquerda, que não era Ralph, olhava diretamente para a câmera e sorria. À direita, Ralph não olhava para a câmera, mas para o amigo. Maisie aproximou o álbum dos olhos. Foi o olhar de Ralph que chamou sua atenção, pois lembrou o jeito como, certa vez, Maisie notou Dene olhando para ela. Ela estava colocando o chapéu diante do espelho e viu seu olhar refletido, embora, naquele momento, ele não tivesse consciência daquilo que sua feição revelava.

CAPÍTULO 10
~

De volta ao quarto no Moor's Head Hotel, Maisie se sentou na cama e espalhou diversos documentos e fotografias à sua volta. Ela havia começado a separar os itens, primeiro em ordem cronológica. Depois escolheria um critério diferente, que refletisse suas observações e a vida íntima de Ralph: talvez cartas de um amigo particular, um lugar mencionado em diferentes documentos, um estado de espírito revelado em um diário ou uma nova técnica narrada em suas anotações de bordo que ela não havia esperado encontrar em meio aos seus pertences.

Ralph Lawton fora atingido atrás das linhas inimigas, à luz difusa do amanhecer. Sua morte foi reportada aos ingleses pelas autoridades alemãs, como era de praxe, e seu avião foi registrado, assim como a placa de identificação de metal milagrosamente encontrada nos restos do fogo que consumiu seu De Havilland DH-4. De acordo com um relatório enviado por seu comandante, um jardineiro local e alguns trabalhadores rurais que acorreram ao local da queda tentaram em vão apagar o fogo. Maisie sempre se surpreendia com os detalhes registrados nessas ocasiões, pois aquele não era o primeiro relato sobre uma morte no campo de batalha que ela havia lido, e tampouco, pensou ela, seria o último.

As cartas que Maisie dispersara pelo edredom eram principalmente da mãe de Ralph, exceto algumas do pai e poucas de seus amigos de escola. Entre as de seus amigos, a maioria fora enviada por um jovem chamado Jeremy Hazleton. Maisie fechou os olhos e bateu as mãos em uma das cartas. Ele não era um membro do Parlamento? Sim, era um político jovem e franco, que andava em uma cadeira de rodas por não ter o movimento das pernas. Muitos previam que se tornaria primeiro-ministro em alguns anos, um homem respeitado tanto pelos sindicatos quanto por um amplo espectro do eleitorado. Anos antes, ele havia sido um dos defensores mais veementes dos direitos das mulheres. Ela se lembrava de ter visto uma fotografia de Hazleton no jornal, sendo empurrado na cadeira de rodas por sua mãe, com sua jovem mulher ao lado, enquanto ele segurava um cartaz exigindo votos para as mulheres. Sua indignação contra as longas filas em agências de empregos e em refeitórios populares era divulgada nos tabloides diários com palavras furiosas: marchem para westminster! hazleton convoca os trabalhadores. Reportagens cobriam suas visitas às comunidades pobres de Lambeth e a pequenas cidades mineradoras escurecidas pela fuligem, e ele havia sido fotografado apertando a mão tanto de trabalhadores quanto da aristocracia rural. Sua trajetória política era fortalecida por seu heroísmo lendário em Passchendaele: um verdadeiro herói das massas. Mas, como muitos sabiam, Jeremy Hazleton era um herói rico, que contava com a herança do pai proprietário de terras. Maisie voltou a olhar para a fotografia que a havia intrigado e a comparou com a imagem que se lembrava de ter visto em um cinejornal. Nos anos que se passaram, o largo sorriso infantil diante da câmera dera lugar a uma postura mais séria, mas a semelhança era indiscutível. O olhar de Ralph se dirigia ao menino Jeremy Hazleton.

> *15:00. Levantei voo com o observador, Cunningham. Cruzei a linha às 15:40. Sem movimentos para reportar. Segui linha norte por 3 quilômetros, observei a formação Fokker e ascendi à altura de 10.000 pés. Defini o curso para a aterrissagem, cruzando de volta a linha às 16:00. Pouso 17:00.*

Cada relatório era muito parecido com os outros, mas o diário que o acompanhava fornecia detalhes que nunca teriam sido incluídos em um diário de bordo: *As formações das nuvens estavam deslumbrantes esta tarde. Parecia até que o avião atravessava algodão-doce na costa litorânea. É claro, o bárbaro germânico no solo me rastreando com suas armas era um pequeno contratempo em um exercício que, do contrário, seria muito agradável.* Em outra página: *Subi para o treinamento hoje. Bem, subi, desci, subi, desci, para baixo, para cima, para baixo – e tudo isso sem parar! Parece que fui testado e, pela primeira vez na minha vida, não deixei nada a dever. Gostaria que o velho visse isso! Recebi notas altas por pousos de toque e arremetida e espero logo fazer um ou dois voos interessantes, antes de eu virar forragem de Fokker.*

Ainda segurando o diário, Maisie olhou pela janela. No que acreditava esse jovem que era (ou parecia ser) tão sozinho? Para qual Deus ele teria orado, sabendo que, como aviador, havia assumido a posição mais perigosa na guerra? Quando sua aeronave levantava voo, a que ele se aferrava, sabendo que a menor avaria, a mínima fratura na asa ou na fuselagem, poderia jogá-lo no fogo da morte? E que anjos o levaram quando chegou o dia, quando ele se espatifou no solo atrás das linhas inimigas? A quem declarou amor, o que certamente fez, quando desceu à sua sepultura?

Ela voltou a atenção ao diário e franziu a testa. Será que o diário fora devolvido junto com os outros pertences pessoais sem ter sido lido por alguma autoridade? Possivelmente. Maisie se concentrou na pilha de documentos e outros objetos que levara a seu quarto, depois sacou um envelope endereçado a Ralph que havia ficado escondido entre livros e álbuns. Ele tinha o carimbo postal de Folkestone e era datado do dia anterior à morte de Ralph. Ela colocou o diário sobre o envelope, depois decidiu guardá-lo dentro dele. Se o diário tivesse sido enviado por correio de Folkestone para Saplings, então talvez Ralph o tivesse mandado para casa para mantê-lo em segurança. Não teria passado pelo censor? Como algo assim poderia ter acontecido? Maisie lembrou que certa vez entregara uma carta para outra enfermeira que estava saindo de licença, pedindo que ela a postasse ao chegar à Inglaterra, para que o pai a recebesse mais cedo. Sim, era possível. Em vez de apenas folheá-lo, Maisie leu o diário desde o início, com o diário de bordo em seu colo para confrontar as datas.

Uma hora depois, ela sabia de duas coisas: Ralph Lawton mantinha contato com Jeremy Hazleton na época de sua morte, embora Maisie não tivesse conseguido encontrar cartas do colega. E Ralph Lawton era de fato um aviador engenhoso, comprometido com um trabalho da maior importância. Sua experiência única como engenheiro e, depois, como observador antes de comandar uma aeronave fez dele um profissional de alto valor no serviço militar. Maisie se inclinou de novo e franziu o cenho, frustrada por conhecer tão pouco o Real Corpo Aéreo. Por que um aviador precisaria pousar e logo em seguida arremeter?

À noite, Maisie fez duas chamadas usando o telefone do hotel. A primeira foi para a casa do honorável Hazleton, membro do Parlamento. Ela se apresentou como uma eleitora e perguntou se poderia visitá-lo no dia seguinte. A segunda foi para Chelstone, para perguntar o endereço do filho de lorde e lady Compton, James, no Canadá. Ele fora aviador na guerra e talvez pudesse lhe fornecer algumas informações sem ter que abordar diretamente a Força Aérea Real. Ela queria respostas para suas perguntas, mas não queria ter que responder a nenhuma.

Na manhã de domingo, Maisie estava ansiosa para se pôr a caminho logo depois do café da manhã. Caía uma chuvinha fina quando ela acertou sua conta e deixou o hotel com a mala em uma das mãos e a pasta de documentos na outra. Por isso se surpreendeu ao ver o criado de Cecil Lawton esperando ao lado do MG. Maisie havia jogado apressadamente o casaco Mackintosh sobre os ombros e enfiado na cabeça um chapéu impermeável. O homem tinha um aspecto macilento e cansado e também trajava um Mackintosh, embora Maisie desconfiasse que o casaco fosse um refugo de seu patrão. A chuva ricocheteava em seu chapéu-coco preto, e ele não tirou as mãos dos bolsos quando Maisie se aproximou.

– Sr. Brayley, bom dia, embora pudesse estar melhor, não é mesmo?

– Bom dia, Srta. Dobbs.

Maisie olhou ao redor. A chuva caía ensopando tudo à volta deles, as pancadas d'água prometendo se transformar em um prolongado aguaceiro.

– Bem, sei que não veio aqui apenas para ficar na chuva e me dar bom-dia. Se puder me ajudar com a mala...

– É claro, peço desculpas, senhora.

Depois que Brayley guardou a mala de Maisie no MG, ela indicou uma marquise, para onde foram se proteger da chuva.

– E então, Sr. Brayley, o que posso fazer pelo senhor?

Brayley tirou o chapéu e abaixou a gola de seu Mackintosh. Maisie pôde ver a camisa branca engomada por baixo, junto com um paletó preto que parecia brilhar, como se tivesse sido passado muitas vezes durante os anos de serviço. Manchas marrom-avermelhadas cobriam o nariz e as maçãs do rosto do homem. Embora calvo, o cabelo que restava fora penteado para trás com cera. Maisie via em Brayley uma notável semelhança com um cão de caça velho, cansado e fiel.

– Espero que não se incomode, Srta. Dobbs, mas eu gostaria de compartilhar minha opinião sobre a situação envolvendo Ralph Lawton.

Brayley havia endireitado os ombros, um movimento que, Maisie sabia muito bem, demonstrava que a pessoa estava buscando forças quando na verdade não tinha de onde tirá-las.

– Por favor, sinta-se à vontade para falar com toda a confidencialidade – disse Maisie, sorrindo e pousando, apenas por um segundo, a mão no braço de Brayley.

Limpando a garganta, Brayley continuou:

– Trabalho para sir Cecil desde que ele era solteiro, já há bastante tempo, sob todos os aspectos. As pessoas comentavam que eu era casado com meu trabalho, embora minha mulher também seja uma criada da casa.

Maisie aquiesceu. Era comum marido e mulher trabalharem juntos, e não raro recebiam uma casinha para viver na propriedade.

– Então, veja bem, já vi muitas coisas naquele lugar.

– Prossiga.

– E o que quero dizer é que sir Cecil está sendo obrigado a passar por algo terrível. Primeiro eles perderam dois bebês, depois uma filha e, no fim, ficaram com um menino que não era o filho que o pai desejava.

– Sim, entendo que houve alguma discórdia entre eles.

– Como eu disse, ele era o filho de sua mãe, mas nunca tentou ser um filho para seu pai. Nunca tentou.

– Tem certeza disso, Sr. Brayley? Não é verdade que nunca sabemos exatamente o que se passa nas casas onde trabalhamos?

Os olhos de Brayley arderam, e Maisie notou uma lealdade tão ferrenha que poderia turvar a verdadeira perspectiva daquela situação.

Depois de uma breve pausa, Brayley continuou:

– O que quero dizer é o seguinte: lady Agnes lhe causou muita dor por acreditar que o menino ainda estivesse vivo. Minha mulher disse que a perda dos bebês já seria o suficiente para deixar qualquer um louco. Veja o que ela fez, veja pelo que fez sir Cecil passar. Ela era uma lunática, sem dúvida.

Maisie franziu a testa.

– E o que quer que eu faça, Sr. Brayley? Tenho certeza de que não saiu nessa chuva para me dizer algo que eu poderia deduzir sozinha.

Ela tirou os olhos de Brayley e notou uma bicicleta preta encostada na parede da loja vizinha. Brayley havia pedalado até Cambridge por quase 10 quilômetros sob a chuva. Definitivamente, havia mais a ser dito.

– Ela lhe causou embaraços ao visitar aquelas mulheres, aquelas encantadoras de serpente. Poderia ter arruinado um homem na posição dele. E depois, fazê-lo prometer em seu leito de morte que encontraria um filho que está morto? Isso faz o sangue ferver.

Brayley fez uma pausa para olhar para os dois lados da rua, que ainda estava vazia, embora a chuva houvesse diminuído de forma considerável.

– Estou aqui para lhe pedir, pelo bem dele... que está fazendo isso por obrigação, a senhorita sabe... bem, estou aqui para lhe pedir que nem ao menos se dê o trabalho de desenterrar o passado. Apenas faça um relatório, ou o que quer que pessoas como a senhorita costumem fazer, e termine logo com isso.

Maisie estava em silêncio, mas acompanhava Brayley com o olhar. Ele observou novamente os dois lados da rua e, quando voltou a fitá-la, Maisie falou:

– Sr. Brayley, não importa como eu avalie os méritos desse encargo, preciso ser íntegra com relação ao meu trabalho. Se eu não tivesse a intenção de realizar uma investigação completa e abrangente, não teria concordado em ajudar sir Cecil. Eu posso, entretanto, garantir-lhe que meu trabalho será estritamente confidencial e que buscarei proteger todos os envolvidos. Não vou desapontar sir Cecil.

– Eu entendo. – Brayley ajeitou o chapéu mais uma vez. – É melhor eu ir andando.

Ele começou a se afastar da marquise, porém se virou para Maisie mais uma vez.

– E a senhorita sabe, não é mesmo, que eu tampouco irei desapontá-lo.

Tocando seu chapéu, ele fez uma breve reverência e se afastou. Pegou a bicicleta pelo guidão e a arrastou pela rua. Maisie suspeitou que ele não iria montar e pedalar até que estivesse fora de sua visão, pois o corpo do homem havia se desestabilizado tanto por causa do medo e da raiva que ele poderia desabar.

Quando Maisie deu a partida no carro e se afastou do meio-fio, soube que teria que tomar muito cuidado com Brayley. O criado leal tinha a tenacidade de um cão de guarda e certamente ficaria em seu encalço. De fato, ela tinha perfeita consciência de que acabara de receber uma ameaça velada.

∼

Seguindo instruções ao pé da letra, Maisie estacionou em frente a um casarão eduardiano no povoado de Dramsford, nas cercanias de Watford. Como a casa fora construída em um declive, o jardim consistia em uma série de pequenas plataformas que desciam até o pavimento. Era um dia de borrasca, e silencioso, pois era domingo. Jeremy Hazleton havia sido cordial ao telefone, sugerindo que Maisie chegasse no meio da manhã para que tivessem tempo de conversar antes do almoço, para o qual ele não a havia convidado. Antes de sair do carro, ela observou um casal de idosos sair da casa, e concluiu que a residência provavelmente ficava aberta para receber eleitores sempre que Jeremy Hazleton estivesse ali, e não em Westminster.

A própria Charmaine Hazleton veio atender à porta com um largo sorriso de boas-vindas. Ela era alguns centímetros mais baixa que Maisie e trazia seu cabelo louro-escuro preso em um coque na base do pescoço, um estilo que emoldurava suas maçãs do rosto e terminava na nuca.

Seu vestido azul-marinho elegante atestava o requinte de seu bom gosto, não um dispêndio indiscriminado. Seus sapatos de couro azuis eram práticos e ao mesmo tempo seguiam a moda, com uma alça afivelada na lateral por um delicado botão de couro.

– Bom dia, Srta. Dobbs. Espero que sua viagem não tenha sido muito cansativa. A chuva consegue cobrir Cambridgeshire inteira, não é mesmo?

Ela recuou para Maisie entrar e mostrou o caminho por um saguão decorado com papel de parede floral. Continuou falando, dando a Maisie pouquíssimo tempo para cumprimentá-la formalmente.

– Jeremy tem estado ocupado desde as sete horas, sua primeira visita foi às oito. O trabalho de um membro do Parlamento é interminável.

Maisie analisou a postura de Charmaine Hazleton enquanto caminhava apressada pelo saguão. Pela posição de seus ombros, os passos deliberadamente curtos e as mãos juntas na frente do corpo, a esposa de Jeremy Hazleton revelava que, apesar do sorriso acolhedor, teria preferido que Maisie não tivesse ligado e que a agenda de seu marido estivesse menos sobrecarregada. Embora o encontro fosse com Hazleton apenas, Maisie suspeitou de que a certa altura haveria uma interrupção, e então seria a hora de ela ir embora. Entretanto, a habilidade para encerrar uma audiência do marido era a prerrogativa da esposa de um jovem membro do Parlamento.

– Jeremy, querido, a Srta. Dobbs está aqui para vê-lo.

Charmaine se aproximou da mesa à qual seu marido estava sentado diante de uma caixa de documentos, muitos deles firmemente agrupados e presos com um elástico vermelho. Mesmo na cadeira de rodas, Hazleton impressionava por sua estatura. Embora fizesse frio, ele havia arregaçado as mangas da camisa e tinha um cardigã displicentemente jogado sobre os ombros. Seu cabelo castanho era encaracolado e muito curto. Maisie desconfiou que, se fosse mais longo, seria indomável, especialmente para um homem com limitações físicas. O nariz era salpicado por sardas infantis, apesar da palidez da pele. Antes de remover uma bandeja de chá apoiada sobre uma lustrosa mesa de nogueira, a esposa apertou o ombro dele, e Hazleton, por sua vez, afagou a mão dela.

Hazleton virou a cadeira de rodas a fim de ficar de frente para Maisie e lhe estendeu a mão.

– É um prazer conhecê-la. Por favor, sente-se.

Ele indicou uma poltrona posicionada ao lado da mesa e se virou para sua mulher.

– Obrigado, querida.

Ninguém apareceu para oferecer chá para Maisie depois que Charmaine Hazleton deixou o cômodo.

– Bem, então, o que posso fazer pela senhorita? Disse que gostaria de falar comigo a respeito de Ralph Lawton. Devo dizer, eu o achava um tanto singular. De todo modo, o pobre sujeito já partiu desta terra há treze anos.

Maisie olhou em direção à porta por um instante apenas, depois de perceber que não ouvira um clique. A porta estava uns bons 10 centímetros entreaberta.

– Entendo que nossa conversa será confidencial, Sr. Hazleton.

– Certamente. A senhorita tem a minha palavra.

– Muito bem. Em primeiro lugar, aqui está meu cartão.

Maisie sacou um cartão do bolso de seu casaco – ninguém se oferecera para guardar seu Mackintosh – e o entregou para Hazleton.

– Fui contratada por sir Cecil Lawton para provar que o filho dele de fato está morto. Segundo ele, lady Agnes Lawton acreditava firmemente que seu filho estivesse vivo e...

– Que grande bobagem!

Maisie sorriu.

– Talvez seja, Sr. Hazleton. No entanto, a crença da mulher era tão inabalável que, em seu leito de morte, ela pediu ao marido que continuasse sua busca. Embora não tenha dúvidas de que o filho está morto, sir Cecil se sente na obrigação de levar a cabo uma investigação restrita. Por isso, contratou meus serviços.

Hazleton olhou mais uma vez para o cartão.

– Ah, eu ouvi falar da senhorita – disse ele, prolongando o "eu" de modo a sugerir, talvez, algum prévio conhecimento sobre a reputação de Maisie.

Maisie não teceu nenhum comentário, apenas prosseguiu com uma pergunta:

– Em primeiro lugar, Sr. Hazleton, entendo que o senhor e Ralph Lawton estudaram juntos na escola e eram bons amigos, estou certa?

Jeremy Hazleton bufou e balançou a cabeça.

– Não estou tão certo quanto a termos sido *bons* amigos, Srta. Dobbs. Sem dúvida passamos tempo juntos quando meninos, mas não éramos *melhores* amigos, se é que me entende. Para ser sincero, Ralph não tinha um círculo de amizades muito amplo. A verdade é que, em mais de uma ocasião, ele levou umas surras dos outros meninos, e eu o defendia.

– E por que ele levava essas surras?

Hazleton afastou o olhar, movendo a cadeira de rodas ligeiramente, e começou a rabiscar um círculo em seu bloco, uma esfera que ia diminuindo na forma de uma espiral.

– Ah, a senhorita sabe o que acontece com crianças deslocadas... e sempre há alguma, não é mesmo? Ele não era muito bom nos esportes... decididamente, detestava se sujar. Esse tipo de aversão às brincadeiras de criança dá margem a certa provocação.

– Mas daí a levar surras?

– A senhorita sabe como são os meninos.

Maisie continuou:

– E como o senhor o ajudava?

Hazleton riu.

– Sem meias palavras, Srta. Dobbs, quando menino, eu tinha certa popularidade. Era uma posição que me favorecia para influenciar o comportamento dos outros.

– Certo. Bem, entendo que o senhor mantinha contato com Ralph Lawton quando ele foi morto na França.

Hazleton franziu o cenho.

– Para ser franco, não me lembro, Srta. Dobbs. Acredito que podemos ter nos correspondido algumas vezes.

– Não o visitou quando ele se alistou? – Maisie pegou um punhado de fichas de sua pasta. – Sim. Encontrei nos documentos pessoais de Ralph menções a diversas ocasiões em que o senhor e ele se encontraram depois de terem saído da escola, uma delas quando ele se juntou ao Real Corpo Aéreo. Ele saiu de licença e o encontrou em... – Maisie virou a ficha – ... Ipswich, sim, por um dia ou algo assim. Os senhores se hospedaram em uma pousada lá.

– Ah, sim, claro. – Hazleton bateu de leve na testa, um movimento que Maisie considerou um tanto teatral. – Faz tanto tempo, eu mal consigo lembrar. Acho que foi uma coincidência, na verdade. Se me recordo bem, chegamos a trocar algumas cartas e percebemos que os dois teriam alguns dias de folga no mesmo período e pensamos em ir para o litoral para nos divertirmos um pouco, encontrar garotas, essas coisas. – Hazleton olhou para Maisie e sorriu. – Travessuras da juventude, a senhorita sabe.

– E os senhores... encontraram garotas?

– Eu me atrevo a dizer que sim, embora, naquela idade, um fim de semana só para garotos não fosse muito diferente dos outros dias.

Maisie ouviu um barulho na maçaneta da porta e Charmaine Hazleton entrou na sala. Ela olhou para seu relógio e estava prestes a falar, mas Maisie se manifestou antes.

– Sr. Hazleton, conseguiria imaginar algum motivo, qualquer um, ou qualquer possibilidade de Ralph Lawton ainda estar vivo?

Balançando a cabeça, Hazleton começou a deslocar a cadeira de rodas de volta para a mesa.

– Srta. Dobbs, eu me considero afortunado por ter sobrevivido a um banho de sangue, ao inferno na Terra. Ralph estava voando atrás das linhas inimigas, até onde sei, e foi atingido, sua aeronave pegou fogo. Não tenho dúvidas de que ele está morto. Portanto, não consigo imaginar nenhuma conjuntura na qual ele possa estar vivo. Bem, se me dá licença...

Maisie se levantou.

– Muito obrigada por disponibilizar seu tempo, ainda mais em um domingo. O senhor foi muito obsequioso. – Ela sorriu. – Será que eu poderia lhe telefonar, caso surjam mais perguntas?

Hazleton sorriu de volta, lembrando que Maisie Dobbs também era uma eleitora.

– É claro.

Charmaine Hazleton acompanhou Maisie até a porta de entrada, pegou um guarda-chuva no saguão e seguiu em direção ao MG em vez de se despedir na soleira. Enquanto elas desciam os degraus até a calçada, Maisie se virou para a anfitriã.

– Sra. Hazleton, como conheceu seu marido, se me permite perguntar?

– Eu era sua enfermeira. Cuidei dele desde que voltou de Flandres.

– Entendi. Eu também fui...

Maisie foi interrompida bruscamente por Charmaine Hazleton quando elas chegaram à rua.

– Srta. Dobbs, será que eu poderia lhe pedir um favor?

– É claro, Sra. Hazleton.

A mulher ergueu o queixo um pouco mais, como se assim pudesse alcançar a altura de Maisie.

– Não quero que meu marido seja incomodado novamente a respeito de Ralph Lawton.

Maisie inclinou a cabeça.

– Por que não?

Resoluta, a mulher juntou as mãos diante de si.

– Como pôde ver, meu marido sofreu na guerra. Desde então, ele seguiu em frente com propósito e determinação. Ele tem uma trajetória política de sucesso a percorrer. Essas memórias da guerra, de amigos que se foram, o perturbam.

– Mas eu achava que os que sobreviveram, com suas feridas de guerra, formavam um eleitorado importante, ao qual seu marido dá voz. Certamente ele está acostumado a...

A mulher engoliu em seco.

– Isso é diferente.

– É mesmo?

– Sim, Srta. Dobbs. Bem, agora vá e não entre em contato com meu marido novamente. E me escute: farei o que estiver em meu poder para impedir que ele seja perturbado por essas memórias. *Não* deixarei que isso aconteça!

Ela se virou e foi embora, a coluna ereta, o queixo ainda apontando para cima.

Maisie sabia que Hazleton mentira. Os documentos de Lawton revelavam que eles se corresponderam regularmente desde o dia em que se formaram até o dia em que o aviador foi morto, e os dois se encontraram mais de uma vez. Pensou também que a *proteção* de Charmaine era desproporcional, dada a aparente inocência das respostas de Hazleton às suas perguntas e ao fato de que ele teria, segundo suas próprias palavras, no máximo uma amizade esporádica com Lawton.

Enquanto dirigia de volta para Londres, com a chuva batendo no para-brisa do MG, Maisie tentou se lembrar se alguma vez acontecera, em todos aqueles anos de profissão, de receber duas ameaças em um único dia e pelo mesmo motivo. Neste caso o motivo era Ralph Lawton ter amado outro homem.

CAPÍTULO 11

— A senhorita pode pedir que seu escudeiro não se intrometa no trabalho da polícia, se não se importa?

– Bom dia para o senhor também, sargento Caldwell. Estou bem, obrigada, e o senhor?

Maisie havia se reclinado lentamente em sua cadeira ao atender o telefone e ouvir o tom agressivo do assistente de Stratton. Ela não iria permitir que alguém por quem tinha tão pouca consideração afetasse seu humor no início de uma nova semana.

– Não se importe comigo, apenas assegure que aquele valentão lá não se meta onde não foi chamado.

– Sargento Caldwell, será que eu poderia falar com o detetive-inspetor Stratton, se *o senhor* não se importa?

Nesse momento, Billy entrou no escritório e articulou um silencioso bom-dia quando viu que ela estava ao telefone, tirou o casaco e o chapéu e os pendurou no gancho atrás da porta.

– O inspetor Stratton estará fora por alguns dias, portanto estou cuidando de manter esse caso em ordem, e eu estarei...

– Sargento Caldwell – Maisie olhou para Billy, que revirou os olhos quando se deu conta de quem era o interlocutor de Maisie –, admiro muito sua preocupação com a integridade da investigação. No entanto, eu posso lhe assegurar que o Sr. Beale não fez nada para causar um efeito negativo no caso de Avril Jarvis. Ele estava agindo em meu nome, fazendo uma pesquisa muito específica relacionada à minha responsabilidade no caso, a qual, como o senhor bem entende, pode envolver meu testemunho no tribunal.

– Precisarei conversar com a senhorita e o Sr. Beale aqui na Vine Street, como sabe.

– Sim, eu já esperava por isso. E então, podemos passar aí às dez?

Caldwell tossiu. Não esperava que Maisie tomasse a frente na conversa.

– Sim, é um horário conveniente. Fica combinado então às dez.

– Até logo.

Maisie recolocou o telefone no gancho.

– Ele cospe fogo por qualquer coisa, não é mesmo? – comentou Billy, parando diante da mesa de Maisie.

– Pois é, sai dos trilhos rápido, devo dizer. – Maisie reuniu diversos documentos em uma pasta de papel-manilha. – Venha, vamos nos sentar ali e trabalhar no mapa do caso até estarmos prontos para ir à Vine Street. Traga suas anotações, Billy.

Eles se sentaram juntos à mesa enquanto a chuva batia oblíqua nas janelas. A água escorrendo pelo vidro e a condensação no lado de dentro turvavam a vista para a praça.

– Vamos ver o que já reunimos. Conte-me sobre suas investigações.

Ajeitando-se na cadeira, Billy Beale pegou suas anotações. Por vezes, Maisie se perguntava se fizera bem em contratar Billy como assistente, mas a verdade é que em repetidas ocasiões, quando ela já não sabia mais o que fazer, ele acabava lhe provando seu valor.

– Bem, não quero ficar me repetindo, senhorita, então vou contar do ponto em que parei, se estiver de acordo.

– Sim, vá em frente, Billy.

– Já lhe contei o que descobri sobre o padrasto. Bem, de acordo com um dos vizinhos – Billy consultou seu caderno –, no dia em que ela partiria para Londres, a jovem Avril chorava sem parar, agarrada à mãe, em desespero. E parece que o barulho do choro chamou a atenção dos vizinhos, então todos viram quando o padrasto afastou um por um os dedos da menina cravados nas roupas da mãe, deu um tapa na cabeça da pobre criança e ordenou que os vizinhos se mandassem de volta para suas casas... Me desculpe, senhorita, mas foi o que ele disse.

– Está tudo bem, continue.

Maisie havia recuado a cadeira enquanto Billy falava e agora estava de costas para ele e olhava pela janela. Ela não queria que ele visse suas lágrimas.

– Bem, ele a arrastou para a estação de trem e, até onde se sabe, foi com ela para Taunton no trem parador da linha secundária, e depois jogou a menina no trem com destino a Londres, onde o tal tio iria pegá-la.

– Ah, meu Deus.

– Bem, não sei quanto a Deus, senhorita, porque ela certamente não obteve ajuda quando precisou, e pode apostar todas as suas fichas que ela estava rezando.

Maisie se voltou para ele.

– Certo, então sabemos que ela foi enviada para o tio, que agora acreditamos ser um amigo do padrasto, e não um parente consanguíneo. E sabemos que ela não tinha emprego nenhum, mas que a puseram para trabalhar nas ruas, e que o tio era um simples cafetão. Bem, e quanto à sua tia?

– Essa parte é o que a senhorita chamaria de embaraçada.

– Sim.

Maisie se sentou novamente. Dessa vez, Billy percebeu sua expressão quando ela tirou um lenço do bolso.

– Está tudo bem, senhorita?

– Um pouco resfriada, Billy. É esse tempo.

Billy aquiesceu, sabendo muito bem que Maisie nunca ficara doente desde que eles haviam começado a trabalhar juntos, e que na Inglaterra estavam passando por um período de calor atípico, mesmo com a umidade daquele dia de chuva.

– O padrasto morreu.

– Morreu? Como?

– De causas naturais, como se diz. Ataque cardíaco ou algo assim.

– Mas...?

– Acontece que a tia... essa é uma tia por parte do falecido pai, sabe, o pai biológico de Avril, que morreu na guerra... Enfim, no povoado eles a chamam de bruxa. Não que ela *seja* uma bruxa, é claro, mas está sempre de lá para cá colhendo plantas e sementes nos bosques e na margem do rio. E as pessoas a procuram quando ficam doentes. Confiam mais nela do que no médico de meia-tigela da região, e ela é mais barateira.

– Como o padrasto morreu?

– Foi encontrado morto perto do pub certa tarde. Avisaram que o pub ia fechar e depois que todo mundo foi posto para fora, o proprietário trancou o bar, e foi isso... pelo menos foi o que ele pensou. E então, bem na hora da reabertura, à tardinha, houve uma comoção diante do pub, com alguns habitantes locais esmurrando a porta e gritando por ajuda. O proprietário abriu e lá estavam eles, parados perto do padrasto estendido no chão.

– Você descobriu o que o patologista disse?

– Houve um inquérito e consideraram que a morte ocorreu por causas naturais.

– Mas o boato é...?

– Que foi a tia. Ela teria colocado alguma coisa na bebida do homem. A mulher também é conhecida por ir ao pub na hora do almoço beber uma dose, e alguns acham que ela pode ter estado lá naquele dia, embora ninguém tenha certeza de que a *viu*. Mas os boatos que circulam... e, lembre-se, é um lugarzinho minúsculo... é que ela fez aquilo usando umas tinturas que produz.

– Entendi.

– O que acha disso, senhorita?

Maisie fez algumas anotações no mapa do caso cheio de tachinhas estendido à frente deles por alguns segundos e depois se virou para Billy.

– Para falar a verdade, eu talvez tivesse feito a mesma coisa.

Os olhos de Billy revelaram surpresa diante do comentário. Ele estava prestes a falar, mas Maisie continuou:

– Bom trabalho, Billy. Agora vamos passar todas as anotações para o mapa. Depois temos que ir à Vine Street para conversar com Caldwell. Precisarei fazer uma parada na volta, então você terá que voltar ao escritório sem mim.

– Aonde a senhorita...? – Billy interrompeu-se, afinal não era apropriado questionar o próprio patrão.

– Tudo bem, não é segredo. Vou verificar os registros do serviço militar de Peter Evernden. Depois disso, irei à agência de viagens Thomas Cook para reservar a passagem para a França no fim desta semana.

– A senhorita irá sozinha?

Maisie consultou a hora em seu relógio, preso à lapela do blazer vinho.

– Na verdade, não. Falei com o Dr. Blanche ao voltar de Cambridge ontem à tarde e ele decidiu ir comigo.

– Vai ser como nos velhos tempos, não é mesmo? Sabe, os dois juntos resolvendo um caso mais uma vez – comentou Billy, sem querer admitir que se sentiu um pouco excluído.

– Bem, veremos. Ele insistiu nisso, para dizer a verdade. Francamente, não vejo por quê, embora eu saiba que ele aproveita qualquer oportunidade para ir à França, e viajar sozinho é desalentador depois de certa idade.

– Ah, não sei. Acho que é desalentador ir para Taunton, se quer saber. Maisie sorriu.

– Vamos lá, é melhor nos apressarmos. No caminho conto sobre Cambridge e conversamos sobre o próximo passo no caso Jarvis.

Enquanto pegavam seus casacos, Maisie pensou que Billy havia feito uma observação pertinente. Ela *ficou* surpresa quando Maurice disse que gostaria de acompanhá-la na viagem à França, e sentiu que não podia recusar. Sem Maurice ela provavelmente teria se tornado, na melhor das hipóteses, uma governanta cuidando de crianças. De fato, se ela não tivesse tido tanta sorte, talvez houvesse acabado em uma situação como a de Avril Jarvis. Como, então, poderia recusar a oferta de Maurice, por mais que o pedido a tivesse incomodado?

∽

A reunião na Vine Street foi previsível: uma reclamação longuíssima de Caldwell, que Maisie mais tarde descreveu como uma "tediosa e prolixa sessão de palmatória", e um pedido para que Billy compartilhasse as informações que havia coletado, o que ele fez, até certo ponto. Maisie, por sua vez, estava curiosa em relação à ausência do detetive-inspetor Stratton, e soube que, por causa da doença de seu filho, ele precisara tirar uma breve licença. Caldwell acrescentou – com certo sarcasmo, ela achou – que não se tratava de nada sério e que seus próprios meninos já teriam tirado aquilo de letra.

– Esse homem me faz espumar de raiva! – exclamou Maisie quando ela e Billy saíram da delegacia na Vine Street.

– Devo admitir que fiquei um pouco surpreso quando soube que ele não a deixaria ver a jovem Avril, mesmo depois do que a senhorita fez por eles – disse Billy. – Veja bem, acho que eles estão pensando que tudo se resolveu, que basta receberem sua nota e pagarem.

– É exatamente como eles pensam, Billy.

Maisie consultou as horas novamente. Franzindo o cenho, ela bateu de leve no vidro do relógio e o despregou do blazer, aproximando-o do ouvido. Deu corda no mecanismo e tentou escutar novamente.

– Ah, meu Deus!

O relógio havia marcado as horas perfeitamente desde 1916, mesmo nas mais terríveis condições, incluindo durante o bombardeio do posto de tratamento de feridos onde Maisie foi atingida. Ela balançou a cabeça e continuou:

– Bem, mas não está tudo resolvido... nem perto disso. – Ela se virou para Billy. – Encontro você quando voltar ao escritório. Há uma pessoa que ainda falta ouvirmos no caso Avril Jarvis: a mãe. Sei que não conseguiu vê-la, mas a mulher deve estar sentindo *alguma coisa*.

– Bem, é de se pensar que sim, certo?

– Billy, me escute. Você vai cuidar disso. Se tiver que voltar a Taunton, que assim seja.

A surpresa ficou gravada na fisionomia de Billy, as linhas de expressão entre suas sobrancelhas ainda mais sulcadas.

– Sei que descobri todo tipo de antecedentes, mas acho que não encontrei nada que prove que a menina Jarvis não cometeu o... a senhorita sabe, o assassinato.

Maisie tinha consciência de que sua exasperação não era por causa do que Billy dissera, mas um sintoma da frustração que ela estava sentindo. Havia tantas coisas que pareciam estar ao alcance, e ainda assim eram intocáveis, não apenas no caso de Avril Jarvis, mas também no de Ralph Lawton. Ela não estava animada para ir à França – na verdade, estava apreensiva com a viagem –, e se sentiu pressionada pela promessa feita a Priscilla. E havia Andrew. Andrew e sua surpresa, que ela andava evitando, embora soubesse que ele compreenderia e toleraria a mudança de planos. Ela respirou fundo, fechou os olhos por um instante e respondeu num tom suave, modulado:

– Billy, não estou tentando encontrar um álibi, mas dar a Cecil Lawton o máximo de elementos para a defesa de Avril Jarvis. Isso poderá determinar a diferença entre homicídio doloso e culposo, entre uma vida atrás das grades ou uma sentença mais branda, talvez até mesmo uma absolvição.

Billy ficou desconcertado.

– Mas... pensei que a senhorita achava que ela não tivesse cometido o... o assassinato.

Maisie ainda estava segurando o relógio, que ela chacoalhou novamente, observando os ponteiros enguiçados e dando-se um tempo para pensar.

– Não, eu não disse que a considero inocente, apesar de achar que ela está escondendo alguma carta na manga. – Guardando o relógio no bolso, Maisie prosseguiu: – Que horas são?

– Acho que por volta do meio-dia, senhorita.

– Você não está usando relógio.

Maisie olhou para o assistente, surpresa.

– Não, meu relógio antigo quebrou quando eu estava em Kent no verão. Um dos cavalos deu uma focinhada nas minhas costas e meu relógio de bolso caiu no chão para o grandão desajeitado pisar nele. É claro, para início de conversa, já era muita sorte minha ter um relógio, pois gente como eu não costuma ter esse tipo de coisa, se entende o que quero dizer. Mas consigo saber as horas consultando o relógio do escritório ou o de uma loja qualquer, se eu estiver na rua.

– Mas, faz pouco tempo, verificamos as horas um com o outro, para ter certeza de que nossos relógios estavam sincronizados.

Billy sorriu e deu de ombros.

– A senhorita consultou o *seu* relógio. Eu usei minha cachola – disse, cutucando a testa.

Maisie franziu o cenho e balançou a cabeça.

– Ah... Bem, eu o vejo no escritório mais tarde.

Billy observou Maisie enquanto ela se virava e ia embora. Ele tinha certeza de que nunca a vira tão distraída.

Maisie seguiu até ao Arquivo do Gabinete de Guerra na Arnside Street para consultar os documentos referentes ao serviço militar de Peter Evernden. Depois de se cadastrar e declarar o motivo da pesquisa, Maisie foi acompanhada até uma sala onde lhe pediram que esperasse sentada a uma mesa até que os registros solicitados fossem trazidos. A espaçosa sala principal dos arquivos tinha o pé-direito alto e uma série de mesas de carvalho escuro que brilhavam de tão polidas, assim como o chão. Maisie caminhou na ponta dos pés, evitando escorregar e fazer barulho com o salto de seus sapatos nas tábuas do assoalho. Ela se sentou à mesa indicada pelo funcionário. Na sala havia apenas outras duas pessoas, um homem e uma mulher idosos absortos em uma coleção de documentos retirados de uma pasta. O sol da tarde finalmente havia surgido, e uma réstia iluminava suas cabeças, próximas uma da outra, enquanto liam, passavam os papéis de um para o outro e sussurravam. Seriam eles a mãe e o pai de um menino morto na guerra que finalmente conseguiram ir a Londres para buscar mais informações sobre o filho tão amado? Ou talvez estivessem pesquisando para outra pessoa – eles podiam ser uma tia e um tio vindos de outro país.

– Srta. Dobbs?

– Eu... eu... sinto muito, estava com a cabeça longe daqui.

Maisie balançou a cabeça e se levantou para falar com o funcionário, que havia retornado.

O jovem sorriu.

– Aqui costuma ficar muito abafado, mesmo em um dia frio. Vamos lá. Capitão Peter Evernden.

– Encontrou os registros dele?

– Bem, aí é que está o problema: não há nada.

– Achei que encontraria aqui os registros do serviço militar dele.

– Em circunstâncias normais, senhorita, teria conseguido. Mas não estão aqui. Verifiquei mais de uma vez, sem sucesso, embora, ao que parece, esses arquivos tenham estado conosco em algum momento.

– Então o que aconteceu com eles?

– Podem ter sido levados para outro lugar. Talvez tenham se perdido. Ou foram arquivados junto com os registros de outro camarada, algo assim.

– Acha que pode encontrá-los?

O homem balançou a cabeça. O raio de sol havia se movido e agora refletia em seu cabelo castanho-claro. Maisie olhou ao redor. O homem e a mulher tinham partido.

– Seria como procurar uma agulha no palheiro. Há milhares de documentos aqui, como a senhorita pode imaginar. Olhei em todos os cantos, revirei tudo, mas não... nada.

– O senhor mantém um registro com os nomes das pessoas que consultam os arquivos?

– Sim, é claro, mas, novamente, terei que voltar aos registros e... a menos que eu tenha alguma ideia de quem e quando... bem, isso levaria uma eternidade.

Maisie aquiesceu.

– Eu entendo. Mas eles *estavam* arquivados aqui, certo?

– De acordo com a indexação, sim.

– Mas... – Maisie suspirou. – Acho que não vamos encontrá-los a menos que procuremos em cada um dos *milhares* de registros. É disso que estamos falando, não?

– Sim, isso mesmo, sinto muito. De toda forma, vou registrar o extravio, e então ficaremos de olho nos registros do capitão Evernden. Devo contatá-la se os encontrarmos?

– Isso talvez leve anos!

Maisie balançou novamente a cabeça, mas pegou um cartão de visita em sua pasta.

– Fique com isso, por via das dúvidas. Nunca se sabe, talvez eu tenha sorte.

– Quem sabe? Tenha um bom dia.

∽

A cabeça de Maisie não parou de fazer conjecturas no decorrer de toda a conversa com o funcionário da agência Thomas Cook que emitiu os bilhetes para a barca de Dover a Calais. Embora um sujeito chamado Stuart Townsend operasse o serviço para carros e passageiros no Canal da Mancha havia muitos anos, usando um antigo caça-minas convertido para fins comerciais, ela não sabia se seria capaz de assistir a seu amado MG sendo içado a bordo. Talvez devesse ter pensado em comprar um carro para dirigir na França, pois certamente o MG não seria confortável para Maurice. Mas era tarde demais.

Ela sabia que a energia intensa que naquele momento a deixava agitada e aflita era decorrente de suas frustrações anteriores, assim como de outra emoção: medo. Maisie só era capaz de imaginar uma França, uma Flandres.

Ela só conseguia ver uma paisagem desolada em meio à escuridão, com lama, piolhos, ratos e rios de água fétida e sangue. Houve dias quentes de trabalho, em que, mesmo com o clima péssimo, ela podia ouvir uma cotovia sobrevoar a terra em um momento de trégua entre os bombardeios que se aproximavam. No entanto, as memórias duradouras eram de chuva, saias encharcadas de lama e mãos rachadas e em carne viva. E morte. A visão persistente da morte.

Maisie não se lembrava bem de como chegara ao Embankment. No fim da tarde, ela tinha sentido o corpo tremer, gotas de suor escorrendo pelas costas, do pescoço à cintura, e soube instintivamente que deveria caminhar do Strand ao rio, na direção das águas que costumavam tranquilizá-la. O ar que respirava não era fresco como o de Kent, mas a acalmou do mesmo modo. O que devem ter achado de sua aparência os pedestres com os quais cruzou pelo caminho? Uma mulher com os olhos arregalados, olhando não para as ruas que percorria, mas para um caminho que atravessara em outros tempos. Uma época em que o inferno estava próximo, e os deuses, pensou ela, ainda mais distantes.

Maisie mordeu o lábio, e as lágrimas, que ela havia contido durante todo o dia, ao se mostrar determinada e ao tomar decisões, desataram a transbordar. Como ela esconderia de Maurice essa fraqueza, logo a ele, que a ajudara a recuperar o ânimo quando voltou ferida da França? Como esconderia o fato de que os pesadelos haviam voltado, incitados, talvez, pelo reencontro com Priscilla, pelos jovens mortos – Ralph Lawton e Peter Evernden – e pelo amor de um homem que se importava profundamente com ela? Como poderia admitir que, tal qual uma menininha, ainda ansiava ser cuidada pela pessoa que seguramente, caso pudesse, aliviaria os sofrimentos de sua filha? Enquanto sentia a onda de dor romper a barragem de resiliência que ela construíra, sentiu também uma pressão, como se alguém apertasse seus ombros. Ela se virou lentamente, com esperança no coração, mas não havia ninguém.

CAPÍTULO 12

— Boa noite, senhora.

Sandra abriu a porta para Maisie. Em vez de voltar ao escritório, Maisie caminhara por algum tempo ao longo do Embankment antes de se dirigir ao metrô e, por fim, à Ebury Place.

— Nota-se que já está começando a escurecer. Veja a névoa. Com esse tempo estranho que está fazendo, logo teremos neblinas terríveis.

Maisie assentiu enquanto tirava o casaco, mas, quando se virou para entregá-lo a Sandra, percebeu que a jovem estava inclinada na soleira da porta, o rosto voltado para o lado de fora, olhando de um canto para outro da curva em meia-lua.

— Está esperando alguém, Sandra?

— Não, senhora.

Sandra fechou a porta depois de ter lançado um último olhar para fora e franziu a testa.

— Só estava conferindo. Havia um homem lá fora esta manhã e novamente à tarde. Ficou olhando para a casa. Cheguei a pensar em ir lá perguntar o que estava fazendo ali ou pelo menos mandar Eric falar com ele.

— Um homem? — Maisie estremeceu. — Como ele era?

Sandra dobrou o Mackintosh de Maisie sobre seus braços cruzados e se aproximou dela de um jeito conspiratório.

— Bem, isso é que foi estranho. Teresa afirmou que não era um homem, de jeito nenhum. Ela subiu um lance da escada, deu uma olhada pela lateral da casa e afirmou que era uma mulher toda agasalhada para se parecer com um homem.

Maisie estava prestes a fazer outra pergunta quando Sandra continuou:

– Ah, e recebemos uma chamada telefônica da operadora esta tarde, dizendo que uma ligação do Canadá para a Srta. Maisie Dobbs foi agendada. – Ela olhou na direção do relógio. – Ah, veja só a hora! A ligação está marcada para as sete e meia, então a senhora tem apenas alguns minutos até o telefone tocar.

– Obrigada, Sandra. Trata-se do jovem James.

Sandra assentiu.

– É incrível pensar que, hoje em dia, é possível falar com alguém que está do outro lado do mundo.

Maisie sorriu.

– Com certeza. Irei imediatamente à biblioteca para atender à chamada.

– Certo, senhora.

～

– Aqui quem fala é a operadora para a Srta. Maisie Dobbs. Ligação de Toronto, Canadá.

– Sim, obrigada.

Maisie escutou duas telefonistas conversando, uma delas com um sotaque canadense, e em seguida a voz ressoante de James Compton pôde ser ouvida com nitidez.

– Maisie, consegue me ouvir?

– Sim, James. Estou aqui. Fico contente que tenha telefonado.

– Eu não podia ignorar um telegrama da intrépida Maisie Dobbs, não é mesmo? – James riu. – Para falar a verdade, está quente e úmido aqui. Fiquei enfurnado em meu escritório na Yonge Street desde o amanhecer e pensei em dar uma animada no meu dia. E, devo reconhecer, fiquei intrigado com suas perguntas.

– Você foi a primeira pessoa em quem pensei – respondeu Maisie, indo direto ao assunto. – James, quando você esteve no Real Corpo Aéreo, aconteceu de alguma vez lhe pedirem que fizesse um... bem, sei que provavelmente "fazer" não é a palavra certa... mas alguma vez lhe pediram que fizesse um pouso de toque e arremetida?

– Meu Deus, eu esperava nunca mais ter que pensar nisso de novo.

— Desculpe-me.

— Ah, não, é que parece que já faz tanto tempo, mas, ainda assim, é como se tivesse sido ontem mesmo. Eu era tão jovem... todos nós éramos tão jovens...

— Eu sei, James.

Maisie virou o rosto em busca do relógio de pêndulo e depois voltou a olhar para a frente. *Ele está sozinho. E ainda tão vulnerável.*

— Bem, sabe, eu devo ter tentado alguma vez, mas, francamente, o treinamento não foi muito longo, ao contrário do que se pode imaginar. Primeiro fui observador, e eu era treinado a... bem, observar. Depois comecei a pilotar. Então, como sabe, sofri um ferimento enquanto estava em solo... Dá para acreditar? Uma bela maneira para um aviador deixar a guerra!

— E quanto aos pousos de toque e arremetida? Por que é necessário executar uma manobra dessas?

— Agora você está parecendo meu antigo chefe de operações.

James fez uma pausa tão longa que Maisie se perguntou se a linha havia caído.

— James?

— Sim, estou aqui. O único motivo para se fazer um pouso de toque e arremetida é quando há a necessidade de levantar voo de novo e imediatamente. Por exemplo, se você aterrissou e de repente ficou sob fogo inimigo, tem que subir de novo. Precisamos colocar as aeronaves no ar para protegê-las... e a nós também. Ou se você for entregar algo que pode ser jogado da aeronave. Um malote com comunicados, por exemplo. Veja bem, pode-se fazer isso do ar. Mas há as missões realmente arriscadas e secretas.

— Arriscadas e secretas? Isso soa como uma história de aventura para meninos, como as do jornal *Boy's Own*.

James riu.

— Fui só um pouquinho sarcástico. Claro, alguns de nós pensavam que todo o lance da guerra seria como uma aventura do *Boy's Own*. Mas então chegamos lá e as coisas não eram exatamente como tínhamos imaginado.

— Então o que teria sido "arriscado e secreto"?

— Maisie, alguns não ficaram lá tempo suficiente para saber muito mais do que aquilo que nos era exigido quando recebíamos as ordens diárias e, no fim do dia, nos dávamos por satisfeitos por termos conseguido sobreviver.

No entanto, *sabíamos*, por assim dizer, que uns poucos entre nós cruzavam a linha e entravam no território bárbaro para fazer algo mais do que apenas voltar e relatar se os bárbaros estavam onde achávamos que estivessem. Eles iam para lá com alguém, mas voltavam sozinhos.

– Você está querendo dizer que esse *alguém* era deixado para trás?

– Sim, mais ou menos isso.

Maisie franziu a testa, ignorando os minutos que avançavam. Começou a andar de um lado para outro até onde o fio do telefone permitia.

– James, me desculpe, mas quero ter certeza de que estou entendendo o que você explicou. Um aviador costumava pegar um passageiro, cruzar a linha do inimigo, aterrissar a aeronave apenas pelo tempo necessário para a outra pessoa saltar, e depois ia embora novamente antes que alguém descobrisse que eles haviam estado ali, supondo que não haviam sido observados?

– Sim.

– Meu Deus.

– Pois é.

– Alguma vez pediram que você participasse disso?

Um riso estalou pelo fone, e Maisie o afastou ligeiramente do ouvido.

– Ah, Maisie, nunca fui tão bom assim. – Ele parou de rir. – Agora que o tempo passou, fico me perguntando de onde tirei coragem para fazer o que fiz. Com certeza, eu não conseguiria mais! Mesmo assim, coragem para fazer algo tão arriscado... não, era demais para mim.

– James, você ajudou muito. Uma última pergunta: chegou a conhecer Ralph Lawton, talvez quando eram crianças?

– Ah, Ralph, o filho de Cecil Lawton. Sabe, quando crianças, nós chegamos a nos conhecer, mas não éramos camaradas ou nada do gênero. Ele era bem dócil, sabe, o tipo que sempre tentava agradar à mamãe, essas coisas. Não era bem o menino que lia o *Boy's Own*!

– Entendi. Então você não o encontrou no Real Corpo Aéreo?

– Soube que ele esteve lá, mas nunca me deparei com ele. Provavelmente não o teria reconhecido, sabe?

– Obrigada, James. Bem, sem dúvida está na hora do almoço aí pelas suas bandas. É melhor eu desligar.

Maisie ia finalizar a ligação, mas sentiu que James queria falar mais alguma coisa.

– Está tudo bem, James? Um passarinho me contou que você está cortejando uma jovem adorável.

– As notícias voam. E eu ouvi dizer que você tem visto um médico... e não por estar doente!

– *Touché!*

– Mas não é a mesma coisa, certo?

Maisie franziu a testa. Imaginou James indo para casa – um apartamento vazio – e sentando-se sozinho com um drinque na mão. Mais do que ninguém, ela sabia quanto ele havia amado Enid, que trabalhara na Ebury Place e com quem Maisie dividira o quarto nos alojamentos dos criados. Antes da guerra, lorde e lady Compton tentaram acabar com o relacionamento deles mandando o filho para o Canadá para aprender a lidar com os negócios que a família tinha por lá, mas ele voltou para a Inglaterra – e para Enid – quando a guerra foi declarada. Enid logo deixou o emprego na mansão para trabalhar em uma fábrica de munições, embora ela e James continuassem a se encontrar. Foi a morte dela em uma explosão, em 1915, que encorajou Maisie a se alistar no serviço de enfermagem. *O passado ainda nos assombra.* Ela se preocupava com James, que já havia sofrido tanto: ele ficara arrasado pela perda e atormentado pelas memórias da guerra, perguntando-se como sua vida poderia ter sido. O risco de um colapso nervoso o levou de volta ao Canadá, onde recuperou um pouco da paz e da antiga alegria que sentira em seus primeiros anos de vida.

– Será que você está ficando sentimental, James? Sei que lady Rowan não vê a hora de ganhar netinhos, então ela espera receber logo as notícias do noivado.

A melancolia pareceu ter se dissipado.

– Ah, tentarei não desapontar minha mãe. Afinal, não estamos ficando mais jovens, certo?

– Não, James. Bem, esta ligação vai custar uma fortuna...

De fato, a operadora os interrompeu e eles tiveram apenas o tempo para se despedir rapidamente antes que a chamada fosse encerrada.

Maisie saiu da biblioteca e foi para seus aposentos. Haviam preparado um banho para ela, e o vapor do óleo de lavanda pairava no ar. Ela ficou à janela por alguns instantes, a conversa com James girando em sua cabeça. *Teria Ralph Lawton se envolvido em uma missão arriscada e secreta? E teria* isso levado à sua morte? Afinal, sua aeronave fora abatida atrás das linhas inimigas. E, nesse caso, teria isso alguma relevância na discórdia entre os Lawtons em relação à crença de Agnes de que o filho não estava morto? Não, eles provavelmente nem sabiam em que missão Ralph estava envolvido. *Ou sabiam?* Seria possível Ralph ter ficado tão feliz com seus feitos que contara para os pais, ansioso para ser reconhecido por sir Cecil? Ou talvez ele tivesse contado para Jeremy Hazleton? *E se contou?* Maisie balançou a cabeça. Os documentos de Ralph eram tão acessíveis, já os de Peter Evernden... isso era outra história.

Quando ela estava se virando, um ligeiro movimento na rua chamou sua atenção. Alguém a estaria observando? Estava muito escuro, mas havia algo lá fora, na rua? Ela se debruçou para ver. Não, não havia ninguém ali.

Mais tarde, em seus aposentos, tendo comido apenas a metade de seu jantar – peixe e legumes –, Maisie se reclinou na poltrona e refletiu sobre seu dia. Ela sabia que, assim que fechasse os olhos, o sono chegaria e, junto com ele, os pesadelos, mais uma vez. Então ela se sentou no silêncio e na calmaria antes de ir para a cama, para aquietar sua mente e confortar sua alma. No entanto, enquanto o cansaço se apoderava dela, as palavras de James Compton rodopiaram em sua mente. *Mas não é a mesma coisa, certo?*

∽

– Maisie, estou tão feliz por ter conseguido falar com você antes que zarpasse para o escritório naquele seu carrinho vermelho!

– Olá, Andrew, como vai? E como ficaram seus pacientes depois da emergência? Parece que foi algo terrível.

– Foi mesmo. Estão construindo um novo hotel na orla. O andaime cedeu e uns vinte homens e meninos ficaram feridos, alguns gravemente. Dois homens morreram.

– Minha nossa!

– Sim, haverá uma grande investigação. Por isso estive tão ocupado durante o fim de semana e não pude vê-la. Você virá no sábado?

– Sinto muito, Andrew, mas não poderei.

– Por que não?

Maisie sentiu a tensão na voz dele.

– Vou para a França na sexta-feira, Andrew. Maurice irá comigo. Acho que ficaremos lá por uma semana, dez dias, algo assim.

– Eu sabia. Meu concorrente é um homem mais velho!

Maisie riu. A tensão se desfez.

– Sim. Não sabia disso? Bem, prometo que irei a Hastings assim que essa parte do caso estiver concluída.

– Promete?

– Sim, foi o que eu disse. Bem, preciso sair. Tenho um dia cheio pela frente.

– Veja bem, sei que agora temos o telefone, mas você vai me escrever?

– Prometo que sim, e ligarei assim que puder.

Recolocando o fone no gancho, Maisie saiu da biblioteca, onde havia atendido à chamada telefônica, pegou a pasta e o casaco Mackintosh e se dirigiu à cozinha. Olheiras escuras e fundas revelavam uma noite maldormida; memórias e pesadelos conspiraram para tomar de assalto seu coração e sua mente. Em um minuto ela estava a caminho da França, o navio avançando em meio a ondas coroadas pela espuma branca; no minuto seguinte, estava em Kent, tentando alcançar o pai do outro lado do pomar, onde maçãs vermelhas e maduras deixavam um rastro de sangue à medida que ela corria por alamedas cujos galhos se transformavam em garras humanas roçando seu rosto, e as manchas de vermelho no vestido e no avental branco foram se tornando cada vez maiores, de tal modo que suas roupas ficaram pesadas e empapadas, e durante todo o tempo o pai se afastava cada vez mais e suas pernas ficavam cada vez mais fracas, até que ela acordou de supetão, quente e febril.

Maisie saiu da casa pela porta da cozinha e se dirigiu aos estábulos para pegar o MG.

– Uma bela manhã, senhora. – Eric estava terminando de passar um pano amarelo no capô do MG. – Estou só dando uma limpada rápida antes de a senhora partir.

– Obrigada, Eric. Ele está com uma ótima aparência.

– Esse é o meu carro preferido.

Ele deu uma batidinha no capô para indicar que o trabalho estava terminado.

– Veja bem, vou precisar do carro por algumas horinhas antes de a senhora ir para a França. Não queremos que nada dê errado lá, certo? E vou lhe preparar um conjunto com algumas peças sobressalentes. Assim, se algo afinal *der errado*, nenhum francês tentará enfiar uma peça de Peugeot onde ela não cabe.

– Bem pensado, Eric. Até aqui, essa belezinha, a Lily, nunca me deixou na mão, então duvido que vá me desapontar na França.

– Com a quilometragem que a senhora já rodou, nunca se sabe. Melhor prevenir do que remediar, é o que costumo dizer.

Maisie tomou seu assento no MG e Eric fechou a porta.

– Sim, melhor prevenir do que remediar.

Ela acenou e guiou atentamente pelos paralelepípedos até sair dos estábulos.

Quando estava prestes a chegar à rua, Maisie notou um homem em um canto. À primeira vista, o homem pareceu um tanto insignificante, com um casaco Mackintosh simples abotoado até o pescoço, de modo que não era possível enxergar muito bem sua camisa e sua gravata. Ele trajava calças marrons e um chapéu de feltro marrom. Quando ela passou por ele, o homem pegou um jornal e o abriu, cobrindo o rosto. Curiosa, Maisie deu ré a tempo de vê-lo saindo da Ebury Place. Ela entendeu por que Teresa pensou que o homem era, na verdade, uma mulher, pois seus passos eram mais curtos do que as normalmente mais largas passadas masculinas...

⁂

O acidente aconteceu num átimo. Foi tão rápido que depois ela se deu conta de que, apenas vinte minutos antes, estava dirigindo com a cabeça em tudo que teria que resolver antes de viajar para a França. Mas agora tudo isto já havia acontecido: primeiro, a frente do MG se chocou em um poste de luz e, em seguida, ela notou um corte feio na testa. Sua cabeça latejava enquanto ela respondia às perguntas, sentada no carro com um lenço encostado na cabeça enquanto um guarda se postava diante dela com um caderno na mão, garantindo-lhe que um médico estava a caminho e, não, ele não poderia simplesmente deixá-la partir sem que ao menos fosse examinada, e, de qualquer maneira, teria que fazer um relatório.

– Então está me dizendo que uma pessoa correu em direção ao meio-fio como se não fosse parar, a senhorita fez uma manobra para evitar a colisão e a pessoa simplesmente desapareceu?

– Sim.

– Apenas para que eu possa registrar aqui com suas próprias palavras, que manobra fez para evitar a colisão?

– Bem, eu dei uma guinada para não o acertar... – Maisie franziu a testa. – Sim, era *um homem*.

– Então a pessoa que entrou na sua frente era um homem?

Maisie titubeou.

– Acho que ela sofreu uma concussão, pobre garota – disse uma mulher, manifestando sua opinião em meio àqueles que observavam a cena. – Foi nocauteada.

– Por favor, senhora, se não se importa.

O guarda andou até o grupo e logo um veículo da polícia chegou, seguido por outro carro com uma placa de MÉDICO posicionada atrás do para-brisa. O guarda olhou ao redor, acenou a seus colegas quando eles saíram do carro e começou a falar novamente para o público.

– Muito bem, muito bem, afastem-se, voltem aos seus afazeres, senhoras, não há nada para ver aqui.

– Bem, não é um caso de vida ou morte, vai apenas lhe causar uma terrível dor de cabeça, imagino – disse o médico, examinando o corte na cabeça de Maisie, ainda sentada no MG. Ele enfiou a mão numa bolsa e começou a sacar alcoolaturas e curativos. – Tenho aqui umas bandagens de uma marca nova que foram enviadas apenas para alguns hospitais e em quantidades pequenas, mas consegui pegar algumas... Elas têm um material adesivo em um dos lados, então não há necessidade de usar grampos ou uma faixa de gaze em volta da cabeça. Conseguirei fazer um belo curativo na senhorita. Mas não deixe que molhe e tenha cuidado ao retirá-lo.

O médico falava enquanto tratava do ferimento, afastando a bandagem, medindo o comprimento, e depois o colocando sobre um pequeno quadrado de gaze.

– Sei como cuidar. Fui enfermeira.

– Nesse caso, terei que prescrever de forma enfática que descanse! Agora vamos chamar a polícia para que eles a levem para a casa. A senhorita deverá ficar de cama por umas boas 24 horas e se consultar com seu médico amanhã.

– Não posso. Preciso ir ao meu escritório.

O médico olhou para o MG com uma expressão de desamparo que embrulhou o estômago de Maisie.

– Não neste aqui. Mas tenho certeza de que a polícia vai providenciar para que ele seja rebocado para onde a senhorita quiser. – Ele olhou para Maisie atentamente. – Sabe, a senhorita teve muita sorte de sobreviver. Se tivesse batido em outro carro ou em um ônibus, ou mesmo na lateral daquela construção, teria sido o fim da linha. Graças a Deus ninguém vinha na outra direção... e a esta hora da manhã! Não é de admirar que o sujeito que correu na sua frente tenha sumido. Que grande idiota!

– Sabe, eu realmente estou bem, embora meu carro... não esteja.

Maisie sentiu uma ardência no canto dos olhos e sua cabeça ainda estava martelando. Para Maisie, o MG era mais do que um simples carro: era a primeira grande compra como proprietária de um negócio. E isso significava muito para ela.

O médico se levantou e examinou o capô.

– Sabe, não sou mecânico, mas acho que alguém com algum conhecimento conseguirá resolver isso para a senhorita em pouco tempo. Então faça o que eu disse: não deixe de se consultar com seu médico amanhã e tudo ficará bem. Bom, vou apenas falar com o guarda para ter certeza de que eles a levarão de volta para casa.

Maisie assentiu e pressionou as mãos sobre os olhos. Como se retrocedesse à linha de largada em uma corrida, ela repassou os eventos que resultaram na colisão, visualizando quase todos os trechos de sua jornada até a última imagem, quando ela se sobressaltou, rapidamente virando o volante para evitar um desastre, e... Ela sabia que a polícia faria perguntas sobre a pessoa que a fez desviar o carro e que provocou essa terrível série de eventos. Maisie pressionou os dedos novamente contra a bandagem, desejando que sua cabeça logo se recuperasse.

– Pronta, senhorita? Vamos levá-la para casa.

Maisie se levantou, apoiando-se no guarda.

– Não, me leve para a Fitzroy Square. É onde fica meu escritório. Meu assistente vai me ajudar.

— Mas, senhorita, o médico disse...

— Está tudo bem. Eu sei o que estou fazendo. Fui enfermeira.

Os olhos de Maisie se encheram de lágrimas. *Sim, fui enfermeira.*

※

— Eu realmente acho que a senhorita deveria fazer o que o médico disse e descansar um pouco. Nunca se sabe, ainda mais depois de levar uma pancada na cabeça.

Billy colocou uma xícara de chá forte adoçado diante de Maisie, que estava sentada perto do assistente à mesa onde eles haviam assinalado o mapa do caso de Ralph Lawton.

— Ficarei bem, Billy. Venha esta tarde, estarei muito melhor, a despeito do que esse hematoma em volta do corte possa sugerir. Graças a Deus cortei o cabelo e agora posso cobri-lo com a franja.

Billy rabiscou na margem do papel com um lápis vermelho.

— Então, esse camarada, se é que era mesmo um camarada, surgiu na estação e disparou de repente em direção ao meio-fio e em seguida parou, quando então a senhorita deu uma guinada no volante.

— Sim, foi isso.

— E depois o homem... ou mulher, aliás... simplesmente desapareceu? Assim, do nada. Como um fantasma.

— Isso.

Billy comprimiu os lábios e olhou de esguelha para Maisie, mas ela ergueu os olhos e o fitou.

— Eu juro, Billy, sei o que vi. Se está duvidando de mim, então abra logo o jogo!

Maisie arrastou sua cadeira para trás, levantou-se bruscamente e começou a andar pela sala sem tirar os olhos dele. Billy se virou, o cotovelo apoiado no espaldar da cadeira.

— Senhorita, sei que andou muito ocupada nessas últimas semanas e, sendo inteiramente franco, não é preciso ter um raciocínio muito ágil para entender que está sobrecarregada. Não me surpreenderia em absoluto que...

Maisie o interrompeu:

– Que eu tivesse imaginado coisas? E quanto à pessoa que foi vista na Ebury Place?

– Pode não ter nada a ver com a senhorita ou com alguém da mansão. Pode ter sido um corretor imobiliário que estivesse ali de olho nas casas, quem sabe.

– Não, não era.

Billy suspirou.

– Muito bem, vamos examinar quem mais poderia ser. Não temos nenhum outro caso realmente arriscado no momento, temos? Digo, quem ia querer fazer uma coisa dessas com a senhorita? É terrível.

Maisie parou por um instante, em seguida foi caminhando de volta para a mesa e se sentou outra vez.

– Não, a pergunta que devemos fazer é: qual é a mensagem?

– O que quer dizer, senhorita?

– O acidente poderia ter me matado, mas isso não aconteceu. Foi um acidente estranho, provocado de maneira a fazer parecer que a culpa foi toda minha, sem ninguém por perto para confirmar meu relato ou testemunhar o comportamento incomum do pedestre. Eu nem posso afirmar com certeza se era um homem ou uma mulher, embora, à primeira vista, me sinta inclinada a dizer que se tratava de um homem. Billy, acho que o acidente foi planejado para não ser fatal. Era um aviso. Foi essa a mensagem.

Billy ergueu três dedos e enumerou:

– Avril Jarvis, Ralph Lawton, Peter Evernden. Qual deles?

Maisie se reclinou na cadeira.

– Senhorita, se eu estivesse no seu lugar, o que teria me perguntado seria: *o que estou sentindo?* – Billy colocou a mão no centro de seu corpo. – O que está sentindo sobre o acidente e quem o causou?

Maisie colocou a mão na cintura, imitando Billy.

– O pensamento que logo me vem à mente é que ele tem a ver com o caso Lawton. No entanto, tenho a sensação de que o que se passou com Peter Evernden não foi bem o que parece à primeira vista. Os registros dele desapareceram no arquivo.

– Isso não é comum? Imagino que, no meio de todas aquelas pastas e com tantos parentes pesquisando, os documentos acabam se perdendo.

– Pelo contrário. Eles conservam muito bem a documentação, e o acesso é restrito a membros da família com permissão prévia para a visita. Eu só pude marcar a consulta depois que Priscilla a autorizou por escrito.

– Mas os chefes também podem entrar ali, não? – Billy estava refletindo. – Talvez um dos oficiais do alto escalão tenha precisado dos registros.

– Ou talvez *os registros nunca tenham estado ali*. Talvez estejam em outro lugar. Ou foram destruídos. *Talvez*, Billy, eles sejam mantidos *longe de olhares indiscretos*.

∞

O resto do dia foi dedicado a pormenores envolvendo o acidente na Tottenham Court Road. Quando soube que Maisie quase sofrera uma tragédia, Maurice cuidou de finalizar os preparativos para a viagem deles para a França.

Em um dia normal, o telefone tocava uma, duas ou três vezes. No entanto, naquele dia, pareceu que, toda vez que Maisie colocava o fone no gancho, a campainha imediatamente recomeçava a soar. Embora ela tivesse telefonado para avisar que o MG seria rebocado para os estábulos na Ebury Place, assim que o carro danificado foi entregue aos cuidados de Eric, o rumor se espalhou. Frankie Dobbs foi o primeiro a telefonar, assim que soube da notícia. Um telefone havia sido instalado na casa do cavalariço pago por Maisie depois do acidente do pai, uma queda grave que ele sofrera naquele ano, embora Frankie preferisse que aquela coisa não estivesse em sua casa. Quando o telefone tocava, ele costumava fitar o aparelho preto por algum tempo antes de atender a ligação – invariavelmente, da parte de Maisie – como se o receptor fosse explodir quando ele o aproximasse da orelha. Mas ele não pensou duas vezes antes de ligar quando soube do acidente.

– Eu deveria ir aí agora mesmo, minha menina, e trazê-la de volta para Kent. Onde já se viu ficar correndo por aí naquele carro, completamente sozinha? É melhor eu ir logo para a estação.

– Pai, eu juro que estou bem. – Ela levou os dedos à testa, que voltara a latejar. – Agora que a situação se inverteu, você entende como nós nos sentimos, hein?

Frankie Dobbs foi rápido na resposta.

– Sempre soube como é, minha jovem Maisie! – Frankie costumava parecer bravo quando estava muito preocupado com a filha. – E essa história de "passar duas semanas na França" não vai ajudar em nada, com aquela comida que você não conhece, não é mesmo?

Maisie começou a rir, mas se contraiu ao sentir dor.

– Pai, a comida é a menor das minhas preocupações. Juro que é só um calombo e um arranhão, menos grave do que quando eu tinha 5 anos e caí da árvore no jardim do vovô.

Frankie suspirou.

– Essa é outra coisa que nunca vou esquecer... Pensei que sua mãe fosse ter um ataque do coração! Bem, tome cuidado, minha menina. E vai ter que me ligar amanhã de novo, só para eu saber que você está bem. Quando virá aqui em casa?

– Quanto voltar da França, prometo.

– Certo, então.

– Pai.

Maisie hesitou. As conversas telefônicas com o pai normalmente terminavam com as palavras "Cuide-se" ou "Vejo você em breve". Ela engoliu em seco. Dessa vez, havia mais coisas que queria dizer.

– Pai...

– O que é, Maisie?

– Pai... Eu... eu amo você.

Frankie pareceu titubear.

– Apenas se cuide, minha menina. Cuide-se.

Depois de Frankie, foi a vez of Maurice, que telefonou diversas vezes, lady Rowan, duas vezes, e, por fim, Andrew Dene, que insistiu para que Maisie se consultasse com um amigo dele no hospital St. Thomas.

– Ele é um crânio, Maisie. Eu insisto!

Maisie acabou concordando em marcar uma consulta com o cirurgião antes de viajar para a França, mas se lembrou de que mal poderia arcar com o custo de uma consulta médica depois dos gastos com o conserto do carro, as novas despesas da viagem e a segunda viagem de Billy para Taunton, sem falar em seu projeto de dar entrada em um imóvel. Sua cabeça latejava. Definitivamente, já estava na hora de voltar para a Ebury Place.

Mais tarde, depois de um banho quente e de um farto caldo de galinha com bolinhos servido no seu quarto por Sandra, Maisie por fim encostou a cabeça no travesseiro e fechou os olhos. Ela havia repousado por apenas alguns instantes quando os abriu e fitou por um momento a solitária rosa vermelha que Sandra havia colocado na bandeja ao lado de seu jantar. Intrigada, ela rapidamente se esticou para pegar em sua mesa de cabeceira o monte de papéis que Priscilla lhe havia entregado. Maisie releu as cartas que Peter escrevera antes de voltar à Inglaterra para – como ela e Priscilla supuseram – fazer seu treinamento e ser promovido. Depois ela leu novamente as cartas enviadas mais tarde e que, em comparação com as primeiras, eram muito mais concisas. E lá estava a linha que a intrigou: "Você adoraria os jardins daqui, Pris, as rosas são deslumbrantes nesta época do ano."

Se havia uma coisa que Maisie sabia sobre Priscilla era que sua amiga não se interessava por jardinagem e detestava especialmente rosas. Maisie cerrou seus olhos e rememorou Priscilla, em Cambridge, fazendo careta quando o porteiro levou a seu quarto um buquê de rosas vermelhas enviado por um pretendente apaixonado.

– Nunca vi uma rosa em que eu pudesse confiar, Maisie. São todas muito bonitas, mas têm espinhos que, ao menor descuido, ferem a pele. Quando eu era menor, os meninos costumavam correr atrás de mim em meio às roseiras e nunca me esqueci disso. Meu pai deu um sermão em cada um por toda aquela bagunça! Tome cuidado com um homem que lhe manda rosas!

E havia algo mais. A carta tinha a data de novembro de 1916. Inverno. As rosas florescem em junho.

CAPÍTULO 13

Maisie acordou de repente com a luz da manhã infiltrando-se pelas cortinas. Pela maneira como a réstia entrava no quarto, ela percebeu que havia perdido a hora.

– Ah, não!

Ela pulou da cama e, logo em seguida, teve que se apoiar nas costas de uma cadeira, sua cabeça recomeçando a doer.

– Preciso sair correndo.

Maisie tinha muito que fazer e não queria que nada a atrapalhasse. Determinada, disse para si mesma que já estava na hora de se recompor, de deixar tudo em ordem para as duas semanas que ficaria fora e de fazer jus aos honorários pagos por sir Cecil Lawton. Precisava falar com ele e também havia combinado de tomar um chá com o detetive-inspetor Stratton. Ela queria saber como o processo contra Avril Jarvis estava avançando. Seguindo suas orientações, Billy viajaria para Taunton no sábado a fim de tentar se encontrar com a mãe da menina, o que talvez se revelasse difícil porque àquela altura o nome de Avril já estampava os jornais, junto com a notícia de que ela estava detida preventivamente na Prisão Holloway, acusada de assassinato. Maisie havia prometido fazer o possível para garantir que Avril não passasse o resto da vida atrás das grades.

Enquanto se vestia apressadamente, Maisie incluiu as compras na lista mental dos afazeres que precisariam ser concluídos antes da viagem na sexta-feira e tentou pensar apenas nos aspectos positivos da viagem. A França estaria encantadora em meados de setembro, quando os moradores da capital voltavam a Paris depois das *vacances* de verão e havia um número já bem menor de turistas que peregrinavam de outros países para visitar os cemitérios militares. Sim, ela concluiria seu trabalho em Londres e depois, a cada dia, veria apenas o novo, veria apenas o renascimento de um país outrora arrasado. Assim decidida, pôs seu chapéu cloche azul-marinho inclinado de um jeito que disfarçava todo vestígio de corte ou hematoma, pegou sua pasta preta e dirigiu-se à Victoria Station. Maisie não foi ver Eric nos estábulos, já que ainda não estava em condições de receber o prognóstico sobre a saúde de seu MG.

Foi quando começou a andar que ela sentiu um formigamento no pescoço, como a sensação que se tem ao ser observado do outro lado de uma sala, por entre as estantes numa biblioteca ou durante as compras. Foi esse gatilho que fez Maisie instintivamente se virar para identificar o observador, parando de repente para examinar a rua que acabara de cruzar. A rua estava deserta, então ela continuou a avançar, esforçando-se para manter a determinação a que se aferrara apenas dez minutos antes, quando deixou a Ebury Place.

Ao descer na estação de metrô, sentiu um desânimo ao ver a plataforma cheia, pois aquilo era sinal de que os trens da manhã estavam circulando com lentidão e em menor quantidade. Embora Londres houvesse despertado gelada, o ar ao redor de Maisie já estava quente e úmido o suficiente para ela começar a transpirar. Pegou um lenço branco de linho de sua bolsa, levantou ligeiramente o chapéu e pressionou o tecido na testa. Ela engoliu em seco, e o gosto salgado e amargo em sua boca aumentou ainda mais seu desconforto. As pessoas a empurravam enquanto ela tentava avançar pela plataforma até chegar a um canto que pensou que estaria menos lotado, mas foi esmagada e empurrada até que se viu espremida na extremidade da plataforma, onde o ar quente escapava do túnel. *Teria sido melhor ter ficado em casa. Desta vez, eu deveria ter chamado um táxi. Teria sido melhor...* De repente, Maisie voltou a ter aquela sensação de que alguém a observava, acompanhando cada movimento seu. Ela olhou ao redor, primeiro à direita, depois à esquerda. O suor em sua nuca a levou a se virar e olhar para trás.

Ela estava bem na frente da plataforma quando o viu e arfou, soltando sua pasta e levando as mãos à boca. Quando o trem saiu do túnel, Simon – *Simon* – gritou para ela: "Afaste-se, Maisie! Afaste-se!" Quando ela se moveu, empurrando o corpo de lado no momento exato em que o trem se aproximava, viu a mão de alguém se estender na sua direção. A mão pretendia empurrá-la para a frente, na direção dos trilhos.

Os passageiros que desembarcaram, avançando pela plataforma para sair da estação, fizeram Maisie ser jogada para trás. Ela cambaleou, sentindo calor e frio ao mesmo tempo. O pânico foi tomando conta dela. Não conseguiu entrar no vagão, não pôde deixar seu corpo ser engolido por aquela massa humana opressiva que seria transportada até a parada seguinte. Quando a composição partiu e desapareceu no túnel escuro, Maisie permaneceu na plataforma vazia, segurando com força contra o peito a pasta preta que conseguira recuperar. Simon já não estava ali. Ela sabia que ele estaria sentado em sua cadeira de rodas, que seria conduzida ao solário, onde passaria a manhã sozinho até ser levado para tomar uma refeição que lhe dariam na colher, sem ao menos distinguir se se tratava do café da manhã, do almoço ou do jantar. Com mãos e pernas tremendo, Maisie saiu do metrô o mais rápido que pôde. Em seu íntimo sabia que Simon a havia salvado. Estava tão certa de que seu espírito se conectara a ela quanto de que a mão de alguém se estendera a fim de lançá-la para a morte.

— Acho que a senhorita deveria contar isso ao detetive-inspetor Stratton, se não se importa que eu diga.

— O que ele pode fazer, Billy? Afinal, eu não morri!

— Não, mas poderia ter morrido, certo? E como estaríamos agora?

— Não há *nada* que ele pudesse ter feito ou que *possa* fazer quanto a isso. É mais fácil eu esclarecer tudo isso por mim mesma.

Billy estava pensativo.

— Estou começando a ficar um pouco preocupado com a senhorita.

Ele se sentou à mesa diante de Maisie, que se inclinou para a frente em sua cadeira de carvalho, repassando em sua mente os acontecimentos daquela última hora enquanto dava uma olhada na correspondência da manhã.

— Primeiro aparece alguém, um homem ou uma mulher, com um casaco Mackintosh na estação da Goodge Street, e agora outro, que tentou eliminar a senhorita no metrô. O que está acontecendo, afinal?

Maisie ergueu o olhar.

— Não acredito que isso tenha a ver com Avril Jarvis, então tem relação com Ralph Lawton ou Peter Evernden. A verdade é que a investigação informal para minha velha amiga está me parecendo mais complexa a cada dia, principalmente porque não encontramos os registros do serviço militar.

— E a senhorita disse que as cartas do irmão para a Sra. Partridge são um pouco esquisitas...

— Sim, embora tenhamos que ser cuidadosos e não concluir apressadamente. Como você sabe, talvez mais do que a maioria, tudo fica diferente em tempos de guerra. As pessoas fazem e dizem coisas que talvez não dissessem em outras circunstâncias. Precisamos evitar emitir opiniões sobre o que alguém escreveu quando estava prestes a retornar ao Fronte Ocidental, provavelmente tendo acumulado mais responsabilidades do que tinha ao se alistar... *e* sabendo que aquela podia ser a última vez que via sua casa.

Quando voltou a falar, Billy tinha o cenho franzido, e sua fisionomia revelava uma grande preocupação com os acontecimentos daquela manhã.

— Mas a senhorita acha que há algo suspeito nessa história das rosas? Até onde se sabe, ele não era do tipo que se interessava por jardinagem, certo?

— Ele sabia que Priscilla detestava rosas.

— Se estava fazendo o papel de advogado do diabo, como a senhorita costuma dizer, talvez tenha sido de propósito, para provocá-la um pouco. Ou talvez fosse um código, um jeito de dizer que ele tinha saído para uma cervejinha quando na verdade isso não era permitido.

Maisie sorriu.

— Uma bela ideia, mas não acho que seja isso. — Ela consultou o relógio. — Tenho que falar agora com lorde Julian. — Ela tirou o fone do gancho. — Preciso da ajuda dele.

Billy foi para sua mesa, e ela telefonou para o escritório de lorde Julian no centro financeiro da cidade.

— Bom dia, lorde Julian.

— Bom dia para você, Maisie Dobbs! A que devo este telefonema? Espero que meu amigo Lawton esteja pagando você em dia!

— Sim, é claro, lorde Julian. Só preciso de algumas informações e achei que talvez o senhor pudesse me ajudar.

– Vá em frente. A caneta já está na mão.

Maisie pensou que algumas vezes ele falava de um jeito extremamente parecido com o da mulher, mas se deu conta de que isso não a deveria surpreender, já que eles estavam casados havia mais de quarenta anos.

– É sobre Jeremy Hazleton, membro do Parlamento.

– Ah, sim. Já conversei com ele algumas vezes em Westminster. Um verdadeiro agitador. Tem chance de se tornar primeiro-ministro em alguns anos, cadeirante ou não, sem falar que um homem condecorado por bravura na guerra está sempre apto a atrair muitos votos. Mas não sei se sou a pessoa mais indicada para falar sobre ele.

– Provavelmente não, mas tem mais acesso a informações do que a maioria das pessoas.

– Meus contatos no Gabinete de Guerra?

– Sim. Eu não sou da família, então não tenho como acessar os arquivos do serviço militar de Hazleton. Gostaria de saber mais sobre a carreira dele no Exército.

– Verei o que posso fazer. Você ainda estará na cidade amanhã à tardinha?

– Sim.

– Certo. Voltarei a Chelstone amanhã, mas, se vier ao meu escritório, poderemos conversar confidencialmente. Por volta das quatro horas?

– Obrigada. Eu o encontrarei amanhã às quatro, lorde Julian.

– Muito bem. Até lá.

– Sim, até lá.

Maisie recolocou o telefone no gancho.

– Esse homem realmente tem contatos, hein? A panelinha dos ex-alunos das escolas de elite, essas coisas. É muito chique poder simplesmente pegar o telefone e ter tudo ao seu alcance!

– Pelo menos ele é um homem bom, Billy. Em sua essência, um homem bom. Ele vai conseguir obter o que preciso.

– A senhorita acha que tem algo de estranho nesse Hazleton?

Maisie pôs alguns papéis na gaveta da mesa e a trancou, guardando a chave na sua pasta.

– Além de sua conexão com Ralph Lawton? Não sei ainda. Quer dizer, estou *curiosa* com relação a ele... Bem, tenho um compromisso. Volto esta tarde ainda, depois vou me encontrar com sir Cecil e Stratton. Você poderia visitar a mulher que ligou esta manhã falando do marido? Parece um caso que você pode ir tocando enquanto eu estiver fora.

– Vou tratar logo disso, senhorita. É muito bom que esteja sempre aparecendo trabalho, não é mesmo?

– Muito bom, Billy. Muito bom mesmo!

Maisie deixou a Fitzroy Square e começou a caminhar até a estação da Warren Street, mas pensou melhor. Olhando por sobre os ombros para ambos os lados, voltou para a praça e a atravessou em direção à Charlotte Street. Suspirando aliviada, sentiu um cansaço que parecia se originar na cabeça e descer pelo corpo, infiltrando-se até mesmo nos ossos dos pés. Quando contou para Billy sobre o episódio na plataforma do metrô, mantivera toda a calma, falando de um jeito controlado. Tinha telefonado para lorde Julian marcando um encontro que lhe permitiria avançar em sua investigação, mas o que ela mais queria era se enroscar na cama e nunca mais precisar se mexer novamente.

Ela se lembrou de ter se sentido assim uma vez, quando menina. Tinha ido com a mãe ao médico. Ela costumava ir à clínica da esquina às terças-feiras. Sua mãe pegava em sua bolsa 1 florim, que colocava sobre a mesa antes de atravessar a porta que dava acesso ao consultório, enquanto Maisie ficava do lado de fora sentada na cadeirinha alta para crianças, batendo os pés um no outro, lendo seu livro e esperando um bocado de tempo. Nessa ocasião, porém, foram a outro médico, para o qual foi necessário apanhar algumas libras guardadas no pote de cerâmica sobre a cornija acima do fogão. Foi apenas depois, quando já estavam saindo, que viram o filhote de cachorro, e ele devia ser bem novo, porque suas patas pareciam grandes demais para as pernas. Sua língua estava para fora de tanta empolgação quando ele passou correndo na frente de um desses novos automóveis, que dobrava a esquina em alta velocidade, rangendo e trepidando até matar o pobre cãozinho. Maisie deu um grito, aterrorizada, e sua mãe, que se contraiu de dor ao pegá-la no colo, passou as mãos pelo cabelo da filha amada e conversou suavemente com ela. E então, mais tarde, quando ela se encolheu na cama na casinha deles em Lambeth, foi novamente acarinhada pelas mãos que passavam delicadas em sua testa e pela voz lhe dizendo que não havia motivo para lágrimas porque o cachorrinho tinha ido para o paraíso, que era o melhor lugar para se estar. Maisie chorou até que o sono veio e a embalou, e ela sabia em seu íntimo que as palavras da mãe abarcavam muito mais do que a morte repentina de um pobre cãozinho.

E ali estava ela novamente, o anseio por ser confortada remexendo suas entranhas todos os dias, sabendo que aquilo estava além das possibilidades daqueles que poderiam tranquilizá-la – Andrew, seu pai, Maurice e até mesmo Khan.

Enquanto se encaminhava para seu local de destino de ônibus e a pé, Maisie permaneceu alerta, sem tirar os olhos vigilantes do espaço à sua volta. Quando chegou à grande casa georgiana, agora dividida em escritório na parte de baixo e apartamento em cima, pensou novamente em Madeleine Hartnell. *Há duas pessoas do lado de lá que a protegem.* Será que deveria procurá-la novamente? Logo esse pensamento foi substituído por outro, e ela se lembrou de sua avó, que tinha o dom da visão exatamente como Madeleine Hartnell e a quem Maisie teria puxado, segundo diziam. *Nunca se aventure, minha jovem Maisie. A partir do momento em que começar a falar com os espíritos, eles nunca mais a deixarão em paz.* Ela estremeceu ao entrar no escritório com o assoalho de carvalho e o mobiliário brilhando de tão lustrado.

– Bom dia. Sou Maisie Dobbs e vim falar com o Sr. Isaacs.

No fundo do escritório, um homem baixinho e já entrado na meia-idade afastou a cadeira quando escutou seu nome mencionado para a secretária.

– Ah, sim. Srta. Dobbs.

Estendeu a mão para cumprimentar Maisie quando se aproximou.

– É certamente um prazer conhecê-la. Bem, conforme eu falei ao telefone, disponho de várias propriedades que seriam perfeitas para uma mulher jovem e emergente como a senhorita, se me permite descrevê-la assim. – Ele remexeu em uma papelada. – Todas próximas ao rio, como pediu em seu telefonema, e dentro da sua faixa de preço. É um ótimo momento para investir em construção civil. Há um novo prédio de apartamentos em Pimlico que é particularmente interessante...

Maisie assentiu e sorriu ao pegar a folha de papel. *Siga adiante. Não pare. Continue a se mexer e o passado se manterá a distância.* O problema, como Maisie sabia muito bem, era que seu trabalho lhe exigia habitar o passado durante a maior parte de sua vida profissional. E o passado era um abismo sombrio no qual agora ela se precipitava com grande rapidez.

CAPÍTULO 14

Depois do escritório do agente imobiliário, Maisie foi ao gabinete de sir Cecil Lawton. Um aprendiz a conduziu ao escritório e puxou uma cadeira para ela se sentar diante da grande mesa.

– Boa tarde, Srta. Dobbs. Como tem avançado em sua tarefa?

Sem lhe dar tempo para responder, Lawton juntou alguns papéis e os colocou em um canto, antes de arregaçar as volumosas mangas de sua beca, apoiar sobre a mesa os antebraços cobertos pelo paletó e juntar suas mãos diante de si.

– Receio ter lhe designado uma tarefa quase impossível. Sem dúvida, a senhorita está mais habituada a buscar pessoas que sabidamente estão vivas, e não mortas – concluiu ele, contraindo os lábios.

Maisie aquiesceu, encarando seu cliente, que, embora estivesse à sua frente, não conseguia olhá-la diretamente nos olhos.

– Como eu disse antes, sir Cecil, esse é um trabalho incomum, mas não chega a ser inédito. É claro, para o senhor é mais difícil suportar as exigências de uma investigação como essa.

– O que quer dizer com isso?

– Quero dizer que o senhor supôs que eu não encontraria nenhuma evidência sugerindo que Ralph teria sobrevivido ao abate de seu De Havilland, e eu estou de acordo. Isso parece bastante improvável. Mas – Maisie fez uma pausa antes de prosseguir –, *mas*, sir Cecil, o senhor já pensou o que poderia ter acontecido se ele *tivesse* sobrevivido à queda? Como teria sido se, como suspeitou sua mulher, ele tivesse continuado vivo?

– Como nós dois sabemos, isso é altamente improvável.

– Sir Cecil, quanto mais investigo as circunstâncias da história de seu filho, mais perguntas surgem. Devo lhe pedir sinceridade total.

– A senhorita já tem minha palavra.

Maisie se levantou e andou até a janela, onde ficou parada por apenas um instante antes de se virar e encarar Lawton.

– Sei que já conversamos sobre isso antes, mas preciso perguntar novamente: se Ralph estivesse vivo, como afirmava a Sra. Lawton, que acontecimentos, conflitos e temores poderiam tê-lo impedido de contatá-lo, especialmente depois do fim da guerra?

Maisie encarou Lawton, pressionando-o a falar.

O homem, que um minuto antes parecera calmo e no domínio da situação, inclinou-se para a frente e pôs a cabeça nas mãos. Maisie não se mexeu. Apenas assumiu uma posição mais relaxada, apoiando ligeiramente a mão no peitoril da janela. Como Lawton não alterara sua posição, ela voltou a se sentar, em silêncio, e juntou as mãos no colo. Respirando fundo, Maisie cerrou os olhos. Uma imagem logo se formou em sua mente, a de um menino parado ao lado de um homem mais velho. O olhar sério do garoto revelava o desejo de agradar, de ser aceito pelo adulto, cuja mera postura bastava para parecer ser intratável, inabalável. Inflexível.

– Eu não o aceitaria como filho.

Maisie abriu os olhos quando Lawton reclinou em sua cadeira e levou a mão à testa, depois passando-a pelo cabelo.

– Continue.

– Os amigos e colegas mais próximos dele eram indefensáveis.

– Mas um jovem que se tornou membro do Parlamento, e que todos têm em alta conta, parecia ser uma boa escolha para o filho de um proeminente conselheiro do rei.

Maisie sabia que estava pressionando Lawton, afinal queria ouvir dele a confirmação do que ela instintivamente imaginara.

– Ele é um respeitável membro do Parlamento *agora*, Srta. Dobbs.

– E casado.

Lawton encarou Maisie nos olhos pela primeira vez.

– Sim. E casado. Se a senhorita já deduziu que meu filho não se interessava por mulheres, por que raios está me fazendo essas perguntas?

– Estou interessada na relação entre o senhor e Ralph, entre pai e filho.

– Sei que ele tentou se provar para mim, que, apesar... – Lawton se esquivou do olhar de Maisie por um instante – ... apesar de suas escolhas e do seu comportamento, ele queria meu... Não sei o que ele queria.

– Amor?

– Ele era meu filho. Eu queria que meu filho fosse um homem respeitável.

– E isso impede que um filho seja amado pelo pai?

Lawton balançou a cabeça.

– Um homem na minha posição não pode ter um filho que sai por aí frequentando os círculos que Ralph escolheu, mesmo durante o serviço militar. Era muito pedir que ele se casasse e tivesse filhos?

– E viver uma mentira?

– Viver dentro da lei.

Maisie assentiu.

– Então, vamos voltar à minha primeira pergunta. E se Ralph tivesse sobrevivido à queda... sei que seus restos mortais foram encontrados... mas e se tivesse?

– Sei que o amor que sentia pela mãe teria sobrepujado o ódio que sentia por mim.

– Acredita que ele o odiasse?

– Sim. Entre nós não havia amor. Se a senhorita quer saber, a notificação de sua morte foi... foi...

Maisie ficou em silêncio. Ela não ajudaria Lawton a encontrar as palavras. Sabia que essas emoções só seriam liberadas por meio do esforço pessoal da confissão. Alguns momentos se passaram antes que o homem, sempre enaltecido como um grande orador jurídico, conseguisse dar voz a seus pensamentos.

– Não sofri o luto do filho que se alistou no Exército e, depois, no Real Corpo Aéreo. Enlutei-me, isto sim, pelo menino, pelo que já não existia. Não fomos os únicos a sofrer uma grande perda, como sabe. A vida segue depois disso. Ao contrário, foi um alívio, pois os problemas motivados por suas escolhas causaram enorme sofrimento à sua mãe, comparável à dor da perda.

– Então de fato, sir Cecil, o senhor não gostaria que ele fosse reencontrado, mesmo se tivesse sobrevivido.

Lawton balançou a cabeça.

– Meu filho está morto. A senhorita foi contratada apenas por respeito à minha mulher. É claro que tem um interesse a mais nisso, agora que estou defendendo a Srta. Jarvis. Deste modo, não consigo ver o que espera conseguir com essa investigação.

Maisie inclinou-se para a frente com um olhar tão perscrutante que Lawton não pôde deixar de encarar seus olhos azul-escuros.

– Foi necessário ouvir diretamente do senhor essas considerações sobre a natureza das relações pessoais de Ralph. Eu não posso e não vou me perder em uma névoa de subterfúgios das próprias pessoas para as quais estou trabalhando.

Maisie saiu do gabinete, refletindo sobre os casos em questão. Duas coisas em particular lhe pareceram estranhas. Primeiro, era uma ironia que a única pessoa digna de sua confiança até o momento fosse uma menina que continuava a ser acusada de assassinato. A segunda era aquela intrigante menção a rosas na carta de Peter Evernden. Sim, aquilo a deixara inquieta. A rosa. Maisie imaginou uma rosa, imaginou o botão fechado até estar prestes a se abrir, as delicadas pétalas vermelhas aos poucos se entregando ao sol e então caindo e revelando a rosa mosqueta: outra porta fechada. Sim, a rosa: delicada, forte e protegida por espinhos que, a um toque desavisado, em um segundo faz sangrar. A rosa. Emblema do segredo e do silêncio.

Stratton estava andando de um lado para outro em frente ao diminuto café na Tottenham Court Road onde haviam combinado de se encontrar. Maisie percebeu que ele não parava de consultar a hora e lembrou que precisava pegar seu precioso relógio no relojoeiro na Charlotte Street antes de voltar ao escritório.

– Peço desculpas por tê-lo feito esperar, inspetor. Estou muito atrasada?

– Boa tarde, Srta. Dobbs. Não, não está nem um pouco atrasada. Mas tenho outro compromisso esta tarde, então meu tempo é escasso.

– Certo.

Maisie entrou no café e se dirigiu a uma mesinha perto da janela que tinha acabado de vagar. Seu relacionamento com Stratton andava um pouco estremecido desde o verão, quando Maisie recusara seus convites para jantar ou ir ao teatro. Apesar de ter cogitado a ideia por um tempo, ela havia concluído que seria uma má decisão concordar com qualquer encontro que avançasse os limites de uma relação profissional. E, embora estivesse saindo agora com Andrew Dene, ainda havia algo em Stratton que Maisie achava encantador.

Eles pediram chá, torradas e geleia e foram direto ao assunto.

– O caso Jarvis será julgado em janeiro.

– Entendi.

Maisie balançou a cabeça, recusando o açucareiro que Stratton havia lhe estendido. Ela o observou mergulhar duas colheradas cheias de açúcar na xícara de chá e mexer rapidamente.

– Ela continua sendo acusada de assassinato. Não há outros suspeitos.

– E quanto a uma sentença mais branda? A menina foi maltratada, jogada nas ruas.

– Assim como um monte de meninas. Vá ao Soho, Srta. Dobbs. Gostemos ou não, as prostitutas não têm mais do que 10 ou 11 anos. E não matam seus cafetões.

Maisie comprimiu os lábios.

– E se, apenas como hipótese, ela for inocente?

Stratton pousou a xícara no pires com um ruído que atraiu a atenção dos curiosos. Maisie não vacilou. Em vez disso, fez questão de olhá-lo nos olhos. Deu um gole no chá.

– Ela é culpada. – Stratton se reclinou na cadeira. – Veja bem, sei que a senhorita não dá a mínima para Caldwell, e admito que ele às vezes é bastante desagradável. *E* sei que a senhorita discutiu com ele durante minha ausência... era direito dele insistir que toda nova informação seja submetida a nosso escrutínio... mas ele tem ótimo faro para a investigação. Tem provas acima de qualquer suspeita de que a menina é a assassina.

Maisie aquiesceu. *Sim, tenho certeza disso.*

– De toda forma, fiquei sabendo que a senhorita arquitetou para que sir Cecil Lawton a defenda no tribunal. Assim ela terá mais chances do que a da maioria dos réus.

— Se ela sobreviver a Holloway.

— Não subestime a menina. Os meses em que passou nas ruas a calejaram. Ela tirará Holloway de letra.

Imaginar a prisão em Holloway fez Maisie se dar conta de que, para ela, já bastava daquela conversa. Ela esperara obter mais informações sobre o inquérito da polícia contra Avril Jarvis, mas a tentativa estava se provando inútil. Afastou a xícara para indicar que já era hora de partir. Stratton pareceu surpreso.

— É claro que a senhorita será convocada pela promotoria como testemunha da acusação.

— E também pela defesa, detetive-inspetor Stratton.

Stratton sorriu.

— Obviamente.

Ao ficarem de pé, passaram a falar de amenidades. E então, quando Maisie passou a mão pela testa, acabou levantando a franja e expondo o curativo.

— Céus! O que aconteceu aí?

— Ah, não é nada. Só uma leve pancada. Uma pessoa vinha passando pela porta quando eu estava de saída, você pode imaginar.

— A senhorita deveria prestar mais atenção. Já foi ao médico dar uma olhada nisso?

— Ah, sim. Está tudo bem. Sinto apenas umas fisgadas.

⁓

— Está tudo bem, senhorita?

— Sim, obrigada, Billy.

Maisie havia tirado seu chapéu e seu casaco e se instalado em uma cadeira perto da janela. Estudava o mapa do caso aberto diante dela.

— Stratton serviu para alguma coisa?

— Não exatamente, não no que diz respeito a Avril Jarvis.

— Para falar a verdade, não dá para esperar muita coisa dele, não é mesmo?

Maisie mudou de assunto.

— Já comprou suas passagens para Taunton?

– Sim, vou para lá no primeiro trem de sábado e voltarei no último. Quero estar de volta até o fim do dia. A senhorita viajará para a França na sexta-feira? – perguntou Billy, franzindo o cenho.

– Sim, também partirei cedo – respondeu Maisie, mordendo o lábio.

Billy franziu ainda mais o rosto e deu um tapinha na testa.

– Ainda bem que a senhorita me lembrou. A Sra. Partridge telefonou. Eu nunca tinha atendido uma ligação *do exterior*, então foi legal falar com ela.

– Priscilla telefonou? O que disse?

– Ah, nada de mais. Ela avisou que ligaria mais tarde, portanto esse bicho aí deve tocar a qualquer minuto.

Billy foi interrompido pelo toque duplo do telefone preto sobre a mesa de Maisie.

– Falando no diabo... Aposto que é ela!

Maisie foi imediatamente até a mesa e pegou o aparelho.

– Maisie Dobbs.

– Agora você não diz mais o número? Isso saiu de moda?

– Priscilla!

– Estou contente por ter me reconhecido, minha velha.

– Nem tão velha assim, Pris.

– Desculpe-me. Bem, eu só queria confirmar suas datas. Quando virá a Biarritz? Sei que, se eu não insistir, não virá nunca.

– É uma insistência cara, não é mesmo? Esta chamada telefônica deve lhe custar uma fortuna.

– Quando virá?

– Viajarei para a França na sexta-feira, então imagino que dentro de uma semana.

– Então reserve logo seu lugar no trem. Quero ter certeza de que virá. Vou esperar um telegrama de Paris informando a data de sua chegada na próxima quarta ou quinta.

Maisie suspirou.

– Está certo.

– Não seja tão chata, Maisie. Você vai adorar Biarritz. Está precisando de um descanso. Bem, como tem avançado na busca pelo apartamento?

Billy saíra da sala, por isso Maisie se sentiu à vontade para contar.

– Na verdade, encontrei um imóvel muito bom. Em Pimlico, um prédio novo. Um tanto moderno, a apenas algumas ruas do rio.

– *Ugh!*

– O que há de errado?

– Bem, Pimlico não é ruim, acho, mas aquela terrível poça que eles têm a petulância de chamar de rio... Aposto que, quando menina, você costumava caçar tesouros depois que a água baixava. Mas gosto não se discute... Quando vai se mudar?

– Não tão rápido, Priscilla. Tenho alguns problemas pela frente.

– Tais como...?

– Sou uma mulher, solteira. Eles não gostam de conceder empréstimos imobiliários para mulheres.

Priscila suspirou.

– Sim, eu já temia que você enfrentasse o problema de sempre. Mas não há o que temer, sua amiga está aqui. Deixe comigo.

– O que está querendo dizer?

– Deixe comigo. Certas pessoas por aí, Maisie, fariam de tudo para não me afrontar, e, se não me ajudarem, parecerá uma afronta.

– Quem?

– Meus banqueiros, claro. Não, nem pense em contestar. O velho clube de meninos não é só para meninos, sabia?

– Não faça nada nesse sentido. Na verdade, eu a proíbo, Pris... Posso tratar disso sozinha.

Priscilla suspirou, sem rebater a objeção de Maisie, e passou ao assunto de seu irmão.

– Maisie, e quanto a Peter? Acha que há chances de você descobrir alguma coisa?

– Farei tudo o que eu puder, você sabe, mas estou com dificuldades para localizar os arquivos do serviço militar de Peter. – Depois de uma pausa curta, Maisie rapidamente recomeçou a falar, para evitar que Priscilla a interrompesse. – Sabe, há algo em uma das cartas que me deixou curiosa.

– Vá em frente.

– O que é aquela história sobre rosas? Ele se interessava por flores?

Priscila riu.

– Como assim?

Houve uma breve pausa e, antes que Maisie voltasse a falar, a voz do outro lado da linha se manifestou:

– Ah, sim, já sei do que você está falando.

Maisie a ouviu tragar o cigarro e depois tossir.

– Para falar a verdade, não entendi o que ele quis dizer com aquilo, então nem dei atenção. Eu me lembro de ter pensado que talvez se tratasse de uma referência a Patrick, mas eu estava muito lerda e cansada para entender a piada.

– E...?

– Bem, quando os meninos eram menores... e, lembre-se, eu era menina e a caçula, então me deixavam de fora de quase todas as brincadeiras... Pat achava que eles deveriam formar uma espécie de sociedade secreta dos Everndens. Eles costumavam sair correndo pelos bosques, seus casacos amarrados em volta do pescoço como se fossem capas, fingindo-se de ladrões de estrada. Você sabe como são os meninos! Eles costumavam deixar cartas embaixo do travesseiro dos irmãos, esse tipo de coisa, e tinham até um sinete especial. Acho que o encontraram no sótão, onde faziam suas reuniões de cúpula e brindavam com taças de estanho repletas de refrigerante de gengibre.

Maisie notou uma perturbação na voz de Priscilla ao falar de seus queridos irmãos.

– Enfim, o símbolo do sinete era uma rosa. Eles costumavam deixar uma trilha de cera vermelha que se espalhava por todo canto, e minha mãe ficava enlouquecida. Como eu disse, eles me excluíam da brincadeira, mas acho que Peter mencionou isso em sua carta referindo-se a Pat e Phil, querendo dizer que os dois estavam bem ou algo assim.

Maisie franziu a testa, enrodilhando o fio do telefone em seus dedos, absorta em pensamentos.

– Alô?

– Desculpe-me, estava aqui pensando. Veja bem, há algo que você pode fazer por mim, Pris. Quero que você pense... e *pense* de verdade, por favor, não apenas *diga* que pensou... enfim, quero que pense de verdade sobre tudo o que Peter possa ter dito sobre a França, mesmo que não tenha nada a ver com o serviço militar.

– Certo, vou pensar nisso. O que está acontecendo, Maisie?

– Ainda não tenho certeza.

A conversa foi interrompida pela telefonista e a ligação foi finalizada. No mesmo instante, Billy entrou no quarto, por isso ela demorou um pouco a desligar o telefone. Nos segundos antes de o aparelho entrar em contato com o gancho e a linha ser interrompida, Maisie ouviu outro clique. Ela levou o aparelho ao ouvido novamente.

– Alô. Alô? Tem alguém aí?

A linha estava muda.

∞

– O que aconteceu mesmo, senhorita?

– O que eu contei. A telefonista desconectou a linha e depois houve outro clique.

– Bem, tem certeza de que a senhorita ouviu um clique antes?

– Billy, eu ouvi o primeiro. Esse foi diferente. Ocorreu segundos depois, como se houvesse mais alguém na linha. Escutando.

Maisie sabia que estava ficando tensa, podia sentir os músculos do pescoço começando a se retesar.

Billy franziu o cenho.

– Senhorita, é preciso ser muito experiente para escutar escondido uma linha de telefone particular. Mas vou dizer uma coisa: meu camarada que trabalha na central telefônica acha que as telefonistas às vezes escutam as chamadas, sabia? Elas acenam umas para as outras quando aparece uma boa conversa na linha, para que todas possam fofocar juntas.

– Que ótimo!

– Mas acho que as ligações que são feitas para cá não são lá muito interessantes, comparadas com outras, sabe: mulheres chorando por seus maridos, assuntos mais pessoais. – Billy fez uma pausa. – Quem iria querer ouvir o que a senhorita conta para a Sra. Partridge?

Maisie ficou em silêncio por um instante.

– A busca pelo último paradeiro conhecido do irmão de Priscilla acaba de ficar ainda mais difícil. – Ela se virou e olhou para Billy. – Parece que não apenas os arquivos dele se extraviaram, mas também, se eu não estiver enganada em minhas suposições, ele se envolveu com um trabalho muito perigoso durante a guerra.

– Não foi assim para todos nós, senhorita? Se não se importa que eu diga.

– É verdade. É claro, você tem razão. Mas acredito que o trabalho dele possa ter sido um pouco mais incógnito, e acho que ele tentou contar para a irmã apesar disso.

– Um pouco mais o quê?

– Secreto, Billy. Suspeito que ele tenha sido promovido para uma posição de inteligência, que pode ter sido qualquer uma, de criptoanálise a interceptação de mensagens. Quem sabe? Tarefas assim eram comuns no dia a dia da guerra.

– E grande parte delas não era algo que uma pessoa em sua perfeita sanidade faria, senhorita, isso é certo.

– Por isso achei suspeito o que aconteceu com a linha.

Billy assentiu.

– Bem, vou dar uma volta lá fora e espiar para ver se há algo estranho. É claro, se alguém estava escutando, pode ter feito isso na agência telefônica ou mais perto daqui, até mesmo no prédio.

– Certo, vá lá, Billy, embora duvide que encontre alguma pista de quem possa ter escutado a ligação. De qualquer forma, teremos que tomar cuidado com as conversas ao telefone. Nenhum detalhe de qualquer um dos casos poderá ser transmitido dessa forma. Aliás, nem por carta. Apenas pessoalmente com o cliente ou com quem quer que precisemos conversar sobre os detalhes de um caso.

– Certo, senhorita.

Assim que Billy saiu do escritório, Maisie afundou em uma cadeira perto da janela e colocou a mão na testa. O ferimento causado pelo acidente de carro estava latejando. *Quem está me seguindo? Quem tentou me matar? Quem está por perto, escutando?* Ela passou a considerar todos que havia encontrado naqueles últimos dois meses: Avril Jarvis, Priscilla, Madeleine Hartnell. Além desses, Jeremy Hazleton e a mulher. Sir Cecil Lawton e seu criado, Brayley. E, claro, Stratton. *Pense. Pense. Quem gostaria de me ver morta. E por quê?*

Além de fazer as malas, Maisie tinha apenas mais um compromisso antes de partir de trem para Dover na sexta-feira pela manhã: o encontro com lorde Julian. Os planos de viagem finalmente estavam em ordem. Para não precisar ir a Londres, Maurice se encontraria com Maisie no trem, em Ashford, e eles viajariam juntos até a conexão com o serviço de barca Golden Arrow. Durante sua ausência, o MG começaria a ser consertado. Ela havia recebido o orçamento, e Eric tinha levado seu carro favorito para a oficina, onde ficaria por muitas semanas. Ele prometera que passaria lá algumas vezes para acompanhar o andamento dos reparos e garantir que o MG voltaria, em suas palavras, "novo em folha".

Maisie chegou ao prédio de tijolos vermelhos na Arbuthnot Street que pertencia à Companhia Compton quinze minutos antes do horário combinado, segundo o relógio da fachada da construção. Decidiu caminhar por um tempo e se assegurar de que todas as suas perguntas estivessem formuladas em sua mente e prontas para serem feitas a lorde Julian no momento oportuno. Maisie adorava a City, toda a história reunida nos 2 quilômetros daquela parte de Londres. Havia algo em relação a essa área e sua proximidade com o rio que legava uma força vital – uma força vital contaminada – a um lugar tão poderoso. *Talvez haja algo aqui para mim*, pensou Maisie, enquanto esperava o tempo passar até a hora de seu compromisso.

– Maisie, que bom vê-la aqui!

Lorde Julian levantou-se e deu um passo à frente, aproximando-se para apertar a mão dela. Sua secretária saiu da sala fazendo uma leve reverência.

Maisie tomou o lugar indicado por seu antigo patrão.

– É gentileza sua me receber, lorde Julian.

– Disponha, mas já passei um pouco do meu horário, sinto muito.

Ele entregou a Maisie um envelope contendo algumas folhas de papel.

– Aqui estão algumas de minhas anotações sobre Hazleton. Tive acesso aos arquivos por um tempo muito breve, você pode imaginar.

– Muito obrigada, vou ler o material esta noite. Há algo que salte aos olhos?

Lorde Julian balançou a cabeça.

– Na verdade, não. Parece que, na verdade, tudo aquilo foi lastimável. Aparentemente, ele foi um jovem admirável, não que não o seja agora. Não é essa a questão. Mas você verá que a princípio deram um prognóstico muito melhor em relação às sequelas de seus ferimentos. Deve ter sido terrível para o pobre sujeito ter tido uma recaída e acabado em uma cadeira de rodas quando acreditava que um par de bengalas daria jeito.

– Entendi.

Maisie franziu o cenho e abriu o envelope. Lembrando-se de que lorde Julian dispunha de pouco tempo, ela se desculpou, guardou as anotações e colocou o envelope em sua pasta.

– Estou muito grata. Obrigada, lorde Julian – disse Maisie, levantando-se.

– É um prazer. Precisa de mais alguma coisa enquanto ainda estou aqui? – indagou ele de forma cordial, mas sem esperar por uma resposta.

Maisie foi rápida ao retrucar:

– De fato, tenho, sim, uma pergunta – disse Maisie. – E nesse momento não peço nenhuma resposta, mas, se algo lhe vier à mente, por favor, me avise.

– Pode dizer.

– Lorde Julian, teria contatos na inteligência militar? Alguém que tenha servido com o senhor no Gabinete de Guerra e poderia localizar registros de uma pessoa que talvez tenha trabalhado na área? Preciso confirmar uma afiliação.

Lorde Julian balançou a cabeça.

– Eu não tenho. Não consigo pensar em ninguém a quem eu pudesse recorrer. Afinal, havia várias organizações de inteligência. E a unidade, tal como existia desde a guerra, não foi desmembrada no ano passado? – Ele fez uma pausa. – É claro, conheço algumas pessoas, mas, quando falamos desse tipo de trabalho, estamos entrando em um território diferente. – Ele fez outra pausa e em seguida sorriu. – Maisie, *você* conhece a pessoa mais preparada para responder a todas as suas perguntas!

– Eu conheço? Quem?

Lorde Julian sorriu.

– E eu achava que você sabia de tudo!

– Quem?

– Ora, Blanche, é claro. Converse com Maurice.

– Maurice?

– Sim. O que acha que ele estava fazendo durante a guerra, Maisie?

Maisie balançou a cabeça, que mais uma vez começou a girar com pensamentos paralelos.

– Eu... eu sabia que ele tinha trabalhado por toda a Europa, e até mesmo na Mesopotâmia. E que isso era altamente confidencial. Sempre achei que fosse algo político, que tivesse a ver com os contatos que ele fazia, com as pessoas que ele conheceu a vida inteira. Mas inteligência?

– Nosso Maurice tem mil facetas, Maisie. É o homem mais perspicaz, mais astuto, que já conheci. Espero que ele leve a verdadeira extensão de suas proezas de guerra para o túmulo, mas sei de uma coisa: ele estava envolvido com o serviço secreto e com diversas divisões da inteligência militar.

Maisie assentiu, agradeceu a lorde Julian mais uma vez e deixou o prédio rapidamente. Andando apressada pelas ruas estreitas ladeadas de prédios altos, foi até o rio. A noite caía, a neblina a envolvia com seus vapores amarelados, a luz lançava sombras que pareciam cercá-la como se fossem meninos de rua fantasmagóricos vindos de outros tempos. Maurice. *Maurice?* Havia sido uma coincidência o pedido dele para acompanhá-la nessa viagem? Ou ele teria outras motivações? *Eu sabia que havia algo de errado.* Mas o que ela sabia? A voz de Maurice ecoou vinda do tempo. *Começamos com conjecturas, depois trabalho árduo, conjectura novamente e suposição, pegando o que aprendemos e aplicando àquilo que sabemos agora, mesmo quando os casos são diferentes. Todos os casos nos desafiam: a reconsiderarmos quem somos, como nos vemos neste mundo e como vemos o passado, o presente e o futuro do lugar único de nossa humanidade individual. Extrair a informação, o conhecimento, é como tentar remover a menor das farpas de um dedo. O truque é provocar a verdade para que saia sem que o sangue reflua – literal e figuradamente –, a nossa verdade ou a de outro ser humano.*

Tudo isso poderia ser coincidência? Não. Não. Uma das primeiras lições aprendidas com Maurice, reiterada diversas vezes, caso após caso, até ficar gravada em sua alma, era: *A coincidência é uma mensageira da verdade.*

E qual era a verdade da insistência de Maurice em viajar com ela? *Precisarei lembrar cada lição, cada movimento e cada conversa.* As palavras chegaram para Maisie instintivamente enquanto ela contemplava a água fluir turva rio abaixo, em direção à corrente borbulhante onde o Tâmisa encontrava o mar. E ela se agarrava na esperança, ainda mais naquele momento, quando precisava de seu mentor mais do que nunca, de que ela e Maurice não trabalhariam um contra o outro, mas juntos.

PARTE DOIS

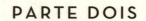

França, setembro de 1930

CAPÍTULO 15

Maisie deixou Londres antes das sete da manhã, com suas roupas, seus livros e seus papéis guardados em uma pequena mala de couro marrom-escuro com tiras que asseguravam a proteção de seus pertences. Levava consigo a pasta preta e vestia um blazer de tweed cinza e azul, uma blusa de seda cinza-claro, calças de lã de um cinza ainda mais claro, sapatos pretos e, completando o conjunto, um chapéu cinza-escuro com uma aba mais larga do que o habitual, uma faixa preta e uma pena azul-escura na lateral, que era presa à faixa por uma pedra com o formato de safira e de um tom profundo de azul. Ela havia apanhado seu relógio no conserto na véspera e agora ele estava preso em seu lugar costumeiro: a lapela esquerda de seu blazer. As roupas eram velhas, embora ela tivesse mandado ajustar o chapéu não fazia muito tempo. Mas a mala era novíssima, um presente de Dene que havia chegado na véspera. Duas horas depois dessa primeira entrega, Maisie recebeu uma grande caixa de chocolates, acompanhada por uma mensagem simples: "Com amor". O segundo presente levou Maisie a balançar a cabeça, pois ela sabia que às vezes Dene era impulsivo e tinha começado a lhe enviar chocolates. Ela não teve coragem de lhe contar que não gostava desses doces, e, como sempre, deixou a caixa na cozinha da Ebury Place com um bilhete: "Sirvam-se!"

Com o Mackintosh em um braço e a bagagem segura com firmeza no outro, ela embarcou no trem. Telefonara para o pai na véspera, desejando profundamente estar viajando para a casa dele, para a acolhedora familiaridade do lugar que agora era o lar permanente de Frankie, embora ele tivesse nascido e crescido em Londres.

– Quem está aí? – perguntou seu pai, que atendia ao telefone de uma maneira que sempre fazia Maisie sorrir.

– Sou eu, pai, a menos que estivesse esperando outra pessoa.

Seu pai riu.

– É esse raio de aparelho esquisito. Não consigo me acostumar com essa coisa.

– Pelo menos eu consigo falar com você se precisar.

Maisie fez uma pausa. Ela podia sentir a tensão na voz do pai, apesar de ele não a ter expressado.

– Bem, viajo amanhã, então pensei em telefonar. Eu o visitarei na volta. Quando tivermos chegado à Inglaterra, irei diretamente de Dover para Chelstone.

– Você vai ficar bem, minha querida?

– Sim, é claro, você me conhece. Estou sempre bem.

Houve uma pausa antes de seu pai continuar:

– Eu a conheço, Maisie, e sei que essa pequena farra a preocupa.

– Vou ficar bem, já disse.

– Bem, sei o que sua mãe diria.

Maisie estremeceu e uma vez mais sentiu uma necessidade urgente de se virar.

– Falou alguma coisa, querida?

– Eu perguntei o que mamãe diria.

Frankie Dobbs demorou a responder. Maisie sabia que, mesmo depois de todos aqueles anos, ele sentia falta da companhia da esposa.

– Acho que ela lhe diria para seguir em frente e ir para a França. Ela lhe diria para enfrentar seus demônios. E depois voltar para casa.

Maisie refletia sobre as palavras do pai quando o trem partiu da estação Charing Cross, e ela sabia que ele tinha razão. Seu pai, longe de ser um filósofo, estava totalmente certo. Ela deveria fazer seu trabalho, enfrentar seus demônios e depois voltar para casa.

∽

O trem se arrastava em direção a Kent, deixando no caminho uma nuvem de fumaça. Sentada perto da janela, Maisie observava inebriada a neblina densa e fresca pairando sobre os campos. Ela adorava aquela época do ano em Kent, quando o outono se espalhava pelo ar e as folhas começavam a se transmutar, aos poucos deixando para trás seus amarelos pálidos e verdes profundos e acenando com a promessa de vermelhos, marrons e dourados intensos. Era a época da colheita do lúpulo, por isso o trem estava quase repleto de londrinos a caminho de Paddock Wood, Goudhurst, Charing, Yalding, Cranbrook, Hawkhurst e todos os outros vilarejos e cidades com fazendas onde o lúpulo pendia pesado das trepadeiras, esperando para ser colhido. É claro, muitos londrinos já tinham partido nos *charabancs*, ônibus sem capota, e outros em caminhões completamente carregados com caixas, mas muitos ainda tomariam o trem para Tonbridge e fariam a conexão para linhas secundárias que os deixariam em sua estação final. Nos bagageiros os viajantes alojavam caçarolas e panelas, roupas de cama dobradas e enfiadas em velhas fronhas amarradas com barbante, malas surradas, caixas e lampiões. Durante a viagem, Maisie ficou ouvindo, em silêncio e com um sorriso nos lábios, a conversa que conhecia tão bem. A prosa versava sobre como os lúpulos estariam neste ou naquele campo, afinal, como esse grande êxodo de londrinos se dirigia às mesmas fazendas todos os anos, conhecia a terra tão bem quanto qualquer fazendeiro do interior. Eles conversavam sobre as cabanas que os acomodariam provisoriamente, as pessoas que deveriam encontrar e as cantilenas à noite, depois do término da colheita. Maisie quase desejava ir com eles, em vez de seguir viagem para a França.

A parada seguinte era Ashford. Quando o trem começou a diminuir a velocidade, Maisie abaixou a janela, procurando por Maurice. Por fim ela o viu postado na plataforma, ao lado do motorista dos Comptons, que carregava duas malas.

– Maurice!

– Lá está ela, senhor, logo ali – comentou George, apontando para Maisie, e Maurice olhou para cima.

Aguardando Maurice entrar no vagão, Maisie observou, intrigada, quando um carregador se juntou aos dois homens e levou as bagagens para o trem enquanto eles permaneceram esperando na plataforma.

– Por aqui, senhorita – disse o carregador, que pegou a bagagem de Maisie, que já estava no bagageiro, e sinalizou para que ela o seguisse.

– Aonde vamos?

– O cavalheiro me disse que a senhorita estaria na segunda classe, então a estamos deslocando para a primeira. Ele está com os bilhetes.

Maisie assentiu e seguiu o carregador, que a levou até Maurice, já acomodado no vagão da primeira classe. Depois que o homem guardou a mala de couro nova em folha de Maisie, Maurice depositou uma moeda na mão dele e acenou pela janela para George, que tocou a boina de leve em uma saudação e se virou para deixar a estação.

– Isso é um pouco exagerado.

Maisie se acomodou no assento, colocando a pasta de documentos a seu lado. Sem perceber, ela pousou a mão sobre a pasta, mas viu que Maurice havia notado, então tirou a mão rapidamente.

Maurice sorriu.

– Sim, talvez. Mas, quando se chega a essa idade, a tendência é buscar algum conforto sempre que possível. Achei que seria oportuno, para podermos conversar com privacidade, Maisie, e nos reconectarmos pessoalmente. Faz meses que não nos vemos.

– Desde o início do verão, Maurice.

– Ah, sim, e você tem passado cada vez mais tempo com Andrew.

Maisie corou. Andrew Dene era outro protegido de Maurice Blanche, embora não tão próximo quanto ela mesma.

– Sim, temos nos encontrado. Ele é uma boa companhia.

– Ah, eu achava que se tratava de algo mais. – Maurice olhou pela janela por alguns instantes. – Bem, pelo menos da parte de Andrew. Eu diria que vocês dois combinam.

– Como eu disse, ele é uma boa companhia. Aprecio o tempo que passamos juntos.

– Será que um velho cavalheiro poderia fazer uma observação?

Maisie inclinou a cabeça. Ela queria muito recusar, mas, em vez disso, concordou.

– É claro.

– Bem, apenas um comentário. E depois vamos discutir o verdadeiro propósito de sua viagem e o seu caso.

– Vá em frente.

– Você sabe, no que diz respeito a Andrew, particularmente, acho que é bem possível que vocês conciliem as coisas.

– Não sei o que você...

Maurice ergueu a mão.

– Isso é tudo, Maisie. Bem, agora passemos ao caso do aviador.

Maisie fez uma breve pausa e abriu a pasta, da qual retirou um mapa. Ela se deslocou e se sentou ao lado de Maurice com o mapa sobre os joelhos. Maurice tirou os óculos do estojo, ajeitou-os sobre o nariz e mirou o ponto que Maisie indicava.

– Foi aqui que o De Havilland de Ralph Lawton caiu. Bem perto de Reims, no povoado de Sainte-Marie, ocupado pelos alemães. As autoridades alemãs transmitiram a notícia do acidente pelos canais de notificação usuais, e os restos mortais... ou o que ainda havia deles, o que, nesse caso, suponho que se resumia a placas de identificação de metal derretidas... bem, seus restos mortais foram repatriados depois da guerra e agora jazem no cemitério em Auchon-Villiers.

Maurice tirou os óculos e franziu o cenho.

– Maisie, é incrivelmente difícil incinerar por completo um corpo humano, como você sabe. Seus estudos em Edimburgo devem ter incluído os efeitos do fogo na carne e nos ossos.

– Certamente. No entanto, essa aeronave específica, o Airco DH.4, não era chamada de Caixão Ardente à toa: o tanque de combustível ficava numa posição perigosa, de modo que, se fosse atingido, poderia levar às mais terríveis consequências. Era uma aeronave de grande alcance equipada com um potente motor de 12 cilindradas que rendia mais de seis horas de voo e que, portanto, tinha um enorme tanque de combustível. Mas...

– Você se tornou uma especialista em aviação.

Maisie balançou a cabeça.

– Na verdade, não. James Compton foi de grande ajuda, e tive acesso aos registros de voo de Ralph, assim como a seu diário pessoal.

Ela encarou Maurice, aguardando uma resposta. Ele não disse nada, apenas assentiu e voltou a colocar os óculos, examinando o mapa. Maisie prosseguiu:

– Mas, apesar de essa aeronave geralmente ser utilizada para bombardear o território inimigo e costumar levar um observador, ela era também bastante ágil, capaz de fazer mudanças rápidas e precisas de direção. É interessante que Ralph estivesse pilotando sozinho naquele dia e não carregasse bombas. A viagem teria sido muito rápida, devido à facilidade de manobra.

– Entendi.

– Então o que ele estava fazendo sem bombas e sem observadores sobre o território inimigo? Por que não tentou voar de volta, cruzando as linhas dos Aliados antes de cair? Ele era um aviador experiente, que nunca deixaria seu avião cair em mãos inimigas, mesmo sabendo que seria completamente destruído pelo fogo.

Maurice tirou os óculos mais uma vez.

– Qual era mesmo a sua atribuição nesse caso, Maisie?

– Provar que ele está morto.

– Então não vejo necessidade de investigar qual era a missão de Ralph Lawton no momento de sua morte. Você precisa apenas confirmar a versão de que ele está morto. Visite seu túmulo e terá concluído a tarefa.

Maisie franziu o cenho.

– Maurice, sempre trabalhamos com tanta diligência, respondendo toda e qualquer pergunta que surgisse antes de encerrar um caso. Foi o que você me ensinou, e isso agora é parte essencial da minha maneira de trabalhar.

– Isso nem sempre era possível quando eu trabalhava sozinho, como você está fazendo agora.

– Não estou sozinha. Conto com a ajuda de Billy.

– Contar com Billy não é como ter você como assistente.

– O que quer dizer? Billy foi uma excelente escolha.

Maisie sentiu seu incômodo aumentar. Isso nunca acontecera com Maurice.

– Sim, Billy é uma boa escolha. Ele é pau para toda obra, sem dúvida. Mas, com você, eu não tinha a necessidade de estar sempre vigilante. – Ele fez uma pausa. – Cada um constrói seu negócio de acordo com seus próprios recursos. Fui afortunado por poder confiar grande parte do trabalho a você. Sinto que agora você não conta com a mesma vantagem, então deve, por vezes, fazer o trabalho ao pé da letra, ou seja, ater-se ao que tem que fazer para concluir o caso e seguir em frente.

Maisie balançou a cabeça com descrença.

– Maurice, preciso levar adiante meus planos para esse caso e seguir o caminho que as pistas, as conjecturas e as suposições me apontam. Tenho certeza de que este caso chegará ao fim, e nós dois sabemos que há sempre a restrição do tempo. Mas vou continuar o trabalho considerando os ensinamentos que recebi de você e aquilo que julgo ser o correto.

Maurice olhou para Maisie com atenção.

– De fato. Mas a que custo?

Maisie sentiu um formigamento no canto dos olhos. *Ele sabe. Ele sabe que estou aborrecida.* Naquele momento o trem começou a desacelerar até se arrastar em ponto morto ao se aproximar de Dover. Ela se virou para olhar novamente pela janela, sabendo que os olhos de Maurice ainda a fitavam. *E se ele estiver querendo que eu recue por outra razão? Será que está aqui para atrapalhar minha investigação? Foi para isso que veio?*

– Ah, chegamos.

Maurice consultou seu relógio de bolso.

– Acho que temos tempo para um bom almoço antes que o *Golden Arrow* chegue e embarquemos na barca com os outros passageiros. Você sabe o que se diz sobre viajar pelo mar, Maisie. É bom forrar o estômago!

Um carregador subiu a bordo para pegar as bagagens, e Maisie saiu do vagão, logo voltando para assegurar-se de que Maurice se apoiasse bem nela ao descer à plataforma. Quando ela tomou sua mão, sentiu um tremor perpassar seu braço e lhe subir pelo pescoço. Seu estômago se embrulhou. Os demônios estavam por perto.

⁂

Depois do almoço no salão do Railway Inn, Maisie pediu licença. Dirigindo-se à recepção do hotel, pediu para usar o telefone e lhe indicaram a cabine de madeira com portas sanfonadas logo depois do corredor. Maisie olhou ao redor, incomodada pela sensação constante de estar sendo observada. Fechou as portas e o trinco para ter privacidade e pegou o fone. Discou o número do All Saints Convalescent Hospital, na Cidade Velha de Hastings. Quando a chamada foi atendida, ela apertou o botão para se conectar.

– Eu poderia falar com o Dr. Dene, por gentileza?

– Sim, é claro, vou passar para ele.

Maisie imaginou a recepcionista voltando-se para os outros funcionários na administração e arqueando uma sobrancelha ao dizer: "Srta. Dobbs, não é?" *Afinal, quem mais poderia ser ao telefone?*, indagou-se Maisie.

– Maisie, querida!

O entusiasmo de Dene ao cumprimentá-la dispersou toda dúvida, embora ela tivesse ficado preocupada desde que Priscilla comentara sobre sua solteirice em uma época na qual havia um excesso de mulheres da sua idade buscando um namorado.

– Você não devia estar em alto-mar a uma hora dessas?

– Estarei dentro de uma hora mais ou menos.

Por um momento, fez-se um silêncio desconfortável.

– Acredito que você tenha conseguido colocar tudo na mala.

– Ah, sim, Andrew, ela é perfeita. Obrigada mais uma vez... e obrigada pelos chocolates.

– Chocolates?

Maisie franziu a testa.

– Sim. A caixa chegou esta manhã, entrega especial.

Houve uma pausa de alguns segundos antes de Dene responder:

– Bem, claramente não sou seu único admirador. E eu aqui achando que fosse o único a lhe presentear com chocolates.

– Mas, Andrew...

– Talvez tenham sido enviados por um cliente em agradecimento.

– Sim, é possível. Só me pergunto... – Maisie mal conseguia se concentrar.

– Há algo mais de que esteja precisando, Maisie?

Dene já tinha percebido que o motivo da ligação não era de ordem sentimental, embora não se vissem havia algumas semanas.

Maisie trouxe o pensamento de volta ao presente.

– Na verdade, Andrew, há, sim. Preciso de sua perícia.

– *Minha* perícia? Meu Deus, acaso pareço alguém com aptidões criminalísticas? – Dene riu.

Maisie consultou o relógio e, em seguida, enfiou a mão na pasta de documentos, que ela havia colocado no pequeno assento triangular de madeira no canto da cabine telefônica. Retirou as anotações que lorde Julian lhe entregara a respeito de Jeremy Hazleton.

– Não, estou interessada em seus conhecimentos médicos, Andrew. Você é o único cirurgião ortopédico que conheço.

– E você certamente não conhece nenhum neurocirurgião, não é? Sei que desmarcou a consulta em que examinariam essa sua cabeça!

– Foi muita gentileza sua marcá-la, mas não tive tempo. Aliás, minha cabeça já está muito melhor. Bem, é a respeito de um homem que foi ferido e desde então está com parte do corpo paralisada, embora, inicialmente, tenham dado um prognóstico melhor. Veja bem, se eu ler as anotações de um dos médicos responsáveis, você conseguiria me explicar o que tudo isso significa?

– Pode mandar, minha garota intrépida!

Cerca de quinze minutos depois, Maisie recolocou o aparelho no gancho, prometendo telefonar para Dene assim que estivesse em solo doméstico ao retornar da França. Estava ainda mais curiosa a respeito de Hazleton, pois os comentários e a avaliação de Dene acabaram aumentando as óbvias áreas nebulosas do histórico médico do membro do Parlamento. Mas havia algo que a estava incomodando ainda mais no momento em que ela pegou sua carteira, enfiada num canto da pasta. Tirou uma moeda e levantou o aparelho mais uma vez, torcendo para que na Ebury Place tudo estivesse transcorrendo dentro da normalidade. Esperava que sua ligação fosse feita a tempo de Sandra atender. O toque duplo soou diversas vezes. Maisie franziu a testa.

– Residência dos Comptons.

– Sandra? Sandra, escute, há...

– Ah, é a senhora! – exclamou Sandra, que pareceu ter vindo correndo atender.

– Sandra, está tudo bem por aí?

– Bem, não sei se está. – Ela começou a choramingar, mas logo se recompôs. – Desculpe-me, senhora.

– O que há de errado?

Maisie apertou o fone na orelha.

– É Teresa. Sente-se muito mal. O médico está aqui agora e a levarão para o hospital. Sua senhoria disse...

– O que está havendo com ela? – A apreensão transparecia na voz de Maisie.

– Ela estava trabalhando na casa e, de repente, apenas algumas horas depois que a senhora partiu, quase desmaiou, ficou apertando a barriga e gritando. Estava berrando de dor.

– Ah, meu Deus!

Maisie pôde sentir a dor crescer dentro dela, um desconforto movido pela compaixão, à medida que a história se desenrolava.

– Já era quase meio-dia quando Teresa disse: "Bem, se ninguém vai atacar, vou comer um desses chocolates que a senhorita nos deu. Uma mordidinha vai me dar energia para enfrentar um belo dia de trabalho." Então ela foi até a caixa, comeu um dos chocolates e disse: "Ah, é um pouco forte demais para mim. É daqueles chocolates amargos. Prefiro mais doce." Depois ela afastou a caixa e foi lustrar os móveis, mas logo começou a berrar...

– E ela está bem? – perguntou Maisie, notando que estava prestes a chorar.

– Chamamos o médico imediatamente. Peguei um copo d'água com sal, senhora, e a fiz beber, ergui e segurei a cabeça dela e despejei o líquido goela abaixo. Em seguida enfiei os dedos dentro da garganta dela, para que botasse para fora o que quer que tenha engolido e...

– O que o médico disse?

– Ele a fez vomitar e disse que ela ficaria bem, embora ainda fosse se sentir mal por um tempo.

– E quanto aos chocolates, eles estão em um lugar seguro?

– Ah, sim, muito seguros, senhora. Eu disse imediatamente: já sei para onde vão estes aqui.

Maisie prendia a respiração, esperando a resposta da sempre eficiente Sandra.

– Eu tinha acabado de atiçar o fogo para começar a assar uma fornada de pão. Joguei tudo nele, foi o que fiz. Eu não podia deixar por aí um chocolate estragado.

– Ah, não!

– Fiz alguma coisa errada, senhora? Acho que o Dr. Dene deveria saber disso, para que possa voltar lá na confeitaria e...

– A caixa de chocolates não veio do Dr. Dene.

– Ah! – Sandra começou a compreender. – Ah, minha nossa. Senhora, *sinto* muito, não pensei direito. Eu devia ter guardado, não é mesmo?

Maisie sabia que a pobre Sandra já havia passado por muita coisa naquele dia.

– Veja bem, Sandra, diga ao médico que você vai precisar de um relatório completo. Pergunte a ele que substâncias poderiam causar aquele efeito em alguém. Se alguém reclamar, por favor, explique a lorde Julian que você falou comigo e que eu vou precisar da avaliação do médico a respeito da indisposição de Teresa.

– Ah, senhora...

– Lorde Julian irá compreender... Ele não morde, Sandra, você sabe disso. Apenas lhe transmita minha mensagem.

– Sim, senhora.

– E você tem certeza de que Teresa ficará bem?

– Sim, foi o que o médico disse. Mas é melhor eu ir andando. Logo ela será levada para o hospital e precisamos continuar a lhe dar água. O médico disse que ela precisa se manter hidratada. Não vou mentir, senhora, estamos no maior sufoco aqui.

– Vou telefonar amanhã da França.

– Da França?

– Sim. Diga a Teresa que estou pensando nela. Sinto muito, mesmo.

– Ah, não é culpa sua, senhora. Quem poderia saber que o chocolate estava estragado?

Maisie desligou o telefone e se apoiou na porta. *Outra tentativa.* Ela fechou os olhos. *Preciso redobrar a vigilância.* Pensou em Teresa. *E não apenas por mim.* Por fim, afastando as portas sanfonadas, Maisie foi para o corredor mal iluminado. Maurice Blanche estava postado a apenas alguns metros.

– Maurice! Achei que você fosse desfrutar do cachimbo antes de deixarmos o hotel.

Maurice sacou seu relógio de bolso, consultou a hora e fechou bruscamente a tampa de prata.

– É melhor irmos andando, Maisie. Nossa barca partirá em breve. Vamos.

Maisie voltou a ficar tensa. Logo que entraram no táxi, imagens do passado voltaram a assombrá-la. Ela não atravessara o Canal da Mancha desde seus dias como enfermeira, quando viajava com suas colegas do Destacamento de Ajuda Voluntária. Ela se lembrou do estampido dos tiros de canhão a distância, do navio balançando e sendo jogado pelas ondas e do terrível enjoo que a dominou a partir do momento que entrou na embarcação. E se lembrou da chuva que a encharcou, apesar da capa que usava, e da umidade, da umidade gotejante e malcheirosa que não a abandonou durante todo o tempo de serviço voluntário na França, uma umidade que ela ainda conseguia sentir, mesmo no dia mais quente de verão. Quando o táxi chegou ao porto, Maisie se virou para Maurice e lhe contou a conversa que tivera com Sandra. Notou que ele franziu o cenho e meneou a cabeça enquanto ela falava. Ela se sentiu acolhida ao compartilhar a história, pois pareceu como nos velhos tempos. Sua preocupação revelou que ele tinha estima por ela e por seu trabalho. Seriam suas dúvidas um sinal de sua própria aflição? Maisie pensou no acidente da Tottenham Court Road, na mão que havia se estendido para empurrá-la na frente do vagão do metrô e do chocolate que recebeu de presente, recheado de veneno. Não. Alguém estava determinado a matá-la.

Mostraram-lhes o salão da primeira classe e eles decidiram se sentar a um canto afastado, isolados. Maisie esperava que o mar estivesse como um lago, que aquela fosse uma travessia calma em direção ao passado, já que o presente estava se mostrando tão perigoso quanto tudo o que já conhecera.

A barca não demorou a partir, pois o serviço de trem da Flèche d'Or para Paris partiria de Calais exatamente às 14h10. Maisie permaneceu no salão apenas por alguns minutos, depois decidiu que seu estômago, àquela hora já revirado, se beneficiaria de um passeio pelo convés. Talvez fosse melhor passar o tempo todo da viagem olhando para o horizonte, para um ponto fixo no qual ela pudesse concentrar seus pensamentos.

Embora houvesse muito no que pensar – Teresa, Ralph Lawton, Peter Evernden, o fato de não querer ir a Biarritz –, ela se deu conta de que eram as vozes do passado que a acompanhavam agora na travessia do canal. A tagarelice barulhenta de Iris, a enfermeira com quem ela servira no posto avançado de tratamento de feridos; o tranquilo marujo que pusera um chocolate quente e um pedaço de bolo em suas mãos secas e vermelhas e lhe dissera para beber e comer para que o enjoo passasse. Em 1916, não viajava em uma barca, mas em um cargueiro requerido pelo serviço militar que levava suprimentos e cavalos para a França, os animais enfileirados no convés e já arreados, prontos para serem montados assim que tivessem atracado em Le Havre. Mas agora o destino não era Le Havre, não era um porto repleto de batalhões vindos de todo o planeta, homens jovens que substituiriam aqueles que haviam morrido às dezenas de milhares na França e na Bélgica. Ainda assim, ela *estava* se lembrando da guerra enquanto avançava pelo convés com uma xícara de chá até encontrar um lugar tranquilo onde pudesse se debruçar e mirar as cristas espumosas ondulando em direção à França. Muitos na barca iam visitar o túmulo de um ente querido. Maisie agora observava duas mulheres caminhando à sua frente, cada uma com uma papoula de linho na lapela, uma papoula que deixariam para trás com a mensagem: "Eu estive aqui. Eu não esqueci." Seriam mãe e nora? Se Simon tivesse morrido, será que Maisie faria uma viagem dessas com Margaret Lynch, a mãe dele? E Margaret Lynch teria afagado seu braço e dito "A vida deve seguir em frente, Maisie, querida. Ele não está mais aqui, e você está viva"?

Maisie deu um gole no chá e se voltou novamente para o mar cinza-esverdeado. A proa do navio oscilava para cima e para baixo e uma onda quebrou no convés. Será que um dia ela conseguiria explicar exatamente como o tempo havia passado, como enterrara por anos seu amor por Simon, lançando-se ao trabalho, os pensamentos voltados ou mesmo amortecidos pelas exigências como assistente de Maurice Blanche? O que lhe diria agora Margaret Lynch, se ela permitisse que seus caminhos se cruzassem? Diria ela: "Ah, você veio, depois de todo esse tempo, você veio. Ele não está mais aqui, mas agora você veio. Você está em paz, siga em frente." Maisie tinha consciência de que a mãe de Simon ficava feliz sabendo que ela o visitava, mesmo que fosse uma vez por mês, pois assim ele não seria esquecido quando ela partisse.

Maisie terminou seu chá e andou pelo convés, levantando a gola do Mackintosh e enterrando o chapéu na cabeça. As nuvens escuras pressagiavam o tempo que os acompanharia em sua jornada, e Maisie sorriu. Foi um sorriso irônico, pois o clima refletia com exatidão as suas lembranças da guerra. Embora tivesse havido dias de tempo bom, dias quentes, em que as moscas atormentavam os mortos e os vivos na mesma medida, sempre que Maisie relembrava, aquela época de sua vida parecia fazer cair sobre ela o véu da escuridão. E agora ela enfrentava tudo aquilo novamente, olhando para o passado a fim de compreender o presente. Como ela se compadecia de Agnes Lawton, pela dor que crescera descontroladamente dentro dela, pelo luto que consumira seu juízo, impelindo-a a bater à porta daquelas que a explorariam. O que havia em Hartnell que fazia Maisie pensar nela de tempos em tempos? Ela brincara com os sentimentos de uma mulher doente. *Como ousou?* Maisie bateu com a mão na amurada, chamando a atenção de várias pessoas, que olharam para ela e depois umas para as outras. Em meio à agitação dos turistas dos últimos tempos, havia sempre um contingente de pessoas tristes, enlutadas, e, assim, seu impulso logo foi ignorado.

E havia Avril Jarvis. Que novas informações Billy teria obtido? Algo que fosse útil em seu esforço para reduzir a sentença que a criança receberia? E quanto à menina? Maisie percebera de imediato que Jarvis não era uma prostituta qualquer, mas uma pessoa cujos dons a ajudavam em circunstâncias inimagináveis. Esses dons não deveriam ser desperdiçados.

– Ah, aí está você!

Maisie se virou.

– Maurice. Você está revigorado?

Blanche apoiou os antebraços na amurada.

– Muito. Subestima-se o valor de uma soneca, Maisie. Você faria bem em adquirir esse hábito, embora eu ache que esse costume seja prerrogativa daqueles entre nós já entrados na maturidade.

Maisie sorriu e pôs a mão dentro do casaco Mackintosh para consultar o relógio.

– Não falta muito. – Ela se virou na direção da proa. – Sim, veja, ali está o porto. A uns vinte minutos daqui, não acha?

Maurice estreitou os olhos para ver melhor.

– Sim. A uns vinte minutos. – Ele se voltou para Maisie. – E sobre o que esteve pensando, minha amiga?

Maisie voltou a se debruçar na amurada e suspirou.

– Ah, você sabe, as travessias que fiz na minha época de enfermeira.

– Você era apenas uma criança naquele tempo.

– Eu já tinha idade suficiente, Maurice. Muitos dos meninos eram mais jovens que eu, e tínhamos idade suficiente para morrer – respondeu ela, consciente de seu tom lacônico.

Maurice assentiu.

– Sim, é claro. – Ele fez uma pausa. – E sem dúvida você está repassando aquelas viagens em sua mente. As cenas que vivenciou naquela época estão diante de você mesmo agora, enquanto conversamos, não é mesmo?

– Sim.

Maisie não olhou para Maurice, mas novamente para o horizonte.

– E isso continuará a acontecer à medida que avançar nesta jornada. No entanto, Maisie, tenho algo a lhe dizer.

– Sou toda ouvidos.

Ela se voltou de novo para Blanche.

– Você deveria se deixar levar pela rememoração. Ao encarar o passado, tudo o que verá será aquilo que já se foi. É isso que aconselho: deixe que este seja seu momento de mudança. Quando tiver superado isso, vire-se para encarar o futuro. Apenas assim o futuro se apresentará para você. Apenas então todo o tormento terá passado.

Maisie engoliu em seco e se preparou para responder, mas, como se a mãe estivesse ao seu lado, ouviu nítida sua voz: *Seu pai está certo, Maisie. Destrua esses demônios.*

Maurice inclinou a cabeça, mas dessa vez não sorriu. Maisie tocou seu braço e voltou para o salão. Pegando a mala de couro e a pasta, ela reconheceu o sentimento que a tomava. Naquela época ela tinha só 18 anos, pronta para desembarcar, para se juntar à aglomeração a caminho de Rouen, onde todos receberiam suas instruções. O enjoo a dominara durante toda a primeira travessia, mas, quando estava prestes a desembarcar em solo francês, disse a si mesma que estava ali para servir com força e compaixão, contando com tudo o que havia aprendido no Hospital de Londres e sob a tutela de Maurice Blanche. Agora, naquela viagem, ela já não estava mais em seus verdes anos de aprendizado e tinha mais, muito mais recursos. Ela saiu do salão e foi rapidamente se juntar a Maurice e ao trem da Flèche d'Or, que os deixaria em Paris às 17h35.

CAPÍTULO 16

Os dois conversaram pouco durante a viagem até a capital. Para Maisie, era como se as janelas do trem dessem vista para o passado, que ressurgia à medida que cruzavam cidadezinhas, campos e povoados. Seria essa a aparência da França antes da guerra, antes de a paisagem ter se transformado em algo irreconhecível, antes de ela mesma ter mudado para sempre? Que temores e ressentimentos haviam permanecido sob a superfície, enquanto comunidades eram reconstruídas tentando refazer as casas, igrejas e lojas arrasadas pelos constantes bombardeios? Muitas das velhas fundações haviam sobrevivido às bombas e agora eram usadas como modelo para a massiva reedificação ainda em curso. Era estranho pensar que o país se comportava como um ser humano: por fora, eram agora seres diferentes, mas por dentro as velhas lembranças continuaram profundamente arraigadas, enterradas sob as novas.

Viajaram pela França embalados pelo tique-taque das rodas sobre o trilho. Os nomes dos locais das velhas batalhas ecoavam nos pensamentos de Maisie. Primeiro, Bethune e Lens; depois, para o leste, Vimy e Arras; e através do outrora terrível Vale do Somme; e, por fim, Amiens. Tique-taque, tique-taque. Quantos permaneceram ali, enterrados naquele lugar? Dez mil? Vinte mil? Talvez cem mil jazem agora sob campos prontos para a colheita; plantas saudáveis crescem onde milhões morreram. *E quanto a Peter Evernden, onde jaz?*

Em Paris, Maurice havia reservado quartos em um hotelzinho exclusivo perto do Sena, o Hotel Richmonde. Na verdade, Maisie não tinha motivo para demorar-se ali, embora em seu diário Ralph Lawton tivesse escrito que passara um período de licença ali com seu "querido amigo". Seria Jeremy Hazleton essa pessoa? Ou outro, que ele não nomearia? Ele mencionou ainda um café e um hotel. Ela visitaria os dois no dia seguinte.

Depois de um jantar frugal, durante o qual ela e Maurice repassaram os planos para o dia seguinte, Maisie voltou para o quarto. Ela partiria para Reims no domingo. Até lá, além do seu trabalho, faria algumas vontades de Maurice, que queria passar um tempo com velhos amigos e a convidou a se juntar a eles, comentando: "Há algum tempo você está ansiando por um encontro intelectual, Maisie. Isso lhe fará bem, e você poderá testar quanto ainda se lembra da língua francesa."

Com os planos combinados, havia pouco mais a dizer. Maisie se perguntava se ela deveria se desculpar pelo tom lacônico durante a travessia do canal. Tinha consciência do ressentimento que crescia dentro dela e sabia que, mais cedo ou mais tarde, ele certamente viria à tona.

Em seu quarto, Maisie tomou um banho e em seguida vestiu seu robe e se sentou no chão com as pernas cruzadas. Em meio ao silêncio, sem prestar atenção nos ruídos da rua, que ainda fervilhava com notívagos desejosos de permanecer acordados até a aurora, a imagem que se formou em sua mente foi a dos primeiros dias da guerra, quando ainda estava feliz por ter ingressado na Girton, o que prenunciava uma vida que ela jamais teria ousado imaginar. E então houve aquela primeira viagem de volta a Chelstone, no Natal de 1914. Maisie reviu a multidão de uniforme cáqui nas plataformas da estação, grupos que abriam passagem quando os trens saíam com as tropas, e as despedidas sem fim, os sorrisos obstinados daqueles que desejavam com toda a força rever um filho, um irmão ou um amado. Aqueles políticos, aqueles homens que sabiam das coisas, não haviam falado que àquela altura tudo já teria terminado? E Maisie também relembrou sua agitação ao ver o pai. E Maurice. Maurice estivera em Londres e, como se dizia, no continente, talvez na França ou na Holanda. Ninguém sabia exatamente, e ele nada revelou quando ela o visitou. Maurice simplesmente sorria enquanto ela lhe contava histórias sobre a Girton.

– Conte-me sobre seus amigos, Maisie – pedira ele. – Espero que você tenha feito algumas amizades.

Maurice receava que a classe social de Maisie a impedisse de fazer amizades mais próximas.

– Minha melhor amiga lá é Priscilla Evernden. Ela às vezes é muito engraçada, não dá a mínima para os estudos e passa a maior parte do tempo planejando sua próxima folga. Ela é um pouco mais velha do que eu.

– Entendi.

Maurice reacendera seu cachimbo e sorrira. Ele estava satisfeito.

– Quando eu a repreendo por causa dos estudos, ela diz simplesmente que os "meninos", seus irmãos, já têm conquistas o suficiente para orgulhar os pais. Especialmente Peter, o mais velho, que tem cerca de 25 ou 26 anos, acho.

– Eles estão no continente?

– Sim, todos eles se alistaram. Priscilla costuma dizer que Peter é quem vai se dar melhor lá, porque ele é um gênio das línguas.

Maurice sorrira. Ele era fluente em seis idiomas, além de seu francês nativo.

– Isso é raro para um inglês.

Maisie não percebera que seu entusiasmo crescia à medida que falava da amiga e de sua família confusa, embora muito abastada.

– Bem, Priscilla diz que isso é um dom, e que ninguém sabe de onde veio. Nem ele mesmo. Aparentemente, o dom se revelou quando eles estavam de férias na Suíça e ele tinha cerca de 12 anos. De repente, Peter começou a falar francês e alemão com outras pessoas no hotel e a família toda olhou para ele perplexa.

Maurice prestava muita atenção na história que Maisie contava.

– Peter quis saber por que estavam reagindo assim e comentou com Priscilla que achava que todo mundo era capaz de entender outros idiomas sem precisar de aulas. – Maisie estalara os dedos. – Eu queria conseguir.

Quando a cena se reproduziu em sua memória, Maisie viu novamente, dessa vez com dezesseis anos de distância, quando Maurice pegou a caneta e anotou algo em uma folha de papel. Ela percebera o gesto apenas de relance antes de se lançar na parte seguinte da história. Na época, não se perguntou por que Maurice escrevera PETER EVERNDEN em letras maiúsculas, antes de voltar a olhar para ela e sorrir.

– Você está se saindo muito bem, minha querida. Estou orgulhoso de você.

∽

Maisie acordou cedo no sábado, vestiu-se rapidamente e deixou o hotel. Era uma manhã agradável com poucas nuvens no céu, mas um vento frio a lembrou que o outono fustigante não demoraria a chegar. Vagando pela rua agitada, ela observava os toldos serem baixados e o comércio despertando. Muitos lojistas seguiam o ritual matutino de lavar as calçadas. Ela diminuiu o passo ao se deparar com um comerciante esfregando uma última vez o chão, de um lado para outro, torcendo o esfregão para eliminar o excesso de água, levantando o balde e jogando água na calçada.

– Ah, pardon, mademoiselle. Excusez-moi, s'il vous plaît.

Ela havia se esquecido de como se dizia "Não se preocupe, tudo bem", então apenas ergueu a mão e sorriu. O comerciante tocou em sua têmpora com o indicador, retribuiu o sorriso e voltou para a loja.

Os cafés nas ruas já estavam concorridos àquela hora, com conversas sussurradas em inglês e francês em todos os cantos e uma mescla de sotaques revelando turistas e comunidades de expatriados dos Estados Unidos, da Grã-Bretanha, da Espanha, da Itália e de países africanos. Maisie consultou o relógio. Ela acompanharia Maurice no café da manhã às nove horas, então ainda teria tempo para uma xícara de café antes de retornar ao hotel.

– Café au lait, s'il vous plaît.

O garçom fez uma profunda reverência e desapareceu café adentro, parando no meio do caminho para pegar uma gorjeta, que ele conferiu, assentindo antes de colocar o dinheiro no bolso da frente de seu longo avental branco.

Maisie acomodou-se na cadeira e ficou observando os fregueses do café ao redor. Muitos eram claramente frequentadores assíduos bem de vida, como o homem trajando calças e paletó de tweed que não combinavam, um monóculo apoiado no olho enquanto ele abria o jornal, que lia enquanto esperava o café e o croissant que nem precisava mais pedir, pois seu desjejum era sempre o mesmo. Ali estavam também duas mulheres bem-vestidas, trajando roupas de linho e seda apropriadas ao fim do verão. Apenas um ano antes, Coco Chanel fizera do bronzeado um acessório desejável, e aquelas mulheres nitidamente levaram aquilo a sério, já que seus rostos, suas mãos e seus tornozelos delgados sugeriam um verão passado na Riviera. Maisie olhou para as próprias mãos pálidas ao retirar um espelho da bolsa, levantar a tampa de peltre e olhar para seu reflexo. Ela beliscou as bochechas e ergueu a vista, percebendo que as mulheres olhavam na sua direção. Elas se viraram rapidamente, cada uma levando a xícara aos lábios. A atenção de Maisie foi desviada das mulheres para um grupo de americanos perto dela. O volume da conversa aumentava, os fregueses de um grupo se remexendo nos assentos, homens e mulheres ansiosos por ouvir e expressar opiniões.

– Escute aqui, meu parceiro, acho que o homem será bom para a Alemanha.

– O quê? Você leu o livro dele, *Minha luta*? O sujeito é maluco. Maluco!

Outro homem falava enquanto acendia um cigarro para uma das mulheres, que se inclinava para a frente.

– Obrigada, Frank.

O homem fechou o isqueiro com um "Disponha" e a mulher se virou para o grupo e deu sua opinião.

– Vejam bem, vocês não acham que seria uma boa ideia se nós apenas calássemos a boca e deixássemos o sujeito fazer seu trabalho por um tempo? Concordo que o jeito dele é estranho, aqueles sujeitos todos vestindo camisas marrons são um pouco assustadores, mas ele levou um pouco de esperança para o povo alemão. O partido dele estava na última posição e agora está em segundo lugar nas urnas. Vamos dar uma chance a ele!

Ela deu uma longa tragada no cigarro e estava prestes a continuar quando outro homem entrou na conversa.

– Dar uma chance a ele? Deus sabe o que pode acontecer. Se querem saber minha opinião...

– E não queremos, Brad.

Todos riram da interrupção e Brad levantou a mão para contestar.

– Eu estava dizendo, se querem saber minha opinião, logo vamos ver o tamanho do problema. Vamos ver.

E a conversa prosseguiu, até que aquele jovem chamado Frank se levantou.

– Sou o único que vai trabalhar hoje?

O grupo todo riu, batendo na mesa com a palma da mão, fazendo tanto barulho que os outros fregueses balançaram a cabeça e se voltaram para seu café da manhã, alguns abrindo o jornal de forma espalhafatosa, que talvez pudesse ter sido escutado, não fossem os americanos tão barulhentos.

– Então, o que temos para hoje, Frank? Uma soneca de uma hora e em seguida mil palavras até a hora do almoço para deixar o *Trib* animado, seguido de uma dose de Pernod pelo trabalho bem-feito?

Erguendo-se com as mãos apoiadas no encosto da cadeira, Frank dirigiu a palavra ao grupo.

– Nenhum velho rico vai me tornar próspero na ensolarada *Parrí*. Vejo vocês aqui novamente à noite. – Ele percorreu os rostos com o olhar. – Martha? Stu? Brad?

Os outros concordaram em uníssono, e Frankie partiu. A conversa então enveredou para outros assuntos, e Maisie se deu conta de que aquele não era um grupo de amigos se reunindo para um café da manhã nas primeiras horas do dia, mas boêmios no fim de uma noitada. Era esse o estilo de vida que Priscilla imaginara para ela? E, se essa era a vida que ela havia perdido, era algo a se lamentar?

– *Café au lait* – anunciou o garçom, parado na frente de Maisie.

– *Ah, merci beaucoup.*

Maisie sorriu e pegou a xícara grande, tentada pela mistura de café recém-moído e leite quente a provar a bebida escaldante. Ela assoprou a superfície, fazendo a espuma se juntar nas bordas da xícara, e deu um pequeno gole. Outras lembranças fluíram: sua licença em Rouen, o jantar com Simon. Maisie sorriu. Havia boas memórias junto das ruins. Na verdade, ela sabia de algumas pessoas que achavam que a guerra revelara o melhor delas mesmas e que quase sentiam saudade daqueles dias de camaradagem, quando tinham um propósito. Maisie não tinha esse desejo e, ao observar os rostos à sua volta, refletiu sobre seu destino e sobre o homem que impulsionara seu sucesso acadêmico e profissional. *Ah, Maurice, o que está acontecendo?* Ela terminou o café pensando nos planos para aquele dia, para o dia seguinte e para o restante da viagem.

Maisie e Maurice tomaram o desjejum no restaurante do hotel. Era um ambiente claro e arejado, um antigo pátio agora coberto por um teto alto de vidro, que dava a impressão de se estar em uma imponente estufa de laranjeiras em estilo Regência. A luz da manhã lançava sombras sobre o piso de pedras e dançava nas fontes que saíam da parede de pedra rústica. A hera havia se espalhado pelas paredes, e nos quatro cantos viam-se árvores-da-borracha verdejantes plantadas em grandes vasos rústicos de terracota. As mesas estavam cobertas com toalhas adamascadas brancas enfeitadas com delicados ramalhetes de flores arrumados em pequenos vasos de vidro. As cadeiras de ferro fundido eram mais confortáveis do que pareciam à primeira vista. Maisie esperou que Maurice se sentasse antes de tomar seu lugar diante dele. Um garçom trouxe uma cesta de baguetes, croissants e brioches pequenos e quentinhos e depois saiu, retornando com um bule de prata com café fresco e bem forte e um jarro também de prata com leite quente e espumante.

– *Merci beaucoup* – agradeceu Maurice, cujo francês tinha um sotaque parisiense.

Maisie sorriu quando Maurice deixou que ela se servisse antes dele. Ela pegou um croissant, que cobriu de manteiga e geleia. Maurice cortou um pedaço de baguete, espalhou a geleia e o mergulhou na xícara grande de café quente que ele mesmo havia se servido. Maisie acrescentou leite ao café que Maurice servira para ela.

– E então, como está sua agenda para hoje, Maisie?

– Acho que sou eu quem deveria lhe fazer essa pergunta, Maurice. Afinal, é você que tem um círculo social aqui.

Maurice sorriu, mergulhou novamente a baguete no café e explicou seus planos.

– Vamos caminhar um pouco. Paris é perfeita em setembro, minha época do ano preferida. Ao meio-dia vamos almoçar, o que, acredito, se estenderá por algumas horas. Meus velhos amigos Dr. Stéphane Gabin e Dr. Jean Balmain irão se juntar a nós. Os dois ainda lecionam na Sorbonne, sabia?

Maisie conhecera os dois havia muitos anos, durante seu aprendizado, quando visitaram Maurice.

– Pensei que já tinham se aposentado.

– E eles estão ansiosos para encontrá-la.

– A mim?

Maurice ergueu a vista, tirando um farelo de pão do queixo.

– O encontro foi breve, mas você é tida em alta conta por ambos os cavalheiros. Naturalmente eles querem saber como você está.

– Entendi. – Maisie fez uma pausa. – Bem, vou me juntar a você para almoçarmos, Maurice, mas talvez não para a conversa *après-midi*. Preciso visitar dois lugares esta tarde: um hotel onde Ralph Lawton se hospedou enquanto estava em Paris e uma boate que ele visitou. Encontrei uma caixa de fósforos em meio aos seus pertences e quero dar uma olhada no lugar.

– Se ainda existir.

Maisie deu um gole em seu café.

– Claro, se ainda estiver lá.

O passeio proposto por Maurice foi agradável e tranquilo, apesar de Maisie ter ficado alerta durante todo o tempo. Foi Maurice quem ensinara a observar a verdade que se manifesta no movimento e na posição do corpo e a permanecer atenta e curiosa às palavras escolhidas. Mostrara-lhe como um comentário aparentemente insignificante pode fornecer a chave para um segredo muito bem guardado. Ela havia aprendido que mesmo as pessoas que mantêm absoluto silêncio podem comunicar muito, ignorando completamente as pistas que deixam escapar. *Era como se estivéssemos jogando xadrez*, pensou Maisie, enquanto caminhava ao lado de Maurice, tomando cuidado para que seu passo não revelasse nada. Conversou sobre amenidades, sabendo que Maurice detectaria qualquer indício de afastamento. Ela não podia arriscar. Já havia decidido não o questionar sobre a conversa a respeito dos Everndens que tiveram na biblioteca, quase dezesseis anos antes, e que voltara à sua memória. Talvez houvesse uma explicação simples para aquilo, mas Maisie sabia que era melhor esconder o jogo – de fato, seria a última pessoa a mostrar as cartas. Ou assim esperava.

O almoço transcorreu em meio a uma conversa agradável, conduzida em uma mescla de francês e inglês, todos usando palavras de seu próprio idioma quando a tradução emperrava. Maisie rapidamente voltou a confiar no seu francês, que ela estudara com Maurice nos primeiros dias de seu treinamento e, depois, na Girton. Os falantes se alternavam, de modo que um observador externo poderia pensar em um jogo de tênis em um dia de verão, disputado não por um prêmio ou pela vitória, mas pelo prazer do convívio. Alguns assuntos fizeram as vozes por vezes se exaltarem. Quando enfatizava um argumento, Stéphane projetava o lábio inferior para a frente, abria bem as mãos e gesticulava. Maurice, por sua vez, se reclinava na cadeira, o que invariavelmente era um sinal de que estava prestes a atacar, no momento preciso, com um argumento incisivo. Maisie sorria, pensando que era o tipo de cena que inspiraria um artista: homens que correspondiam à imagem de franceses em idade avançada na companhia de uma mulher jovem que evidentemente não era francesa, mas fazia parte do grupo.

Os garçons serviram salada verde, seguida por costeletas de cordeiro perfeitas. O vinho tinto era farto, e a conversa seguiu animada. O sucesso do partido de Adolf Hitler nas eleições alemãs de setembro ocupou grande parte da conversa. As opiniões emitidas tinham mais embasamento do que aquelas do grupo de americanos, mas o conteúdo era parecido. Depois especularam sobre o zepelim, o R-101, que chegaria à França em mais ou menos uma semana e seguiria para a Índia. Logo para a Índia! Era possível viajar para a Índia em um dirigível!

Sentada naquele restaurante que os três homens havia muito apreciavam, Maisie sentiu um estremecimento. Quando o tema da conversa enveredou para o que cada um estava fazendo naquele momento e para as pessoas que haviam falecido – assunto inevitável para homens daquela idade –, ela olhou em outra direção. Dois garçons passavam apressados entre as mesas cobertas por toalhas quadriculadas. A pintura creme das paredes estava envelhecida, manchada de fumaça e coberta com cartazes que anunciavam eventos transcorridos havia muito tempo. Uma música tocava ao fundo e as portas duplas se abriam para a rua, permitindo que o ar fresco entrasse no ambiente, embora não houvesse mesas na calçada. Ao olhar ao redor, Maisie sentiu que estava sendo observada e se virou para o canto do restaurante perto da porta. A luz fraca a impedia de ver o comensal solitário ali instalado.

Como não queria aparentar que estava espiando, tornou a se voltar para os homens e rapidamente entrou na conversa, que nesse momento versava sobre economia. Olhou para o relógio, apertando os olhos a fim de ver as horas.

– Sinto muito, senhores, mas eu realmente precisarei deixá-los. Tenho que trabalhar esta tarde.

Jean e Stéphane limparam a boca nos guardanapos de pano enquanto Maisie pegava sua pasta de documentos que deixara debaixo da mesa.

– Ah, mademoiselle Dobbs, tem mesmo que ir? Foi um grande prazer.

– Sinto muito, Dr. Gabin. O trabalho me chama...

Jean sorriu.

– Acho que a senhorita diria que é um *fait accompli*, um fato consumado.

Todos riram juntos. Maurice continuou sentado e Maisie se virou para ele.

– Você não ficará na rua até tarde, não é mesmo, Maurice?

Mais risos soaram e Maurice inclinou a cabeça e sorriu. Maisie se inclinou na direção de Stéphane e de Jean e se despediu com dois beijinhos em cada um. Ela apertou de leve o ombro de Maurice, que retribuiu o gesto.

– Até mais tarde.

– Sim, até mais tarde. Cuide-se, Maisie.

– Certamente.

Ela saiu do restaurante e foi andando apressada por uma transversal até dar na rua principal, onde virou à esquerda.

Enquanto contornava a esquina, Maisie teve a nítida sensação de que estava sendo seguida e se virou para olhar. A sensação foi tão forte e evidente que ela saiu correndo e entrou em uma viela que dava no pátio de um bloco de prédios, pressionando o corpo contra o muro ensombrecido para evitar ser vista, e olhou de relance na direção da rua, à espera.

Um homem alto passou apressado, enfiando o chapéu na cabeça enquanto andava e olhava de um lado para outro. *Ele estava no restaurante, me observando.* Maisie continuou parada e olhou em direção aos fundos do pátio, onde havia outra viela. Deslocando-se para uma área iluminada, ela sacou de sua pasta o guia Baedecker e o folheou para descobrir onde estava. Andou em silêncio pelo chão de paralelepípedos até o fim da viela, olhando para os dois lados antes de voltar à rua. Começou a caminhar depressa na direção do metrô. Consultou seu relógio e pensou rápido.

Sem dúvida, ela estava sendo seguida. *Mas por quem? E quanto a Maurice? Ele estava sempre tão atento, tão sintonizado com o ambiente, como não percebeu o homem no canto escuro do restaurante?* Maisie franziu a testa quando gotículas de suor surgiram e o hematoma que ela achou que já estaria curado começou a doer novamente. Ela havia recalcado a lembrança das tentativas de assassinato que sofrera, sentindo-se segura por estar tão longe, do outro lado do canal.

O homem que a seguia se afastara com rapidez. Com o corpo ágil como o de um felino, passara correndo pela rua, olhando de um lado para outro, e agora estava longe do alcance de sua visão. Maisie cerrou os olhos por um breve instante, lembrando-se do homem na estação de metrô da Goodge Street que havia corrido na direção do meio-fio... *Não, não é ele. É outra pessoa.* Ela se virou para conferir o tráfego e, ao ver um táxi se aproximar, acenou. Pegar um automóvel lhe pareceu uma opção mais segura do que caminhar. O táxi freou bruscamente e parou perto de Maisie, que entrou no veículo.

– Montmartre, s'il vous plaît. L'Hôtel Adrienne.

O motorista aquiesceu de maneira seca e Maisie se jogou no assento, fechou os olhos e tentou esvaziar a mente. Pensou novamente em Madeleine Hartnell: "Há duas pessoas do lado de lá que a protegem." *Espero que sim. Espero mesmo que sim.* Maisie abriu os olhos e olhou pela janela. O táxi percorria ruas estreitas e avançou aos solavancos sobre antigos paralelepípedos até parar em frente ao Hotel Adrienne. Sentindo-se só e vulnerável, ela ergueu a gola para se proteger de uma brisa suave que outra pessoa, em seu lugar, talvez nem tivesse percebido.

⁂

– Attention. Attention, s'il vous plaît.

Maisie se postou diante do balcão de madeira escura polida, deserto àquela hora, e chamou para que alguém fosse atendê-la. Um homem idoso apareceu se arrastando pela porta que ficava nos fundos do hotel. Trajava calças escuras e uma camisa branca, com uma pequena gravata-borboleta e braçadeiras que impediam que as mangas compridas chegassem aos punhos.

– *Bonjour, mademoiselle*. – Ele deu um largo sorriso, colocou as mãos sobre o balcão, uma ao lado da outra, e falou em inglês: – Como posso ajudá-la?

Maisie se surpreendeu, mas não perguntou como ele descobrira que ela não era francesa. Talvez sua fisionomia e sua roupa revelassem mais sobre ela do que gostaria.

– Monsieur, um querido amigo se hospedou aqui durante a guerra e pensei que os senhores talvez tivessem guardado o registro de sua hospedagem. Vou visitar seu túmulo na semana que vem e queria muito ir aos lugares onde ele esteve e experimentou momentos de alegria antes de morrer. Poderia me ajudar?

– É uma peregrinação, certo?

Maisie baixou a cabeça.

– Sim. É uma peregrinação.

O homem foi até a frente do balcão e tomou as mãos de Maisie, sorrindo gentilmente.

– Sim, algumas pessoas vêm, como a senhorita, e outras estiveram aqui na guerra e sobreviveram. Sabe quando seu amigo esteve aqui?

Maisie retirou a mão das mãos do homem e a enfiou em sua pasta, de onde sacou um pequeno recibo, agora amarelado nas bordas, que ela havia encontrado dentro do diário de Ralph Lawton.

O homem tirou do colete um par de óculos em formato de meia-lua, apoiou-o sobre o nariz e examinou o documento.

– *Ah, bon.* – Ele se virou para Maisie. – Fui eu mesmo quem emiti o recibo.

Quando lágrimas escorreram dos cantos dos olhos dele, o homem tirou os óculos e pousou o polegar e o indicador da mão direita sobre as pálpebras.

– *Excusez-moi, mademoiselle.* Vi tantos... Nossos próprios meninos, os ingleses e os escoceses, canadenses, americanos, australianos. Todos eles vieram a Paris por um dia ou dois, para isso e aquilo. – Ele sorriu. – Sabe, as meninas... – Maisie assentiu e sorriu. – E depois partiram. – Ele estalou os dedos. – Partiram.

– Sabe me dizer se meu amigo veio sozinho ao hotel?

O homem franziu o cenho, virando-se.

– *Un moment*. Preciso encontrar os registros.

Ele se arrastou até o escritório e Maisie pôde ouvir portas sendo abertas e fechadas, papéis caindo no chão, além do inesperado impropério do dono do hotel. Ele por fim retornou, segurando com as duas mãos um grande livro-razão, encadernado com um couro desbotado, ao mesmo tempo que soprava a poeira da capa e das laterais.

– *Voilà!* Encontrei os registros. Agora, vejamos.

Ele colocou o livro-razão sobre o balcão e o folheou, fazendo comentários ocasionais.

– Ah, um cliente assíduo, um garoto irlandês. Esteve aqui há dois anos com os filhos e a mulher. – Balançou a cabeça. – Se ela soubesse!

As páginas iam sendo viradas, cada uma despertando novos comentários sobre alguém que morreu, alguém que voltou, alguém que arrumou confusão.

– Tantos passaram por aqui, mas eu lembro, eu lembro.

Maisie apoiou o cotovelo no balcão e esperou, vez por outra abanando o ar quando uma pequena nuvem de poeira flutuava na sua direção.

– Ah! Deus. Está aqui.

Ele empurrou o livro-razão na direção de Maisie, e eles se debruçaram juntos sobre o registro.

– Sim, ele aparece aqui. Veio com um amigo.

O homem pôs novamente os óculos sobre o nariz, estreitou os olhos e se debruçou ainda mais sobre a página.

– Mas o homem não sabia escrever!

– Não mesmo.

Maisie deixou os ombros caírem. A assinatura de Ralph Lawton era bem legível, mas a outra mal chegava a ser um garrancho. Podia ser a letra de um homem ou de uma mulher, e a dúvida a fez se virar para o dono do hotel.

– Como sabe que é a caligrafia de um homem?

Seu lábio inferior se projetou para a frente – como Stéphane fizera havia uma hora apenas – e ele ergueu as mãos com as palmas viradas para cima, para dar ênfase às palavras.

– São os ossos do meu ofício, mademoiselle, reconhecer uma caligrafia, já que estou em contato com elas o tempo todo. – Ele fechou o livro de registros. – Esta é a assinatura de um homem.

Maisie abriu a boca para fazer outra pergunta, mas parou quando o homem tocou em seu braço.

– Durante a guerra, não vemos nada e não fazemos perguntas. Eles podem morrer em uma semana. Enxergamos apenas o sorriso, sorrimos de volta e cobramos os francos. É isso.

Ela sorriu e pegou o recibo, que deixara sobre o balcão, e o colocou de volta em sua pasta.

– Foi muito gentil, monsieur...

– Vernier. Meu nome é André Vernier. – Fez uma breve mesura diante dela. – É um prazer, mademoiselle. Gostaria de ver o quarto?

– Obrigada, monsieur Vernier. Ver seu hotel já me deixou satisfeita. – Maisie hesitou, mas depois pegou a pasta novamente. – Poderia me dizer se esta boate ainda existe em Montmartre? – Ela lhe estendeu a caixa de fósforos.

Monsieur Vernier pegou a caixa e a aproximou dos olhos para ver o que estava escrito.

– Café Druk. Sim, sim. E ainda é propriedade da *indochinoise*.

Ele sorriu e devolveu os fósforos.

– O que é isso?

– Agora tenho certeza de que seu amigo esteve aqui com um homem. – Vernier ainda estava sorrindo.

– Por quê?

– Porque, mademoiselle, o Café Druk é uma boate para *garçons*, para homens.

Maisie assentiu.

– Entendi.

– Bem, deixe-me mostrar o caminho.

Vernier conduziu Maisie até a saída. Olhando para a rua, ele estendeu o braço e começou a mostrar o caminho até o Café Druk.

– Caminhando muito lentamente, leva apenas dez minutos.

Despediram-se com um *au revoir,* e o dono do hotel reivindicou um beijo em cada bochecha antes de deixar Maisie partir. Tinha certeza de que o homem que esteve com Ralph durante a licença em Paris era Jeremy Hazleton, mas sabia que não era prudente tirar conclusões como aquela, pois fechava a mente para outras possibilidades. Os fatos devem ser tratados como joias: dispõe-se cada pedra preciosa em uma superfície lisa e, com o pensamento limpo, passa-se a avaliá-las cuidadosamente antes de ordená-las em um conjunto.

∽

O Café Druk provavelmente já vira dias melhores. As portas duplas pretas estavam lascadas e carcomidas, e a cabeça de um dragão gigante fora pintada por toda a sua extensão, de modo que ele escancarava a boca toda vez que um cliente abria a porta. Os dentes do dragão não tinham sido pintados: eram em alto-relevo, entalhados e incrustados na porta. No entanto, os anos haviam danificado a besta de madeira e muitos dentes estavam faltando. A porta estava entreaberta. Maisie a empurrou e entrou, estreitando os olhos para conseguiu ver o espaço, mal iluminado por luzes vermelhas nas paredes, que pareciam recobertas por seda.

– *Excusez-moi?* Há alguém aqui?

Maisie foi andando lentamente na obscuridade e se chocou com uma cadeira que caiu nos ladrilhos do piso.

– Tome cuidado, por favor.

– Desculpe-me.

Maisie se deu conta de que havia uma pessoa nas sombras, atrás do bar, o qual conseguia enxergar agora, repleto de copos sujos e cinzeiros cheios de bitucas de cigarro.

– *Excusez-moi, s'il vous plaît.*

Um riso que mais parecia um cacarejo pareceu chacoalhar os copos.

– Sei falar sua língua, inglesa.

– Ah, aí está a senhora.

Maisie se dirigiu até o bar, endireitou a postura e estendeu a mão para a mulher, que, nesse momento, emergiu das sombras.

– E a senhorita é...? – A mulher segurou a mão de Maisie com seus dedos compridos e elegantes.

– Meu nome é Maisie Dobbs. Estou aqui para...

A mulher riu novamente.

– O que há de errado?

– Tão inglesa, Maisie Dobbs.

Ela aproximou o rosto do de Maisie e depois se virou e pressionou um interruptor. As luzes se acenderam no centro do salão e Maisie pôde enfim enxergar o ambiente. Parecia que uma festa havia começado uma semana antes e acabado naquele exato momento.

– Eu sou Eva. O que posso fazer por Maisie Dobbs?

– Eu queria conhecer este lugar porque um amigo de infância esteve aqui durante a guerra, quando estava de licença, pouco antes de morrer.

Ela sacou a caixa de fósforos e a estendeu para a indochinesa.

Quando Eva pegou a caixa de fósforos e a virou para vê-la sob a luz, Maisie conseguiu observá-la mais de perto. Tinha mais ou menos 50 anos. Seu cabelo preto estava puxado para trás e preso com duas presilhas ornamentadas em uma trança que descia pela nuca. Ela trajava um vestido de noite cuja bainha se arrastava pelo chão empoeirado e um casaco drapeado e bordado jogado sobre os ombros. Sua maquiagem estava borrada, mas dava para ver que, sem dúvida alguma, ela era uma bela mulher euroasiática.

– Sim, seu amigo esteve aqui. Como posso ajudá-la? Milhares passaram por essas minhas portas, todos eles afogando as mágoas antes que as mágoas os afogassem. Mas aqueles tempos não voltam mais, Maisie Dobbs, ah, não voltam mais!

– O que quer dizer?

– As pessoas fadadas à morte se jogam na vida, você não sabia?

– Eu estava na França também, durante a guerra.

A mulher a analisou de cima a baixo, depois pegou um cinzeiro e remexeu nele até encontrar uma bituca de cigarro que valia a pena ser reacendida. Ela pegou a caixa que Maisie lhe havia entregado, tirou um fósforo e o riscou na parede atrás de si. Ele se inflamou imediatamente. Ela acendeu o cigarro e sacudiu o fósforo até que a chama se extinguisse, e em seguida se virou para Maisie, não sem antes dar uma longa tragada.

– Então esteve na França.

Ela fez uma pausa olhando atentamente para Maisie, que não desviou o olhar.

– O que posso fazer pela senhorita? A guerra acabou há muitos anos.

– Eu só queria conhecer o lugar onde meu amigo esteve.

– Certamente não era um namorado. – Ela balançou a cabeça. – Não, vocês não eram um casal... Isso seria impossível.

Maisie ficou em silêncio, mas manteve o contato visual.

– Ah, vocês, mulheres inglesas... Têm uma mente tão *petite*! – Ela fez uma pausa. – Meu clube não é para aqueles que vêm com suas mulheres, suas companheiras.

Maisie assentiu.

– Sim, isso eu sei, madame Eva. No entanto, eu estava apenas curiosa, sabe, para ver. – Ela fez um gesto para pegar sua bolsa.

– Não, pare. – Eva pôs a mão no braço de Maisie. – Venha, venha comigo.

Ela conduziu Maisie para os fundos do clube, onde atravessaram um arco que levava a uma escada. No andar de cima, Eva destrancou a porta com a chave presa à corrente que usava em volta do pescoço. Quando Eva abriu a porta, Maisie viu um quarto iluminado e arejado, com janelas do chão ao teto que davam para uma rua. Enquanto seus olhos se deslocavam de um quadro magnífico para outro, e depois para as porcelanas e os móveis asiáticos, Maisie sentia estar entrando em outro mundo. A mulher abriu um armário com a porta de vidro e de lá tirou diversos álbuns de fotografia, que colocou diante de Maisie. A luz lá fora agora esmaecia, e Eva ajeitou os abajures para que a visita pudesse ver as fotos. Diferentes da coleção empoeirada de livros-razão de André, os álbuns de Eva eram bem cuidados, cada página protegida por uma folha de papel vegetal.

– Estas são da guerra. Meus meninos, todos eles... meus meninos. A maioria morreu, mas guardei as fotografias. São todas das festas daqui, cheias de risos e de cantorias. – Ela andou até uma porta à direita. – Por isso, não julgue, Srta. Maisie Dobbs, pois está viva e pode rir novamente, por mais difícil que isso seja. – Eva juntou as mãos diante do corpo. – Bela senhorita inglesa gosta de chá?

Ela deu uma risada que mais parecia um cacarejo e se foi, deixando Maisie sozinha.

Maisie balançou a cabeça e pegou os álbuns, que eram datados, selecionou um deles e começou a folheá-lo. Ela estava olhando para os rostos, com seus sorrisos joviais, alguns inibidos quando o flash os pegava desprevenidos, outros desafiadores ou acenando para Eva, que certamente era quem estava atrás da câmera.

– Chá para a senhorita inglesa. – Eva voltou, apoiou a bandeja na mesa e acrescentou: – Eu não guardo o suco das vacas, então vai ter que bebê-lo sem leite.

– Está ótimo assim, muito obrigada.

Maisie sorriu e ergueu o olhar. Naquele momento, Eva parecia mais séria.

– Não encontrou nada?

Maisie deu um gole no chá que Eva deixou na mesa ao lado dela e suspirou.

– Não, nada.

Fez uma pausa, e então olhou novamente.

– Ah, meu Deus, aqui está ele!

Eva se aproximou e se debruçou sobre o ombro de Maisie, de modo que as duas examinavam a fotografia do álbum que Maisie havia colocado no colo. Os dois jovens estavam rindo, os braços entrelaçados enquanto erguiam suas taças na direção dos lábios um do outro. No bar diante de Hazleton havia um ornamento de vidro, uma esfera, talvez um peso de papel, que atraiu a luz de tal maneira que ela rebateu para a câmera, criando um instante aparentemente envolto em magia. A foto fez Maisie se lembrar da outra que achara em meio aos pertences de Ralph na casa de Cecil Lawton, em Cambridgeshire. Ali estavam eles, os mesmos dois jovens. Ali estava a mesma admiração no rosto de Ralph, que se esquivava da câmera e olhava para o homem que abraçava naquele momento de alegria.

CAPÍTULO 17

— Pois bem, parece que ela está fora de perigo e voltará às atividades daqui a um ou dois dias.

Maisie pôs a mão sobre o peito, sentindo o alívio percorrer seu corpo.

— Ah, Sandra, essa é a melhor notícia que eu poderia receber hoje.

Ela fez uma pausa, acenando para Maurice, que havia acabado de entrar no saguão, e apontou para o aparelho, indicando que estava em uma ligação. Maurice assentiu e se sentou em uma cadeira com ornamentos entalhados.

Maisie retomou a conversa.

— O médico disse algo sobre a causa da indisposição?

— Ele disse que era muito difícil determinar, visto que eu já a havia feito botar para fora a maior parte do que tinha comido, se a senhora me entende, e depois a fiz beber litros e mais litros de água. Veja bem, ele disse que é raro um chocolate estragado ter um efeito igual ao de veneno de rato...

Maisie suspirou, prestes a fazer outra pergunta, mas Sandra se antecipou.

— E ele não pode provar nada, já que não temos um cadáver. Mesmo assim, seria difícil.

— Bem, tenho que correr agora. Escute, Sandra, quero que tome muito, muito cuidado. Se alguém tentar entregar *qualquer coisa* para mim, mande essa pessoa embora.

Embora soubesse o valor que um pacote suspeito teria como prova, ela não queria arcar com o risco de uma encomenda contaminada enquanto não estivesse na Ebury Place para monitorar a situação.

— Nem se eu a deixar no quartinho do pátio?

— Não. Não aceite nada. E, se vir estranhos andando a esmo perto da

Ebury Place, avise imediatamente à polícia. E informe também os outros empregados. Vou fazer uma ligação para lorde Julian hoje mais tarde quando chegar a Reims. É melhor que eu o mantenha a par da situação.

– Certo.

– Preciso ir agora, Sandra.

– Adeus, senhora... Ah, e... por favor, tome cuidado.

– Obrigada, vou, sim.

Maisie recolocou o aparelho no gancho, se virou para o gerente do hotel, que usava óculos, e pagou sua conta telefônica. Maurice, que permaneceria em Paris, já havia acertado a hospedagem de Maisie.

Ela andou até Maurice, indicando ao carregador que estava pronta para partir. E então se aproximou de seu tutor, pôs a mão em seu ombro e lhe deu um beijo em cada bochecha.

– Eu o verei em breve, Maurice.

– Certamente. Cuide-se, Maisie.

Ele a encarou atentamente.

Quando ela saiu do hotel e entrou no táxi, pôde sentir que ele ainda a observava.

⁂

Durante a viagem de trem para Reims, ela refletiu calmamente. Do arco daquelas duas últimas semanas, da sua decisão de assumir o caso de Ralph Lawton até os encontros da véspera com André e Eva, ela selecionou alguns episódios e conexões. A cada vez que parava para pensar sobre uma pessoa ou situação, ela fazia uma nova abordagem, desafiando em sua mente a maneira como observara as pistas deixadas no caminho. Era verdade que não havia nenhuma conexão física entre Avril Jarvis e Madeleine Hartnell. Mas havia outra conexão, como se a presença de uma delas em sua vida indicasse a importância da outra.

Maisie se lembrou de ter perguntado a Maurice, nos primeiros anos de seu aprendizado, por que ele deveria tratar dois casos como se estivessem relacionados, quando aparentemente nada tinham em comum. Ele batera de leve o cachimbo na lareira de seu antigo escritório nos arredores da Oxford Circus, inspecionara o fornilho vazio e respondera à pergunta enquanto recarregava o cachimbo, falando ao mesmo tempo que pressionava o tabaco fresco.

– É o que chamam de *serendipidade*, Maisie. Sim, é claro que os casos não têm nada a ver um com o outro *na superfície*. – Ele pegou um fósforo e o manteve no ar, pronto para riscá-lo na parede da lareira. – Mas aqui está a conexão: ao refletir sobre um caso, precisamos mudar de posição, examinar as provas a partir de um novo ângulo. Sem dúvida, esse é um desafio para todos nós, afinal, quando começamos a trabalhar, já temos uma história, uma linguagem e um jeito de fazer as coisas deste mundo que são unicamente nossos. E é assim que acabamos empacando. – Ele fizera uma pausa para acender o cachimbo e tragar o tabaco adocicado com aroma de carvalho. – E é justo nesse momento que outro caso aparece, exigindo uma ginástica cerebral, ou seja, nossa capacidade de pular para outro lugar e olhar de novo, já que nosso ponto de vista agora é tão diferente do primeiro. E, de repente, aparece aquela semelhança singular, aquele pequeno grão de inteligência que rompe o bloqueio em um ou nos dois casos. Ou então, Maisie... – Ele a olhara com atenção. – O trabalho de fazer perguntas, de remover camadas do passado, revela algo que não tem nada a ver com os casos, mas tudo a ver conosco. Você entende?

Ela assentira, mas a verdade é que, na sua juventude, não absorvera com exatidão a profundidade de suas palavras. Agora, porém, acompanhada pelo ritmo tedioso das rodas nos trilhos enquanto a paisagem passava pela janela, ela entendeu que essa era uma lição que precisaria reaprender de tempos em tempos. E daquela vez não era diferente.

Ao chegar a Reims, Maisie conseguiu encontrar um taxista disposto a levá-la para a cidadezinha de Sainte-Marie, apenas alguns quilômetros a leste da cidade. Era uma área rural que fora ocupada pelo exército do Kaiser durante a guerra, e foi na fronteira de Sainte-Marie que o De Havilland de Ralph Lawton caiu em chamas, de acordo com as testemunhas do episódio.

O motorista conduziu Maisie a uma pequena pensão gerenciada por uma mulher que se apresentou como madame Thierry. Era uma mulher miúda, mais magra do que esbelta, que naquele dia usava um vestido azul de algodão com um avental branco que ainda exibia os vincos nítidos no linho passado havia não muito tempo. Seu longo cabelo louro já grisalho fora trançado e preso no alto da cabeça, o que lembrou Maisie uma trança de pão.

– É um quarto confortável, com uma bela vista.

A mulher afastou as cortinas de renda. Havia um jardim com galinhas ciscando a grama, legumes crescendo em fileiras bem ordenadas e um velho cão de caça dormitando sob uma macieira. Mais adiante viam-se dois campos separados por um bosque e, a distância, um castelo.

Maisie olhou pela janela.

– Que belo castelo. Quem mora lá?

– É a casa de madame Chantal Clement. Ela vive ali com sua neta de 13 anos, mademoiselle Pascale Clement.

Maisie se reclinou.

– A menina não tem pais? Mãe?

– Ela se foi. – Madame Thierry balançou a cabeça e acrescentou: – A guerra...

Maisie sabia que aquele comentário impedia mais perguntas.

– É claro.

– Agora, mademoiselle Dobbs, deixe-me mostrá-la onde é servido o nosso *petit déjeuner*, num salão encantador.

⁂

Maisie foi primeiro à delegacia, um prédio de dois cômodos, com um balcão logo à entrada, atrás do qual se viam duas mesas e uma porta que, como Maisie supôs, devia levar a duas ou três celas. Presumiu que as celas raramente fossem usadas e, quando isso acontecia, deveria ser apenas para facilitar o sono de um aldeão cambaleante depois de uma noitada regada a álcool. Ela tocou a sineta no balcão, quando o gendarme voltou ao seu posto, segurava uma xícara de café forte, e Maisie presumiu que a cozinha ficava em uma das celas.

– *Bonjour* – houve uma pausa, enquanto ele olhou furtivamente para as mãos de Maisie –, mademoiselle. Em que posso ajudá-la?

Ele deu um largo sorriso, no qual faltavam dois dentes, e em seguida apoiou sua xícara no balcão e inclinou-se para a frente.

– Sou o capitão Desvignes, a seu dispor.

Maisie deu um pequeno passo para trás.

– Obrigada, capitão Desvignes. Estou aqui a pedido do pai de um homem, um aviador, que durante a guerra foi atingido perto de Sainte-Marie, e eu gostaria de saber se acaso...

– Foi uma época terrível, mademoiselle. Em Sainte-Marie, preferimos esquecê-la.

– Evidentemente. – Maisie apoiou as mãos sobre o balcão. – Mas, senhor... capitão Desvignes... será que poderia me ajudar para que eu possa colaborar com o pai desse jovem? Gostaria de saber onde a aeronave caiu para prestar as homenagens em nome do pai. Ele é um senhor idoso e, agora, no ocaso de seus anos, deseja saber que alguém esteve aqui homenageando o filho.

Desvignes bebericou o café preto e passou a língua pelos dentes da frente que ainda restavam. Gotículas de café respingaram em seu bigode, que ele enxugou com as costas da mão antes de pegar um lenço no bolso, limpando novamente a boca e, depois, as mãos. Maisie aguardava pacientemente. *Ele está pensando, ganhando tempo.* Limpando a garganta, Desvignes deu de ombros.

– Foi há muito tempo. Preferimos esquecer, mas todos lembramos, não é mesmo, mademoiselle?

– Eu mesma estive na França durante a guerra. – Maisie juntou as mãos ainda sobre o balcão, onde ele as pudesse ver. – Fui enfermeira.

O gendarme ergueu as sobrancelhas e sorriu.

– Mademoiselle foi corajosa... e tão jovem! – Ele se virou e tirou o quepe do prego na parede, onde ficava pendurado. – Venha. Deixe que eu lhe mostre o lugar.

Ele abriu a aba do balcão, colocou-se ao lado de Maisie e olhou para os pés dela.

– Muito bem, sapatos resistentes. Vamos caminhar.

Ele abriu a porta para Maisie e virou o aviso, que então passou a anunciar FERMÉ para os que chegassem ali. Em seguida, conduziu Maisie por uma rua de paralelepípedos até chegarem a um portão que dava acesso a uma trilha que, por sua vez, levava aos campos ao redor da cidade.

Eles caminharam por pouco mais de 1 quilômetro em trilhas que ladeavam as plantações recém-colhidas. O capitão Desvignes mencionou alguns aspectos da história da cidade, a princípio falando pouco sobre a guerra. Em seguida, acalentado pela tranquila companhia e pelo sorriso constante de Maisie, começou a revelar cada vez mais. Muitos residentes haviam tentado ir embora quando os exércitos alemães se aproximaram, mas pegar a estrada significava um risco ainda maior, pois estavam na rota das linhas de frente britânicas. E, por se tratar de uma comunidade pequena, onde os mais velhos eram quase todos aparentados e os mais jovens eram a promessa do futuro da cidade, a maior parte dos habitantes permaneceu ali, determinada a não ser expulsa pelo avanço germânico.

No início, sentiram pena pelo exército de ocupação, que, até onde todos conseguiram saber, era formado por homens jovens tirados de escolas e universidades para lutar depois de apenas algumas semanas de treinamento. Depois, os generais do Kaiser decretaram que o único método capaz de garantir a segurança em meio à população ocupada seria governar com mão de ferro, exigindo obediência e reagindo a toda forma de dissidência com punições severas.

– Isso não foi nem um pouco inteligente – comentou Desvignes.

Maisie não disse nada, sabendo que o capitão não precisava de estímulo para continuar a falar.

– Assim que a mão de ferro baixou sobre nós – Desvignes esmurrou a palma de sua mão esquerda com o punho direito –, começamos a lutar nossa própria guerra, e estávamos determinados a vencer.

Maisie estava prestes a fazer uma pergunta quando Desvignes apontou para um canto distante no campo.

– Lá está o lugar onde seu aviador foi abatido. Todos nos lembramos daquele dia, veja bem, aqueles de nós que estavam lá. Não esquecemos.

Ele tirou o quepe e o pressionou sobre o peito, e depois estendeu a mão como se o campo fosse propriedade sua.

– Veja como a grama cresce. A senhorita nunca teria como descobrir. Não, nunca descobriria.

Eles caminharam pelo campo, e Desvignes ajudou Maisie a atravessar uma cerca. Por fim eles estavam diante do lugar onde o avião havia caído.

– Foi bem aqui, neste exato local?

– Sim, mademoiselle. Neste local.

– E aqui ficava o bosque? As árvores ao redor da margem do rio?

– Sim, mademoiselle. O bosque era mais cerrado, tão denso que não se podia ver nada além da primeira fileira de árvores. Achamos que ele também pegaria fogo, mas o vento mudou de direção e nossa gente veio com baldes para formar uma corrente humana trazendo água do rio.

– Entendi. – Maisie estava pensativa. – Quem chegou aqui primeiro?

– Foi o jardineiro do château que fica ali atrás das árvores.

– O jardineiro de madame Clement?

– Sim.

– E depois, o que aconteceu?

– Outros chegaram, vindos da cidade.

– E os alemães? Certamente devem ter visto as chamas. Não acorreram imediatamente?

Desvignes deu de ombros.

– Acho que havia alguns bloqueios na estrada que vem da cidade. Uma carroça com hortaliças tinha virado. – Ele apontou para uma estradinha poeirenta ao final do campo. – E, é claro, eles tinham uma guerra para lutar.

Maisie assentiu. Já percebera que Desvignes tinha o talento de salpicar sobre a verdade uma generosa porção de fabulação, e que os "bloqueios na estrada" provavelmente haviam sido causados pelos aldeões.

– E o fogo?

– Ah, bem, foi impossível extinguir o fogo, ele se alastrava por toda parte, então salvamos nosso bosque, nossas plantações. Os alemães chegaram depois que o fogo já tinha apagado. Não restou nada do avião, ele virou uma carcaça carbonizada. O corpo... não restou nada além de placas de identificação derretidas pela metade.

– Houve algum problema para identificá-lo?

Desvignes deu de ombros mais uma vez.

– A aeronave foi identificada ao cair, antes de ficar completamente destruída, e acredito que havia informações suficientes para transmitir às autoridades britânicas.

Maisie olhou atentamente para o homem.

– O senhor serviu na guerra, capitão?

Desvignes ficou em posição de sentido e bateu continência.

– É claro. Fui ferido na primeira batalha do Marne, em 1914. Fiquei como jardineiro de madame Clement, um mutilado de guerra.

Eles se viraram para ir embora. Naquele momento, Maisie se sentiu impelida a olhar para trás, para o solo onde o De Havilland de Ralph Lawton havia queimado, e para os torreões pontiagudos do castelo atrás das árvores a distância. E ela se perguntou como um "mutilado de guerra" poderia ter sido o primeiro homem a acorrer para ajudar um aviador inglês que estava sendo consumido pelo fogo.

∽

O capitão Henri Desvignes acompanhou Maisie de volta à pensão, bateu continência tocando em seu quepe e lhe desejou *bon soir*. Ao chegar ao seu quarto, ela se livrou dos sapatos de passeio e se deitou na cama. O quarto era enfeitado demais para o seu gosto: colcha rendada, cortinas rendadas, rendados em volta da mesa com tampo de mármore, sobre a qual se apoiavam uma bacia e um jarro de porcelana cheio de água fria, e ainda havia rendados em volta das pinturas emolduradas nas paredes. Enquanto ela descansava, lembrou-se do conselho dos primeiros anos de trabalho ao lado de Maurice Blanche. *Nunca se apresse para chegar a uma conclusão. Mesmo que as pistas apontem para certa direção, não se deixe cegar por uma suposição. É muito fácil cair na armadilha e fechar a mente quando pensamos que uma tarefa está resolvida.* Ela estava chegando a conclusões ali, e muito rapidamente. No entanto, mais uma vez, novas informações e uma boa quantidade de dúvidas surgiam a cada conversa, a cada novo encontro. Ela levou a mão à cabeça, se levantou, foi até o jarro, o ergueu com ambas as mãos e despejou água na bacia. Pegou o tecido de algodão rendado que ficava no centro da mesa, mergulhou uma ponta na água, olhou para o espelho preso na parede logo acima e pressionou o pano molhado contra o curativo em sua testa. Depois de molhar a bandagem, ela a puxou com cuidado, removendo a gaze e revelando uma cicatriz arroxeada e escoriações em volta. Maisie limpou o ferimento, deu uma batidinha com o pano para secá-lo e prendeu o cabelo para trás, deixando a ferida respirar. Ao fazer isso, ela sorriu, lembrando-se dos primeiros dias como enfermeira no Hospital de Londres e das freiras responsáveis, que percorriam as alas de um lado para outro louvando as virtudes do ar fresco e instruindo as enfermeiras a abrir as janelas.

— Será que ela não sabe que por aqui já estamos fartos dessa droga de ar fresco e frio? — dizia um soldado para o outro, gracejando, enquanto as enfermeiras corriam para obedecer às ordens.

Maisie se sentou na cama novamente e pegou sua pasta. Retirou dela uma série de fichinhas de arquivo, nas quais se pôs a anotar até mesmo o mais ínfimo dos detalhes do seu dia, da hora em que acordou até aquele momento. Anotou seu desejo de confrontar Maurice, pois deduziu que haveria uma associação entre ele e Peter – ou pelo menos *pensava* haver. Um pequeno elemento de dúvida a convenceu de que a sucessão temporal não estava correta. Provavelmente precisaria se informar melhor. Fez anotações sobre seus telefonemas para a Ebury Place, para lorde Compton e, em seguida, para Stratton, e registrou a sensação de que havia um segredo compartilhado pelos habitantes de Sainte-Marie, além de sua curiosidade a respeito do jardineiro do château. Fios, fios, fios, uns levando a outros, outros conduzindo a novas tramas.

Mais uma vez, ela se deitou na cama. Os demônios repousavam, embalados por sua dedicação ao trabalho.

– Mademoiselle Dobbs! – A voz estridente de madame Thierry foi acompanhada de uma batida dupla à porta. – Mademoiselle!

Maisie pulou da cama e abriu a porta. A madame lhe estendeu um envelope.

– Chegou há uma hora. Estava sobre a mesa quando voltei depois de colher minhas hortaliças. Gostaria de um pouco de sopa com *saucisson*? É muito boa, receita de minha mãe.

Maisie pegou o envelope e sorriu.

– Ah! Daqui consigo sentir o aroma dos temperos. Sim, eu adoraria um pouco de sopa.

A madame assentiu.

– Virei chamá-la quando estiver tudo pronto. A senhorita é minha única hóspede. As férias acabaram, haverá menos turistas daqui para a frente.

– Obrigada. Estarei aguardando.

A madame se virou e desceu as escadas. Maisie fechou a porta e a trancou antes de deslizar seu dedo pela fresta não selada na lateral do envelope, rasgando-o para abrir. Ela retirou o delicado papel vergê e leu:

Bem-vinda, mademoiselle Dobbs,
    Seria um imenso prazer, para a minha neta Pascale e para mim, contarmos com sua companhia no almoço amanhã ao meio-dia. Esta é uma cidade pequena, e os rumores sobre os novos visitan-

tes não tardam a circular, especialmente em uma época em que presumimos que muitos turistas já nos terão deixado. Pascale está aprendendo inglês e adoraria receber uma inglesa de verdade com quem pudesse praticar o idioma.
Esperamos poder desfrutar de sua companhia.
Até amanhã,
Madame Chantal Clement

Ela teria pouco tempo para responder, embora Maisie desconfiasse de que um convite de Chantal Clement fosse praticamente uma ordem. Era evidente que ela era a matriarca da cidade.

Maisie bateu de leve com a mão esquerda na carta dobrada e foi até a janela. A distância mirou as luzes do château, que mal se discerniam e que perfuravam a escuridão absoluta entre as margens do jardim e os campos mais adiante. Um leve tremeluzir capturou seu olhar, e ela se virou para observar o lado esquerdo do jardim. Seria a silhueta de um homem apoiado em uma macieira? Maisie recuou para evitar ser vista, mas ainda conseguir ter uma visão ampla do jardim. Alguém a estava observando. *Quem seria?* Ela olhou de soslaio, e então balançou a cabeça e se repreendeu. Um feixe de luz se estendeu pelo jardim quando a porta dos fundos se abriu e a madame chamou:

– *Philippe! Philippe! Attention!*

Maisie escutou o grunhido do velho cão de caça quando ele se pôs de quatro e, num ritmo vagaroso, andou em direção à dona. *Será que vi um cão, e não um homem?* Maisie estreitou os olhos mais uma vez e depois se afastou, baixou a persiana atrás da cortina rendada e se virou para o espelho. Ela jogou água no rosto novamente e o secou com a toalha.

– Mademoiselle Dobbs! Mademoiselle Dobbs! Está na hora.

Maisie abriu a porta.

– Estou indo, madame! *Un moment, s'il vous plaît.*

CAPÍTULO 18

Maisie acordou e sentiu o aroma de dar água na boca de pão fresquinho e café forte. Em vez de pular da cama, como teria feito em casa, voltou a se deitar e deixou seus pensamentos vagarem. Ela não escrevera para Andrew como prometera. Precisava fazer isso naquele dia. A verdade é que estava se sentindo insegura no relacionamento. Apesar do humor radiante de Andrew e da prontidão com a qual ele a encorajava em seu trabalho, e de ser especialmente compreensivo em relação a ela, Maisie sentia-se hesitante. Ficou observando as nuvens se movendo lentamente, grandes nuvens brancas entremeadas pelo profundo azul do céu. Talvez ela fosse assim: empurrada pelo trabalho e, no entanto, à deriva em suas relações pessoais. Afinal, ela deixara que a fizessem morar na Ebury Place, e quase tudo em sua vida era assim, a não ser quando um novo caso surgia, ou pelo menos era o que lhe parecia. O apartamento era uma boa ideia: uma quebra de padrão, uma oportunidade para... para *experimentar*. Sim, experimentar para saber do que gostava e do que não gostava. Ela escolheria tudo ao seu redor: a mobília, as cortinas... que com certeza não seriam rendadas! Maisie se levantou e foi até a janela. Não era mais fácil simplesmente mergulhar no trabalho? Não ter que se preocupar com o lugar onde moraria, com as minúcias rotineiras? Talvez fosse melhor para Andrew ficar sozinho ou com outra mulher, com alguém menos confuso em relação ao passado, alguém que nunca amara outra pessoa.

Inclinando o corpo e apoiando a cabeça na moldura da janela, Maisie ouviu a porta dos fundos se abrir e observou quando a madame saiu da casa, olhou para a cozinha e ao mesmo tempo apontou para o jardim:

– *Philippe! Attention! Vite, vite!*

O velho cão de caça se arrastou da cozinha, atravessou o jardim e retomou seu lugar à sombra da macieira. Maisie olhou com mais atenção. O que ela vira na véspera? Teria visto o cão se mexer, e as sombras alongadas projetadas pela luz que vinha da janela a fizeram pensar que se tratava de um homem? Ela se virou novamente para o quarto e rapidamente vestiu uma calça marrom e um cardigã marrom de tricô. Pôs um lenço em volta do pescoço e seus resistentes sapatos de passeio. Pegou o blazer e vestiu uma boina antes de descer correndo e se dirigir ao jardim.

– *Bonjour, Philippe.*

Maisie se aproximou do cachorro, estendendo a palma da mão para que a farejasse. Ele não se mexeu. Ela se aproximou e apenas quando se abaixou foi que notou que o cão era surdo. Ao toque dela, ele virou a cabeça e a deixou se ajoelhar ao lado dele e afagar seu focinho cinzento e suas orelhas caídas.

– Ah, foi por isso que você não latiu. Ou era você o tempo todo, seu velho trapaceiro?

O cachorro se aproximou dela e lambeu seu rosto, com o rabo abanando de um lado para outro, como um cão velho abana o rabo. Maisie fez um pouco mais de carinho em Philippe e andou até o lugar onde pensou ter visto o homem, perto da macieira. Ela se curvou e tocou a terra com os dedos.

Alguém esteve aqui. As pegadas sugeriam um sapato de homem. Ela chamou Philippe. Nada, nem mesmo um tremor no rabo. O cão tinha novamente adormecido.

– Mademoiselle Dobbs! Mademoiselle Dobbs!

Madame Thierry apareceu na porta dos fundos novamente, desta vez chamando Maisie, e não o cachorro.

– *Pardon,* madame, eu estava dando bom-dia para o seu cão.

A madame sorriu.

– Então você terá que falar bem alto, pois Philippe é surdo como uma porta. É culpa dele eu ter me acostumado a gritar tanto.

∽

Foi uma manhã de lazer. Maisie caminhou pela cidade, relaxando ao passear pelas ruas de paralelepípedo. Na praça da cidade, parou diante do memorial de guerra e fechou os olhos para um momento de silêncio em respeito aos mortos. Uma placa ao lado da porta da igreja adjacente aguçou sua curiosidade e ela foi olhar de perto.

> PARA OS CIDADÃOS DE SAINTE-MARIE
> EM MEMÓRIA DE FRÉDÉRIC DUPONT, PREFEITO DE SAINTE-
> -MARIE, GEORGES BAURIN E SUZANNE CLEMENT, EXECUTA-
> DOS PELO EXÉRCITO DE OCUPAÇÃO ALEMÃO EM 1918.
> MORRERAM PELA LIBERTAÇÃO DE SAINTE-MARIE E PELA
> FRANÇA.

Morreram pela libertação de Sainte-Marie? Suzanne Clement? Que conexão havia entre Suzanne Clement e a mulher que a convidara para almoçar em sua casa? Maisie consultou seu relógio. Estava na hora de se pôr a caminho do château para o almoço com Chantal Clement e sua neta Pascale.

~

Maisie se trocou e vestiu uma saia preta de lã e uma blusa de seda creme, jogou o cardigã de lã por cima dos ombros e colocou a boina novamente, prendendo-a com um alfinete de chapéu com a ponta de âmbar. Mais uma vez ela tomou o caminho que levava ao lugar onde Ralph Lawton fora consumido pelo fogo. Ela ficou parada em silêncio, a brisa farfalhando as folhas das árvores em volta enquanto ela tentava imaginar a queda. Certamente, se alguém estivesse sobrevoando o território inimigo em uma missão de reconhecimento, esse campo seria uma boa escolha para uma tentativa de aterrissagem com uma aeronave em chamas, um Caixão Ardente – se de fato ela estivesse pegando fogo no momento do impacto.

Será que os aldeões teriam impedido que o exército de ocupação se apropriasse do campo? Teria o corajoso jardineiro lutado em vão para alcançar Lawton? É claro que ele deve ter tentado... Teria sido rechaçado pelo terrível incêndio? O capitão Desvignes tinha razão, todos os indícios do desastre haviam desaparecido: o solo não estava queimado, nenhuma árvore chamuscada. A grama havia crescido, o ciclo do plantio, do cultivo e da colheita se restabelecera, e a guerra era agora uma época que a maioria queria esquecer. No entanto, na beira da estrada, uma coleção de bombas e de munições, reviradas na última vez em que a terra fora arada, esperava para um dia ser recolhida pelas autoridades. E assim o tempo passava, a terra exibindo seus mortos junto com os terríveis instrumentos de guerra.

O canto de uma cotovia bem alto no céu trouxe Maisie de volta ao presente, e ela consultou o relógio. Tinha tempo apenas para caminhar até o rio. Enquanto inspecionava o solo e as plantações circundantes uma última vez, Maisie pegou um caminho em declive por entre as árvores que chegava até as águas. Parecia mais um riacho, mas ele borbotava e borrifava água sobre as pedras, e galhos caídos, que ela desconfiou terem sido depositados ali pelas crianças do lugar, formavam poças profundas. Então o rio formava um redemoinho ao dar a volta em raízes de árvores antigas e ondulava sobre o leito cavado na terra. Maisie achava notável que as árvores tivessem ficado de pé durante a guerra, pois muitas florestas haviam sido destruídas por bombardeios. E se Lawton tivesse se salvado? Maisie se perguntava o que poderia ter acontecido se o tivessem resgatado. *É para cá que eu o teria trazido*. Mas e depois? Como alguém conseguiria esconder um aviador ferido em um território ocupado?

Menos de dez minutos depois, Maisie viu um portão no campo que levava à área de manobra de carruagens do château. Um homem correndo teria feito esse percurso em três ou quatro minutos. *Mas um mutilado de guerra?* Os pensamentos de Maisie foram interrompidos pelo ruído de cascos a galope, e ela se virou a tempo de ver uma menina montada em um grande cavalo preto guiar o animal até a cerca no lado oposto da área de manobra de carruagens. Maisie prendeu a respiração, mas logo suspirou aliviada quando o cavalo saltou a cerca com um palmo de sobra e pousou no solo com habilidade, mudando o passo para um meio galope, girando em círculos antes de passar para um trote e se aproximar de Maisie. A menina estava quase sem fôlego, mas tinha um largo sorriso, seu cabelo castanho-escuro caindo em ondas sobre os ombros. Ela vestia calças de montaria de lã clara, botas pretas compridas de couro, uma camisa branca, um lenço no pescoço e um paletó marrom.

– Olá, mademoiselle Maisie Dobbs, suponho.

O inglês da menina era perfeito. Ela desmontou e deu um tapinha no pescoço do cavalo antes de estender a mão para Maisie.

– Sou Pascale Clement, é um prazer conhecê-la.

– O prazer também é meu, mademoiselle Clement, embora eu deva dizer que você quase me deixou sem ar com aquele salto.

Ela riu com certo desdém pela própria façanha.

– Ah, meu Louis é um rei. Não há nada que ele não possa fazer.

Quando o cavalariço apareceu no portão que levava aos estábulos, Pascale abraçou o cavalo, tirou um torrão de açúcar do bolso e o deu para o animal antes de passar as rédeas para o empregado.

– *Merci,* monsieur Charles. – Ela se virou para Maisie novamente. – Ficamos só duas horas galopando e dando saltos nos pastos. Não é nada.

Ela fez uma pausa e abriu um largo sorriso novamente, um sorriso travesso que surpreendeu Maisie.

– Venha, mademoiselle Dobbs, deixe-me levá-la para conhecer a *grand-mère*. Ela deve estar observando e eu receberei uma reprimenda pelo salto e por ter retido a senhorita. – No caminho, Pascale se virou para Maisie. – Posso chamá-la de Maisie, sim?

Maisie tentou não rir.

– Ah, acredito que sua avó talvez não aprove esse tratamento, mademoiselle Clement.

Pascale riu, inclinando o corpo para trás.

– É claro, mademoiselle está certa!

Enquanto caminhavam, Maisie pensou que era difícil acreditar que a menina francesa tivesse apenas 13 anos. Era quase tão alta quanto ela própria, andava com um passo desenvolto e confiante e tinha um senso de humor quase impertinente, o único traço que revelava sua idade.

– Ficamos sabendo que encontrou o capitão Desvignes – afirmou ela, olhando para Maisie, projetando a língua sobre os dentes da frente e dando mais uma risadinha.

Maisie não se conteve e riu também.

– Sim, nós nos encontramos. É um homem bom.

Pascale deu de ombros. Maisie olhou mais uma vez de soslaio para a menina, que parecia tão autoconfiante. E, no entanto, ela perdera a mãe e o pai na guerra, não perdera? Pensou em si mesma, em sua própria perda quando tinha a idade de Pascale, uma perda que voltara a ferir seu coração, como se tudo fosse muito recente. Ela pensou em Avril Jarvis, que havia perdido a mãe para um homem que depois a mandou para Londres, para uma vida nas ruas. E ali estava aquela menina francesa vivaz e risonha. Talvez aquele fosse seu jeito de atenuar o peso das perdas de dar conta de sua vida cotidiana, exatamente como Andrew tinha o hábito de fazer.

– *Grand-mère, grand-mère*, eu a achei!

Quando passaram pelo mordomo, Pascale deu um aceno e uma piscadela audaciosa e conduziu Maisie para uma espaçosa sala de estar. Era repleta de antiguidades e grandes vasos chineses cheios de flores e, ainda assim, a sala era iluminada, com cortinas de cor lavanda-claro e uma vista para o amplo jardim que se descortinava atrás das imponentes portas de vidro na extremidade da sala.

Madame Chantal Clement estava sentada em uma poltrona com uma manta cor de lavanda sobre os joelhos. Era uma mulher elegante, cujo cabelo grisalho platinado estava preso em um coque frouxo na parte de trás da cabeça. A gola ampla de sua blusa de seda cinza-claro estava aberta e revelava uma gargantilha de ametista e pérola. Um par de sapatos de cetim roxo-escuro aparecia discretamente sob uma longa saia roxa de lã. Ela tirou os óculos e pôs o livro em uma mesinha lateral quando Pascale entrou com seu "achado".

– Pascale, *chérie*, por favor, por favor, se acalme. Tenho certeza de que nossa convidada não estava perdida e até o fim do dia você vai acabar cansando mademoiselle Dobbs.

Chantal Clement se virou para Maisie e abriu um largo sorriso, seus profundos olhos cinzentos cintilando, e tomou as mãos de Maisie.

– *Enchantée*, mademoiselle Dobbs. É um prazer recebê-la em nossa casa. Mademoiselle nos dá uma oportunidade de praticar a língua inglesa.

– Foi muita gentileza terem me convidado, madame Clement.

Chantal Clement assentiu e se virou para Pascale.

– Querida, você não pode se sentar à mesa vestida dessa maneira. Não é assim que se comporta uma dama. Por favor, vá ao seu quarto e junte-se a nós quando estiver com a aparência da elegante jovem em que estou tentando arduamente transformá-la.

Pascale beijou Chantal no rosto, acenou para Maisie e saiu correndo. A matriarca balançou a cabeça de um jeito zombeteiro, fingindo frustração. Com esse único gesto, Maisie percebeu que Chantal adorava a neta, se encantava com sua vigorosa disposição, e que era seu amor que dava força à menina.

– Foi tão gentil em vir, mas receio que a tarde possa ser cansativa para a senhorita. Esta é uma cidade pequena, a não ser quando os turistas chegam, e agora temos poucos visitantes, apesar do que o capitão Desvignes ou a madame Thierry possam ter lhe contado. Todos aqui se conhecem. E Pascale ficou entusiasmadíssima ao saber que havia uma inglesa entre nós.

Madame Clement sorriu, e Maisie intuiu uma mudança em sua atitude quando ela levantou o queixo e pareceu se sentar um pouco mais ereta. Ela removeu a manta, pegou uma bengala que estava ao lado de sua poltrona e se levantou.

– Venha comigo até a janela, mademoiselle Dobbs. O almoço será servido em breve, então ainda temos alguns momentos antes que o turbilhão retorne.

Elas caminharam até as janelas e ficaram paradas em silêncio por alguns instantes. Embora tentada a comentar sobre o jardim, o lago ornamental, as estátuas, o labirinto ao longe, do lado direito, e as figuras de topiaria que formavam uma alameda que levava a um jardim de rosas, esperou que sua anfitriã falasse primeiro.

– O que a traz a Sainte-Marie, mademoiselle Dobbs? Não está aqui *en vacances*, não é mesmo?

Maisie se virou com um meio-sorriso.

– Ah, madame Clement, acredito que saiba por que estou aqui. Se os rumores circulam tão rapidamente no povoado, a senhora deve saber que vim buscar informações sobre o aviador inglês que caiu em suas terras durante a guerra.

– Ah, uma mulher que não faz rodeios. Tem certeza de que é mesmo inglesa? – Ela arqueou as sobrancelhas e riu. – E imagino que tenha ficado curiosa em relação a meu jardineiro, Patrice.

– Patrice?

– Sim. As iniciativas de guerra acabaram sendo minha sorte, pois Patrice foi ferido na Batalha do Marne...

– Como o capitão Desvignes.

– Os homens e os meninos da cidade se alistaram juntos no Exército, logo participaram das mesmas batalhas, até que uns morreram e outros foram feridos. Os que tiveram sorte voltaram para casa.

Maisie assentiu.

– Meus jardineiros regulares foram para a guerra, então fiquei feliz quando Patrice voltou e quis trabalhar para mim. Os alemães gostavam de ter um jardim por onde pudessem caminhar e que os fizesse se sentir bem longe dos horrores das batalhas.

– Os alemães?

– A senhorita sabe, durante a Ocupação.

– Claro.

– Minha casa foi requisitada pelos oficiais, embora tenham me permitido permanecer aqui. Não quiseram que eu saísse. Na verdade, eu era a amável anfitriã.

– Deve ter sido terrível para a senhora.

– Houve vantagens. – Madame Clement se virou para Maisie. – Descobre-se muita coisa ouvindo um soldado com saudades de casa e uma taça cheia do meu excelente vinho em sua corrente sanguínea.

Maisie encarou os olhos acinzentados de Chantal Clement, olhos que ela sabia já terem presenciado muita tristeza.

– A senhora é muito corajosa.

– Assim como a senhorita, mademoiselle Dobbs.

– Desculpe-me?

– Soube pelo capitão Desvignes que foi enfermeira. Foi muito corajoso de sua parte, ainda por cima sendo tão jovem. Precisou mentir para servir a seu país?

– Sim – respondeu Maisie, um pouco surpresa com o raciocínio rápido de madame Clement, que logo compreendeu que ela era muito jovem à época para prestar o serviço militar no continente.

– A guerra é assim mesmo, não é? Mentimos para que a verdade prevaleça e para que os tempos de paz retornem para todos nós.

Maisie ficou um momento em silêncio e, em seguida, retomou a palavra.

– Poderia me contar o que aconteceu com os pais de sua neta? À mãe dela?

– Minha filha, Suzanne? Ah, sim. Não era como Pascale. Era mais quieta e indecifrável, um *dark horse*, como vocês ingleses diriam.

– Sim.

Chantal Clement balançou a cabeça.

– É uma longa história, mademoiselle Dobbs, e que não se pode contar às pressas. Ela tentou, com outros membros de nossa pequena comunidade, frustrar os planos do inimigo, basicamente transmitindo mensagens para os Aliados e cometendo atos de sabotagem. Basta dizer que nossos carcereiros estavam em apuros perto do fim da guerra, no fim da Ocupação. Estavam em pânico, e os riscos assumidos por minha filha, que quis continuar o trabalho do pai de Pascale, foram cruciais. Mas, junto com nosso prefeito e outra pessoa, ela foi executada para dar o exemplo, um ato final de subjugação antes que os alemães fossem embora e nós fôssemos libertados. O fim da guerra chegou tarde demais para Suzanne.

Ela pegou um lenço no bolso da saia e secou os olhos.

Maisie estava prestes a falar quando um *tum-tum-tum-tum* anunciou a chegada de Pascale, que vinha descendo as escadas correndo em direção à sala de estar. A porta se abriu de repente.

– *Grand-mère*, estou morrendo de fome! Vamos almoçar na sala de jantar e estou *ravenous*. – Ela se virou para Maisie. – Essa é uma boa palavra em inglês para dizer que estou faminta, certo? *Ravenous!*

Durante o almoço, conversavam amenidades, e Pascale interrompia toda hora para perguntar "Essa é uma palavra que...?" ou "Como você descreveria...?". Madame Clement falou de uma escola de boas maneiras na Suíça, e Pascale ficou amuada, dizendo que preferia viver em uma fazenda, na Riviera ou mesmo na "América".

– Quero ir para Hollywood e conhecer as estrelas de cinema.

A mulher mais velha revirou os olhos muitas vezes, e as duas se provocaram de forma divertida, ambas tomando o cuidado de não deixar Maisie de fora da conversa em momento algum. Elas eram anfitriãs incríveis. Rápido demais, o almoço chegou ao fim.

– Mademoiselle Dobbs, virá novamente? Pode vir amanhã?

– Bem, não tenho certeza, na verdade. Sabe, vou para Biarritz na quinta-feira.

– Ah, *grand-mère*, Biarritz! Posso ir? Posso?

– É claro que não! Mademoiselle Dobbs não vai querer ao seu lado uma menina que não para quieta enquanto estiver viajando a trabalho.

Madame Clement franziu a testa e levantou o dedo para enfatizar seu argumento.

– Para ser sincera, vou para Biarritz tirar minhas primeiras férias de verdade.

– Então mademoiselle deveria vir amanhã – disse Pascale, impaciente pela resposta de Maisie. – Por favor, venha! Vou lhe mostrar o château e contar todos os meus segredos.

– Ah, as alegrias dos 13 anos. Há sempre um segredo, não é, Pascale?

Madame Clement levantou-se e foi até porta, ansiosa para livrar Maisie da enfática insistência de Pascale.

Maisie sorriu ao colocar novamente sua boina.

– Mademoiselle Clement, a senhorita me dobrou. Venho amanhã de manhã, mas precisarei partir ao meio-dia.

Madame Clement assentiu com uma ligeira inclinação de cabeça.

– Mademoiselle Dobbs, a senhorita é muito indulgente. Obrigada.

– Como assim? – Pascale franziu a testa. – "Me dobrou"?

∽

Maisie sorria ao percorrer os campos em direção à cidade. Embora a história de Chantal Clement, contada pela metade, envolvesse coragem e sacrifício e estimulasse a imaginação, era impossível ficar na companhia de Pascale sem se sentir energizada. Pensando melhor, Maisie se perguntou até que ponto Pascale se esforçava para elevar o ânimo da avó? Talvez ela sentisse a necessidade de compensar a morte da mãe, de trazer constante alegria para uma idosa que havia perdido a única filha. Maisie assentiu ao parar mais uma vez onde a terra fora chamuscada pelo aeroplano britânico em chamas. Sim, havia muita intensidade no riso de Pascale, em sua determinação de iluminar a vida de Chantal Clement. Algo mais, porém, perturbou Maisie quando ela deixou que seus pensamentos revisitassem o passado, enquanto ouvia o sussurro da brisa farfalhando as árvores e o canto de uma cotovia. Ela percebeu que algo a havia remetido aos primeiros dias na Girton e à alegria exuberante da amiga Priscilla.

∽

Quando Maisie dobrava a esquina em frente à pensão, precisou se apressar e se esconder sob as sombras. O coração batia acelerado. Na esquina oposta havia um homem, em um ponto onde não poderia ser visto nem mesmo das janelas do andar superior. Sim, era ele mesmo, o homem que ela vira pela primeira vez em Paris. Devia ser ele no jardim no dia anterior, e lá estava novamente, vigiando a pensão. Esperando por ela. *Bem, não é tão esperto assim, ou teria me seguido pelos campos.* Maisie continuou a observar quando o homem deu alguns passos para trás e se colou a um muro de tijolos no momento em que um carro se aproximou. *Talvez ele tenha me seguido. Ou nem tenha precisado, pois sabia aonde eu estava indo.* Maisie deu uma última olhada, se virou e rapidamente voltou pelo caminho por onde tinha vindo. Quase correndo, contornou as casas nos fundos da pensão e entrou pela porta da cozinha. Entrando às pressas na casa, foi primeiro ao seu quarto para pegar um pequeno binóculo e voltou ao patamar, postando-se perto da janela. Ajoelhando-se de modo que apenas sua cabeça ficasse acima do peitoril, posicionou o binóculo e cuidadosamente afastou as cortinas rendadas para o lado, o suficiente para conseguir examinar o homem. Ele observava a casa, às vezes lançando um olhar para os dois lados da rua. Então, ele consultou o relógio, deu uma última olhada mais detida e começou se afastar. Maisie franziu a testa e ficou batendo o binóculo de leve no peitoril, refletindo antes de se levantar. Às vezes, pressentem-se as coisas sem que haja um motivo claro – apenas se pressente. Não havia outra explicação. Aquele homem poderia se parecer com qualquer outro transeunte, mas as pessoas revelam sua história pela maneira de andar, articular as mãos e se portar. Aquele homem não era uma exceção. Maisie percebeu que ele não era francês, mas inglês.

– Ah, mademoiselle Dobbs, mademoiselle Dobbs!

Madame Thierry acendeu a luz de gás na base da escada e subiu para cumprimentar Maisie, que nem havia notado que a claridade diminuía.

– Podemos não ter eletricidade ainda, mas certamente temos iluminação. A senhorita vai levar um tombo se não acender as luzes.

– É claro, madame. Tem toda a razão.

Madame Thierry sorriu.

– É para a senhorita, minha hóspede tão popular! Um telegrama da *Angleterre*.

Ela entregou um envelope para Maisie.

– Obrigada.

– Hoje à noite teremos sopa e *pâté*, uma preparação camponesa feita com carne de galinha. Isso lhe agradaria ou mademoiselle já foi muito bem alimentada por madame Clement?

– Acho que tomarei apenas uma pequena tigela de sopa, talvez dentro de uma hora, madame.

– *Bon*. Eu a chamarei em uma hora.

– *Merci beaucoup*, madame.

Maisie foi para o quarto e abriu o telegrama. Era de Stratton, como já esperava.

RECEBI SUA MENSAGEM VIA COMPTON PT CONDUZI INVESTI-GAÇÃO INICIAL DISCRETA CONFORME INSTRUÇÃO PT DAREI INFORMAÇÕES NO RETORNO PT TOME CUIDADO PT STRATTON

Para sua surpresa, Maisie adormeceu rapidamente e descansou de verdade, talvez embalada pelo riso de Pascale Clement. Mas adormeceu com dois pensamentos em mente. Primeiro, ela se perguntou por que o sobrenome de Pascale era o mesmo da mãe e da avó, e não o do pai. O segundo tinha relação com o telegrama de Stratton e o alerta final: "Tome cuidado."

CAPÍTULO 19

Pascale estava sentada na cerca que delimitava um dos lados da área de manobra de carruagens, exatamente no mesmo lugar onde, na véspera, ela havia saltado nos ares montada em seu cavalo castrado cor de ébano chamado Louis. Ela vestia um bonito vestido de algodão com florezinhas bordadas, o mesmo paletó marrom usado no dia anterior, com as mangas arregaçadas acima dos cotovelos, e sandálias de couro marrom que revelavam pernas bronzeadas pelo sol do verão. Seu cabelo castanho estava preso em uma trança, fazendo-a parecer de fato uma menina de 13 anos.

– Mademoiselle Dobbs! Olá!

Ela acenou, pulou da cerca e correu na direção de sua convidada.

– *Grand-mère* adormeceu, mas vai se levantar antes do almoço.

– Ela está doente? – perguntou Maisie, cumprimentando Pascale com o costumeiro beijo em cada bochecha.

– Não, é um hábito dela. Ela dorme mal e se levanta muito cedo, então muitas vezes tira uma soneca pela manhã. E ela é velha.

Maisie riu.

– Ah, quando se tem 13 anos, todos os outros parecem velhos! – comentou ela.

Pascale fez uma careta, abriu um grande sorriso e pegou a mão de Maisie. Ela caminhava saltitando ao lado da convidada.

– Vou lhe mostrar o château. É muito grande, sabe?

– Dá para ver! Mas eu estava aqui pensando... Você não deveria estar na escola?

– Estudei no liceu para meninas em Reims e agora tenho um tutor que vem aqui três vezes por semana. Será assim por um ano e depois irei para a Suíça.

– Isso me parece muito empolgante. Está ansiosa?

Pascale deu de ombros.

– Na verdade, não. Quero ficar com a *grand-mère*, mas ela diz que tenho de alçar voo, e que um château com uma velha senhora não é lugar para uma menina jovem. Mas gosto da minha casa e sei que vou ficar preocupada com a *grand-mère* quando eu estiver longe.

Maisie aquiesceu. Chantal Clement estava sendo sensata, mas, quando Pascale contou os planos da avó para seu futuro, uma dor aguda como a pontada de um alfinete atingiu seu coração. *Sei exatamente como você se sente.* Ela sorriu.

– Tenho certeza de que você vai adorar. Sua avó está certa. Precisa aprender mais sobre o mundo.

Pascale subiu correndo os degraus que davam em uma entrada lateral e se virou para Maisie enquanto abria a porta.

– Mas é uma completa perda de tempo... Depois vou voltar para cá e administrar o château e tomar conta de nossa terra, então qual é o sentido disso? Ontem eu não falei sério sobre todos aqueles outros lugares. Quero cuidar da *grand-mère*. E também vou dar muitas festas aqui!

Maisie riu e assentiu, pensando mais uma vez naquela sua amiga com quem Pascale tanto se parecia.

A excursão pelo château pareceu durar uma eternidade. Elas subiram e desceram, entraram em galerias e quartos – alguns com móveis cobertos por lençóis brancos que os protegiam da poeira –, atravessaram corredores e percorreram até mesmo um salão de baile.

– Consegue guardar segredo? – indagou Pascale franzindo seu nariz, o que juntou suas sardas de um jeito que a fez parecer ainda mais travessa.

– Bem, eu diria que sim, mademoiselle Clement.

– Se eu lhe mostrar uma coisa que acho que nem a *grand-mère* sabe que existe, promete, promete mesmo, não contar para ninguém?

Ela pressionou as duas mãos sobre o coração e lançou para a convidada um olhar que Maisie considerou um tanto teatral.

– Prometo.

Maisie pôs a mão no coração, que havia começado a bater acelerado.

Pascale assentiu e indicou com o dedo que Maisie deveria segui-la. Entraram por um corredor estreito com revestimento em madeira e de repente ela se ajoelhou e pressionou um dos painéis, que se abriu com um estalo. Maisie arqueou as sobrancelhas. Ela ouvira falar desses dispositivos, mas nunca havia de fato visto um deles. Era uma dessas coisas sobre as quais se lê nos livros, mas com as quais nunca se depararia no dia a dia de seu trabalho.

– A Revolução – explicou Pascale quando esticou o braço no espaço que ficava atrás do painel.

Maisie imaginou uma alavanca ou uma maçaneta.

– Ah, entendo.

Uma pequena porta se abriu, o suficiente para que elas pudessem atravessar agachadas. Entraram em um lugar escuro. Quando Pascale fechou a porta, Maisie percebeu que ela já podia se erguer.

– Espere aqui. Já volto.

Podia ouvir os passos suaves de Pascale sobre as tábuas de madeira do assoalho. Depois pareceu ouvir a menina arrastar os pés antes de voltar com uma lamparina a óleo.

– Venha, continue me seguindo.

O corredor levava a um quarto forrado de madeira de cerca de 10 metros quadrados. Cortinas pesadas e esfiapadas pendiam diante de uma pequena janela que dava para um telhado de ardósia. Da janela podia-se ver uma parte dos campos – até mesmo, Maisie notara, o local onde Ralph Lawton havia sucumbido. Maisie não disse nada a princípio, mas ficou observando o quarto. Em um canto havia uma antiga *chaise longue*, perto de uma estante de livros com obras em francês e inglês e, do outro lado, uma mesa e um armário. Pascale abriu o armário, que revelou um conjunto de xícaras, pires, pratos e um pequeno faqueiro, acompanhados pelo odor de mantas e travesseiros bolorentos. Maisie espirrou e Pascale fechou a porta rapidamente.

– *Shhhh!* Não podemos fazer barulho.

– O que é este quarto? Quem sabe sobre ele?

– Bem, acho que a *grand-mère* deve saber dele, mas ela não sabe que eu sei.

– E você disse que ele foi usado na Revolução?

– É o que acho, mas, se eu perguntar para ela, ela vai descobrir que eu sei.
– Como o encontrou?

Pascale deu de ombros e se sentou na *chaise longue*, batendo de leve no lugar ao lado dela.

– Por acaso, brincando quando eu era pequena.
– Entendi.

Maisie se sentou ao lado de Pascale.

– Acho que minha mãe vinha aqui, pois encontrei alguns de seus livros.

Ela se levantou num salto e pegou na estante diversos livros de poesia.

– Estes todos são em inglês.

Pascale assentiu.

– É claro, ela era fluente. Eu mesma falo cinco idiomas.
– Cinco? – foi tudo o que Maisie conseguiu dizer enquanto olhava para a menina, que se debruçou sobre o ombro de Maisie enquanto ela folheava os livros.

– Sim. Não é difícil para mim. Eu apenas sei. Não é fácil explicar, mas eu entendo palavras e frases quando escuto estrangeiros falando. – Ela deu de ombros. – Mas eu gosto de praticar a língua, especialmente aquelas expressões que não consigo encontrar nos livros. "Dobrar uma pessoa" é uma delas.

– Pode me contar sobre seu pai? – perguntou Maisie, sentindo a boca ficar seca.

Pascale corou e fez beicinho. Ela fitou Maisie nos olhos, tentando ler os pensamentos dela. Maisie não vacilou. Pascale foi a primeira a desviar o olhar.

– Eu não deveria saber. Deveria saber apenas que ele foi um herói e deu sua vida para a França antes mesmo de tomar conhecimento de que eu estava para nascer. Minha mãe ajudava os moradores da cidade a sabotar os planos dos alemães, então eles a mataram. Isso é tudo o que me permitem saber.

Maisie engoliu em seco.

– E o que você não deve saber?

Pascale fez outro beicinho.

– Posso realmente confiar na senhorita, mademoiselle Maisie Dobbs?
– Pode, sim, mademoiselle Pascale Clement.

A menina sorriu e em seguida ficou séria novamente.

– Meu pai era o jardineiro. Ele era um mutilado de guerra.

Maisie aquiesceu. *Sim, eu sei.*

– Eles chegaram aqui juntos. É por isso que não devo saber mais nada. Não sei por que *grand-mère* não quis me contar sobre isso, já que todos lutaram juntos pela França na guerra. E então meu pai morreu tentando ajudar o homem que caiu na nossa terra e *mama* foi levada um ano depois, quando eu tinha só uns meses de vida.

– Você sabe que seu pai morreu tentando salvar o aviador?

– É o que sei: o jardineiro tentou salvá-lo e então o aeroplano explodiu.

Maisie balançou a cabeça e não disse mais nada. Levantou-se como se fosse ir embora, mas andou até o armário e, em seguida, a estante de livros, antes de parar e lançar um último olhar pela janela.

– Tenho outro segredo, sabia? – comentou Pascale, ofegante.

Maisie percebeu que ela estava ansiosa, não apenas pela necessidade adolescente de compartilhar um segredo, mas também pela consciência da importância do que ela sabia.

– Ah, você é cheia de segredos.

Maisie sorriu para a menina e estendeu a mão para tocar seu braço. Era um gesto tranquilizador.

– Este é um segredo que até mesmo *grand-mère* desconhece.

Maisie não disse nada, apenas sorriu e encorajou sua jovem guia.

A menina ergueu-se em um pulo e empurrou a estante de livros para o lado. A princípio, pareceu que não havia nada ali. Então ela deu uma batidinha em um painel e uma porta muito pequena se abriu, o suficiente apenas para uma pessoa deslizar o corpo por ela. Pascale se deitou de bruços, pegou no bolso uma caixa de fósforos, acendeu um deles e então acenou para Maisie, que seguiu seu comando e deitou-se ao lado dela. As duas espiaram a minúscula caverna. Pascale pegou um diário encadernado em couro e uma coleção de fotografias amarradas com uma fita.

A menina entregou as fotografias para Maisie. Algumas eram formais, produzidas em estúdio, enquanto outras obviamente haviam sido tiradas ao ar livre. Primeiro Maisie pensou que a mulher devia ser Chantal em seus anos de juventude, mas percebeu que se tratava de Suzanne Clement, a mãe de Pascale.

– É claro que você já olhou essas fotos, não é mesmo?

Pascale assentiu.

– Há algumas de minha mãe, outras das pessoas do povoado. E algumas do homem que pode ser meu pai.

Maisie passou depressa as fotografias.

– Ah, sim, consigo ver por que você acredita nisso.

– Acha que eu me pareço com ele?

Maisie sorriu para Pascale.

– Talvez um pouco.

Maisie desviou o olhar. *Você se parece mais com sua tia.*

– *Grand-mère* tem algumas fotografias de quando eu era bebê, com minha mãe. Eu não nasci na cidade, é claro. Não, nasci em Reims.

– Entendi.

Maisie compreendeu. Ela voltou sua atenção ao diário encadernado.

– E quanto a isso? Você o leu?

Pascale corou.

– Comecei, mas não fez o menor sentido para mim.

Maisie folheou as páginas, parando aqui e ali para ler uma frase ou correr o dedo por alguma palavra.

– Não, não faria. – Ela fechou o caderno e se virou novamente para Pascale. – Você se importaria muito se eu levasse esse diário comigo? Para ler? Acho que consigo entender o que está escrito. Vou explicar melhor quando eu encontrá-la novamente.

Pascale franziu o cenho.

– Mas mademoiselle está indo para Biarritz!

Maisie apertou o ombro de sua nova confidente.

– E voltarei dentro de alguns dias.

– Promete? Promete mesmo?

Maisie se aproximou da menina e a abraçou.

– Prometo que devolverei o diário. E nunca quebro minhas promessas.

Pascale retribuiu o abraço com seus braços de menina envolvendo a cintura de Maisie.

– Confio na senhorita, mademoiselle Dobbs.

Maisie guardou o diário na bolsa a tiracolo que estava carregando e deixou o quarto. Depois de seguir Pascale novamente através dos corredores e de descer para o saguão por outra escada, estava prestes a ir embora quando Chantal Clement abriu a porta que levava à sala de estar e se aproximou para cumprimentá-las. Ela vestia uma blusa rosa-clara de gola alta e punhos longos e uma saia de lã salpicada de rosa e cinza. Um xale marfim envolvia seus ombros, e mais uma vez usava a bengala, embora suas costas estivessem eretas e ela não se curvasse.

– Ah, aí estão vocês. Já deixou nossa convidada exausta? – Ela sorriu, e em seguida olhou para Maisie com um meio-sorriso. – É maravilhoso vê-la novamente. Acredito que minha neta cuidou bem de você.

– Ela foi uma anfitriã adorável. A senhora tem uma casa maravilhosa, madame Clement.

– O château está em nossa família há séculos, mas ele é grande demais para nós duas apenas, além, é claro, dos nossos criados. Sei que até mesmo em seu país uma casa grande como esta agora pertence ao passado.

– É verdade. Afinal, tantos homens não retornaram da guerra, e ainda por cima com a situação econômica...

Chantal balançou a cabeça.

– Sim, é igual em todo lugar. E, quando eu tiver partido, este elefante branco será de Pascale.

A menina correu para o lado de sua avó.

– Não, não, você não irá a lugar nenhum, *grand-mère*. Não vou deixar!

Chantal riu.

– Ah, *chérie*, não planejo escapar de suas garras tão cedo. – Ela se virou para Maisie. – Então, ela lhe contou todos os seus segredos?

– Ah, alguns. – Maisie piscou para Pascale. – Mas prometo não os revelar.

Por alguns momentos ficaram assim, cada uma provocando Pascale. Então Maisie reiterou que deveria partir para se aprontar para a viagem a Biarritz no dia seguinte. Ela beijou Pascale nas duas bochechas e se virou para Chantal, que puxou Maisie para perto de si com a mão livre. Beijou Maisie no rosto e, em seguida, depois de beijá-la rapidamente na outra face, sussurrou:

– Os segredos do château permanecem no château, mademoiselle Dobbs.

Maisie se afastou, sorriu novamente para Chantal e aquiesceu. *Eu adoraria conhecer seus segredos, Chantal Clement.*

No caminho de volta para a pensão, Maisie parou diversas vezes para se certificar de que não estava sendo seguida. Chegou pelo quintal dos fundos e entrou na casa pela porta da cozinha. Ela se surpreendeu ao ver o capitão Desvignes e madame Thierry tomando café à mesa de pinho escovado.

– *Bonjour*, madame e capitão Desvignes.

– *Bonjour*, mademoiselle Dobbs. Como está? Soube que vai partir amanhã de Sainte-Marie.

Desvignes passou a língua pelo lugar onde os dentes deveriam estar e sorriu com os lábios bem fechados.

– Sim, estarei *en vacances* em Biarritz e depois voltarei a Sainte-Marie. – Ela se virou para madame Thierry. – Precisarei de um quarto, talvez dois, no meu retorno, daqui a cinco dias, tudo bem?

Madame Thierry olhou de relance para Desvignes e em seguida para Maisie.

– É claro. Será sempre bem-vinda em minha pensão, mademoiselle Dobbs. Uma amiga a acompanhará?

– Sim, uma velha amiga. Acho que ela gostará muito de Sainte-Marie – respondeu Maisie, que depois se dirigiu a Desvignes: – Eu não sabia que foi o jardineiro de madame Clement que morreu tentando salvar o aviador britânico.

– Sim, foi o que ocorreu. Não lhe contei isso? – Desvignes estendeu as mãos com as palmas voltadas para cima. – Esse detalhe era importante para a senhorita?

Maisie balançou a cabeça.

– Na verdade, não. O pai do aviador vai ficar contente quando souber que alguém tentou salvar seu filho, mas muito triste pelo fato de o jardineiro ter morrido nessa tentativa.

– Todos nós tentamos, mas já era tarde demais.

– Sim, todos foram muito corajosos.

Maisie sorriu para madame Thierry e para o capitão Desvignes.

– Agora preciso ir. É hora de fazer as malas para a viagem de amanhã.

Maisie deixou a cozinha e subiu depressa. Depois de trancar a porta, ela tirou vários papéis de sua pasta, retirou o diário da bolsa e o colocou sobre a mesa. Levantou-se, afastando a cadeira, foi até o jarro e encheu a bacia com água fria, que ela mais uma vez jogou no rosto, e o secou com outra toalha de bordas rendadas. Maisie pegou a garrafa de vidro cheia de água fresca e potável na mesa de cabeceira e encheu um copo, enquanto andava pelo quarto de um lado para outro.

Tudo levava a crer que Peter Evernden era o jardineiro que chamavam de Patrice. Disso ela não tinha dúvida. O fato de o jardineiro ter morrido no fogo junto com Ralph era uma informação nova. *Seria essa a verdade?* Maisie continuou a andar de um lado para outro. *E se... e se Peter não morreu, mas o fato de ter estado na cena da queda do avião tornou sua posição vulnerável? Não, não, volte para o início. Por que ele estava em Sainte-Marie? Mais para trás. Peter Evernden era um agente da inteligência.* Ela andou, parou, andou e parou, reunindo as suposições que a perturbavam havia dias e juntando as pistas recentes. Com o coração acelerado, Maisie começou a refletir sobre uma suspeita que lhe havia ocorrido e que já a inquietava antes mesmo de sua chegada a Paris. *E se Maurice recrutara Peter Evernden com base na minha descrição de seus dotes linguísticos?* Ela levou a mão à boca e apoiou o copo na mesa. Em seguida, recomeçou a andar pelo quarto, com os braços cruzados, cada mão afagando o ombro oposto. *Digamos que ele tenha sido transferido para um posto de inteligência e tenha tentado contar isso para Priscilla na linguagem secreta que os dois irmãos compartilhavam na infância.* O nome Patrice pode ter sido uma homenagem a Patrick, o irmão que fundara a sociedade secreta deles. O disfarce de um *mutilado de guerra* serviu para ancorá-lo na comunidade como um homem que lutara ao lado de seus concidadãos, homens e meninos, e depois retornara ferido para o povoado. Ele então teria encontrado Suzanne Clement e se apaixonado. O romance entre os dois gerou Pascale. Será que Peter sabia que sua amada estava esperando uma criança? *Talvez.* Ela se lembrou de Priscilla explicando de onde vieram os nomes da família, seus irmãos Peter, Patrick e Phillip. "Todos os nomes começam com P, uma tradição familiar. Além disso, assim ficava mais fácil solicitar as etiquetas de identificação para os uniformes escolares. Acho que as professoras devem ter pensado: 'Ah, não, lá vem mais um P. Evernden!'"

Maisie deixou que os acontecimentos ressurgissem todos juntos, sem retê-los, para que manifestassem a forma como o Destino havia sincronizado as trajetórias de dois homens, cada um deles especialista em uma atividade durante a guerra. E o Destino levara os parentes enlutados até Maisie, assim como orquestrara as descobertas dela até aquele instante, no qual a Verdade acabaria por se impor. Ela tinha evitado tirar conclusões apressadas, mas agora reconhecia o óbvio. *Ralph era especialista em pousos de toque e arremetida. Ele levara Peter para sua missão atrás das linhas inimigas. Eles nem deviam ter se conhecido. Nenhum nome devia ter sido trocado, e provavelmente eles nem sequer viram o rosto um do outro.* Naquele momento ela estava parada ao lado da janela. *Então, mais tarde, quando seu De Havilland foi atingido pela artilharia alemã, Ralph sabia que teria que tentar pousar. E que lugar seria melhor do que um campo já testado, onde ele pudesse, talvez, encontrar ajuda caso sobrevivesse?*

Maisie ouviu um barulho que vinha do andar de baixo, o som abafado da conversa entre o capitão Desvignes e madame Thierry, e, em seguida, a porta da frente se abrindo e se fechando. Ela saiu do quarto e foi até o patamar, afastando a cortina de renda para um lado, como havia feito antes. Maisie observou Desvignes atravessar a rua de paralelepípedos, que assumira uma cor cinzenta sob o lusco-fusco do fim de tarde. E então um homem surgiu da viela lateral, no mesmo lugar em que ela o vira na véspera. Ele se juntou ao capitão, e os dois foram andando na direção da delegacia de polícia.

De volta ao quarto, depois de trancar a porta, Maisie enxugou o suor da testa e inadvertidamente roçou a mão no corte quase cicatrizado. Começou a sangrar profusamente.

– Inferno!

Ela pegou a toalha úmida e a levou à testa. Precisava redobrar a atenção, ficar ainda mais alerta para proteger suas descobertas e garantir que a integridade de seu trabalho não fosse posta em dúvida. Acima de tudo, ela teria que ser muito, muito cuidadosa. *Será que estou sendo observada pelo serviço secreto? A guerra acabou doze anos atrás... Não há mais nada para esconder, certamente.*

Ela abriu o diário de Peter, encadernado em couro, se sentou e pegou sua caneta. Quando começou a trabalhar com Maurice, ele lhe dava uma tarefa toda sexta-feira, que deveria ser executada até a segunda, da mesma maneira que um professor passa para seus alunos como dever de casa um problema para ser solucionado. As atividades eram escritas em código e a primeira tarefa de Maisie era decifrar o código, fosse ele baseado em números, letras ou uma combinação dos dois. "A mente deve ser exercitada como um atleta exercita o corpo, os músculos alongados até ficarem cansados e, em seguida, tensionados novamente. A mente deve ser ágil para que, em nosso trabalho, não deixemos nada descoberto. São essas tarefas que vão garantir uma mente afiada."

Ela se pôs a trabalhar nas anotações codificadas de Peter.

CAPÍTULO 20

Maisie levantou a cabeça da mesa. Seis da manhã. Quando adormecera? De noite, havia parado apenas para tomar mais uma tigela da deliciosa sopa de madame Thierry e fazer as malas para a partida no dia seguinte, e logo depois retomou sua tarefa.

O código usado no diário não tinha a complexidade que esperava e se baseava na atribuição de um número para cada letra do alfabeto. O problema é que o número era diferente em cada página e até mesmo em cada palavra, dependendo da natureza do que estava registrado. Às vezes a página estava inscrita com base no código 5-4-3-2-1, de modo que a palavra DOBBS poderia ser soletrada como ISEDT, sendo o I a quinta letra depois do D, e assim por diante. Se a primeira letra de uma palavra fosse Z, então o código começaria no início do alfabeto. Mas então o código poderia mudar e outra combinação seria usada. Embora fosse bastante simples decifrar cada código, a interpretação completa das páginas era uma tarefa demorada. *E, na verdade, o diário nem deveria ter sido encontrado.* Ao descobrir onde estava escondido, Pascale provou que a curiosidade de uma criança sempre supera o treinamento de um adulto. No fundo, Maisie se perguntava se o diário devia ter sido escrito – ele havia revelado o lugar em que ela poderia encontrar a prova definitiva da identidade de Peter e do departamento em que estava lotado.

Sonolenta, ela esfregou os olhos e se espreguiçou. Os sonhos haviam voltado. Eram sonhos ou pesadelos? Ela se lembrou de um no qual a mãe caminhava à sua frente, voltando-se para repreendê-la: "Vamos, Maisie, se apresse. Não quer ser deixada para trás, quer?" No entanto, por mais que tentasse, ela não conseguia acompanhá-la, pois suas pernas estavam pesadas feito chumbo. Ela estava correndo, mas não saía do lugar, e, quando olhou para baixo, avistou um rio de lama sanguinolenta que sugava seus pés e suas pernas. "Vamos, Maisie, vamos." Ela lutava para se libertar da lama e alcançar a mãe, que, por sua vez, estendia as mãos para duas meninas, duas Maisies, mas que não eram ela. Sua própria mãe estava indo embora, segurando as mãos *das duas*. E então todas as três se voltaram para trás e acenaram, as garotas sorrindo, enfim revelando suas identidades. Uma era Avril Jarvis, e a outra, Pascale Clement. "Vamos, Maisie. Venha, ou ficará para trás."

Ela estremeceu e olhou para o relógio. *Já acabou. Foi um sonho e acabou.* Em sua exaustão, ela soltou as rédeas dos demônios e sabia que os sonhos voltariam logo que sucumbisse ao sono. Precisava manter a mente limpa. O motorista chegaria para levá-la de volta a Reims às oito e meia. Ela teria tempo apenas para correr até o bosque e encontrar o local indicado no diário de Peter. Tinha que cumprir a promessa feita a Pascale, de que o diário seria o segredo delas, mas agora ela sabia onde encontrar uma prova concreta de que Peter Evernden estivera ali durante a guerra.

Ela vestiu a calça de lã, uma blusa, cardigã, sapatos resistentes, casaco, lenço e boina, e mais uma vez saiu de casa pela porta dos fundos. Philippe fungou e se mexeu quando ela passou por ele. O animal, no entanto, continuou a dar seus roncos de cachorro velho sem acordar ou se virar. Ela deslizou pelo portão, abrindo caminho pelas árvores que levavam até o lugar onde o De Havilland havia caído. Uma cerração subia do solo à medida que a luz difusa se tornava mais forte, lançando sombras suaves pelos campos. O coro da aurora já havia começado e, embora ela pudesse ouvir camponeses a distância, sentia-se só.

As árvores pareciam estar ainda mais próximas umas das outras, como se defendessem o santuário secreto dos animais da floresta contra o vento gelado. Maisie caminhou para a direita, olhou com cuidado para a cerca próxima e começou a contar. Aqui e ali, parecia que uma trave havia sido substituída, mas, em sua essência, a cerca aparentava ser bastante semelhante à que fora construída na virada do século. *Número 20. Vire à direita para dentro do bosque.* Maisie se ajoelhou e deslizou pela cerca. Ela estava procurando um carvalho específico, muito antigo, possivelmente o ancião do bosque. Folhas secas crepitaram sob seus pés e, cada vez que ouvia um graveto estalar ou folhas farfalharem, ela parava e prestava atenção, o coração batendo forte, o vapor de sua respiração visível no ar da manhã.

Deve ser este. Era o carvalho mais robusto. Maisie deu a volta na árvore e, em seguida, se ajoelhou entre duas raízes específicas, procurando um lugar próximo ao chão onde a casca crescera para fora do tronco, numa forma que lembrava um pequeno portal. Quando Maisie estava em Chelstone, escutara crianças no vilarejo as chamarem de portais mágicos, pois lembravam aberturas para um mundo de contos de fadas. *É este o lugar.*

Maisie sacou o canivete Victorinox do bolso do casaco, selecionou a lâmina maior e varreu o solo coberto de folhas secas em decomposição. Golpeou o solo e começou a cavar. Ela precisaria tirar apenas um palmo de terra. Usando as duas mãos, por fim sentiu os dedos tocarem o metal. *Aqui está.* Ficando mais ereta, Maisie olhou ao redor mais uma vez e então limpou a terra da lata. *Sim, é isso.* Eram quase sete horas. Ela não poderia se demorar ali e certamente não deveria arriscar ser vista vindo do bosque. Obviamente estava sendo vigiada. Guardando a lata em seu bolso junto com o canivete Victorinox, preencheu o pequeno buraco com terra e o cobriu novamente com folhas. Outro olhar rápido, outra palpitação quando um coelho saiu de sua toca, e enfim ela se foi. Sobre a cerca, mirou novamente à direita e à esquerda, toda a extensão da cerca e do campo, demorando-se nas proximidades de um muro de pedra rústica e, depois, nas casas logo acima. Ao se aproximar do jardim de madame Thierry, Maisie ainda olhou para trás na direção do bosque. Estreitou os olhos sob o sol forte da manhã bem na hora em que um homem passou apressado pelo campo e se dirigiu ao bosque. Era o inglês. Ela olhou a hora no relógio e desejou que o motorista chegasse cedo.

Respirando fundo, Maisie trancou a porta do quarto e se apoiou contra a porta fechada. Suas malas estavam prontas. Ela lavaria o rosto e as mãos e depois aguardaria madame Thierry a chamar para avisar que o motorista havia chegado. *Não havia necessidade de sair novamente.* Ela pôs a lata sobre a mesa, mas pensou melhor e a guardou de volta no bolso. Jogou a água da bacia no rosto e bateu de leve nas bochechas com a toalha rendada. Então começou a lavar as mãos uma segunda vez, esfregando sob as unhas com a escova de cerdas naturais ao lado do sabonete, em um prato de porcelana. Tirou a lata do bolso e a ensopou com água para remover a sujeira. Maisie pensou em esvaziar a tigela com água no lavatório que ficava perto do patamar, mas mudou de ideia.

Usando a toalha de renda para secar a lata antes de abri-la, ela a virou para examinar a tampa. Era uma lata Princess Mary, um presente da Nação que fora enviado no Natal de 1914 a cada homem que servia no continente. A caixa de latão, em que figurava uma imagem em alto-relevo da princesa Mary rodeada por uma guirlanda de louros, junto com os nomes dos países aliados na guerra contra a Alemanha, continha um conjunto de presentes, que variavam de acordo com a posição de oficial ou soldado do combatente. Será que Peter Evernden gostou de seu cachimbo junto com seus 150 gramas de tabaco e um cartão com a fotografia da princesa? Ou ele foi um dos homens que receberam um lápis e um pacote de doces?

Maisie virou a caixa de cabeça para baixo. Ela tinha aproximadamente 13 centímetros de comprimento, 8,5 de largura e 3,5 de profundidade. Por causa da galvanização do metal, as duas partes haviam se fundido, mas ela fez força e a tampa se soltou, revelando uma pequena algibeira de algodão com um cordão. Sinais de ferrugem salpicavam o tecido de cor creme, mas a abertura cedeu com facilidade. Quando Maisie virou a bolsinha, uma corrente com duas moedinhas redondas presas a ela caiu em sua mão. Ela sorriu. Era o que buscava, era exatamente o que sabia que estaria ali: as placas de identificação de Peter Evernden. Agentes da inteligência não usavam identificação, apesar de a placa de metal ser emitida. O agente costumava enterrá-la ao alcance da mão e perto da área de operação, para ser encontrada se fosse morto ou levado como prisioneiro de guerra, embora em seu caso a família já houvesse sido notificada de que ele estava desaparecido, presumidamente morto. E Maisie agora sabia, graças ao diário codificado, que, quando Peter Evernden saiu apressado para sua missão seguinte, não teve tempo de recuperar as placas, embora tivesse esperado que elas fossem encontradas. *Que estranho*, pensou Maisie, voltando a guardá-las na bolsinha e depois na lata, que ela envolveu em uma blusa e pôs no fundo de sua pasta. *Que estranho ter sido justamente a filha que ele nunca conheceu quem descobriu a chave que ele havia deixado para trás.*

Nos minutos que faltavam para deixar Sainte-Marie, Maisie começou a refletir sobre a estratégia que adotaria em sua conversa com Priscilla. Sua amiga esquentada sem dúvida iria querer sair correndo para Sainte-Marie a fim de conhecer Pascale, o que não iria agradar nem um pouco a Chantal Clement. Na verdade, pensou Maisie, os olhos cinzentos de madame Clement revelaram a fria determinação de uma mulher que não se assustava facilmente, nem mesmo com o exército alemão em sua casa. Não, ela teria que tomar cuidado para controlar Priscilla, para que Chantal fosse consultada e a situação fosse discutida quando a amiga ainda estivesse a quilômetros da entrada do château. Mas, sem dúvida, ela não deveria ficar apartada da filha de seu irmão por mais tempo.

Enquanto andava pelo quarto, ouviu uma porta de carro bater, seu nome ser anunciado na entrada e madame Thierry chamar com insistência do primeiro andar. *E quanto a Ralph Lawton?* O diário de Peter havia revelado informações interessantes sobre Lawton e o De Havilland acidentado. Aquela fora a parte mais intrigante de sua investigação até o momento. Parecia que, de muitas maneiras, ela estava na direção certa, que sua intuição era conduzida pela mão do Destino, embora, em alguns momentos, ela se sentisse levada para o passado, como um peão em um jogo de xadrez.

O motorista chegou na hora marcada. Depois de se despedir de madame Thierry e de um Philippe sonolento e babão, Maisie partiu o mais rápido possível para Reims. Com o bilhete comprado, ela passou poucos minutos na plataforma antes que o apito agudo anunciasse o começo da longa jornada para Biarritz: a chegada do trem que a levaria para Paris, onde faria a conexão para outro trem. Ela encontrou seu vagão e tomou o assento perto da janela, o melhor lugar para observar a plataforma. Quando o guarda da estação soprou seu apito e tremulou a bandeira, Maisie fechou os olhos e se reclinou. Mas foi um alívio momentâneo, pois, quando o trem começou a se deslocar, ela ouviu o guarda gritar, o apito ser soprado novamente e a porta do vagão abrir e fechar. Um passageiro atrasado havia se arriscado e pulado a bordo do trem já em movimento. Certamente era um homem viajando desacompanhado. *Uma mulher não teria assumido um risco tão inadequado*, pensou Maisie. Duas pessoas não teriam tido tempo, mas um viajante solitário determinado a embarcar não seria impedido de tentar a sorte pelo apito de um guarda. Seria o inglês? Ou apenas um jovem que ainda não havia aprendido que a vida é frágil, um garoto determinado a visitar a namorada ou viajando às pressas para outra cidade a fim de procurar trabalho? Maisie se recostou novamente, segurando firme a alça de sua pasta preta, que agora guardava o diário de Peter Evernden. Ela fechou os olhos. *Não posso deixar meu medo me fragilizar.*

                                                ∽

Maisie podia sentir o cheiro do oceano Atlântico a distância antes de ver as primeiras linhas de ondas empurradas pelo vento, com suas cristas brancas refletindo tanto o sol quanto as nuvens e avançando na direção do litoral de Biarritz. Quando a locomotiva finalmente chegou ao fim da linha, homens, mulheres e crianças esgotados pela viagem inundaram a plataforma. Portas batiam com força contra os vagões à medida que os carregadores entravam e saíam, corriam de um lado para outro com baús, malas, caixas para chapéu e, em um caso específico, com um cachorro preto bastante grande e peludo, sentado sobre uma mala que mal se equilibrava sobre um carrinho de mão. Apesar do alvoroço frenético, e apesar de saber que Priscilla esperava ansiosamente por sua chegada do outro lado da catraca, Maisie permaneceu em seu lugar. Ela esperou até que houvesse poucos passageiros na plataforma e finalmente tirou sua mala de couro marrom do bagageiro, pegou sua pasta e sua bolsa de mão e foi andando pelo corredor em direção à porta que dava para a plataforma. Ela olhou para os dois lados antes de descer do trem e caminhou apressada para o local onde marcara com Priscilla de se encontrarem.

    Maisie continuou a andar determinada até que viu Priscilla a distância. Aliviada, esperava que sua amiga não exagerasse na manifestação de boas-vindas, mas Priscilla, com seu jeito eufórico, saiu correndo em direção a ela, parando apenas para jogar fora seu cigarro, que amassou com o pé. Maisie não pôde deixar de notar que a amiga estava glamorosa como sempre.

    O cabelo de Priscilla, cortado na altura dos ombros, estava penteado para trás e coberto por uma boina creme. As calças largas de lã marfim eram complementadas por um cardigã azul-marinho e creme na altura do quadril, além de um cinto logo abaixo da cintura. Ela usava um lenço de seda ao redor do pescoço e sapatos azul-marinho calçavam seus pés pequenos. Quando Priscilla se aproximou da viajante exausta e tirou os óculos escuros, Maisie ouviu os braceletes tilintarem nos pulsos delgados da amiga.

– Querida, por que demorou? Estou esperando há séculos, e põe séculos nisso! Deixei Douglas com os sapos... A babá ainda está apaixonada e tirou o dia de folga para ir Deus sabe onde com seu mais recente *garçon*. Bem, estávamos mesmo lhe devendo um dia de folga, para ser sincera.

Priscilla mal parou para respirar, embora tivesse se virado para o carregador que corria em seu encalço a fim de mostrar a bagagem de Maisie.

– Então, me conte como está, Maisie!

Ela entrelaçou o braço no da amiga e começou a andar para a saída e em direção ao carro, que parecia ter sido estacionado de qualquer jeito em frente à estação, com uma roda na calçada, deixando pouco espaço para outros automóveis passarem.

– Minha nossa!

– O que foi? – perguntou Priscilla. Ela se virou para Maisie e depois para seu carro, um Bugatti Royale preto com uma chamativa faixa azul-real no capô. – Ah! É um carro impossível de tão grande e muito extravagante para mim. Francamente, acho que vou vender essa coisa e comprar a versão nova, que é menor e mais rápida.

Priscilla apontou para o carro e o carregador correu para guardar a bagagem de Maisie.

– Pelo menos é fácil dar a ignição nessa coisa pela manhã! – Priscilla se voltou mais uma vez para Maisie. – Sabe, durante a guerra prometi a mim mesma, enquanto eu enfiava minha velha ambulância na lama, sempre imaginando quantos meninos eu perderia no caminho... prometi que eu nunca mais na vida operaria uma manivela para dar partida em um motor. Mais tarde, depois que os meninos nasceram, prometi a todos nós que, se algum dia eles se machucassem ou passassem mal, eu sempre teria um carro decente para levá-los ao médico.

O carregador abriu as portas do passageiro e do motorista. Priscilla enfiou uma generosa gorjeta em sua mão antes de ligar o motor e guiar o carro para a estrada.

– E *é* uma completa extravagância? É claro que sim. Se me der vontade, sou bem capaz de comprar outro para fazer companhia a este aqui.

– Explicou bem seus motivos, Priscilla.

A amiga olhou de soslaio para Maisie e, em seguida, para a estrada.

– Hum... Eu a conheço muito bem, Maisie. É só detectar a menor extravagância que você cai novamente naquele estado de penitência.

Ficaram em silêncio por um tempo, durante o qual Maisie deixou que a brisa do oceano tomasse seus sentidos.

– Você está exausta da viagem. Desculpe, eu não deveria ter pulado em cima de você dessa maneira.

Mantendo a mão esquerda no volante, Priscilla abriu uma cigarreira com a outra mão, tirou um cigarro, fechou a tampa, pegou um isqueiro de prata que formava conjunto com a cigarreira e acendeu o cigarro, que tragou profundamente.

– Acho que é porque estou muito ansiosa para saber se você tem notícias de Peter.

Maisie sorriu. Assim que viu Priscilla correndo em sua direção na estação, identificou no comportamento da amiga seus temores, suas esperanças e suas expectativas. Ela não deveria fazê-la esperar por mais tempo.

– É um pouco mais complexo do que imaginávamos, Pris...

– Que estranho. – Priscilla franziu a testa, distraída por um momento.

– O quê?

Priscilla virou a cabeça para olhar para trás, depois voltou a encarar a estrada.

– É a primeira vez que vejo outro carro nessa estrada. Há apenas algumas casas aqui: nós, os Crowthers... expatriados... ele estava na Mesopotâmia... e uma família espanhola que já partiu para passar o inverno em seu país.

Maisie olhou para trás e viu um carro preto a alguma distância.

– Provavelmente algum turista perdido – acrescentou Priscilla, dando de ombros. – Ah, bem, ele vai se localizar quando chegar ao fim da estrada.

– Pris, você pode parar em algum lugar? Sabe, atrás de algumas árvores ou de alguma outra coisa, depois da próxima curva, onde ele não possa nos ver?

– O que está acontecendo?

– Priscilla...

Priscilla não viu a cor sumir do rosto de Maisie, mas não pôde deixar de notar a intensidade na voz da amiga e o fato de ela não tê-la chamado pelo apelido. Acelerou o carro, virou para entrar em uma rua e parou atrás de uma árvore. Elas ficaram em silêncio enquanto o carro preto passava, perto o suficiente para conseguirem ver o motorista e a passageira: era um casal de idosos, o homem com um chapéu inclinado para trás como se estivesse exasperado e a mulher de cenho franzido segurando um mapa.

– Justo o que eu havia imaginado: turistas.

Maisie cerrou os olhos e se reclinou no assento.

Priscilla pegou a mão da amiga, que a apertou. Maisie ficou em silêncio por um momento e então se virou para Priscilla.

– Vamos para casa, Pris. Quero me afundar em um belo e longo banho, tomar uma xícara de chá e relaxar por um momento. Temos muito que conversar.

Priscilla deu a partida no Bugatti, que roncou até ligar, então voltou a pegar a estrada.

– Que se dane o chá, Maisie. Preciso mesmo é de um gim-tônica!

CAPÍTULO 21

Apesar de a viagem ter sido longa e extenuante, a família de Priscilla não deu sossego para Maisie. Assim que o Bugatti se aproximou do casarão branco na colina, as portas se abriram e os três meninos surgiram correndo em direção ao carro, dando pulos e cambalhotas. Eles ouviram muito sobre a amiga da mãe e, apesar da voz grave do pai que pedia para não correrem, estavam visivelmente agitados com a chegada da visita.

– Meninos!

A voz alta e clara de Priscilla imediatamente fez as crianças interromperem suas boas-vindas desordenadas, que incluíam perguntas sem fim sobre como era a vida de uma investigadora.

– A tia Maisie fez uma longa viagem, e eu tenho o direito de ficar com ela primeiro! Agora podem ir para dentro lavar as mãos e o rosto... e atrás das orelhas, por favor, Tarquin Patrick Partridge! E depois podem ajudar. Diga ao cozinheiro que vocês é que vão colocar a mesa esta noite. *Agora!* – comandou Priscilla, que balançou a cabeça e sorriu.

Maisie percebeu imediatamente que ela havia se dirigido aos filhos usando tanto os primeiros nomes quanto os nomes do meio, como se assim mantivesse viva a memória dos irmãos, pois cada menino fora nomeado em homenagem a um deles: Timothy Peter, Thomas Philip e Tarquin Patrick.

Os meninos deram meia-volta, andando lentamente até o casarão. Então Timothy puxou a orelha de Tarquin, uma briga começou, e eles correram para os fundos da casa – Maisie supôs que em direção à cozinha. Um homem alto desceu os degraus aproximando-se do Bugatti, que estava sendo descarregado por um criado chamado Giles. Maisie gostou imediatamente de Douglas Partridge, cujo sorriso era gentil e os olhos verdes brilhavam. Ele vestia uma calça de linho bege, uma camisa branca com um plastrão vinho e um chapéu-panamá para proteger os olhos do sol. A manga esquerda de sua blusa havia sido ajustada para terminar abaixo do ombro e acomodar o braço amputado sem, obviamente, chamar a atenção para o fato de estar vazia. Ele usava uma bengala na mão direita e coxeava discretamente ao andar. Quando falou, Maisie pôde perceber o chiado dos pulmões lesionados pelo gás.

– Maisie, até que enfim! Ouvi falar tanto de você! Bem-vinda a nossa casa, embora eu espere que Priscilla a tenha alertado que, com nossos três sapos, isso aqui às vezes mais parece um hospício!

Douglas apoiou a bengala na coxa por um momento enquanto trocava um aperto de mão com Maisie, em seguida pegou-a novamente e se curvou em direção à sua mulher, que beijou não no rosto, mas nos lábios. Não foi um beijo longo, mas Maisie desviou o olhar. E enquanto Priscilla ria e tocava suavemente o rosto do marido, Maisie sentiu, não pela primeira vez, que os acontecimentos daquelas últimas duas semanas a fizeram mergulhar ainda mais fundo em um abismo solitário e sem fim.

Douglas pediu licença, explicando que precisava fazer algumas ligações telefônicas para Paris, enquanto Priscilla ia até Maisie e passava o braço por cima dos ombros da amiga.

– Venha comigo, vou lhe mostrar o jardim. Temos uma vista encantadora do mar. Douglas vai ficar em seu escritório até a hora do jantar. Seu livro mais recente deve ser publicado em Londres daqui a um mês, e ele está bastante ansioso com isso. Ele também escreveu para o *Spectator* um artigo não muito elogioso sobre as eleições na Alemanha.

Priscilla conduziu Maisie por um caminho de pedras ladeado por oliveiras e arbustos de lavanda. À direita, as paredes da casa resplandeciam com buganvílias e passifloras. Subindo alguns degraus, chegava-se ao terraço amplo e caiado, e uma escadaria mais rústica descia até os jardins bem--cuidados e a um vinhedo pequeno, não muito bem-sucedido.

Maisie custava a acreditar que ainda na véspera ela tinha atravessado furtivamente o campo em Sainte-Marie, cada passo seu provavelmente monitorado por alguém que talvez a quisesse ver morta. E, no idílio onde agora se encontrava, precisaria falar sobre morte com sua querida amiga. A maneira como Priscilla abria e fechava a mão a cada passo, o fato de seus dedos tremerem quando ela apontava para algum ponto da colina ao descrever a participação dos meninos na colheita das azeitonas, o jeito como empurrava a aliança de casamento para a frente e para trás sobre a articulação do dedo, tudo isso revelava uma profunda ansiedade.

– Vamos nos sentar?

Maisie afastou a franja da testa e em seguida protegeu os olhos do sol do fim de tarde, que já se punha no céu. A claridade fazia suas têmporas doerem.

– Precisamos arrumar um desses para você – disse Priscilla, apontando para os óculos escuros que protegiam seus olhos. – Tenho alguns sobrando.

Priscilla olhava para as portas duplas de vidro do casarão, mas as palavras de Maisie a chamaram de volta.

– Sente-se, Pris. Está na hora de falarmos sobre Peter. Você não consegue mais esperar e eu não vou guardar para mim o que descobri. Você precisa saber algumas coisas.

– Eu... eu...

Priscilla pareceu paralisar diante da iminência das notícias.

– Venha cá, minha querida amiga. Sente-se aqui comigo.

Maisie sorriu e deu uma batidinha no espaço ao lado dela no banco de ripas adornado com almofadas azuis e douradas.

– E, depois de conversarmos, quero que você me mostre meu quarto. Vou tomar um bom e demorado banho enquanto você conversa com Douglas.

Priscilla engoliu em seco.

– Posso apenas pegar um drinque antes?

Maisie suspirou.

– Tudo bem. Mas ande logo.

Priscilla correu para dentro da casa e Maisie fechou os olhos. De sua posição na varanda, de onde se via toda Biarritz, podia ouvir perfeitamente, através das portas abertas, o tilintar do gelo no copo.

– Aqui está. E bem forte!

Priscilla estendeu um copo para Maisie e tomou seu lugar ao lado dela. Maisie segurou o copo com a mão esquerda e escorregou os dedos da direita pela mão de Priscilla.

– Vou contar o que sei. Depois, o que vamos fazer. E, antes de eu começar, Pris, desta vez não vou deixar você sair tagarelando enquanto eu não disser que pode falar. Está claro?

– Não tenho ideia sobre o que está falando, mas prometo que vou prestar atenção no que diz.

Priscilla deu um grande gole em sua bebida enquanto Maisie colocava seu drinque intocado sobre uma mesa ao lado do banco, virando depois o rosto para a amiga.

– Fiz algumas descobertas que poderão chocá-la. Peter não morreu no dia nem no local registrados. Essa alegação foi um subterfúgio intencional para protegê-lo. Surpreendentemente, minha investigação original, aquela que me trouxe à França, revelou que Peter foi um agente da inteligência britânica. Ele operou em território ocupado, em uma pequena cidade nos arredores de Reims, sob um nome falso.

Maisie fez uma pausa para que Priscilla tivesse tempo de assimilar a informação.

– Ah, meu amado Peter.

Priscilla deixou o copo sobre a mesa à direita do banco e pressionou a mão na testa, ainda segurando a mão de Maisie com firmeza.

– Acredito que a missão dele era entrar em contato com um civil importante que havia sido recrutado para reunir ajuda local, assim como para protegê-lo. Acredito que o campo de operação era extremamente perigoso, embora ainda saiba pouco sobre esse serviço e suas verdadeiras instruções.

Priscilla sacou do bolso um lenço de linho com a borda de seda azul e secou os olhos.

Maisie respirou fundo novamente, os ombros doloridos. Embora estivesse transferindo para a amiga o peso de suas descobertas, não sentia que ele diminuía sobre si própria.

– E mais: ele teve que deixar Sainte-Marie depois que um aviador britânico caiu durante o pouso de sua aeronave. O aviador estava em rota para lançar pombos-correio que seriam usados pelo grupo de Peter. Seu irmão tentou salvar a vida do homem, mas teve que fugir da cidade com medo de ser desmascarado e acabar revelando a rede que atuava na região.

Priscilla balançou a cabeça.

– Ah, meu corajoso Peter... Toda aquela gente foi tão corajosa!

– Sim, eles foram muito corajosos. Um ano depois, três deles foram executados.

Maisie fez mais uma pausa, avaliando como estava a amiga e se ela conseguiria assimilar as outras informações que seriam reveladas. Em seguida, prosseguiu.

– Entre os que morreram estava a amada de Peter, uma jovem chamada Suzanne Clement.

– A amada de Peter?

– Sim. Peter estava apaixonado.

– Ah, meu Deus.

Priscilla começou a chorar. Tirou os óculos escuros e limpou com o lenço os olhos, que agora derramavam lágrimas.

– Priscilla, tem mais.

– Não sei se sou capaz de aguentar.

– Sim, você consegue.

– O que é?

Ela se virou para Maisie, ainda chorando.

– A mulher com quem Peter estava envolvido teve uma filha, a quem ela deu o nome de Pascale. Ela tem 13 anos e vive com a avó.

Priscilla arregalou os olhos e suas lágrimas foram cessando. Ela soltou a mão de Maisie e se levantou.

– Ah, meu Deus! Onde ela está? – Começou a andar de um lado para outro, quase histérica. – Preciso ir até ela. Preciso vê-la. Ela é da minha família. É tudo o que tenho dele...

– Não, você não pode fazer isso. Ainda não – disse Maisie, com a voz suave mas firme.

Priscilla se sentou e pegou seu copo de gim-tônica, do qual tomou um longo gole. Maisie continuou a falar com a voz calma e modulada, de forma que Priscilla precisasse se inclinar na direção dela para ouvir.

– O que vai acontecer é o seguinte. Preciso voltar a Sainte-Marie em alguns dias. Estou cansada, Priscilla, e meu trabalho está longe do fim. Como deve se lembrar, você é minha cliente secundária. Vou conversar com a avó, Chantal Clement. Vou tentar convencê-la a encontrar você, e acredito que serei bem-sucedida. Depois eu chamarei você. Prepare-se para ir a Sainte-Marie um ou dois dias depois que eu tiver chegado lá. Você não poderá tirar a menina de lá, pois ela e a avó se adoram. Mas Pascale já sabe muito sobre o pai, e acredito que ela merece saber ainda mais. E há outra coisa.

– O que é?

– Não sei ainda onde Peter morreu, mas vou descobrir. Acredito que você vai achar que Sainte-Marie é um bom lugar para um memorial.

Priscilla tomou o último gole de seu copo quase vazio e assentiu.

– Sim, você está certa. Foi lá que ele deixou seu coração, não é?

Ela girou o gelo no copo, produzindo um retinir quase melodioso, e fez uma pergunta final.

– Como ela é, Maisie?

Maisie estendeu a mão para Priscilla.

– Ela é exatamente como você. Sem tirar nem pôr.

Depois de um demorado banho quente, Maisie vestiu um volumoso robe de algodão e ficou perambulando pela varanda, observando abaixo o jardim lateral da casa. Embora estivesse escuro, de seu ponto de vista privilegiado ela podia ver não apenas as luzes da cidade, mas, à direita, também a iluminação intermitente das casas em terrenos próximos. Aqui e ali, faróis de carros eram vistos subindo ou descendo uma colina vizinha. Ela verificou a curva da entrada da garagem de cascalho que levava da propriedade dos Partridges à estrada que descia a colina, sem notar nenhum indício de veículo por ali.

Maisie começou a refletir sobre sua investigação, que parecia avançar como um líquido passando por um funil, minguando cada vez mais até cair no recipiente logo abaixo. Em sua mente, as vidas de Peter Evernden e Ralph Lawton estavam prestes a se cruzar, como se isso houvesse sido orquestrado pelos deuses da vida e da morte, da paz e da guerra. E, se ela decodificara corretamente o diário de Peter, Biarritz era a caixa para a qual Priscilla inadvertidamente tinha a chave. Ela observou as luzes por mais alguns instantes, depois entrou no quarto e se vestiu para o jantar.

Em cima da cama estava, à sua espera, um presente de boas-vindas para Maisie. Sabendo que sua amiga era uma pessoa prática e não teria pensado em pôr nas malas um traje para a noite, mesmo indo a um lugar como Biarritz, ela havia encomendado uma roupa de um alfaiate parisiense que cairia perfeitamente bem na amiga. Calças longas de seda pesada de um azul noturno eram complementadas por uma blusa sem manga azul-clara e um blazer de inspiração asiática na altura da coxa feito da mesma seda das calças, arrematado por uma faixa na cintura no mesmo tecido da blusa. Para o caso de a noite refrescar, havia ainda dois itens adicionais: um cachecol grande de caxemira azul-claro e um casaco de tricô na altura do joelho, também de caxemira, para ser usado no lugar do blazer de seda. Maisie balançou a cabeça. Embora conseguisse admirar esse tipo de vestimenta em outras mulheres, nunca teria pensado em comprar esses itens – tampouco poderia um dia arcar com todo aquele luxo.

O presente levou Maisie a pensar nos pais. Ao tocar a roupa delicada, sua pele se arrepiou quando se lembrou da beleza translúcida da mãe, que não precisava de nenhum complemento que o dinheiro pudesse comprar. Maisie passou os dedos pelos tecidos, perguntando-se quanto devia ter custado o presente que ela aceitaria com amabilidade. Quando sentiu a proximidade daquele adorável espírito mais uma vez, imaginou o que o pai pensaria do gasto da amiga, do fato de que uma soma que poderia ter salvado sua mulher de uma dor indescritível fora gasta em meras roupas. Mas Maisie por fim compreendeu que o presente era parte da tentativa de Priscilla de aplacar sua própria dor indescritível, uma dor que ela sabia que pioraria durante a noite, quando Maisie tentasse extrair informações que, esperava, poderiam levá-la à verdade sobre Ralph Lawton.

CAPÍTULO 22

Os meninos não jantaram com os pais e Maisie naquela noite, embora Priscilla tivesse feito questão de explicar que normalmente a família fazia as refeições junta, um ritual raro entre muitos de seus amigos e conhecidos, que aderiam à máxima de que as crianças deviam ser vistas, mas não ouvidas.

– É claro, de vez em quando eu e Douglas preferiríamos comer sem ter que olhar um nariz escorrendo ou sem ter que exaltar as virtudes da salada, mas, felizmente, não apenas a comida é muito melhor aqui, como também, nessas ocasiões em que precisamos deixar de ser mamãe e papai, tomamos um chá no quarto de brinquedos por volta das seis e depois desfrutamos de um jantar tranquilo mais tarde, quando eles finalmente adormecem.

Maisie deslizava o indicador na longa e fina haste da taça de vinho de cristal diante dela, observando o nervosismo de Priscilla ceder com a conversa amena. Maisie estava distraída, a cabeça ocupada com a necessidade de avançar rapidamente em suas investigações, o que conflitava com o desejo de retornar à Inglaterra e concluir outros casos e assim poder seguir em frente. Mas em direção a quê? De Paris ela havia telefonado para Billy novamente, e ficou ao mesmo tempo satisfeita e frustrada ao saber que havia poucas novidades no caso Avril Jarvis. Embora só soubesse da investigação da polícia pelas reportagens dos jornais, ele contou para Maisie que estava trabalhando em uma pista interessante, mas a ligação foi interrompida justo no momento mais inoportuno, pois logo depois Maisie precisou correr para pegar o trem.

– Bem, vou deixá-las para que possam conversar – disse Douglas, colocando o guardanapo ao lado de seu prato de queijos e se levantando.

Pegando a bengala enganchada atrás de sua cadeira, ele se abaixou na direção de Priscilla, que ergueu o rosto para beijá-lo.

– Não fiquem acordadas até tarde. Foi um dia difícil para as duas. – Ele sorriu para Maisie e acrescentou: – E você deve estar exausta a uma hora destas.

Douglas sorriu mais uma vez e saiu da sala.

– Ele parece ser um homem muito bom, Priscilla. Você escolheu bem.

Priscilla se inclinou para a frente e pegou sua cigarreira, que logo devolveu à mesa.

– Sou uma chaminé. Tenho que parar com isso.

Ela deu um gole no Barolo aveludado e, em vez de fumar, encheu a taça. Estava prestes a servir mais vinho para sua convidada, mas Maisie se antecipou e pôs a mão sobre a taça. Sem voltar a se encostar no espaldar da cadeira, ela encarou Maisie.

– Como eu disse antes, ele é meu rochedo, minha força, minha âncora neste mundo que era, e ainda é, muito turbulento.

Maisie aquiesceu.

– E ele sabe que agora vou tumultuar esse mundo ainda mais, não?

– Sim. – Priscilla tamborilou os dedos na cigarreira. – Mas estou pronta. Você descobriu mais coisas do que eu poderia imaginar, Maisie. Vou ajudá-la de todas as maneiras que for capaz. E, veja bem, nisso estou sendo completamente egoísta: quanto mais você revelar, mais saberei sobre Peter e o local em que morreu.

– Para começo de conversa, você já tinha suas suspeitas sobre o trabalho dele, não é?

Priscilla suspirou.

– Como sabia disso?

Maisie balançou a cabeça.

– Você não é boba, Priscilla. Sabia que havia um segredo. Chegou a falar algo nesse sentido em Londres.

– Eu tinha minhas suspeitas... Ah, que se dane! – Ela pegou sua cigarreira, abriu a tampa e tirou um cigarro, que colocou na boca sem piteira e acendeu com um isqueiro de mesa triangular de prata. – Não adianta, não consigo ficar sem eles.

– Pris, eu gostaria que me contasse sobre Biarritz.

– O que quer saber? Acho que seria melhor falar com o pessoal da agência de viagens.

– Não foi isso que quis dizer. Quero saber por que você escolheu Biarritz, o que a fez vir para cá.

– Bem, você sabe o que me trouxe para cá, Maisie, quer dizer...

– Você poderia ter ido para Madri, Cannes, Antibes, Bahamas, para qualquer lugar para onde teria fugido alguém de certa posição social e que ainda por cima passou por muita coisa durante a guerra. Por que Biarritz?

– Meu Deus, quando você fala dessa maneira... Eu realmente considerei outros lugares, mas Biarritz tinha um significado para mim.

Maisie se inclinou para a frente, juntando as mãos sobre a mesa. Manteve-se calada, esperando Priscilla continuar.

– Costumávamos vir aqui no verão, a família toda. Eu tinha cerca de 6 anos quando viajamos pela primeira vez. Logo depois que os meninos concluíram o ano escolar. Não víamos a hora. Meu pai havia alugado uma casa a apenas 1 quilômetro e pouco daqui, na verdade, só que mais perto da praia. E passamos seis meses na cidade, o verão todo. É claro que o lugar agora está mudado, virou uma estância de veraneio. Na época, parecia um povoado de pescadores tranquilo e pequeno. Depois disso, viemos todos os verões, até 1913, quando já éramos grandes demais para baldinhos e pás de areia e andávamos feito bobos pelos bares locais com os amigos que chegavam em hordas. Foi tudo muito divertido, guardo lembranças maravilhosas...

Priscilla amassou o cigarro no cinzeiro e pegou sua taça, tomando outro gole do vinho vermelho intenso.

Maisie assentiu.

– Se pudesse dizer, talvez em poucas palavras, o que Biarritz significava para você, o que estava buscando aqui, o que seria?

– Que espécie de pergunta é essa, uma daquelas suas ideias malucas?

– Priscilla...

Priscilla ergueu as pernas compridas e apoiou os calcanhares descalços na beirada da cadeira, depois apoiou o queixo nos joelhos.

– Tudo bem. Eu acho que, de tudo, foi a sensação de liberdade. Sabe, quando éramos jovens, os quatro juntos, costumávamos sair correndo da escola quando terminava o semestre escolar. Você tem sorte de nunca ter passado pelo sofrimento que era o internato. E então éramos imediatamente trazidos para este... este oásis de leveza. Aqui nos permitiam ser selvagens, correr sem sapatos, podíamos ser jovens e despreocupados. Eu queria isso de volta, Maisie. Quis fugir dos pesadelos, daquela tristeza tão dolorosa. Eu perdi todos eles e queria alguma coisa de volta, nem que fosse no cheiro, na luz quando se projeta no chão. Eu queria me libertar do luto.

Maisie engoliu em seco, pegou sua taça e tomou um gole.

– Mas, como você sabe, não encontrei minha liberdade na praia, e sim no fundo de uma garrafa... até Douglas chegar.

– Peter sentia a mesma coisa por Biarritz?

– Ah, meu Deus, com certeza. Peter amava este lugar mais do que todos nós, se isso era possível. Ele fazia amigos com facilidade... E, é claro, ajudou o fato de ele ser fluente na língua e no dialeto, o que é tão importante. Na verdade, papai sempre dizia que, quando terminasse o verão, Peter seria mais basco do que britânico!

– O que você sabe sobre o que aconteceu na cidade durante a guerra?

– Ah, agora vamos falar de história! – Priscilla deu de ombros e seguiu em frente. – É claro, não viemos em 1914. Papai achou que, com tudo o que estava acontecendo, o melhor seria ficarmos na Inglaterra, então acabamos em Cowes, onde tudo correu bem, a não ser pelo tempo. E todos nós adorávamos barcos. Sabe, quando voltei a Biarritz pela primeira vez, em 1920, acho, ainda havia muitos soldados aqui. O Hotel Palais, originalmente construído para ser um palácio real, havia sido requisitado como hospital para tratamento de feridos. Eles eram transportados para cá por trem. Aparentemente, chegavam em bandos, mesmo depois da guerra, quando muitos vieram para se recuperar. Pouquíssimos permaneceram, e muitos nunca foram identificados, como você pode imaginar. Perderam a memória, a sanidade. Quando vim pela primeira vez, lembro-me de ter conhecido um casal em um hotel que pensava que encontraria o filho desaparecido em meio aos feridos. Saíram daqui desapontados. E não foram os únicos.

– Entendi.

Priscilla se virou para Maisie.

– Por que você está interessada nisso? O que tudo isso tem a ver com Peter? Pode ter certeza de que, se ele estivesse aqui, eu o teria encontrado.

– Não, não é isso, de forma alguma.

Maisie fez uma pausa, perguntando-se até que ponto ela compartilharia seus pensamentos com a amiga.

– Fiquei pensando se Peter poderia ter...

– Não sei como você costuma fazer seu trabalho – interrompeu Priscilla em tom duro.

– O que quer dizer?

– Cutucando aqui e se intrometendo ali, o tempo todo procurando um motivo para isso e uma explicação para aquilo. Não é por acaso que você consegue resolver esses casos...

Maisie olhou para Priscilla atentamente.

– Não, não é exatamente dessa maneira. Às vezes é como se a verdade fosse uma pústula, pronta para ser aberta e limpa. A informação que estou buscando parece estar logo ali, bem na minha frente, no meio do caminho, pedindo para ser descoberta, em busca de algum tipo de solução... ou absolvição. Mas outras vezes ela pode me escapar, como uma pequena farpa que se esconde sob a pele. Então preciso aguardar, ser paciente. Tenho que aguardar até que ela supure.

– E o que acha de Peter e do outro caso?

Maisie se recostou na cadeira e cerrou os olhos, consciente de que as metáforas escolhidas por ela revelavam algo de sua desordem interna. Ela mudou de assunto.

– Conte mais sobre seus amigos aqui, sobre sua vida. Desde a Girton não passamos tanto tempo juntas.

– Bem, já que perguntou...

Priscila se ergueu e afastou a cadeira, arrastando-a sobre as lajotas de terracota.

– Venha para meu refúgio. Está na hora de você conhecer minha galeria de fotos, depois vamos para a cama. Seremos acordadas pelos meus meninos bem cedo.

Maisie seguiu Priscilla ao longo de um corredor de lajotas que dava em uma pequena escada nos fundos da casa.

– Estes quartos ficam o mais longe possível da sala de jogos – explicou Priscilla, conduzindo Maisie por uma escada estreita, cuja luz ela acendeu. – Não sei se você vai conseguir enxergar bem agora, mas de manhã certamente conseguirá.

A escada era coberta por fotografias em ambos os lados, e a cada passo Maisie parecia mergulhar em um mar de alegria, de tempos felizes e, como Priscilla dissera, de liberdade. Havia fotografias tiradas antes da guerra, mostrando três meninos e uma menina, todos com o mesmo sorriso, que fazia seus olhos se fecharem de uma maneira travessa. Em outras, eles estavam mais velhos, geralmente acompanhados por amigos da escola. Havia fotos dos pais, andando de bicicleta, levando a prole para pedalar perto do mar. E então os Everndens, em 1913, quando os meninos já eram homens-feitos, e Priscilla, uma jovem deslumbrante, já grudada em seus irmãos. *Liberdade.* Maisie não disse nada enquanto subiam a escada. Agora viu Priscilla sozinha, em uma boate, o copo em uma das mãos, o cigarro na outra, com uma tristeza naqueles olhos semicerrados, perceptível mesmo à meia-luz. E então outro grupo, e ainda outro. Grupos de homens e mulheres com sorrisos que não combinavam com seus olhares. A cada foto que Maisie tocava, Priscilla contava a história do que se passara naquele dia, naquela noite, naquelas férias. Logo Maisie se deu conta de que estava buscando um rosto na multidão, um homem jovem que não se parecesse com nenhum outro entrevisto nas fotografias anteriores. Seria um tiro no escuro, aquela sensação em suas entranhas de que Biarritz não era apenas o lugar onde Priscilla tentara se reconectar com sua família, mas também o refúgio de uma outra pessoa?

Grupos em boates, festas em terraços iluminados e reuniões de amigos em bares. E eis que aparece Douglas, o primeiro no canto de um grupo e, depois, ao lado de Priscilla. Um ano depois, em uma caminhada pelos Pireneus, os dois protegendo os olhos do sol. Ali já estavam com uma criança. Depois, com um menino pequeno e um bebê no colo. Uma família. Maisie olhou para as fotografias na parede perto do topo da escada e, quando estreitou os olhos para enxergar melhor os rostos, pôde ver novamente vida no olhar de Priscilla. *E alegria.*

– Que bando, hein?

– É a sua história, Pris.

– Venha, é hora de irmos dormir. Amanhã você olha novamente. E pode se entediar com nossos álbuns de fotografias também!

Maisie começou a descer a escada e, enquanto pisava lentamente em cada degrau, uma sensação que ela conhecia tão bem pareceu crescer em seu estômago. Primeiro, um arrepio, depois seu coração se pôs a bater acelerado. *Pare aqui. É aqui.* Priscilla estava esperando para apagar a luz.

– O que foi, Maisie? Está tudo bem?

Maisie assentiu, escrutinando cada fotografia, tocando cada imagem, cada rosto capturado pelas lentes. *Estou perto. Estou muito perto.*

– Venha, você está cansada, Maisie. Isso vai fazer mal aos seus olhos.

Maisie pôs a mão no peito para acalmar o coração, que palpitava. Com a outra, ela tateava as imagens, algumas emolduradas, outras afixadas na parede de qualquer jeito. Ela se virou para Priscilla com um sorriso afável, sem revelar nada.

– Este parece ter sido um belo passeio. Quem são essas pessoas?

Maisie apontava para uma fotografia específica, em que figurava um grupo de homens e mulheres apoiados em um carro com o capô aberto, todos segurando taças de champanhe.

Priscilla se aproximou de Maisie e, quando chegou ao seu lado, espiou a foto.

– Ah, esse foi um dia e tanto! Nosso grupo decidiu de repente fazer um piquenique em uma enseada escondida e então, no meio da estrada, *bang*! Houve algum problema com o motor, e todos tivemos que sair do carro por alguns instantes para que ele fosse consertado. Não é preciso dizer que abrimos ali mesmo as garrafas de champanhe, o *foie gras*, os queijos, os pães e mais garrafas de champanhe!

– Me diga os nomes deles.

Maisie sabia que, de certa maneira, estava atuando, como se tivesse um interesse genuíno em cada uma daquelas pessoas erguendo sua taça para a câmera.

– Tudo bem. – Priscilla sorria, feliz por falar sobre aquele dia. – Essa é Polly Woods, que garota! Só de olhar para ela, você tinha a certeza de que ela nunca faria nada errado. Esse é Richard Longman, Ricky para os amigos. – Seu dedo se movia pela fotografia, apontando um rosto de cada vez. – Thadeus More e sua esposa, Candace... e aqui está Douglas, com cara de sério. Hum, esta é Julia Thorpe e seu noivo Edmund... o primeiro de muitos. E esse camarada aqui, o que está olhando para cima, perto do motor, é Daniel Roberts.

Priscilla parou de falar e fez uma careta.

– Só Deus sabe como conseguimos enfiar tanta gente nesse carro, mas deu certo! A sorte é que Ricky e Daniel estavam nos seguindo, e, graças a Deus, Danny sabia exatamente o que fazer quando abria um capô.

Maisie sorriu novamente, e elas continuaram a descer as escadas.

– E então, todas essas pessoas ainda moram aqui? Você as vê?

Priscilla pressionou o interruptor quando já estavam na base da escada.

– O coração de Polly estava despedaçado por causa de um espanhol trigueiro. Então ela conheceu um americano que estava aqui no verão de 1926. Lembro que ele só sabia falar de petróleo. Eles estão casados agora, e parece que ela passa a maior parte do tempo suando dentro de seus casacos de pele, sendo mimada e bem-tratada. Os Mores voltaram para a Inglaterra e agora estão muito bem instalados com duas crianças em Pangbourne. Julia vive em Paris com seu terceiro marido. Daniel Roberts trabalha com carros, mas quase ninguém o vê. Ele começou anos atrás, literalmente na própria garagem, onde fazia todo o trabalho de mecânico. Ninguém o conhece muito bem. Como eu disse, ele está sempre sozinho, é um tanto recluso. Paramos de convidá-lo para as festas há anos. Ele tem uma casa encantadora a cerca de 1 quilômetro daqui, a Villa Bleu. Vive ali com um criado, eu acho. Paul... acredito que esse seja o nome dele. Sabe, nós todos pensávamos que Paul fosse...

– E quanto ao outro homem?

– Ricky Longman? Foi tão triste, Maisie. Ele morreu há mais ou menos cinco anos.

– Ah.

– Sim, o pobre homem não conseguia se livrar da bebida. Morreu de insuficiência hepática. Daniel fez de tudo para ajudá-lo, chegou mesmo a cuidar dele no fim. – O sorriso de Priscilla havia se evaporado. – Ricky não conseguia esquecer a guerra, não conseguia deixá-la para trás. Devia ter a ver com suas mãos. Tinham marcas terríveis de queimadura. – Priscilla cruzava os braços enquanto falava. – Mas não era incomum os garotos terem cicatrizes, não é mesmo? Veja Douglas. Daniel também tem cicatrizes bem feias, veja aqui.

Ela levantou o queixo e mostrou uma parte da pele que ia da orelha até o pescoço, e depois balançou a cabeça.

– Devo lhe confessar: a morte de Ricky me deixou mal. Ela me fez perceber, mais do que nunca, que Douglas aparecera na minha vida na hora certa.

Maisie assentiu.

– Fico feliz por terem encontrado um ao outro.

Priscilla se aproximou de Maisie e deu um beijinho em cada bochecha da amiga.

– Bem, não sei quanto a você, mas estou completamente exausta.

– Acho que vou ficar um tempinho no terraço para relaxar antes de ir para a cama.

– Você não mudou nada, Maisie, e eu amo você por isso! Até amanhã de manhã.

Ela apertou a mão de Maisie e se virou para atravessar o corredor de lajotas.

– Boa noite, Pris.

Maisie abriu as portas de correr e foi para o terraço, que ocupava um dos lados da casa. Uma brisa fresca soprou rente à sua pele, e ela envolveu os ombros com o cachecol de caxemira. Alguns minutos se passaram até que ela se virou, voltou a entrar na casa e, em vez de se dirigir para a ala principal, onde ficavam os quartos de hóspedes, acendeu a luz da escada. Subiu correndo, procurando mais uma vez por aquela fotografia, por aquele dia ensolarado entre tantos dias ensolarados na galeria de fotos de Priscilla. Aproximando-se da parede, encontrou a imagem e estreitou os olhos para examinar a fotografia com manchas amarronzadas, o rosto que agora esmaecia. Em seguida se afastou, apagou a luz e, descendo as escadas, atravessou a casa, completamente silenciosa àquela hora da noite.

CAPÍTULO 23

Foi apenas na tarde do primeiro dia em que acordou em Biarritz que Maisie finalmente teve algum tempo para si mesma. A casa pareceu ter ficado em silêncio de repente. Os meninos foram para a escola na parte da manhã, almoçaram em casa e passaram duas horas com o tutor. Depois, quando a energia represada dos meninos parecia a ponto de explodir, Elinor, a babá galesa que finalmente voltara dos braços de seu namorado basco, os levou para a praia. Douglas trabalhava em seu escritório enquanto Priscilla tirava uma soneca antes do jantar. Maisie obteve o endereço de Daniel Roberts com Giles, além das informações sobre como chegar à casa dele, e saiu caminhando rapidamente colina abaixo antes de virar à esquerda.

Ela por fim chegou à estradinha estreita na encosta murada que levava à Villa Bleu. Maisie passou por uma rua com muros rústicos cobertos de hera e ficou parada por alguns instantes em frente ao portão de ferro fundido que levava ao jardim murado da propriedade. Dali ela espiou o pátio pavimentado de pedras, entremeado com canteiros ainda coloridos com as flores de fim de verão. O modesto casarão logo adiante havia sido pintado com um tom azul-claro que parecia refletir o céu e o mar entrevistos a distância. Uma entrada em arco levava a uma porta de madeira maciça. Maisie desengatou o portão e entrou no caminho que levava à casa.

Um cesto de vime e um par de sandálias de couro marrom haviam sido deixados perto da porta, junto com uma toalha molhada. Havia uma coleira de couro dependurada no encosto de uma cadeira de madeira. Maisie inclinou-se para a frente e puxou uma corda com nós de pescador que fez ressoar o grande sino de latão acima dela. Ela estremeceu quando o clangor rompeu o silêncio da tarde. De longe, um cachorro latiu apenas uma vez. Depois, tudo ficou novamente em silêncio. Ela alongou o corpo e tocou o sino mais uma vez, antes de ouvir outro latido e um homem gritando "Calma, calma, já estou indo", em uma mistura de francês e inglês. Maisie viu a silhueta passar pela janela antes de a porta se abrir, revelando um homem alto, de cabelos muito pretos, molhados e penteados para trás. Ele vestia uma camisa de algodão de boa qualidade e calças de linho arregaçadas até a metade da panturrilha.

– *Bonjour* – cumprimentou ele, de forma sucinta.

– Por favor, o senhor fala inglês?

Maisie sentiu que conversar em sua língua nativa a ajudaria a se sentir mais segura.

O homem ergueu a mão, com o indicador e o dedão afastados por 1 centímetro, indicando sua habilidade.

– *Un peu*. Um pouco.

Maisie sorriu, e o homem retribuiu com um largo sorriso.

– Eu esperava encontrar o Sr. Roberts. Ele está em casa?

– Ah, o automóvel da senhorita está com algum problema? Sim? Então deve ir à cidade, à oficina do Sr. Roberts.

Maisie balançou a cabeça.

– Não. *Non*. Não estou com meu automóvel aqui. Eu gostaria de falar com o Sr. Roberts sobre um assunto pessoal.

O homem deu de ombros e fez questão de consultar o relógio.

– Entre. Verei se ele poderá atendê-la. Seu nome?

– Maisie Dobbs.

Ele abriu toda a porta para que Maisie entrasse na sala, que pareceu quase fresca à sombra do fim de tarde.

– Aguarde aqui. Vou verificar.

Antes de fechar a porta, o homem pegou suas sandálias de couro, caminhou silenciosamente pelo saguão da entrada e por um corredor e desapareceu. A distância, Maisie pôde ver uma varanda parecida com a da casa de Priscilla, embora decorada com arbustos plantados em vasos azuis e brancos de tamanhos variados. Ela escutou vozes e, em seguida, o som de passos calçados e de patas de cachorro aproximando-se.

Daniel Roberts chegou seguido por um grande dogue alemão preto. A princípio, ela não o reconheceu, pois seu cabelo estava completamente branco. Não era um grisalho próprio da idade ou determinado pela genética, mas o tipo de emaranhado branco que se sabe que decorre de um episódio de pânico.

– Srta. Dobbs?

– Sim. O senhor foi gentil em me receber, Sr. Roberts.

Maisie se manteve firme diante do homem, muito embora o cão tivesse se posicionado não ao lado de seu dono, mas perto de Maisie. Ela se abaixou e afagou a cabeçorra do animal.

– Que criatura magnífica.

– Ele é bastante majestoso, não é? Para a guerra, era a raça preferida de Átila, o Huno, sabe? Eles estão sempre em alerta, mas raramente sentem a necessidade de incomodar com um latido incessante. Seu nome é Ritz. Curto e grosso. – Ele fez uma pausa, mas não gesticulou para que Maisie se acomodasse. – Em que posso lhe ser útil, Srta. Dobbs? As pessoas costumam me procurar por causa de seus carros. Entretanto, Paul me disse que a senhorita veio sem o seu.

– Será que poderíamos nos sentar? Vim falar sobre um assunto um pouco delicado.

Roberts sorriu, quase como se tivesse entendido o propósito da visita dela, e naquele momento Maisie soube que, apesar da cicatriz que ficou visível quando ele se virou para a luz, aquele era o homem que ela vira nas fotografias. Roberts andou até a varanda e apontou para duas cadeiras de vime com almofadas que ladeavam uma mesa. Maisie se sentou primeiro, sendo seguida por seu anfitrião.

– Bem, acho que devo ir direto ao ponto, Sr. Roberts, para não perdermos tempo.

– Sim, por favor – concordou ele com uma voz provocadora, quase sarcástica.

Maisie apoiou a mão sobre um braço da cadeira e se virou para encarar Roberts de um jeito que não era nem urgente nem muito relaxado. Ele se sentou e se inclinou ligeiramente na direção dela.

– Sr. Roberts, conduzo investigações de natureza altamente confidencial para os meus clientes. Algumas semanas atrás, fui contratada por sir Cecil Lawton para provar que o filho dele, um aviador, havia de fato morrido durante a guerra.

Maisie fez uma breve pausa para avaliar as emoções de Roberts. Ele não havia se mexido e permanecia completamente atento, embora Maisie tivesse detectado uma ligeira alteração no canto de sua boca, como se ele fosse começar a sorrir. Ela prosseguiu:

– Minha investigação me trouxe à França e, agora, a Biarritz. – Maisie inclinou a cabeça e olhou diretamente nos olhos de Roberts. – É por isso, Ralph, que estou aqui.

O homem diante dela estava em silêncio, os músculos retesados de seu pescoço realçando a cicatriz no ponto em que o calor intenso havia queimado sua pele. Ele a fitou por um momento e depois desviou o olhar.

– Ralph?

– Está enganada, senhorita...

– Dobbs. – Maisie sorriu. – Eu vim de longe, Ralph.

– Escute, estou lhe dizendo. Não sou nenhum Tom, Dick, Harry ou Ralph. Meu nome é Daniel Roberts.

Tremendo visivelmente, o homem se levantou e se dirigiu à porta como se quisesse acelerar a partida de sua visita indesejável.

– Espere!

Maisie permaneceu sentada e pegou alguma coisa na bolsa antes de se virar novamente para ele. Havia duas fotografias em sua mão.

– Desculpe-me, Ralph, mas, mesmo depois de todo esse tempo, e apesar das cicatrizes e da nova identidade, eu poderia reconhecê-lo em qualquer lugar.

Ela lhe estendeu a primeira imagem, de dois homens rindo depois de um jogo de tênis, em uma época despreocupada muito tempo antes.

O homem ficou novamente em silêncio, pegou a fotografia e a examinou antes de olhar a segunda, que trazia os mesmos jovens, desta vez no Café Druk. O cão preto ao seu lado começou a choramingar.

– Sr. Lawton? Ralph?

– Sim?

– É o senhor, não é?

Ralph Lawton assentiu e depois falou, as palavras engasgadas na garganta:

– Faz muito tempo que ninguém me chama por esse nome.

Ele deixou as fotografias na mesa ao lado.

– Quanto tempo?

Os olhos de Lawton faiscaram e Maisie sentiu a energia de sua raiva reprimida, quase como se de repente houvesse soprado um vento frio. E então ele riu.

– Eu não acredito. O velho finalmente arrumou alguém para me localizar!

Maisie franziu a testa, mas não rebateu aquele acesso de raiva.

Enfiando as mãos nos bolsos de sua calça bege, Lawton começou a andar de um lado para outro.

– É claro, a senhorita se dá conta, não é mesmo, de que nunca poderá contar a ele onde estou, nunca poderá contar a ninguém que estou aqui.

– Meu cliente...

Lawton parou diante de Maisie e se inclinou na direção dela, mantendo as mãos nos bolsos. Ela pensou que naquele momento ele parecia um aluno recalcitrante.

– Ele não quer saber. Não quer mesmo. Não, ele contratou a senhorita sabendo... acreditando que a senhorita se manteria na superfície, confirmaria minha morte, receberia seu pagamento, e que depois disso ele poderia seguir em frente com a consciência limpa, como se nada tivesse acontecido.

Maisie respondeu rapidamente, antes que Lawton pudesse refletir sobre suas palavras:

– Ralph, como pode saber quais são os verdadeiros sentimentos de seu pai em relação ao senhor neste momento?

Lawton voltou a andar de um lado para outro e depois se aproximou mais uma vez de Maisie, pegando a cadeira de uma maneira que revelou sua frustração.

– Para a senhorita, meu nome é Sr. Roberts.

Ele suspirou profundamente e voltou a se inclinar para a frente, dirigindo-se a Maisie como se estivesse conversando com um deficiente auditivo.

– Ele. Não. Me. Ama. Ele nem ao menos *gosta* de mim, Srta. Dobbs. Ficaria horrorizado se soubesse que estou vivo. O mundo dele... e o meu, na verdade... desmoronariam se ele fosse forçado a me aceitar novamente.

– Como o senhor sabe? Afinal, o tempo...

Ele abanou a mão em desdém.

– *Ora essa!* Não me venha com essa besteira de que "o tempo cura". A senhorita não faz ideia, *nenhuma ideia* do que está dizendo. – Lawton quase berrava, depois soltou um longo suspiro. – Olhe para mim. Olhe para quem eu sou, para o que tenho aqui.

Ele acenou com a mão, apontando para a varanda e a casa.

– Veja o meu amigo Paul. E então, quando a senhorita encontrar meu pai, olhe bem para ele e para o mundo dele. Ali não há lugar para mim. Não há lugar para nós dois como pai e filho, como uma família.

Maisie aquiesceu. Sim, ela entendia.

– Soube da sua mãe?

Ele assentiu, contraindo os lábios e desviando o olhar para que Maisie não pudesse ver seu rosto.

– Li no *Times*. – Ele deu de ombros, dando um breve riso nervoso. – É raro eu ler o jornal, mas um cliente esqueceu um exemplar na minha oficina. Acho que alguém lá em cima queria que eu soubesse... – Suas palavras ficaram pairando no ar. Em seguida, ele se virou para Maisie. – Não sei nada sobre a senhorita, mas, por favor, não traga suas noções preconcebidas de família para a minha casa, achando que pode encaixar a palavra "Lawton" dentro dela. Temos o mesmo sangue, mas não somos... não somos *unidos*. Não há nada *aqui*.

Ele socou o peito, depois pressionou sua mão fechada contra a boca. Ele se virou para Maisie com lágrimas nos olhos e continuou a falar:

– A senhorita consegue ao menos imaginar quanto foi difícil construir uma vida aqui? Construir alguma coisa que eu nunca poderia ter construído se tivesse retornado depois da guerra? Aqui sou alguém *para mim mesmo*. Lá não sou nada. Nada. Não sou nada porque sou o filho de Cecil Lawton, conselheiro do rei, e não sirvo para ser um *cavalheiro*.

O silêncio se impôs entre os dois. Maisie notou que, quando a voz dele se tornou mais exasperada, o cão gigante pousou a cabeça no joelho do dono como se quisesse abrandar sua fúria, acalmá-lo. Lawton se inclinou para a frente, aproximou o rosto das bochechas macias do animal e olhou para cima, na direção de Maisie.

– Fez um bom trabalho, Srta. Dobbs. Estou impressionado com sua tenacidade e capacidade. Presumo, no entanto, que a senhorita seja uma mulher de alguma sensibilidade, então escute: eu sou Daniel Roberts. Ralph Lawton morreu nas chamas quando foi alvejado durante a guerra. Seu túmulo está em Arras. A senhorita deveria visitá-lo para ter certeza. Desculpe-me. Não posso ajudá-la.

Maisie assentiu.

– Uma última coisa, senhor... Roberts. Fiquei curiosa para saber como chegou a Biarritz.

Lawton ficou em silêncio por um momento, refletindo sobre a pergunta de Maisie. Então ele se virou para ela, seus olhos semicerrados por causa do sol.

– Para lhe dizer a verdade, mal consigo me lembrar. Não saí ileso da queda. Embora o fogo só tenha começado depois que pousei intacto, com muito esforço, tive apenas alguns segundos... – Ele suspirou antes de continuar. – Eu estava escondido... Deus sabe onde, em uma casa de campo, um celeiro, um lugar muito solitário... por um dia ou dois. Meus ferimentos foram tratados por uma jovem. Vi o homem que me arrastou para fora do avião apenas uma vez. Lembro que na hora soube imediatamente que já o tinha visto, que, embora ele usasse uma balaclava e estivesse disfarçado, era o mesmo homem que eu transportara até lá. Era por causa dele que eu estava voltando para aquela região, para entregar uma cesta de pombos... que eu consegui lançar da aeronave. – Lawton deu outro breve riso. – Ele veio me dizer que eu seria levado do povoado, que as pessoas iriam me passar de uma casa para outra. Acho que ele também estava indo embora. Provavelmente era muito perigoso para ele ficar ali depois da minha performance acrobática. Ele disse que tentariam me colocar em um trem para feridos que iria para o litoral, que os hospitais para os soldados franceses ficavam lá e que eu deveria ficar mudo para que me considerassem um soldado com trauma de guerra. Achei que o melhor seria eu tentar entrar na Suíça, mas eles tinham um plano... e parece que já havia muitos desertores alemães tentando atravessar a fronteira suíça.

Lawton enfiou as mãos nos bolsos e mirou o mar.

– Eu me lembro de ter sido trazido em meio à escuridão, como ele havia descrito, de povoado em povoado. Então acordei em um trem repleto de soldados feridos e fiz o que mandaram: mantive a boca fechada. – Ele parou de falar por um momento, balançando a cabeça. – A senhorita não iria acreditar em quantos havia ali que não sabiam seus próprios nomes e não se lembravam do que lhes tinha acontecido. Eu era apenas mais um soldado anônimo em um uniforme francês, outra alma ferida a ser recuperada perto do mar e depois descartada. – Agora ele fitava Maisie. – Foi uma oportunidade fortuita demais para que eu a deixasse escapar por entre os dedos. Decidi ali, naquele momento, que eu poderia recomeçar do zero. Nem mesmo precisaria inventar um passado. As pessoas não fazem muitas perguntas aqui, sabe... as respostas podem ser terríveis demais para aceitar.

Maisie assentiu. Mais uma vez, o silêncio se instalou até que ela lançou outra pergunta:

– O senhor sabe onde Priscilla Partridge mora?

– É claro, todo mundo que estava aqui depois da guerra conhecia a Prissie festeira. Mas, no fundo, as pessoas sabiam que ela passou por tempos tenebrosos. Notava-se em sua fisionomia.

– Mas sabe quem ela *é*, Sr. Roberts?

– Como assim, quem ela é?

Maisie se levantou para ir embora, pegou sua bolsa e afagou o cão ao passar ao lado do homem que se denominava Daniel Roberts.

– O irmão dela é o homem que tentou salvar Ralph Lawton do fogo, depois da queda.

Roberts levou a mão à testa e correu os dedos longos e cheios de cicatrizes pelo chumaço de cabelo branco.

– Eu... eu... não estou entendendo. Como ela poderia saber disso?

– Ela não sabe. E é melhor deixarmos as coisas como estão. Mas pensei que *o senhor* gostaria de saber. Adeus, Sr. Roberts. Foi muito gentil em me ceder todo esse tempo.

Ao se virar para entrar na casa, Maisie pegou as fotografias, mas acabou mudando de ideia. Elas não teriam mais utilidade.

– Espere, espere! Espere um minuto. O que a senhorita dirá? Para o meu pai?

Maisie inclinou a cabeça.

– Não sei ainda. Meus clientes depositam uma enorme confiança em mim, Sr. Roberts. Devo honrar essa confiança com a verdade das minhas descobertas. Por isso não sei ainda o que direi. Mas também sigo a máxima de um querido amigo meu, um médico, que diz: "O mais importante é não causar nenhum mal." Portanto, vou respeitar seu desejo e sua vida neste lugar.

Depois de trocar um aperto de mão com Roberts, Maisie partiu da casa e caminhou apressada sob o lusco-fusco da tarde. O céu estava claro, o ar fresco, então ela envolveu os ombros com o novo cachecol de caxemira enquanto retornava à casa dos Partridges. E, enquanto andava, ela pensou que seu trabalho estava longe de terminar, pois agora carregava o peso da verdade sobre a real identidade de Daniel Roberts.

∽

O jantar daquela noite foi um acontecimento cheio de vida. Foram convidados amigos da cidade, a maioria expatriados, muitos artistas ou escritores, e um fotógrafo de paisagens. Maisie estava com muito apetite, o que a fez se dar conta de que andava comendo pouco, apenas petiscando algo a cada refeição. Foi servido um primeiro prato com terrinas e patês, acompanhado de baguetes crocantes e seguido por uma salada. Depois, pato assado com legumes sortidos que estavam tão frescos e crocantes que Maisie repetiu o prato. Na sobremesa, uma musse de chocolate com cerejas confitadas deleitou os convidados, até vir o prato de queijos. Na Grã-Bretanha, em um jantar desses, as damas se retirariam para o salão da anfitriã logo que os charutos e o vinho do Porto fossem servidos, deixando os homens ali para conversar sobre política e esportes. Mas, em Biarritz, as mulheres permaneciam à mesa, e uma mulher alta, uma atriz, até mesmo se serviu de um charuto Havana, que ela cortou com destreza como um verdadeiro *aficionado*.

Para cá e para lá, a conversa crepitava com opiniões, uma voz mais exaltada aqui, um riso ali, às vezes alguém monopolizava as atenções até vir uma resposta de outra pessoa. Maisie pensou que, apesar do peso que carregava, conseguiu rir com os comensais e participou do debate sobre o futuro da Europa, pois todos os convidados tinham servido na guerra e temiam que outra se seguisse. Já era madrugada quando o grupo finalmente partiu e Maisie foi para seu quarto, onde se deu conta de que pensara em Dene durante quase toda a noite. Ela não havia escrito, como prometera, nem mandado um telegrama. Precisava fazer isso antes de deixar Biarritz no dia seguinte.

Pela segunda noite Maisie dormiu profundamente, sem ser visitada por seus demônios e dragões do passado. Na manhã seguinte, depois de um café da manhã barulhento na companhia dos meninos Partridges e do pai deles, Priscilla reivindicou Maisie só para ela mais uma vez antes de levá-la de carro até a estação. Elas desceram os degraus de pedras rústicas e caminharam pelo gramado e, depois, por entre as oliveiras.

– Não consigo acreditar que já está indo embora, Maisie. Parece que só agora começou a relaxar...

Maisie sorriu.

– Estou me sentindo muito melhor. Mas agora preciso retomar meu trabalho, que está quase concluído aqui na França. Ficarei em Sainte-Marie por pouco tempo, espero que apenas o suficiente para ter certeza de que tudo correrá bem com Chantal Clement, e depois voltarei a Paris.

Priscilla olhou para Maisie, detendo o olhar na amiga por um momento.

– E você tem outros planos antes de deixar a França – disse ela como uma afirmação, não uma pergunta.

Maisie tocou a grama, que secara ao sol da manhã, e se sentou. Priscilla a acompanhou, e as duas levaram ao mesmo tempo as pernas ao peito, juntando as mãos na frente dos joelhos.

– Sim, provavelmente antes de Paris. Eu iria para Arras, mas não agora. Embora eu vá voltar a Bailleul.

– Enfrentar seus demônios?

– Sim, Pris. Se eles puderem ser combatidos, é o que vou tentar fazer.

Priscilla esticou as pernas cruzadas e pegou os cigarros e o isqueiro do bolso de seu cardigã preto. Maisie balançou a cabeça enquanto Priscilla se lançava ao seu ritual de bater a ponta de um cigarro no estojo de prata, enfiá-lo na piteira, posicioná-la entre os lábios e depois inclinar a cabeça para um lado ao acender o cigarro. Ela tragou profundamente e soprou um anel de fumaça. Isso fazia Maisie se lembrar da jovem Priscilla, a menina que infringia todas as regras na Girton.

– Você é muito astuta, Maisie. Soube disso no momento em que pus os olhos em você. Mas às vezes também faço minhas observações perspicazes, sabe?

– E...?

Outro anel de fumaça.

– Nem sempre podemos vencer esses demônios. Não dá para eliminá-los em um passe de mágica. – Ela estalou os dedos da mão livre. – É preciso saber o que fazer para não os perturbar, para acalmá-los caso se sintam provocados. E, acima de tudo, é preciso respeitá-los.

– Continue, estou ouvindo.

Priscilla se virou para Maisie.

– Não estou acostumada com esse tipo de conversa, mas o que eu penso é o seguinte: acho que o demônio faz parte de nós. O que aconteceu, aconteceu. Ver por dentro da bocarra de uma criatura terrível enquanto ela nos saboreia, isso é a guerra. É preciso encontrar meios de aceitar e conviver com isso.

– Achei que tivesse feito isso.

– Todos nós achamos, não é? Até que a criatura volte a bafejar em nosso pescoço. Veja o meu marido, o polêmico poeta e escritor. O demônio vive em suas entranhas, Maisie, e dentro de mim. Se você aceitar isso, conseguirá domesticá-lo. É por isso que o seu voltou a ganhar vida. Você pensou que bastaria trabalhar arduamente e o passado se manteria distante.

Maisie se levantou e limpou as mãos na calça de lã. Priscilla havia tocado em um ponto nevrálgico. Mas a verdade é que ela era sempre certeira.

– Bem, vou voltar, Pris. É o que tenho que fazer.

Priscilla apagou o cigarro e guardou a bituca na cigarreira.

– Sim, eu sei. Apenas tome cuidado, Maisie. – Ela consultou o relógio. – Bem, é melhor levarmos você para a estação. Seu trem parte de Biarritz/La Negresse ao meio-dia.

CAPÍTULO 24

Maisie passou a maior parte da viagem dormindo, baixando momentaneamente a guarda, embalada pela cadência da locomotiva. A parada em Paris seria de novo breve, apenas o tempo de mudar para o trem que seguiria para Reims – uma rota necessária devido à inadequação das linhas secundárias, que deveriam tê-la levado a Biarritz a partir de Reims sem ter que passar pelo norte. Ao reservar seu bilhete, ela havia indagado por que teria que viajar via Paris, e o funcionário apenas a encarou por sobre os óculos meia-lua e informou que todas as outras rotas serviam "apenas para entusiastas de trens".

Maurice ainda estava em Paris, embora Maisie não tivesse planos de vê-lo até que se encontrassem para voltar à Inglaterra. Ela havia mandado um telegrama para lhe informar que o trabalho exigia que passasse mais tempo em Reims, por isso só o encontraria no fim de semana. Sabia que, em sua casa em Biarritz, Priscilla já havia feito as malas e estava à espera do chamado de Maisie para conhecer Chantal Clement – e Pascale.

Com muitos planos na cabeça e muitos pensamentos que disputavam sua atenção, foi um sono irregular, pois em cada sonho parecia que uma simples ação se tornava um canal por onde o sangue fluía. Sonhou que, ao esticar o braço para colher amoras suculentas no jardim dos fundos em Chelstone, seu punho de repente ficava preso na roseira brava, que cortava sua pele, sob a qual uma veia se abria com muita facilidade, e o gotejar avermelhado se tornava um córrego e depois um rio. Ela se obrigou a afugentar essa imagem terrível, mas tudo o que conseguiu foi se ver novamente de volta à França em 1917, de volta a um posto avançado de tratamento de feridos, onde médicos não empunhavam instrumentos cirúrgicos, e sim os de um açougueiro, amputando um membro depois do outro. E à medida que ela ia passando os instrumentos para lá e para cá, sua pesada saia de lã começou a absorver o sangue do solo, uma inundação que parecia não ter fim. E então ela acordou, imediatamente consciente, enquanto o trem ia desacelerando para a chegada a Paris. Olhando o dia ensolarado pela janela, Maisie estremeceu, pois o último sonho não foi uma fantasia, não foi uma imagem delirante do passado. Em vez disso, era uma memória: o avental do açougueiro era o uniforme que os médicos vestiam enquanto se mobilizavam no combate contra a morte, o demônio carniceiro, o *ghoul* que marchava ao lado de cada homem levado do campo de batalha para o posto de tratamento de feridos.

Ela se levantou, balançou a cabeça, prendeu o cabelo para trás e conferiu sua aparência no espelho acima do banco. Maisie ficou satisfeita com o que viu, seu rosto corado pelos últimos raios de sol do verão de Biarritz. Apesar de ela não ligar para o novo tom de pele bronzeado que estava na moda, ficou grata ao ver que as olheiras estavam de certa forma camufladas. Recolheu as malas, passou as mãos na frente e atrás da calça larga de veludo cotelê e nas mangas do blazer marrom de tweed e pegou sua bagagem.

Quando deixava o vagão, recusando a ajuda de um carregador, ouviu uma porta se fechar atrás dela. Ansiosa para sair do trem e se pôr a caminho, ela não viu nenhum motivo para se voltar e olhar, pois os passageiros estavam desembarcando, recolhendo suas valises e malas antes de mergulhar no mar de gente que se movia em direção à saída da estação. Naquele momento, no entanto, enquanto andava, Maisie sentiu uma grande urgência de olhar ao redor para ver quem havia saído do trem. Tinha quase certeza de que fora a última passageira a deixar o vagão, então a pessoa que fechara a porta devia estar esperando na porta ao lado da sua. Suas mãos ficaram geladas e úmidas, e a alça de sua mala começou a escorregar de seus dedos. Ela acelerou o passo, com os olhos mirando a saída e o ponto em que ela acenaria para chamar um táxi.

Já estava perto da saída, andando o mais rápido que podia, mas sem correr. Endireitou a alça da mala, sabendo que, ao fazer isso, seu corpo se desequilibraria, o que poderia atrapalhá-la a manter distância de quem quer que estivesse em seu encalço. Uma mão alcançou o cotovelo de Maisie, e ela ficou sem ar por um momento.

– Srta. Dobbs?

Ela se virou, a boca aberta pronta para gritar. Deu de cara com o homem que vira pela última vez (apenas três dias antes?), movendo-se silenciosamente pelo campo e entrando no bosque onde ela havia acabado de desenterrar a lata com as plaquinhas de identificação de Peter Evernden. O inglês.

– O que você quer? – perguntou Maisie, dissimulando seu medo com indignação.

O homem continuou a segurar firme seu cotovelo.

– Fique calma, Srta. Dobbs. Por favor, aja como se estivesse feliz por ter encontrado inesperadamente um velho amigo.

O homem sorria de boca fechada e tinha olhos cinzentos inexpressivos. Ele a beijou no rosto.

– Não grite ou vai atrair olhares em nossa direção. Me dê sua bagagem e venha comigo, agora.

Maisie puxou o braço de forma brusca e se virou na direção do gendarme que ela tinha visto perambulando perto do guichê de passagens.

– Isso não ajudará de forma alguma. Venha comigo, Srta. Dobbs. Será de seu interesse.

Ela se manteve firme.

– Para onde pretende me levar?

O inglês estava determinado e confiante.

– Até uma pessoa que poderá lhe dar as respostas que está buscando.

De repente, Maisie suspeitou que sabia para quem estava sendo levada e qual era a razão daquele subterfúgio. Ela estendeu a mala para o homem, mas continuou a segurar sua pasta com força. Ela confiaria nele, mas só até certo ponto.

– Então vamos logo com isso.

Ele não voltou a sorrir, apenas pegou a mala com a mão esquerda, sem largar o cotovelo dela com a direita, e a conduziu pela multidão até um carro que estava parado, esperando do lado de fora da estação. O motorista abriu a porta e cumprimentou o inglês, que entrou no carro depois de Maisie e baixou pequenas persianas que bloqueavam a visão do trajeto. Ela sabia que não deveria perguntar para onde estavam indo.

O carro finalmente parou com inesperada lentidão, como se um membro da realeza estivesse sendo conduzido ao palácio, e não uma presa ao seu covil. O inglês desceu primeiro e deu a mão para Maisie, um gesto que ela aceitou para poder se apoiar ao pisar no chão quando saiu do veículo. O prédio diante dela ficava em uma rua estreita de casas imponentes. Poderia ser uma em mil em Paris. Era feito de pedras cinza, as janelas longas e estreitas, com arabescos e ornamentos nos rebocos da moldura. Maisie olhou para cima e viu um rosto, ligeiramente obscurecido, no primeiro andar. Ela acenou e em resposta viu a pessoa apenas erguer uma das mãos.

Uma escada em curva imponente terminava no saguão de mármore da entrada. De um cômodo contíguo apareceu uma mulher para pegar o chapéu e as luvas de Maisie. Ela trajava uma roupa feita com uma sofisticada lã preta e tinha o cabelo amarrado com firmeza para trás. Ela se aproximou para pegar a pasta de Maisie, que a segurou com as duas mãos e balançou a cabeça. Então a mulher pegou o chapéu e o casaco preto do inglês, mas os dois não se cumprimentaram. Com uma das mãos em cada lado da cabeça, o homem penteou para trás o cabelo umedecido com óleo e sinalizou para Maisie que eles deveriam subir. Quando chegaram ao patamar do segundo piso, o homem segurou novamente o cotovelo de Maisie e a conduziu por um corredor até alcançarem um par de portas altas com entalhes ricamente ornamentados com folhas de ouro. Ele aproximou a cabeça da porta enquanto dava algumas batidas e, em seguida, entrou com Maisie na sala. Um homem estava sentado de costas para eles em uma poltrona de couro perto de uma lareira. Uma segunda poltrona fora colocada à frente dele, e, entre elas, havia uma mesinha com um serviço de chá. Uma terceira poltrona fora posicionada perto da janela. Um fio de fumaça de tabaco doce e condimentado com noz-moscada flutuou em sua direção, mas ela não sorriu ao reconhecê-lo.

– Obrigado por vir até aqui, Maisie.

Maurice Blanche se levantou para cumprimentá-la, apoiando o cachimbo em um cinzeiro sobre a mesinha lateral.

Maisie se aproximou dele.

– Eu não tive escolha, Maurice. – Ela olhou de relance para o inglês. – Esse seu escudeiro foi um tanto persuasivo.

Maurice sorriu. Foi um sorriso ao mesmo tempo compreensivo e triste, que revelava certo arrependimento, pensou Maisie.

– Sinto muito que as coisas tenham chegado a este ponto.

Ele se moveu como se fosse apresentar o inglês, mas Maisie foi rápida ao interrompê-lo.

– Também sinto, Maurice. E quero saber a verdade!

Maurice fez silêncio por um instante antes de prosseguir:

– Maisie, eu gostaria que você conhecesse meu colega, o Sr. Brian Huntley.

Ele apontou para o inglês, que se aproximou de Maisie, agora com a mão estendida.

Maisie o cumprimentou relutante.

– Suponho que o senhor também trabalhe para o serviço secreto.

O homem não respondeu, mas sentou-se perto da janela. Maurice apontou para a segunda poltrona diante da lareira e não se sentou até que Maisie estivesse acomodada. A princípio ela ficou quieta, preocupada em manter uma postura imperturbável e os olhos fixos em Maurice.

– Essa abordagem dramática era mesmo necessária? Você não poderia ter providenciado este encontro de uma maneira menos formal e autoritária?

– Não desta vez. Você não está familiarizada com o que eu posso fazer como oficial. Há certas formalidades, certos protocolos, que todos nós devemos seguir. Por isso você teve que ser acompanhada até aqui ao retornar a Paris.

– Eu precisei ser acompanhada para saber qual é o meu lugar!

Maurice ignorou o comentário de Maisie e prosseguiu:

– Caso esteja preocupada com o seu trem, devo lhe dizer que não haverá necessidade de você retornar a Sainte-Marie.

– Entendi.

– Não, ainda não. Você *ainda* não entendeu, Maisie.

– Então, por favor, explique, Maurice.

Maurice ficou olhando fixamente para o fogo por alguns instantes e pegou o cachimbo. Ele parecia carregar um fardo nas costas, mas Maisie estava determinada a não fazer nada para tornar a conversa mais fácil para ele. Ela tinha a consciência de que seus pensamentos agora não eram nada amigáveis. *Estou tão chateada com ele. Tão decepcionada.*

– Primeiro, deixe que eu lhe conte sobre meu trabalho, embora você deva respeitar o fato de que há detalhes que não poderão ser compartilhados.

Maurice encarou Maisie com um meio sorriso.

– Meu trabalho começou antes mesmo da guerra, quando ficou claro que certas alianças poderiam levar a Europa a uma situação política de instabilidade. Embora tenhamos acreditado que o mundo em que vivíamos seria impermeável a um conflito dessa dimensão, tendo em vista a extensão das trocas comerciais entre os países, além do fato de que as economias dependiam umas das outras para se manter e prosperar, a trama tecida pelo consenso e pelos interesses financeiros mútuos já estava mostrando claros sinais de desgaste.

Ele fez uma pausa, como se pesasse cuidadosamente as palavras que empregaria. Maisie pôde ver até que ponto seu mentor estivera apreensivo com a necessidade daquela conversa, uma conversa que suas ações haviam tornado mais urgente e mais difícil. Ela se inclinou para a frente e serviu o chá, passando uma xícara para Maurice. Ele aceitou a bebida, sorriu satisfeito e continuou:

– Fui chamado para contribuir em certos assuntos de importância nacional, especialmente naqueles relacionados aos métodos para obter informação. É suficiente que eu diga que, quando a guerra foi declarada, minhas responsabilidades passaram a ter um caráter muito diferente. Maisie, como você sabe, e para falar francamente, meu trabalho sempre envolveu as pessoas, ou, em poucas palavras, com a verdade dos seres humanos, suas experiências, sua vida, até mesmo sua morte. Trabalho com o corpo, a mente e a alma, e dediquei minha vida e meu trabalho a entender a relação entre eles. Fui solicitado a trazer esse conhecimento, digamos, para desenvolver nosso serviço de inteligência. Embora meu trabalho tenha muitas facetas, em resumo, o que fiz foi examinar pessoas que poderiam ser recrutadas e avaliar se seriam adequadas às missões mais perigosas e importantes. Depois de uma série de desastres cometidos pela inteligência, quando informações vitais sobre o movimento das tropas e dos armamentos alemães foram lamentavelmente insuficientes e vazaram entre diferentes departamentos, tivemos que nos reestruturar e rever nossa estratégia.

Maisie sentiu novamente a raiva crescer, mas dessa vez direcionada não apenas a Maurice, mas a si mesma.

– E você recrutou Peter! Eu fiz um comentário ingênuo quando eu mesma era jovem e ingênua, e você tirou vantagem... – Ela pegou um lenço do bolso. – Priscilla era minha amiga. Ela era minha amiga!

– E ela *ainda* é sua amiga, Maisie. Deixe-me continuar.

Maurice se mexeu como se fosse se inclinar na direção de Maisie, mas, sentindo seu recuo, simplesmente colocou a xícara no pires sobre a mesa e apoiou as mãos nos braços da poltrona.

– Maisie, nunca saberemos por quanto tempo mais Peter poderia ter sobrevivido se ele não tivesse sido recrutado para trabalhar na inteligência. Para falar a verdade, é válido que você saiba que todo o batalhão original do qual ele fazia parte foi aniquilado. Entretanto, você está certa: na primeira vez que nos falamos, depois de você voltar do seu primeiro período na Girton, prestei atenção em seu comentário sobre os dotes linguísticos de Peter Evernden. Essa habilidade é rara, e era extremamente necessária ao nosso trabalho.

– Você podia ter me contado!

– Você tinha só 17 anos, Maisie.

– Eu tinha idade suficiente para ir para a guerra.

– Devo lembrá-la que você *não* tinha idade o bastante. Você mentiu.

Maisie ficou em silêncio, consciente de que estava perdendo o controle. Ela também sabia que estava magoada, que o segredo de Maurice lhe havia infligido dor. *Éramos tão próximos.*

Maurice estava ansioso para terminar seu relato sobre a missão de Peter.

– Inicialmente, assumimos a tarefa mais perigosa do campo de batalha. Deveríamos nos deslocar na terra de ninguém sob a escuridão para ouvir os inimigos em suas trincheiras. Isso implicava invadir uma área em que não poderíamos conseguir ajuda em caso de emergência, de modo que velocidade, absoluta discrição e raciocínio ágil eram essenciais para evitar mortes, ferimentos e capturas. – Ele fez uma breve pausa. – Um de nossos objetivos era captar o máximo de informações possível sobre a Ordem de Batalha do inimigo. Precisávamos conhecer os planos em curso, detalhes do movimento das tropas e da mobilização da artilharia... e era da mais alta importância medir o nível de força do inimigo.

Maurice passou a mão pelo queixo, como se refletisse sobre a melhor maneira de estruturar o resto de sua história. Maisie o observava, perguntando a si mesma se já o vira tão melancólico.

– Você sabe, Maisie, que, antes da guerra, nossa noção de inteligência era antiquada, para dizer o mínimo. Os generais tinham pouco conhecimento quanto às demandas da guerra moderna, então olhávamos para trás, para o exemplo da guerra na África do Sul, quando na verdade deveríamos ter estudado as lições da guerra de trincheiras da Guerra Civil dos Estados Unidos. – Ele balançou a cabeça. – Entretanto, uma das coisas que fizemos foi retirada do exemplo de Napoleão: infiltrar agentes no campo de operação inimigo. Assim, voltamos a falar de Peter Evernden. Depois de provar seu valor e sua capacidade, ele foi promovido para trabalhar como agente de campo, embora não sem antes voltar para a Inglaterra a fim de receber mais treinamento em Southampton e Londres.

– E depois foi mandado para o território inimigo.

– Sim. Lá, seu papel se tornou ainda mais crucial, ainda mais perigoso. A Ordem de Batalha permaneceu no centro de sua missão. No entanto, ele também trabalhou com nosso contato local para recrutar civis que dessem apoio aos esforços da inteligência. A contribuição desinteressada dos moradores foi o que fez a diferença entre sucesso e fracasso. A missão dele envolvia avaliar quem poderia ser solidário e arregimentar apoio. Peter não sabia quem estava acima dele na cadeia de comunicação, nem saberia a verdadeira identidade do homem que o transportara até lá. Para a maioria daqueles em Sainte-Marie, Peter era conhecido apenas por seu nome francês e pelo personagem que incorporou.

– Entendi.

– Não, ainda não. Deixe-me prosseguir. – Maurice pegou novamente a xícara e deu um último gole em seu chá morno. – A segurança de Peter já estava em xeque antes mesmo da debacle do aviador que caiu, mas, com o desastre, tornou-se ainda mais urgente que ele fosse deslocado para um novo campo de operação, do Corpo de Inteligência para uma missão do serviço secreto mais abrangente e mais profunda.

– Então ele não morreu em Sainte-Marie?

– Não, Peter morreu na Alemanha.

– Na Alemanha?

Os olhos de Maisie revelaram surpresa.

– Sim. Antes do fim da guerra, o moral do inimigo já estava fraquejando. Deserção, motins, soldados traumatizados, feridos e famélicos. E o estado das coisas na Alemanha era desesperador, com as pessoas, homens e mulheres, morrendo de fome. Além da dor do luto, havia desemprego em massa. O trabalho de Peter foi reportar a situação, mais especificamente, nos manter informados a respeito das ações de grupos contrários ao governo e de outras dissidências que estavam se reunindo já na época. Esse tipo de conhecimento era essencial para a vitória... e para sabermos o que poderia sobrevir depois do armistício.

– O que quer dizer?

Maurice se levantou e andou até a lareira, estendendo as mãos na direção do calor e esticando os dedos como se estivesse abençoando as chamas.

– Os tentáculos da guerra alcançam o futuro, Maisie. Podemos acreditar que o conflito chegou ao fim, que vamos chorar nossos mortos, reconstruir nossas casas, pegar nossas ferramentas, planejar nossos amanhãs e ver a grama crescer sobre as trincheiras, mas a verdade é muito mais complexa. Há sempre os destituídos, aqueles que sentem que perderam muito e que o único jeito de reconquistar o que supostamente lhes seria devido é através do controle e, em última instância, de outro combate. Dívidas de guerra por todos os lados, a bancarrota econômica e moral que decorre do conflito... Desde a guerra, a ideia de estabilidade em nosso mundo não passa de um mito.

– Como Peter morreu, então... e quando ele morreu?

– Peter morreu na Alemanha em 1918, em uma rebelião por comida. Junto com outros civis, ele foi pisoteado por pessoas que fugiam do Exército, que fora acionado para reprimir os manifestantes. Foi muito triste, especialmente porque ele seria trazido de volta à Inglaterra dias depois. Ele seria desmobilizado, e seus status de "desaparecido" acabaria sendo modificado para repatriação como prisioneiro de guerra. Não tenho dúvidas de que Peter teria se tornado professor de idiomas, como sempre aspirou ser, e que teria deixado para trás seu trabalho dos tempos de guerra, sem nunca mencionar uma palavra sobre isso a ninguém. Esse é o papel de um agente da inteligência. E Peter era um dos nossos melhores.

– Você sabe onde ele morreu?

– Sim.

– Mas eu não posso saber.

– Não, Maisie. Você já sabe demais, embora eu tenha persuadido meus colegas sobre sua integridade.

Maisie e Maurice ficaram em silêncio por alguns momentos, até que Maisie tornou a falar.

– E quem foi o morador recrutado em Sainte-Marie? Aliás, por falar na cidade, eu preciso lhe contar que Priscilla...

– Ah, sim, agora chegamos à questão de Sainte-Marie, de Pascale Clement. – Maurice consultou o relógio e em seguida se virou para Huntley: – Acho que estamos prontos para receber nossa convidada, Brian.

Huntley se levantou e fez uma discreta mesura antes de deixar a sala. Maisie se virou para Maurice, que agora estava de pé, de costas para a lareira, aguardando a entrada da outra convidada. Havia escurecido. Maisie se levantou e foi até a janela, onde permaneceu por alguns instantes observando a rua, os cômodos iluminados da mansão do outro lado, os carros e o brilho quente dos postes de luz. Havia ainda muito que conversar, e Maurice logo lhe perguntaria o que ela havia descoberto em Sainte-Marie e Biarritz. Bem no momento em que ela se lembrou de sua promessa a Pascale, Maurice interrompeu seus pensamentos.

– Também preciso lhe dizer, Maisie, que a Sra. Partridge chegará amanhã de manhã a Paris.

– Como...

Maurice levantou a mão quando as portas se abriram depois de uma batida suave. Huntley entrou, segurando a porta para a elegante Chantal Clement.

– Maisie, acho que você já conhece nossa agente em Sainte-Marie, madame Chantal Clement, certo?

A mulher vestia um tailleur de tricô cinza. Embora Maisie não estivesse familiarizada com os ateliês de alta-costura, teve certeza de que Chantal era cliente da famosa Coco Chanel. A respeitável senhora se aproximou de Maisie e, em vez de lhe apertar a mão, segurou-a pelos ombros e se inclinou para dar dois beijinhos nas faces. Maisie se sentiu enrubescer.

– A senhorita foi longe mesmo no escuro, minha querida. Estou contente por podermos conversar abertamente.

Maisie recuou quando madame Clement a soltou. Virando-se primeiro para Maurice e depois para madame Clement, Maisie tremia ao falar.

– Fui longe no escuro? Vocês me enganaram, os dois. – Ela engoliu em seco, tentando modular a voz. – Eu queria apenas levar minha amiga Priscilla para conhecer Pascale, sobrinha dela. Ela perdeu tanta gente, sofreu tão profundamente suas perdas... Peço a vocês...

Madame Clement sorriu novamente e colocou um dedo nos lábios de Maisie.

– *Shhhh*. Não se preocupe mais, Maisie Dobbs. A senhorita é uma ótima amiga. Na verdade, eu gostaria de ter uma amiga assim. – Ela se virou para Maurice, sorriu, e se voltou para Maisie mais uma vez. – Pascale está comigo aqui em Paris. Já conversei com ela a respeito do pai, e ela agora sabe que tem uma família que se estende além de mim. Ela era muito nova para ouvir a verdade, mas chegou a hora. Pensei que, com a idade dela, eu já havia conhecido o homem com quem iria me casar, embora, na época, nós dois não soubéssemos disso.

Madame Clement balançou a cabeça e dirigiu seu comentário seguinte a Maurice.

– Acredito que, para nosso azar, a idade nos faz de certa forma desconfiar dos que são mais jovens e falhamos em ver a força que eles têm para suportar o peso da verdade.

Maurice assentia enquanto madame Clement falava.

– Quando elas irão se encontrar? – quis saber Maisie.

– Amanhã, nesta mesma sala.

A mulher juntou as mãos na frente do corpo, em um gesto que, suspeitou Maisie, devia lhe ter sido ensinado por uma governanta rígida.

– Estarei aqui com Pascale, que está muito animada.

– E quanto a Priscilla? Quem estará aqui com ela? O amado irmão dela não foi um "bom amigo" da França? Ela não deveria ser respeitada e bem tratada?

Maurice deu um passo à frente, pousando a mão no ombro dela.

– Maisie, já é hora de deixar a França. A Sra. Partridge estará segura aqui com a madame Clement. Seu trabalho está concluído.

Afastando-se, Maisie olhava ora para madame Clement, ora para Maurice. Ficou claro que a decisão já tinha sido tomada. Estava resolvido. Mas havia outras coisas que ela queria fazer antes de partir.

– Podemos falar à parte, Maurice?

Chantal Clement sorriu, tocou o braço de Maisie, assentiu olhando na direção de Maurice e saiu da sala, acompanhada por Huntley.

Maurice os observou partir.

– Você sabe que madame Clement é de total confiança.

– Não questiono isso, Maurice. Gostaria de falar com você a sós, agora que já decidiu tudo sobre o dia de amanhã.

– Cabia a ela decidir o que é melhor para Pascale.

– Claro. Eu entendo. Mas não cabe a você ordenar quando eu devo deixar a França.

Maurice franziu o cenho enquanto Maisie ia até a lareira para se aquecer.

– Tenho que ir a Bailleul, o lugar onde servi durante a guerra – disse ela. – Voltarei lá.

– Entendi. Devo ir junto?

– Não. Preciso ir sozinha.

– Como quiser.

– E tem mais, Maurice. – Maisie virou o rosto para o seu professor, mentor e amigo. – Quero saber se esse homem tentou me matar.

– Huntley? É claro que não.

– Então seus amigos da inteligência não enviaram um agente para garantir meu silêncio?

– Eu já lhe assegurei que não.

– E você é tão importante aqui?

Maurice sorriu.

– Sim, eu sou.

Maisie suspirou.

Maurice falou calmamente:

– Maisie, você tem enfrentado muita coisa ultimamente. Atribuir uma dimensão pessoal a um caso pode cobrar um preço alto. Tem *certeza* de que sua vida está correndo perigo? Será que a pressão de seus compromissos não está afetando seu discernimento?

Maisie suspirou novamente, frustrada, virando-se outra vez para a lareira.

Maurice tocou seu ombro.

– Vou pedir que Marie-Claude lhe mostre o quarto que foi preparado para você. E talvez queira me encontrar na sala de jantar em meia hora, ou, se preferir, poderá fazer a refeição em seu quarto.

– Acho que prefiro ficar sozinha.

– Eu entendo.

– E vou para Bailleul amanhã.

– Esperarei, então, que retorne a Paris para voltarmos juntos à Inglaterra.

– Você não precisa...

– Sim, *preciso*, Maisie. Bem, agora me deixe chamar Marie-Claude.

Maurice tocou o sino ao lado da lareira, virando-se para a pupila.

– Maisie, antes que você se retire, eu gostaria de enfatizar a importância do que lhe foi revelado. Quando for embora amanhã, você deverá agir como se nunca tivesse vindo aqui. Chantal Clement continua ativa no posto dela. Se uma tragédia se abater sobre este país no futuro, a expertise e o conhecimento dela serão inestimáveis, assim como será importante a dedicação das pessoas que trabalham junto a ela. Além disso, suponho que você conheceu um certo Sr. Daniel Roberts?

Maisie apenas assentiu, sem dizer nada.

– Bem, é suficiente que eu diga que nosso departamento não está interessado nele. – Maurice fez uma pausa. – Mas há ainda outro pensamento que me ocorre.

– Sim?

– Ao refletir sobre quem talvez queira vê-la morta, conviria perguntar o seguinte: o que o assassino ganharia com sua morte? Que moeda está atrelada à sua vida?

– Não sei se entendo o que está tentando me dizer.

– Se você está certa e alguém está mesmo tentando acabar com sua vida, de que maneira sua morte poderia servir a essa pessoa? As sugestões resultantes dessa pergunta talvez lhe forneçam alguma proteção.

Maisie assentiu.

– Boa noite, Maurice.

Ela se afastou como se fosse sair, mas em seguida parou e se virou outra vez. Estendendo os braços, tomou as duas mãos dele nas suas e se inclinou para dar um beijo em cada face.

– Continuo perturbada com nossa conversa, Maurice, e acho que ainda há muitas coisas para esclarecermos. Mas devo agradecer-lhe pelo que está fazendo para reunir Pascale e Priscilla.

Marie-Claude entrou no quarto e segurou a porta para acompanhar Maisie à sua suíte de hóspedes. Quando escutou os passos da mulher se distanciarem, Maurice tocou o sino mais uma vez e chamou Huntley. Sua tarefa envolvendo Maisie Dobbs ainda não havia terminado.

CAPÍTULO 25

Maisie partiu cedo na manhã seguinte e foi novamente conduzida pelo motorista no carro preto, com as persianas abaixadas, bloqueando a visão da rua. Ela não viu Priscilla, o que, pensando bem, talvez tivesse sido melhor. Chantal Clement era, sem dúvida, a pessoa que deveria tomar as decisões a respeito do bem-estar de Pascale. Maisie sabia que esse lugar já não lhe cabia. Ela cumpriu a promessa que fizera a Priscilla e agora deveria seguir para sua tarefa seguinte. Depois disso, precisaria voltar para a Inglaterra e buscar respostas para outras perguntas, além de preparar um relatório para sir Cecil Lawton.

A tarde já findava quando Maisie chegou a Bailleul. Pegou um táxi até uma pequena pensão gerenciada por uma francesa chamada Josette e por seu marido australiano. Ao assinar seu nome no registro de hóspedes para passar ali uma noite apenas, o homem, Ted Tavistock, contou a Maisie que havia conhecido a mulher durante uma visita à França e à Bélgica, logo depois da guerra.

– Era para ter voltado para Sydney, mas fiquei na Inglaterra por um tempo. Achei que precisava dar uma olhada no país antes de retornar para casa, embora eu devesse voltar com meu regimento... bem, quer dizer, com o que restou dele.

Ele conduziu Maisie até uma pequena sala de estar, onde se abaixou para acender a lareira.

– Um pouco gelada esta tarde, não? – Ted cutucou as brasas, que eram lambidas pelo fogo em direção à chaminé, e em seguida se levantou, apoiando-se na cornija da lareira. – E então voltei para cá para prestar minhas homenagens e, para lhe falar a verdade, para ver onde tudo tinha acontecido. No início eu me perguntava o que eu estava fazendo, de que se tratava tudo aquilo. Quer dizer, perdi minha juventude, meus camaradas. Perdi meu coração aqui. – Ele balançou a cabeça como se afastasse o passado. – E então eu o encontrei novamente quando conheci Josette. Agora, é claro, cuidamos de um negócio honesto, junto a todas as famílias que vêm aqui visitar os cemitérios.

– Sim, é claro.

Maisie sorriu para Josette, que lhe levou uma xícara de chocolate quente.

– Então, Srta. Dobbs. Aposto que estava em Londres durante o armistício, não?

Maisie fitou as chamas, semicerrando os olhos e revisitando o passado, um dia do qual nunca se esqueceria.

– É verdade, eu estava. Havia passado por uma longa convalescença e tinha acabado de começar a trabalhar em um hospital em Camberwell. Lembro-me de que naquele dia eu estava de folga. Uma das enfermeiras correu até o nosso albergue e contou que a guerra tinha chegado ao fim. Então todos nós decidimos ali, naquela hora, ir direto para a Trafalgar Square.

– Bem, não vai acreditar! Eu também estava lá!

Maisie sorriu, depois riu, suas memórias seguindo o rastro da história de Ted Tavistock.

– Lembro que havia diversos soldados australianos – disse ela. – Todos eles se deram as mãos e dançaram em roda, e depois todos começaram a dançar e a gritar. Foi tão maravilhoso. A guerra tinha acabado!

Ted riu com Maisie.

– Você não vai acreditar, mas eu era um desses camaradas! Aquilo sim foi uma grande roda. E todos agitávamos nossas bandeiras, vendo quem tiraria uma garota para dançar. Mundo pequeno este, não é mesmo? É um mundo pequeno.

O riso cessou, e os dois fitaram novamente o fogo crepitante. Maisie sabia que eles haviam pensado a mesma coisa, que o armistício não anunciou dias de alegria, que foram breves diante da percepção coletiva de que aqueles que haviam partido de fato jamais voltariam para casa.

– Suponho que seja por isso que retornei, na verdade, para prestar homenagem aos meus camaradas e dizer adeus uma última vez. Agora, é claro, faço tudo o que posso para ajudar as famílias que vêm aqui.

Maisie assentiu.

– Então, talvez possa me ajudar, Ted.

– Tentarei, Srta. Dobbs.

– Fui enfermeira perto de Bailleul, em um posto avançado para tratamento de feridos. Mas agora tudo está diferente. Não tenho ideia de por onde começar e tenho apenas um dia antes de retornar a Paris e depois à Inglaterra. Você sabe onde ficava o posto de tratamento de feridos? Deve haver um cemitério...

– A senhorita esteve lá?

– Sim, como eu disse, fui enfermeira.

Ted balançou a cabeça.

– Essa é uma das histórias mais tristes que já ouvi. Alguns dos médicos morreram... E não foi lá que morreram também alguns médicos alemães, prisioneiros de guerra que estavam trabalhando com os profissionais do Corpo Médico do Exército Real? Cinco enfermeiras mortas, assistentes, sem falar nos meninos, claro.

Maisie aquiesceu.

– A senhorita esteve lá?

Ela comprimiu os lábios e assentiu novamente.

– Ah, pobrezinha. Pobrezinha, minha querida. Venha, vamos acomodá-la em seu quarto. Logo vai escurecer, mas posso levá-la até lá. Ou talvez seja melhor esperar até amanhã de manhã.

Maisie balançou a cabeça e apoiou a xícara em uma mesa lateral.

– Não, Ted. Vim de longe. Quero ir já.

∞

Ted Tavistock levou Maisie em seu velho Renault pelas ruas estreitas até chegarem aos limites da cidade. Depois passaram por um punhado de casas e algumas plantações e pastos. A chuva não deu trégua em seu ataque oblíquo à terra, e por todo o caminho Maisie limpava a condensação que se acumulava nas janelas. O lixo da guerra ainda estava lá, apodrecendo e enferrujando, entranhando-se no solo até que alguém decidisse removê-lo.

Carcaças de tanques e arame farpado enferrujado eram lembretes constantes do conflito. À medida que passavam por buracos cheios de água da chuva, Maisie sentia seus pés e suas mãos enregelarem, com o calafrio da morte surgindo do passado para roçar sua pele e tocar sua alma. *Este é o meu subterrâneo, o lugar onde minha juventude se perdeu. Aqui foi meu inferno sobre a terra.*

Ela esfregou as janelas novamente.

– Estamos quase lá, Srta. Dobbs. Conheço este lugar como a palma da minha mão, minha querida. Quis conhecer bem o lugar para ajudar as famílias quando viessem aqui, para eu lhes dizer onde seus meninos morreram. Sou o que se poderia chamar, de certa forma, de um detetive do campo de batalha, sabe?

Tavistock sorriu e piscou para sua passageira.

Maisie aquiesceu, abraçando a si mesma para se manter aquecida. *Eu deveria ter esperado. O tempo poderia ter clareado. Poderia estar ensolarado, e não assim, não como era antes.*

– Aqui estamos, finalmente.

O carro parou em frente a uma fileira de casinhas, cada uma com uma horta. As casas pareciam velhas, embora Maisie não conseguisse se lembrar de que houvesse casas ali. Ela franziu a testa.

– Este é de fato o lugar, Ted?

Tavistock fechou a porta de Maisie depois que ela saltou sobre o gramado em volta da estrada, enterrando seu velho chapéu cloche ainda mais fundo na cabeça para proteger o rosto da chuva incômoda.

– Não se deixe enganar pelas casas. Faz poucos anos que foram reconstruídas. A senhorita consegue ver onde aproveitaram as antigas fundações? Dá sempre para identificar pelos tijolos mais velhos no chão.

Maisie aquiesceu. Pelas janelas de trens e táxis, ela havia observado a febre da construção civil em todo o norte da França, povoados crescendo onde, em 1918, eram paisagens desoladas. Gigantes haviam devastado toda aquela terra, que agora voltava a ser fértil. No entanto, as cicatrizes ainda eram visíveis.

– Então, onde ficava o posto avançado de tratamento de feridos?

– Logo aqui, Srta. Dobbs.

Tavistock abriu um portão para um terreno vazio entre duas casas, nos fundos do qual, entre as duas hortas, uma Cruz do Sacrifício erguia-se em direção às nuvens escuras, como uma sentinela constante no alto de um pequeno cemitério murado. Ela pôs ambas as mãos sobre a boca e arfou enquanto lágrimas enchiam seus olhos. Uma corrente de vento passou por entre as casas, assoviando em seus ouvidos, e ela mal conseguiu ouvir Tavistock quando ele avisou que a esperaria no carro. Ela tampouco ouviu o cascalho ranger quando outro automóvel, maior, parou atrás do Renault.

Andando devagar, Maisie se aproximou do cemitério. Fora ali que ela se postara, dia após dia, noite após noite, na barraca de cirurgia, onde vira o sangue fluir de terríveis ferimentos, vidas precoces desvanecer e, nos lábios de cada rapaz, um apelo por sua mãe, sua mulher ou namorada. A chuva se misturava com as lágrimas enquanto ela puxava o casaco para mais perto do corpo na tentativa de afastar o frio. Ela desengatou o portão e entrou no cemitério. Leu, nas inscrições das pedras lisas, tantos nomes que ela conhecia. Sentia-se envolta pelas nuvens. O frio cortante era agora um lamento reverberando entre as casas, e a chuva continuava a cortar a terra. Estendeu os braços para tocar pedra por pedra, e cada vez sentia como se estivesse tocando a pele de um soldado da Grande Guerra. Ela caiu de joelhos e deixou todo o peso do terrível luto atravessar a barragem de obstinação que havia levado anos para construir. *Ah, meu Deus, por que agora? Por que agora? Por que eu, por que sobrevivi? Por que eles morreram e eu sobrevivi? Por que Simon ficou incapacitado e eu fui poupada? Por quê? Me digam por quê.*

Ela sentia o solo encharcado da chuva fria penetrar sua roupa enquanto ficava ali, no chão, agarrando a grama com força como se quisesse desenraizar suas próprias memórias. E, quando sentiu que afundava cada vez mais, que seus ombros e depois seu rosto tocavam a terra, percebeu que havia vozes pairando sobre ela. Tentou abrir os olhos apesar da chuva, apesar das lágrimas, mas não conseguiu. Ouvia apenas vozes masculinas. Começou a enroscar seu corpo como se fosse uma criança novamente, pronta para ser pega no colo e apoiada sobre o coração da mãe. Alguém tocou seu rosto, que estava muito quente, e, enquanto ela escapava do bombardeio que surgira em seus pensamentos, sua última memória foi a de uma mão quente tocando sua testa e de uma voz suave dizendo seu nome: *Maisie.*

Sonhos surgiam e sumiam e, embora tivesse os olhos pesados quando resvalava entre momentos conscientes e inconscientes, escutava vozes indo e vindo, sentia mãos macias e um pano quente e umedecido em sua testa. E então a luz acima de suas pálpebras apagava mais uma vez e ela recomeçava a descer por uma longa escadaria. Em um sonho, a cada degrau ficava mais perto de um tribunal cercado por fogos e disparos. O juiz estava sentado diante dela com uma longa toga vermelha e preta, a peruca platinada sombreando seu rosto. Ele pegou um pano preto quadrado e o colocou sobre a cabeça, depois apontou o indicador para ela, pronunciando uma única palavra: "Culpada." Então o rosto dele era revelado: sir Cecil Lawton. Em outro sonho, ela se virava e subia a escada para escapar do tribunal de acusação, mas uma mulher e uma menina apareciam no topo com uma luz brilhante atrás delas, marcando o contorno de suas silhuetas. A mulher estendia uma das mãos e, com a outra, tentava puxar a menina em sua direção para protegê-la, mas Maisie não conseguia alcançar a mão, não conseguia se arrastar de degrau em degrau. Ao contrário, escorregava para baixo, em direção ao fogo.

Em seguida ela estava na barraca de cirurgia, passando um esfregão de um lado para outro, tentando desesperadamente limpar o chão encharcado de sangue.

– O que você está fazendo, Maisie, querida?

– Estou tentando deixar este chão limpo, mamãe, mas, sempre que acho que terminei, viro para trás e falta um pedaço. E então outra poça de sangue aparece, e mais outra. – Ela olhou para cima, aflita. – Eu simplesmente não consigo deixar este chão limpo.

A mulher pegou Maisie em seus braços.

– Calma, querida, calma. Deixe como está. Você fez o melhor que pôde.

– Mas não está limpo! O chão não está limpo. Eu tenho que...

– *Shhhh*.

Sua mãe pressionou dois dedos no centro da testa de Maisie.

– Seu avô estava certo. Ele viu esse vinco no dia em que você nasceu e me disse: "Essa aí vai se preocupar com tudo. Não vai relaxar nunca."

Ela passou o braço pelos ombros de Maisie e saiu com ela da barraca de cirurgia, atravessando um longo corredor. Um pontinho de luz a distância brilhava no céu como uma estrela solitária.

– Venha, meu amor, está na hora. Venha comigo.

Maisie sentiu o esfregão escorregar de suas mãos enquanto a mãe a conduzia pelo corredor. Ela se sentiu pequena e vulnerável e se deixou ser levada, acalmando-se no conforto protetor do amor de sua mãe. A luz se tornou mais forte e, quando ela se aproximou, pôde ver a silhueta de um homem na entrada.

– Você está quase lá, Maisie. Quase lá.

Quando chegaram ao fim do corredor, a mulher diminuiu o passo e soltou sua mão.

– É hora de dizer adeus.

Maisie se agarrou ao avental da mãe, encostando com força a cabeça na dobra reconfortante de seu pescoço.

– Não!

– Chegou a hora de voltar, Maisie. Vamos lá, vou ficar vendo daqui.

Como se algo a atraísse, Maisie começou a caminhar na direção do homem, virando-se apenas para observar a mãe desaparecer pelo corredor escuro. Quando ela resvalou para o estado de inconsciência, ouviu a voz grave porém gentil de um homem chamá-la. *Maisie. Maisie.*

∽

Foi clareando, primeiro lentamente, quando começou a abrir os olhos, e depois em um clarão, e ela começou a distinguir o quarto. Uma colcha rendada creme cobria um edredom macio, mantas quentes e lençóis brancos de algodão. Ela virou a cabeça na direção de um vaso com lavandas fragrantes sobre a mesa de cabeceira e respirou profundamente. *Estou acordada. Não morri. Estou de volta.* Ela engoliu e sentiu a garganta ressecada. Na mesa, junto com a lavanda, havia ainda uma bandeja com uma garrafa de cristal cheia de água e um copo coberto por um lenço de renda. Maisie tentou se levantar, mas uma súbita dor latejante em suas têmporas a obrigou a se deitar. Esperou um momento e tentou se erguer novamente, até se sentar como pôde, apoiando o cotovelo esquerdo para alcançar a garrafa. Naquele momento, as escadas rangeram, a porta se abriu e Josette entrou.

– Ah, mademoiselle, está acordada! Venha, deixe-me ajudá-la. Depois tenho que avisar ao seu amigo.

Maisie balançou a cabeça, sua visão novamente turva. Ela esfregou os olhos.

– Que amigo?

Josette serviu um copo d'água e se sentou na cama para ajudar Maisie enquanto ela matava a sede.

– Monsieur Blanche. Ele ficou ao seu lado por muitas horas. Monsieur Huntley também a espera.

– Ah, meu Deus. – Maisie se reclinou nos travesseiros. – Há quanto tempo estou aqui?

– Apenas dois dias.

– Dois dias! – Maisie se inclinou em um salto para a frente e afastou as cobertas. – Não tenho dois dias.

Quando tentou se levantar, o quarto pareceu rodar, e ela se sentou de novo na cama.

– Ah, nossa.

– Vamos lá, descanse. Vou lhe trazer ovos. Mademoiselle precisa ficar forte de novo. – Josette sorriu, ajeitando os lençóis ao redor de Maisie. – E vou dizer a Monsieur Blanche que a senhorita acordou. Ele estava preocupado.

Maisie se reclinou nos travesseiros. Os sonhos que teve enquanto dormia começaram a voltar aos poucos à sua consciência. Ela estremeceu. *Dois dias!* Teria sido sedada ou mergulhara profundamente no abismo e apenas agora conseguira fugir dele? Ela quase temia ver Maurice.

As escadas rangeram mais uma vez e logo ela ouviu uma batida leve à porta, anunciando a entrada dele.

– Como está?

Maurice puxou uma cadeira para perto da cama e se sentou.

– Mais uma vez, aí está você como médico, Maurice. No verão cuidou do meu pai e, agora, de mim.

Maurice inclinou a cabeça e sorriu.

– É minha vocação. – Seu rosto voltou a ficar sério. – Você sofreu por muito tempo, Maisie.

Maisie desviou o olhar, primeiro em direção à janela, depois concentrando-se na colcha, onde encontrou um fio solto com o qual se entreter.

– Não tenho razão alguma para sofrer. Tenho muita sorte. Na verdade, este ano fui abençoada, se considerarmos meu trabalho, que é minha felicidade.

– Não sofreu como aqueles que não voltaram da guerra ou que perderam seus entes queridos? Não como Simon ou Priscilla ou os que estão enterrados no cemitério?

Maisie concordou.

– Não sei como isso foi me acontecer novamente. Logo agora, quando tudo parecia estar correndo tão bem.

– É justamente esse o motivo, Maisie. Quantas vezes somos capazes de identificar quando outras pessoas estão a ponto de capitular, mas não entendemos quando acontece conosco? Há algum tempo eu já via que isso acabaria ocorrendo.

Ele fez uma pausa, se levantou e começou a andar de um lado para outro, sem tirar os olhos de Maisie.

– Sim, você descansou quando retornou da França, se recuperou e foi capaz de voltar ao trabalho. De fato, foi sua imersão no trabalho que a ajudou. Mas, à medida que o tempo passa, notamos que as roupas antigas já não cabem, não nos servem mais. Conforme você crescia e amadurecia, o disfarce da recuperação deixava de cobrir sua dor, sua culpa por ter sobrevivido. Este ano tem sido cheio de recompensas de muitas formas. Sua dedicação tem dado frutos e você recebe a atenção de um homem que se preocupa profundamente com você. Restabeleceu a relação com seu pai. Esse colapso, no entanto, era esperado, Maisie. Veja os casos que você assumiu! Minha menina, você é um ser humano!

Maisie puxou as cobertas até o queixo, como se fosse realmente uma criança. Ela sabia que Maurice notaria o gesto.

– Não havia necessidade de se responsabilizar mais pela menina Jarvis, nem de concordar com o pedido de Priscilla, embora eu admita que seus esforços foram bem-sucedidos, ainda que tenham envolvido riscos terríveis para você mesma.

Maisie sentiu um gosto amargo e salgado. Ela precisava defender suas decisões.

– Maurice, eu tinha que fazer *alguma coisa*. Eu tinha que ajudar a menina. Pensei muito no caso. Sei que Billy tem mais informações. Fiquei fora por mais tempo do que deveria, mas acredito que ela é inocente e quero provar isso. Acho que conseguirei.

Maurice balançou a cabeça.

– Eu sou responsável por ter incutido em você esse senso de propósito, que acaba pondo você em perigo.

Maisie estendeu o braço para Maurice quando ele parou ao lado dela.

– E você tinha razão, Maurice. Posso ajudar essa menina, posso ajudar as pessoas com o meu trabalho. Tenho que voltar agora para a Inglaterra. Preciso seguir em frente.

– Mas a que custo? Você primeiro precisa se ajudar, Maisie. Tem um problema em relação à verdade no caso Lawton, e deve se proteger de alguém que quer matá-la.

– Então você acredita em mim?

– É claro que acredito em você! Teresa foi envenenada. Seu carro está destruído. E você quase foi lançada aos trilhos do metrô.

– Pensei...

– Questionar faz parte do meu trabalho, Maisie.

– Podemos voltar para a Inglaterra agora? Tenho muito que fazer.

Maurice olhou para Maisie, ainda segurando sua mão.

– Vamos partir amanhã de manhã. Vou voltar para Londres com você. Mas deve prometer que vai descansar quando esses casos forem solucionados.

– Mas eu não posso deixar Billy sozinho de novo.

– Você pode se afastar um pouco até recuperar toda a sua força, do corpo e do espírito. E precisaremos passar algum tempo conversando, você e eu. Afinal, sou médico e, neste momento, você é minha paciente e precisa se curar.

Josette entrou no quarto com uma bandeja para Maisie. Ovos poché com pão crocante tostado encheram o quarto com um aroma agradável, ainda que Josette tivesse preparado uma quantidade maior do que Maisie seria capaz de comer.

– Bem, então agora descanse, Maisie. Vamos partir amanhã de manhã, se eu achar que você está bem o suficiente.

Maisie aquiesceu e se reclinou quando Josette apoiou a bandeja na colcha. Ela foi deixada sozinha para comer, o que fez lentamente, mastigando cada pedaço muito bem antes de engolir e depois bebericando a tisana quente de ervas. Conseguiu comer apenas um ovo e uma fatia de torrada. Em seguida, empurrou a bandeja para a extremidade da cama. Repousando com as costas nos travesseiros mais uma vez, Maisie reconheceu que Maurice falara a verdade. Mas havia outra ferida aberta, que parecia emitir um lamento ainda mais forte de dentro de seu coração. Ela sentia saudades da mãe, da mulher que a deixara havia tanto tempo.

PARTE TRÊS

Inglaterra, final de setembro a outubro de 1930

CAPÍTULO 26

Maurice havia insistido em afirmar que voltar para a Inglaterra seria exaustivo para Maisie, por isso providenciara uma passagem de avião pela Imperial Airways, saindo de Paris com destino ao Aeródromo de Croydon. Eric estava esperando por eles com o velho Lanchester dos Comptons, pronto para levá-los de volta à Ebury Place.

O dia estava quente e ensolarado, mas as folhas, ainda verdes quando ela deixou Londres, já haviam assumido uma tonalidade marrom e dourada, e o vapor ocre misturado com fumaça começava a se adensar à medida que as lareiras eram acesas à noite para afugentar a friagem. Assim que chegaram à mansão de Belgravia, Maurice orientou Sandra a acompanhar Maisie para o quarto dela e prescreveu vários dias de repouso, uma ordem que ela estava muito fraca para contestar, embora tivesse insistido em ver Teresa.

— Sinto muito, Teresa. Eu nunca teria dado os chocolates se soubesse.

— Bem, é claro que a senhora não sabia! Mas não foi tão ruim assim. Eu havia ganhado uns quilinhos na cintura e agora já estou cabendo em algumas roupas que há um mês não entravam em mim. Cheguei a pensar em dá-las para o trapeiro!

— É um jeito drástico de salvar uma roupa, Teresa. De toda forma, estou muito contente de vê-la bem.

— Mas tive que falar com aquele detetive-inspetor Stratton...

— Claro... Imagino que eu terei que falar com ele muito em breve.

— Ah, vai, sim, senhorita. Ele disse que passaria aqui assim que a senhorita retornasse. Bem, devo lhe trazer uma boa xícara de chá?

Maisie sorriu, recostando-se na cadeira.

— Sim, eu adoraria um pouco de chá.

∽

Apesar de Maurice ter dado ordens para que Maisie não fosse sobrecarregada com visitas, permitiu que Billy fosse à Ebury Place logo depois da chegada dela. Priscilla e Cecil Lawton telefonaram. Andrew Dene deixou uma mensagem dizendo que estava a caminho de Londres.

Billy foi levado à sala de estar de Maisie e entrou sem jeito, segurando com nervosismo a boina e correndo os dedos pelo tecido. Quando lhe ofereceram um assento, ele se instalou na beirada da cadeira diante de Maisie, como se estivesse preparado para, a qualquer momento, se levantar e ir embora.

— A senhorita parece exausta.

— Estou bem, Billy. Então, quero que me conte tudo. Primeiro, Avril Jarvis. Conte-me sobre sua segunda visita a Taunton. Você ficou sabendo de algum progresso de Stratton? Lawton entrou em contato?

Billy assentiu e, inclinando-se para a frente, relatou todas as medidas tomadas e os eventos ocorridos durante a ausência dela. Em vez de lhe lançar perguntas, que, ela sabia, o iriam aturdir, esperou que ele reportasse todo o trabalho feito em cada caso.

— Você acha que a mãe está escondendo algo?

— Sim, senhorita. Como eu disse, ela estava bastante nervosa, e como estava! A polícia tinha ido lá, mas apenas para confirmar detalhes sobre o momento em que Avril saiu de casa, esse tipo de coisa. E a pobre mulher foi perseguida por um daqueles horríveis jornalistas.

— Imagino que seja uma notícia e tanto para uma cidadezinha. Mas ela o recebeu em casa, Billy, isso é o principal.

— Eu contei a ela que a senhorita está tentando ajudar Avril. Mesmo assim, como eu disse, ela estava bem nervosa. Sabe, ela passou por coisas terríveis, perdeu o pai de Avril e tudo o mais. Ela tinha apenas 20 anos quando ele foi preso. Vinte anos e casada, com um bebê a caminho. Terrível. E depois seguiu a vida e se casou com aquele homem que batia nela e em Avril.

— E a tia?

– Bem, ela é irmã do pai de Avril, como a senhorita sabe. Aparentemente, ela nunca gostou do novo marido, achava que a mãe de Avril estava cometendo um erro terrível, como de fato estava. É por isso que ela de certa maneira tomou Avril sob suas asas. Ela comentou que a mãe de Avril era uma mulher dependente, incapaz de cuidar de si mesma.

Maisie se levantou, fraquejou um pouco, apoiou-se na cadeira e começou a andar pelo quarto.

– Senhorita, acho que não deveria fazer isso. O Dr. Blanche disse...

– Estou pensando, Billy.

– Mas, senhorita...

– Billy, a mãe realmente se sentia intimidada pela tia?

– Suponho que sim. É claro, a tia tentava dar uma ajuda, como a senhorita faria. Afinal, eram uma família. Mas não se furtava a dar opiniões. E, é claro, como sabemos, os moradores da região pensavam que ela havia matado o segundo marido com uma de suas poções.

Maisie ficou andando de lá para cá e depois parou ao lado da cadeira de Billy.

– Veja bem, preciso ver Avril. Tenho que falar com ela. Vou conversar com Stratton.

– Mas o Dr. Blanche disse...

– Eu sei o que ele disse, Billy. Poderei descansar quando tudo isso tiver terminado, mas, para conseguir entregar a Cecil Lawton a munição de que ele precisa para garantir a liberdade da menina, que acredito ser inocente, não posso repousar agora!

Billy tateou novamente a boina e olhou para baixo.

– Bem, falando em sir Cecil...

Maisie balançou a cabeça.

– Sinto muito se fui ríspida, Billy. Você trabalhou com empenho durante a minha ausência. Agora me conte sobre Lawton.

– Bem, ele quer saber quando a senhorita o visitará para apresentar seu relatório. Eu disse a ele que a senhorita havia pegado uma gripe forte na França e o veria na semana que vem.

Maisie aquiesceu.

– Muito bem. É uma mentirinha à toa, mas assim ganho um pouco de tempo.

Billy olhou para Maisie.

– Um trabalho esquisito, esse aí. Acho que tudo o que a senhorita tem a fazer é contar para o homem o que ele já sabe, não é? Que o filho está morto.

– Sim, é mais ou menos por aí. Só preciso de um pouco mais de tempo para refletir sobre como darei essa notícia.

Ela fez uma pausa antes de continuar, e quando olhou de volta para Billy, entendeu que ele havia percebido a mentira dela.

– Agora vamos tratar de Stratton.

– Bem, senhorita, não podemos esquecer que não sabemos quem está por trás dos estranhos acontecimentos, certo?

– Eu não me esqueci disso, Billy.

– Sei que logo mais ele aparecerá para vê-la. Na verdade, soube que eles a manteriam sob proteção.

– Ah, não. Não serei seguida em Londres por um detetive jovem e imaturo da Scotland Yard, isso está fora de cogitação.

– Só estou contando.

– Eu sei, Billy. Bem, algo mais?

De um dos bolsos internos do sobretudo, Billy sacou um dossiê enrolado.

– Mais dois clientes, novos casos. Comecei com o básico, como me ensinou, e as duas pessoas marcaram hora com a senhorita na semana que vem.

Billy sorriu ao entregar a pasta de papel-manilha para Maisie.

Enquanto folheava as anotações, Maisie assentia.

– Bom trabalho, Billy. Você agiu muito bem durante a minha ausência, e estou muito grata. Bem, amanhã irei ao escritório por um curto período. Stratton estará aqui em uma hora, e vou pedir a ele permissão para ver a menina Jarvis.

Billy foi acompanhado até a saída do número 15 da Ebury Place, parou diante da escada frontal e levantou a gola do sobretudo para se proteger de um súbito vento frio. Balançou a cabeça, sacou um maço do bolso e acendeu um cigarro, protegendo-o do vento com as mãos em concha e fechando os olhos quando a espiral de fumaça subiu. Ele já vira aquela cena, em seu período de convalescença depois da guerra. Viu um homem jurar estar bem e dizer que os médicos haviam consertado sua mente destroçada. E então, antes que se pudesse perceber, esse homem colapsou novamente, chegando ainda mais perto da beira do precipício.

∽

Stratton se encontrou com Maisie na biblioteca para discutir o caso dos chocolates envenenados, que certamente teriam causado a morte de Teresa caso Sandra não tivesse agido rapidamente. Não havia nada que indicasse a origem do veneno, então as perguntas que Stratton dirigiu a Maisie surtiram pouco efeito, principalmente porque as respostas dela resguardavam seu trabalho no caso Lawton e sua busca pelo local da morte de Peter Evernden.

– É claro, temos que considerar aquela tia velha e excêntrica. O envenenamento pode ter algo a ver com o caso Jarvis.

– Ah, dificilmente, inspetor.

Stratton franziu o cenho.

– Dificilmente?

– Não fiz nada para prejudicar Avril Jarvis. Pelo contrário, fiz tudo para ajudá-la no seu processo.

– Ajudar no processo? Ah, sim, Lawton. Mas deve se lembrar de que a princípio a senhorita foi à Vine Street interrogá-la a pedido da Scotland Yard. Para a tia, a senhorita é uma de nós.

– Ah, acho que não.

– Certamente, ser uma de nós não é tão ruim assim.

– E quanto aos outros incidentes?

– Sim, e quanto aos outros incidentes? A senhorita deveria ter nos informado.

– O senhor sabia sobre o acidente de carro.

– Mas houve o malsucedido empurrão no metrô.

– Billy lhe contou?

– É claro. Ele se sentiu culpado depois de saber sobre o envenenamento. Parece que não tinha acreditado totalmente na senhorita.

– Agora estou me perguntando para quem ele anda trabalhando.

– Ah, não tenha dúvidas de que ele é leal como um cão pastor. Escute, quero ser informado sobre todos os detalhes. E quero que a senhorita fique sob proteção.

– Sim para o primeiro ponto, não para o segundo, inspetor.

Stratton foi até a janela e, em seguida, se virou para encará-la. Os movimentos do policial deixaram claro para Maisie que ele estava prestes a abordar um assunto difícil, e ela já sabia o que era.

– Srta. Dobbs, acredito que seus caminhos e os do serviço secreto se cruzaram. Já pensou, e digo isto em absoluta confidencialidade, que as informações que obteve podem tê-la colocado em perigo?

– Sim, inspetor, eu considerei essa questão. O senhor pode ter certeza de que estou segura neste quarto. Não posso dizer mais nada, mas estou segura.

– Muito bem. – Ele fez uma pausa. – Pois há inimigos dos quais eu posso protegê-la, mas esse está além do meu alcance. Bem, contanto que esteja segura...

Maisie sorriu, vendo nos olhos de Stratton uma preocupação que extrapolava a de um mero colega. Era o tipo de preocupação sentida por alguém que, havia apenas alguns meses, declarara o desejo de que a amizade entre eles se estendesse para além do trabalho em conjunto.

Houve um silêncio embaraçoso. Stratton pegou o chapéu, que havia deixado sobre uma mesa de canto.

– Bem, Srta. Dobbs, por favor, me telefone imediatamente se tiver alguma informação adicional que possa ser útil. Por enquanto, nossas investigações vão prosseguir, especialmente em relação à aquisição das substâncias usadas no atentado contra a sua vida.

Maisie se levantou e estendeu a mão para Stratton.

– E o senhor me dirá quando poderei visitar Avril Jarvis na Holloway? Gostaria de vê-la assim que possível.

– Dr. Blanche disse...

– Inspetor, planejo voltar ao trabalho amanhã. Posso fazer essa visita em breve, se o senhor tomar as providências necessárias.

Stratton suspirou.

– É claro, embora isso possa levar alguns dias.

Ele tocou o chapéu com a ponta dos dedos. Quando estava prestes a abrir a porta que levava ao saguão, deu de cara com Andrew Dene.

– Maisie, querida, vim o mais rápido que pude.

– Ah!

Ela recuou um passo para evitar que ele a tomasse nos braços, um movimento que, ela sabia, deixaria Stratton sem jeito.

– Andrew, deixe-me apresentá-lo ao detetive-inspetor Richard Stratton, da Scotland Yard. Inspetor Stratton, este é meu amigo Dr. Andrew Dene.

Stratton estendeu a mão para Dene, que o cumprimentou com seu habitual sorriso radiante.

– É um prazer conhecê-lo, inspetor. Aposto que está de saída para encarcerar mais alguns criminosos, hein?

Stratton olhou para Maisie e depois para Dene.

– É claro. – Ele sorriu para Maisie. – Entrarei em contato amanhã, Srta. Dobbs.

Quando Stratton partiu, Dene puxou Maisie para perto de si.

– Fiquei tão preocupado, e seu pai mais ainda. Deixe-me levá-la para Chelstone ou para Hastings, Maisie. Eu sei que Maurice disse que você precisa descansar. Vamos, deixe-me tirá-la de Londres.

– Não, Andrew, ainda não. Telefonei para o papai, sei que ele está preocupado, mas eu lhe garanti que estou bem. Sei que lady Rowan provavelmente também está "fora de si" de tanta preocupação. Juro que estou bem. Apenas fiquei sobrecarregada com minha visita a Bailleul. Mas já passou e estou me recuperando.

Dene abriu a boca para objetar, mas Maisie afetuosamente pousou o dedo nos lábios dele.

– Preciso concluir meu trabalho, Andrew. E depois vou descansar. Mas meu trabalho vem na frente.

Dene olhou para o chão e depois de volta para Maisie.

– Sim, eu sei.

Maisie parecia estar levando mais tempo para se restabelecer do que havia imaginado, embora apenas ela se surpreendesse com isso. Contudo, a cada dia ela ficava mais forte, assumindo uma tarefa depois da outra. Ela havia recebido uma carta na qual Priscilla lhe dava notícias do encontro maravilhoso com Pascale Clement e falava de sua admiração por Chantal Clement e seus planos conjuntos para a construção de um memorial para o amado

Peter no bosque onde Maisie encontrou as placas de identificação dele. Elas nada sabiam sobre as descobertas de Maisie, apenas que Peter adorava caminhar por ali porque o lugar o fazia se lembrar de seu lar da infância. Os meninos já não se aguentavam de impaciência para conhecer a prima e estavam fazendo planos para que ela passasse o verão em Biarritz, embora a avó ainda precisasse ser consultada.

Ela gastou um tempo em alguns afazeres mais urgentes. Primeiro, embrulhar cuidadosamente o diário de Peter Evernden em delicado papel de seda e depois em papel pardo com um barbante antes de depositá-lo em uma caixa, na qual ela fixou uma etiqueta com o nome de Pascale Clement. Uma carta anexada instruía Priscilla a não permitir que ninguém, a não ser a menina, recebesse ou abrisse o pacote. Depois de polir a lata Princess Mary, que agora reluzia como nova, Maisie guardou as placas de identidade de Peter Evernden em seu esconderijo original e embrulhou a lata com uma folha de papel de seda antes de a colocar junto com o presente de Pascale. Fechou a caixa e guardou o pacote, que estava pronto a ser remetido para Biarritz. A carta não esclarecia como Maisie havia se deparado com o tesouro, mas explicava que ela achava justo que a lata e seu conteúdo pertencessem a Priscilla a partir de então, embora a posse dos itens devesse permanecer como um segredo.

Da parte de Stratton chegaram notícias de que as providências já haviam sido tomadas para a visita dela a Avril Jarvis na Holloway, em uma terça-feira, 30 de setembro, às dez horas, e de que seu pedido para um encontro particular havia sido concedido. O Invicta preto chegou às 9h15, para que partissem cedo e sobrasse tempo para uma reunião com o diretor da prisão feminina. Como preparação, Maisie havia acordado cedo para fazer seu ritual de meditação. Foi de táxi até Hampstead para conversar por algum tempo com Khan e em seguida ficou um tempo em silêncio e absolutamente imóvel. Durante esse momento, ela viu novamente o pontinho de luz se tornar cada vez maior. Ela estava se afastando da beira do precipício, estava se curando.

— Achei que a senhorita gostaria de ver uma cópia do relatório final do patologista. Mas, se alguém da Yard perguntar, responda que nunca o viu.

Stratton pegou uma pasta de couro e tirou um monte de papéis para Maisie examinar enquanto o carro seguia seu trajeto por Londres. Ela os folheou, depois pegou cada página e leu atentamente.

– O assassino era destro e, na segunda estocada, a lâmina entrou aqui. – Ela tocou o casaco Mackintosh em um lugar do peito à esquerda do esterno.
– Humm. E supõe-se que uma menina de 13 anos tenha força para empurrar uma faca através de roupa, carne e osso?

– Da raiva surge uma força inacreditável. A senhorita sabe disso.

– O senhor não sentiria raiva?

– Não estou dizendo que ela mereça ser enforcada, pelo amor de Deus. Seu amigo Lawton sem dúvida buscará uma condenação por homicídio culposo, para que ela não pegue perpétua. Felizmente, ela é muito jovem para ver o pano preto que anuncia a pena de morte.

Maisie se lembrou do juiz dos seus sonhos colocando o pano preto da morte sobre a longa peruca platinada. Suspirou, exasperada, e entregou o arquivo para Stratton, recostou-se no assento e fechou os olhos, relembrando o primeiro encontro que teve com Avril Jarvis. De olhos fechados, ela revia muitas vezes aquela cena, enfocando um movimento particular, quando a menina estendeu o braço. Com que intenção? Pedir água? Em seguida, o momento em que ela tocou as costas da menina, sentindo a tensão que alertava sobre a existência de um segredo bem guardado. Ela abriu os olhos.

Os muros encastelados e escurecidos pela fumaça que cercavam a Prisão Holloway assomavam adiante, ameaçadores. Os portões se abriram para o Invicta passar, e o carro se deteve para que Stratton e Maisie saíssem do prédio e entrassem. Depois de um encontro com o diretor, eles foram conduzidos para uma salinha, não muito diferente daquela da Vine Street onde Maisie encontrara Avril Jarvis pela primeira vez, embora a sala da prisão fosse desprovida de janela. No centro da sala havia uma mesa, com cadeiras duras de madeira, uma de cada lado. Ela escolheu o assento defronte à porta pela qual Avril entraria.

– Vou aguardar lá fora – disse Stratton antes de sair da sala.

Alguns instantes se passaram. E então a porta pesada se abriu e Avril foi conduzida ao interior da sala. A guarda empurrou a menina para a cadeira e ficou de pé em um canto.

– Não há necessidade de ficar de guarda. Pode esperar lá fora.

– Faz favor, senhora, eu...

– Por favor, nos deixe sozinhas.

Ela fitou Maisie de cara feia.

– Estarei lá fora.

– É claro.

Maisie sorriu e agradeceu à guarda, que, ela sabia, tinha o dever de permanecer na sala, mas possivelmente havia sido instruída a ceder nesse caso.

Maisie olhou para Avril Jarvis. Apesar de seu encarceramento, ela parecia estar muito melhor do que na primeira vez que se viram. Claramente, o inferno que ela agora suportava não era tão sombrio quanto o de antes.

– Como está, Avril?

– Tudo bem, senhorita.

Maisie se levantou e andou ao redor da mesa, mantendo seus olhos em Avril, de modo que a menina acabou erguendo a vista e olhando para ela.

– O que está fazendo, senhorita?

– Estou fazendo com que os muros desmoronem.

A menina estava assustada e franziu a testa.

– Levante-se – ordenou Maisie com a voz suave, porém firme.

Avril empurrou a cadeira para trás e se ergueu, os braços pendidos na lateral do corpo.

Maisie notou o braço direito ligeiramente mais curto. No primeiro encontro delas, quando Maisie pegou o braço da menina para lavá-lo suavemente, Avril havia vacilado.

– Você matou seu tio?

– Acho que posso ter feito isso.

– Não lembra?

– Foi o que eu disse, o que eu tenho dito esse tempo todo.

– Você poderia tê-lo matado?

– Eu poderia, senhorita?

– Sim, não poderia?

– Bem, ele não era nenhum santo, então acho que eu poderia.

– Avril, você está mentindo.

– Não, senhorita, não estou mentindo.

– Avril, eu posso acreditar que você tenha desmaiado. Posso acreditar que teve vontade de matar um homem tão brutal, mas sei que você não poderia ter feito isso.

Avril olhou para o chão. Maisie parou bem na frente dela.

– Avril.

– Sim, senhorita.

– Olhe para mim.

Avril ergueu o olhar.

– Quero que você levante a mão direita e bata em mim com toda a força que puder.

Os olhos da menina se arregalaram tanto que Maisie quase sorriu.

– Não posso fazer isso, senhorita.

– Ninguém aqui vai ver. Só nós duas. Agora, faça o que estou pedindo. Bata em mim com toda a sua força.

Avril engoliu em seco e levantou o braço esquerdo.

– Não, Avril. Você não é canhota, é destra. Use a mão direita.

Avril Jarvis levantou a mão direita e, com o rosto vermelho, baixou o punho com toda a sua força e golpeou Maisie, que fechou os olhos quando o punho atingiu seu peito. Ela não caiu para trás, não perdeu o equilíbrio. Em vez disso, quando abriu os olhos, viu a menina postada ali, às lágrimas.

– Você não poderia ter matado aquele homem, Avril. Você mal conseguiu fazer com que eu me mexesse.

Maisie contornou a menina e parou de frente para as costas dela, pressionando o ponto exato em que ela guardava seu segredo.

– Este é o músculo que sustenta suas costas, não é, Avril? O músculo que compensa seu braço. Arregace a manga, até o ombro.

Avril Jarvis subiu a manga do uniforme, um vestido áspero, e revelou um braço vergado um pouco acima do cotovelo.

– O que lhe aconteceu, Avril?

Maisie pegou um lenço dentro da bolsa preta e o entregou à menina.

– Eu tinha 10 anos quando meu padrasto falou pela primeira vez que eu devia vir para Londres. Fiquei assustada, senhorita, muito assustada. Tentei fugir, mas ele me encontrou e me arrastou de volta. Ele me bateu, disse que eu era uma inútil e que não valia a pena gastar dinheiro com comida para me alimentar. Nessa época eu estava trabalhando no campo, mesmo com o homem do comitê de educação aparecendo por lá. Ele não fez nada quando viu meu padrasto, pois tinha muito medo dele. Fugi novamente, e meu padrasto foi atrás de mim... bêbado, sabe? – Ela fungou e esfregou os olhos e o nariz com o lenço. – Então pensei que, se eu me matasse, ficaria tudo bem, assim ele não teria como tocar em mim novamente. E eu ficaria livre daquilo tudo, fora daquele caminho, se eu morresse.

Maisie aquiesceu.

– Continue.

– Um dia ele disse que ia me mandar embora para trabalhar em Londres, e mamãe estava chorando e dizendo "Não, não, não", então eu fugi e me escondi em uma árvore, e quando ele apareceu para me tirar de lá eu me deixei cair. Eu estava lá em cima, em um galho. Quebrei o braço. Machuquei as costas também. É por isso que não tenho força. É claro, não tínhamos dinheiro para ir ao médico, então meu padrasto amarrou um pedaço de madeira no meu braço com uma bandagem e disse que, quando chegasse a hora de ir para Londres, eu já não sentiria nada. Eu tinha 12 anos quando cheguei aqui. E meu braço ainda dói.

Ela começou a soluçar e, enquanto as lágrimas caíam, Maisie abraçou Avril.

– Quero voltar para minha mãe, senhorita.

– Você vai voltar, Avril. Não se preocupe, você vai voltar.

∽

A noite caía quando Maisie voltou para a Ebury Place. O motorista de Stratton a havia levado de volta sozinha, pois o inspetor permaneceu na Holloway. Ela foi diretamente para seus aposentos, parando apenas para aceitar a oferta de Sandra de lhe levar mais tarde o jantar em uma bandeja, talvez uma bela posta de bacalhau cozido no vapor para lhe dar força.

O fogo já estava aceso na lareira. Maisie tirou o casaco, fazendo-o deslizar pelo corpo, pendurou-o no encosto da cadeira e desabou, esfregando as têmporas. Imagens do dia cruzavam sua mente como um raio, enquanto ela deixava que a tensão das últimas horas se desfizesse. Ela havia chamado tanto Stratton quanto a guarda. Quando eles entraram na sala inóspita em que Maisie se postava ao lado da menina, ela pôs a mão entre as omoplatas de Avril para encorajá-la a manter a postura ereta. Ela não poderia se deixar curvar à situação. Avril Jarvis precisava se manter ereta e firme, e Maisie se assegurou de que naquela hora ela se mostrasse forte, mesmo que desabasse quando fosse levada de volta à cela.

– Inspetor Stratton, eu gostaria de chamar a sua atenção para uma deficiência física de que a Srta. Jarvis padece.

Stratton franziu o cenho, mas ele sabia que Maisie não era de perder tempo.

– O que é, Srta. Dobbs?

Maisie se virou para Avril.

– Por favor, arregace a manga novamente. – A menina obedeceu, mostrando o braço fino e comprometido a Stratton. – Como pode ver, a Srta. Jarvis sofreu um ferimento há algum tempo e ficou debilitada, sem força, embora o problema não possa ser imediatamente percebido e ela o compense bem.

Stratton se aproximou, inclinando o corpo para examinar o braço da menina. Ela começou a tremer muito visivelmente, mas se recompôs quando Maisie sorriu e tocou seu ombro.

– O fato é que a Srta. Jarvis tem pouca força nesse braço. É claro, um médico deverá testar a habilidade e a destreza física dela, embora eu ache que isso já devia ter sido percebido no exame médico preliminar.

– O que está dizendo, Srta. Dobbs?

Stratton encarou Maisie. Ele sabia muito bem o que ela estava dizendo.

– A Srta. Jarvis mal pôde me empurrar com esse braço, e certamente não tem força para trespassar o coração de um homem com uma faca.

Stratton se voltou para a guarda.

– Por favor, leve a Srta. Jarvis de volta para a cela.

A guarda levou Avril Jarvis, segurando a menina pelo braço esquerdo.

– Venha, Jarvis. Não enrole, vamos lá.

A porta se fechou atrás delas.

– Já discutimos isso, Srta. Dobbs. E quanto à fúria, à raiva?

Maisie balançou a cabeça.

– Como sabe, tenho formação médica, por isso sou capaz de fazer uma avaliação preliminar. E, mais uma vez, me surpreendi que a deficiência dela não tenha sido percebida antes.

Maisie começou a andar de um lado para outro, olhando de relance para Stratton.

– Outra avaliação, que poderá ser feita por um cirurgião ortopedista em conjunto com uma consulta ao patologista, irá confirmar que Avril Jarvis não matou, ou melhor, não poderia ter matado o homem a quem se referem como seu "tio".

– Se ela não matou o tio, então quem o matou? – indagou Stratton, balançando a cabeça.

– Ah, isso eu não tenho como saber. É claro que a menina foi a primeira a aparecer na cena do crime. Ela retirou a faca do corpo, um ato que a levou a desmaiar e perder a memória dos acontecimentos subsequentes. – Ela fez uma pausa e deu a cartada seguinte. – O senhor deveria considerar a possibilidade, inspetor, de que a menina não tinha a menor ideia da identidade do assassino. Seu "tio" era um zé-ninguém do Soho com relacionamentos duvidosos. Se uma menina de 13 anos não o matou, tenho certeza de que o senhor é capaz de fazer uma lista de figuras indesejáveis e criminosos conhecidos que ficariam muito satisfeitos em pôr fim à vida dele.

Stratton suspirou, balançou a cabeça e se virou para a porta, gesticulando para que Maisie saísse antes dele.

– Tenho mais trabalho por aqui, Srta. Dobbs. Precisarei da senhorita novamente. No entanto, acho que podemos presumir que, se suas suspeitas forem corroboradas, Avril Jarvis será solta e poderá voltar para a família no momento oportuno.

Ao fitar o fogo, Maisie sorriu. *Em casa com sua mãe.*

Maisie saiu do quarto apenas uma vez antes de o jantar ser levado em uma bandeja. Na biblioteca, ela solicitou uma chamada telefônica para o gabinete de sir Cecil Lawton e, embora não tivesse falado diretamente com o conselheiro, instruiu um aprendiz a lhe informar que ela o visitaria em sua propriedade de Cambridgeshire na sexta-feira e pediu que ele a avisasse depois caso esses planos não fossem convenientes. Maisie planejava fazer a viagem de trem, apesar de ter recebido de Eric a notícia de que o MG estava "pronto quando a senhorita estiver!". Mas ela ainda não se sentia pronta.

É claro que ela poderia encontrar sir Cecil em seu escritório. No entanto, seu cliente – o pai que lhe pedira que provasse que o filho estava morto a fim de que sua consciência enfim descansasse em paz – não era o único homem que ela queria visitar na propriedade dos Lawtons.

CAPÍTULO 27

Nos dois dias transcorridos entre o encontro na Holloway e sua viagem para Cambridgeshire, na sexta-feira, Maisie foi a seu escritório na Fitzroy Square, embora tivesse chegado na metade da manhã e partido antes das quatro da tarde, umas boas três horas antes do fim do expediente habitual. Ela teve outra conversa com Stratton a respeito de Jarvis e começou a trabalhar nos casos dos novos clientes, os quais haviam requisitado os serviços de Maisie Dobbs, psicóloga e investigadora, e se encontraram com Billy enquanto ela estava na França. A França... Parecia que muitas semanas haviam se passado, mas, em função de Lawton, ela precisaria trazer sua peregrinação de volta para o presente. Precisava ainda compor seus relatórios, tanto o verbal quanto o escrito.

Maurice permanecera por dias na cidade a fim de acompanhar a recuperação de Maisie. Embora não concordasse com a insistência dela em trabalhar, pôde ver que, ao retomar sua rotina, ela começara a se afastar do caos de suas memórias. Dene havia retornado para Hastings, mas não antes de extrair de Maisie a promessa de que ela passaria o fim de semana em Chelstone com o pai, talvez até a segunda-feira.

Na manhã de 3 de outubro, ela partiu para Cambridge, onde foi recepcionada na estação pelo motorista de sir Cecil e levada de carro para Saplings. Brayley, o criado de Lawton, estava lá para cumprimentá-la quando o carro parou em frente à casa. Ele evitou que seus olhares se cruzassem, fazendo uma reverência discreta antes de se oferecer para pegar o casaco dela.

– Sir Cecil a receberá na sala de estar, Srta. Dobbs – disse ele, como se a conversa que tiveram na rua em Cambridge nunca houvesse existido, como se ele nunca a tivesse ameaçado a fim de que cessasse a investigação para a qual seu patrão a contratara.

– Obrigada.

Maisie passou por ele sem esperar que a acompanhasse à sala de estar. Ela bateu à porta e entrou.

– Ah, Srta. Dobbs. Bom dia. Soube que a senhorita andou indisposta por causa de uma gripe que pegou na França. – Lawton usava a informalidade para dissimular o nervosismo. – Devo dizer que provavelmente a culpa disso foi toda minha. Para início de conversa, por mandá-la até lá em uma busca inútil... mas parabéns por ter ido e feito uma investigação tão meticulosa a partir das orientações que lhe passei. É claro, não é como se eu não soubesse, a senhorita entende...

– Sir Cecil, posso me sentar?

Maisie achava interessante que esse homem, tão confiante no tribunal, fosse de fato um tanto desajeitado fora de seu ambiente preferido. Por outro lado, aquela não seria uma reunião qualquer.

– Sim, por favor, queira se sentar. Brayley logo trará o café matinal. Devo dizer que não vejo a hora de tomar uma xícara.

– Sir Cecil, cheguei às seguintes conclusões acerca de seu filho.

Lawton estava sentado na beirada de sua poltrona Chesterfield. No entanto, percebendo que isso o fazia parecer um homem menos importante do que de fato era, ele chegou mais para trás e tentou assumir uma postura mais relaxada.

– Continue.

– Comecei comparando os registros de Ralph com o que tínhamos, a fim de entender o que ocorreu na França. Posso lhe dizer que seu filho foi um aviador corajoso, que serviu ao país atendendo aos padrões mais elevados de conduta. Ele assumiu a mais perigosa das missões.

Lawton aquiesceu. Maisie fez uma pausa para considerar a postura, o comportamento dele. *Havia tristeza? Ele demonstrava arrependimento?*

– Na verdade, acredito que o senhor possa não estar ciente do fato de que em diversas ocasiões ele transportou agentes da inteligência para os campos de operação atrás das linhas inimigas, um trabalho que demandava habilidade e coragem.

Maisie viu Lawton arquear as sobrancelhas, sem dizer nada. *Ele apenas quer que eu diga que seu filho está morto.*

– Naturalmente, estou lhe dando essa informação de forma estritamente confidencial. Nós dois devemos lealdade a nosso país, sir Cecil, e essa informação foi obtida a um risco considerável.

– Seu relatório permanecerá entre as quatro paredes desta sala.

– Obrigada. A missão que levou à queda da aeronave era particularmente perigosa e foi executada ao cair da noite. Requisitaram que ele voasse até o território inimigo para jogar um cesto de pombos-correio que seriam usados por um agente que ele havia previamente transportado para aquela área. Seu De Havilland foi abatido sob fogo inimigo e ele caiu. Ao atingir o solo, a aeronave explodiu.

– E meu filho foi morto.

Maisie ficou em silêncio, até que o olhar de sir Cecil cruzou com o dela. Ela havia refletido com muito cuidado sobre as palavras que empregaria a seguir.

– Posso confirmar que Ralph Lawton morreu nas chamas.

Sir Cecil expirou com força, e Maisie percebeu que se tratava de um suspiro de alívio, e não de lamento.

– Como o senhor sabe, os restos mortais dele estão enterrados e imortalizados em Arras, junto com os de outros combatentes do Real Corpo Aéreo que perderam suas vidas na guerra.

– Ele sofreu? Acha que ele sofreu?

Maisie refletiu sobre as cicatrizes no pescoço e nas mãos do homem que chamava a si mesmo de Daniel Roberts, o jovem rapaz na fotografia com seu melhor amigo e o homem que encontrara uma paz aparente.

– Não posso tornar as coisas mais fáceis para o senhor, sir Cecil. Acredito que ele tenha sofrido, embora agora esteja em um lugar melhor.

Ficaram em silêncio por um tempo, durante o qual o criado de Lawton chegou à sala de estar levando uma bandeja de mogno com um serviço de café de prata e xícaras e pires brancos de porcelana. O aroma pungente de café fresco a levou a pensar em Maurice, e Maisie pressentiu sua presença, lembrando-se de seus ensinamentos sobre a natureza da verdade. Durante seu treinamento, eles passaram muitas horas falando sobre a diferença entre fato e verdade e sobre a natureza da mentira. De fato, foi a poderosa – ainda que imprecisa – confusão entre esses termos que esteve no cerne da mais recente discórdia entre eles.

– Fez um excelente trabalho, Srta. Dobbs. Eu queria que minha mulher ainda estivesse aqui junto a mim para que ela também pudesse ouvir seu relatório. Ele seria muito mais útil a ela do que as mentiras que ouviu daquelas delinquentes excêntricas.

– Sua mulher fez o que achou correto, sir Cecil. E as palavras dessas mulheres a reconfortaram em meio ao torvelinho de emoções. – Maisie fez uma pausa e pegou sua pasta. – Meu relatório escrito será entregue em seguida. Por enquanto, trouxe a fatura final, junto com uma prestação de contas das despesas, para sua conferência.

Lawton pegou o envelope, retirando de dentro dele a folha com a prestação de contas.

– Deixe-me tratar logo disso. Voltarei em instantes com um cheque para a senhorita.

– Obrigada.

Maisie se levantou e olhou ao redor, notando uma coleção de fotografias emolduradas sobre um aparador. Ela andou pelo carpete espesso e observou-as, uma de cada vez. A maioria havia sido tirada em estúdios, em sessões formais, e representavam sir Cecil e lady Agnes Lawton ora individualmente, ora como um casal, e também com o filho deles, um menino de aparência frágil, com uma expressão de aparente tristeza. Em seguida, ela se voltou para outra fotografia de pai e filho. Embora não tivesse sido tirada em um estúdio, trazia as marcas da formalidade, as regras de comportamento que ambos se obrigavam a respeitar. Maisie sorriu, lembrando-se da parede de fotografias na casa dos Partridges em Biarritz: os três meninos em meio a risadas, uma imagem dos garotos amontoados sobre o pai em suas amáveis travessuras, outra mostrando Douglas com seu braço ao redor do filho mais velho enquanto os dois espiavam uma piscina natural formada pela maré, as calças levantadas, as cabeças próximas. Havia verdade nas imagens diante dela, uma verdade que a ajudava a suportar o peso da história que tinha recontado para sir Cecil: Ralph Lawton havia sofrido, mas agora estava livre.

– Aqui está.

Lawton entrou na sala e entregou um cheque para Maisie. Ela olhou de relance para o número e notou que o valor era bem mais alto do que aquele que ela havia indicado em sua prestação de contas final.

– Sir Cecil, eu...

Ele ergueu a mão.

– A senhorita não apenas conduziu sua investigação com um rigor acima do esperado, como também recebi a informação de que as acusações contra a Srta. Avril Jarvis foram retiradas. Ela será solta na segunda-feira. É claro, há alguns pormenores administrativos a serem resolvidos, mas o resultado disso é que o trabalho em meu gabinete será mínimo.

– Obrigada, sir Cecil.

– *Eu* que agradeço, Srta. Dobbs. Minha mulher agora poderá descansar em paz, assim como meu filho.

Maisie foi em direção à porta e, na soleira, virou-se para seu cliente. Ela lhe estendeu a mão.

– O senhor também poderá descansar, sir Cecil. Cumpriu sua promessa. Tenha um bom dia.

∾

Ao deixar a sala, Maisie foi recebida por Brayley, que a acompanharia ao carro que a levaria para a estação de trem. Ela parou, tocou-o no braço e apontou para o corredor que supôs que levasse à cozinha.

– Podemos conversar?

O homem hesitou, o rosto corando. Na última conversa, ele fora hostil, mas naquela casa ele era um subalterno.

– É claro, senhora.

Atravessaram o corredor até chegarem a um recesso com uma janela saliente que dava para o jardim.

– Aqui está bom.

Maisie olhou ao redor para ter certeza de que os dois se encontravam a sós.

– O senhor me ameaçou?

– Por favor, senhora, em nome da lealdade que devo a meu empregador, errei em meu julgamento. Eu lhe peço encarecidamente: por favor, não conte a sir Cecil sobre a visita que lhe fiz.

– Se eu de fato fosse contar, já o teria feito. E, depois que o senhor foi falar comigo, ainda chegou ao cúmulo de me vigiar, para saber o que eu poderia ter descoberto.

O homem balançou a cabeça.

– Eu apenas queria protegê-lo. O filho dele teve um... um passado. Teria sido terrível se as pessoas soubessem, se suas investigações revelassem a verdade.

Maisie fez uma pausa, controlando novamente a cadência da conversa.

– E foi o senhor que me fez bater com o carro? Foi o senhor que correu da Goodge Street e quase se jogou na minha frente?

O homem franziu a testa e balançou a cabeça.

– Não sei do que a senhora está falando. Sim, admito, eu a segui em duas ocasiões e até mesmo a vigiei em seus aposentos. Achei que eu poderia insistir novamente, mas não tentei lhe causar dano algum.

Maisie franziu o cenho e assentiu. Acreditava nele, mas ainda estava inquieta.

– O senhor agiu com estupidez. Eu poderia mandar prendê-lo por seu comportamento.

– Eu lhe imploro...

Maisie ergueu a mão.

– Fique tranquilo. Eu seria capaz de tentar proteger meu empregador da mesma maneira. – Ela olhou para o jardim pela janela e depois se voltou para o criado. – O senhor não deve nunca mais falar sobre esse assunto, sobre a promessa feita por sir Cecil.

– Eu nunca falei, senhora.

Maisie calçou as luvas.

– Estou pronta para ir agora.

Eles caminharam em direção ao carro e, quando o extenuado criado abriu a porta, ela sussurrou:

– Seus segredos estão bem guardados. Adeus, Sr. Brayley.

Enquanto o carro se deslocava lentamente sobre a estrada de cascalho, Maisie se inclinou para a frente a fim de observar o charco que se avistava no horizonte. Então Brayley tentara assustá-la, tentara impedir que investigasse a vida e a morte de Ralph Lawton, mas não atentara contra sua vida. Agora ela precisava seguir em frente, explorar outra possibilidade. Embora estivesse cansada, ela sabia que aos poucos ia recobrando suas forças. E teria que estar forte para encontrar a pessoa que a queria ver morta.

∾

Havia sido outro longo dia. Logo que acordasse, ela iria a Chelstone, embora ainda não houvesse decidido se dirigiria até lá ou se pegaria o trem. Quando voltou para a Ebury Place, Sandra lhe informou que Eric estava ansioso para vê-la. Ele havia pegado o MG no conserto naquela manhã e não podia mais esperar para que ela o visse. Apesar de desejar uma xícara de chá, Maisie foi primeiro para os estábulos nos fundos, paralelos à mansão da Ebury Place. Era lá que ficavam guardados os carros dos Comptons. O velho Lanchester estava sempre luzindo. Embora nos últimos tempos lorde Compton geralmente fosse transportado no Rolls-Royce mais novo, ele mantinha o Lanchester por razões sentimentais. "É um carro excelente", costumava dizer para George, seu motorista pessoal. Embora ofuscado pelo Lanchester, o MG tinha lugar de destaque e estava brilhando quando Maisie entrou na garagem.

– Ah, meu Deus! Que trabalho maravilhoso!

Eric contornou o carro com uma flanela na mão, que ele usava para polir uma marca mal discernível aqui ou uma manchinha de poeira ali.

– Vou lhe dizer, Reg Martin é um gênio em matéria de carros. É um dos melhores em carrocerias, um verdadeiro artesão. – Ele fez uma pausa para dar um passo atrás e admirar o MG. – Nem dá para perceber que aconteceu alguma coisa com ele.

Maisie assentiu.

– Ela está um luxo, Eric. – Ela arqueou as sobrancelhas. – Mas agora é melhor que eu veja a conta, não é?

Eric balançou a cabeça.

– Tudo resolvido, senhora.

– Que história é essa? O homem não trabalha de graça. Na verdade, em tempos como estes, estou surpresa de que ele esteja conseguindo manter seu negócio. Por que ele não mandou a conta?

– É melhor falar com sua senhoria. Ele mesmo resolveu tudo enquanto a senhorita estava na França. Não é do feitio dele, é verdade. Sabe, sua senhoria não fala muito, mas me instruiu a enviar a conta para ele, disse que fez a senhora passar por tudo isso, que, se não estivesse trabalhando para o amigo dele, nada disso teria acontecido.

– Ah, meu Deus. Detesto ficar em dívida.

Maisie tocou a testa, tateando o lugar da ferida, agora cicatrizada.

– Não, a senhora não está em dívida. É ele que está, por isso pagou o conserto. E então, quando vai sair com o MG? Pode levá-lo para Kent amanhã. Uma bela escapada de manhãzinha...

Maisie balançou a cabeça.

– Não, Eric. Talvez na próxima semana. Quem sabe eu o leve para dar uma volta bem cedinho.

Eric franziu o cenho.

– Certo, senhora. Tão logo se sinta pronta, ele estará aqui, novinho em folha.

Maisie agradeceu ao jovem e se virou para partir, mas, assim que ela chegou à porta, ele a chamou.

– Senhora?

– Sim?

Maisie se virou para ele.

– Caso mude de ideia, vou tirá-lo da garagem bem cedo. E, se quiser, já que será a primeira vez depois do acidente, irei com a senhora. Posso voltar de trem. Lembro que, quando falei com o velho Reg, ele me disse que, depois de um motorista quase se esborrachar, é bom ter companhia.

Maisie sorriu.

– É uma oferta muito generosa, Eric. Se eu mudar de ideia, avisarei.

Quando chegou a seus aposentos, Maisie se sentou diante da mesa e pegou em sua pasta o dossiê no qual mantinha as anotações sobre o caso Lawton. Um punhado de fichas estava enfiado dentro da aba, pronto para ser anexado ao arquivo quando o caso estivesse encerrado, a fim de que todas as referências estivessem armazenadas caso fossem necessárias no futuro.

Ela deu batidinhas na beirada da mesa de madeira com a caneta-tinteiro verde. Na segunda-feira, viajaria para ver Jeremy Hazleton e sua mulher. Ela precisava encontrar o velho amigo de Ralph Lawton mais uma vez. Juntou as mãos e repousou a cabeça nelas, com os cotovelos sobre a mesa. Pensou por alguns instantes e depois pegou as anotações que havia feito durante a conversa com Dene havia três semanas, quando teve com ele não uma conversa pessoal, mas sobre seus conhecimentos médicos, principalmente em ortopedia.

O fogo crepitava na lareira, atraindo Maisie para a poltrona, longe da mesa. Ela fitou as chamas subindo em direção à chaminé e deixou sua mente vagar enquanto observava aquela espécie de caverna produzida pelas brasas quentes diante dela. *Talvez eu deva assumir o volante novamente. Talvez eu deva aceitar a oferta de Eric. Vamos ver como estarei me sentindo pela manhã.* Mas, enquanto tentava manter abertos seus olhos pesados, foi perpassada por uma sensação que ela imediatamente atribuiu ao medo de voltar a dirigir um carro. Estava tão cansada que não considerou que era sua intuição se manifestando.

Maisie se levantou mais tarde do que o habitual. O dia estava bastante ensolarado, mas havia algumas nuvens ameaçadoras no céu. Ela tomou banho, pegou sua mala para o fim de semana e tomou a liberdade de bater à porta da cozinha e entrar no domínio das criadas.

– Se não se importam, pensei em tomar uma xícara de chá aqui, bem rápido. A casa está tão quieta, parece que sou a única pessoa no mundo!

Sandra e Teresa estavam conferindo a roupa de cama, e Eric, o lacaio convertido em motorista, estava debruçado sobre a pia, com uma xícara de chá e um biscoito na mão. Ele se virou rapidamente quando Maisie entrou.

– Pode tomar seu chá, Eric. Só vim aqui atrás de um pouco de companhia. De todo modo, eu gostaria de falar com você sobre o MG.

– Ele está lá fora nos estábulos desde as sete da manhã esperando pela senhora, caso decida dirigi-lo.

– Bem, acho que eu deveria.

Ela sorriu para Sandra, que acabara de colocar diante dela um bule de chá recém-preparado e uma xícara de porcelana.

– Está fazendo um dia tão bonito que decidi enfrentar de vez a situação. Estou muito feliz por tê-lo de volta, então vou dar uma volta!

– Muito bem, senhora! – Eric pôs sua xícara na pia e se dirigiu à porta dos fundos. – Mas se achar que precisa de alguém...

Maisie levantou a mão.

– Não, não será necessário, Eric, mas sua oferta foi muito gentil, como eu disse ontem.

– Ótimo, vou tirar a poeira dele pela última vez e ligar o motor.

– Estarei lá fora em quinze minutos.

Eric tocou em sua boina e saiu da cozinha. Sandra e Teresa se entreolharam e balançaram a cabeça.

Maisie se juntou a Eric nos estábulos exatamente quinze minutos depois. O motor do MG estava em ponto morto enquanto Eric tirava a poeira, esfregando o capô.

– Desse jeito a pintura do Sr. Martin vai desaparecer! – gracejou Maisie.

– Preciso deixá-lo perfeito para a senhora.

Ele deslizou a flanela para dentro de um dos bolsos de trás e pegou a mala de Maisie, colocando-a no bagageiro antes de abrir a porta.

– É só ir com calma, senhora, que esquecerá que aquele esbarrãozinho na Tottenham Court Road um dia aconteceu!

Ele deu dois toques na boina enquanto Maisie engatava a marcha e conduzia o carro lentamente para fora da garagem.

Por toda Londres e pela Old Kent Road em direção a Sevenoaks, o tráfego estava leve e o tempo bom, embora não o suficiente para abaixar a capota e enfrentar o vento forte. A princípio dirigindo a 15 quilômetros por hora no máximo, Maisie logo ganhou confiança e, quando as ruas da cidade deram lugar aos novos subúrbios e, mais adiante, ao Weald of Kent, sentiu que Eric estava certo: ela já nem se lembrava do acidente... Ela o manteria no fundo de sua mente. River Hill assomava logo adiante. Em breve estaria chegando a Tonbridge e, depois, a Chelstone. Direcionou seus pensamentos para assuntos mais leves enquanto seguia em frente, mudou a marcha para ultrapassar um cavalo e uma carroça e depois acelerou a 80 quilômetros por hora em uma estrada praticamente vazia.

As meninas na cozinha não paravam de falar sobre o zepelim que partiria da Inglaterra para Paris no fim de semana. O R-101 era uma façanha da engenharia e um símbolo do espírito aventureiro. Maisie percebia que as conversas delas costumavam girar sobre assuntos assim: os lugares aonde iriam "se tivessem dinheiro", as casas em que morariam se tivessem sido abençoadas com riquezas e as roupas que vestiriam se desposassem um homem rico. A cozinha era um casulo que as protegia da realidade da crise econômica que assolava o país.

Contando com a sorte, Maisie mudou de marcha ao se aproximar da colina e, no topo, acionou o pedal do freio. Ela escutou o ganido das engrenagens, um efeito que esperava que fosse acompanhado pelo puxão dos freios. Pressionou o pedal do freio novamente: nada. Mudou para uma marcha ainda mais baixa e foi mais para a frente no banco quando viu a estrada longa e sinuosa serpenteando para baixo, mas, apesar de sua destreza com os controles do MG, sentiu que o carro começou a avançar fora de controle. *Ah, meu Deus, por favor, me ajude.* Ela pisou fundo no freio mais uma vez, mas novamente nada aconteceu. Passou a marcha a ré e acionou o freio de mão para a frente e para trás, medidas que se provaram inadequadas para aquela perigosa mescla de declive e velocidade. Agora, com as duas mãos no volante, ela sentia seu corpo balançar de um lado para outro a cada curva da estrada, enquanto a colina a jogava cada vez mais para baixo.

Um carro que vinha subindo desviou do MG para evitar uma colisão enquanto Maisie derrapava pela estrada, e o motorista agitou o punho quando seu automóvel subiu no acostamento. Mais uma vez o tempo pareceu parar, exatamente como ocorreu na Tottenham Court Road, e também como quando aquela mão se estendeu para empurrá-la nos trilhos do metrô, e ainda como ocorreu na França. Ela já havia descido mais da metade do caminho. O MG ganhava velocidade a cada segundo, emitindo sons estridentes com a primeira marcha acionada e tremendo enquanto Maisie lutava para conduzi-lo. Seus dedos estavam agarrados ao volante, seus dentes haviam rachado seu lábio superior, que começou a gotejar sangue. O sol resplandecia por entre a copa das árvores sobre a estrada e, em meio ao terror, Maisie viu à frente fragmentos da luz que brilhava intermitente. Ela tangenciou uma curva.

– Ah, não!

Um caminhão deslocava-se vagaroso apenas alguns metros à frente. Maisie deu uma guinada com o volante à direita, passou de raspão pelo caminhão e por pouco evitou o impacto com outro carro que vinha no sentido contrário. Ela cuspiu o sangue salgado de sua boca quando finalmente viu a base da colina. A elevação começou a se nivelar, embora o MG ainda andasse depressa. À frente, surgia um acostamento inclinado e uma valeta. Ao ver outro caminhão adiante e uma série de veículos vindos na direção oposta, Maisie deu uma guinada com o volante para a esquerda, entrou no acostamento e fechou os olhos quando o MG bateu na valeta e foi parar do outro lado, dando de frente em uma sebe.

Ela engoliu em seco, o suor escorrendo da testa e fazendo seus olhos arderem. Lentamente ela se moveu para desligar o motor. Dois carros haviam encostado e agora um homem e uma mulher corriam pela grama em direção ao MG. O homem abriu a porta e a mulher se ajoelhou ao lado dela.

– A senhorita está bem?

Maisie assentiu. Ela não conseguia falar.

O homem foi até o carro e ajudou Maisie a ficar de pé.

– O que aconteceu? Perdeu os freios?

Ela assentiu novamente, ainda sem conseguir encontrar as palavras.

A mulher pegou um lenço do bolso do tailleur de tweed e o pressionou contra a testa de Maisie e, depois, vendo o sangue escorrer do lábio para o queixo, o segurou contra sua boca.

– O motorista atrás de mim encostou o carro e correu até o posto da polícia lá atrás. Eles estarão aqui em um minuto – disse o homem, enquanto ela olhava na direção da estrada. – Vamos lá, senhorita. Sente-se aqui na grama.

Ele tirou seu casaco Mackintosh e o colocou sobre o solo úmido.

– Um lugar terrível para perder os freios, terrível. E olhe que, para mim, parece um carro novo. – Ele balançou a cabeça e sorriu com ironia. – A senhorita o ganhou de alguém, minha querida?

CAPÍTULO 28

Sentado à mesa da cozinha da casa do cavalariço, Frankie observava em silêncio sua filha contar outra versão dos acontecimentos que levaram o MG ao seu último local de descanso em uma sebe ao lado da estrada: tudo havia sido culpa de um esquilo inesperado que havia cruzado o caminho e, não querendo matar um animal inocente, ela desviou para evitar atropelar a criatura. Enquanto narrava a história, seu pai assentia, observando certo brilho nos olhos dela que ele não via fazia algum tempo.

– Sabe, Maisie, sua mãe às vezes tinha um olhar e, no minuto em que eu o enxergava, sabia não apenas que ela estava determinada, mas também que nada ficaria no caminho dela. Vi esse olhar em você duas vezes: quando me disse que iria para a universidade e quando lhe contei que eu estava pensando em entregá-la para as autoridades por ter mentido sobre a idade ao se alistar. Bem, não sei exatamente o que está se passando agora, minha menina, mas sei quando vejo sua mãe em você, e neste momento posso vê-la. Apenas tome cuidado para não se meter em mais encrenca. *Esquilo... sei!*

Dene chegou mais tarde. Maisie estava conversando com George, o motorista dos Comptons, quando Dene apareceu em seu Austin Swallow. A falta de sorte de Maisie ao se deparar com um esquilo errante na estrada não foi o único tópico de conversa naquele dia, já que haviam chegado notícias de que o famoso R-101, a maior aeronave do mundo, tivera um fim trágico, caindo na França.

Dene acenou para George e se inclinou para beijar Maisie no rosto. Depois de se assegurar de que ela não estava ferida, ele falou tanto para Maisie quanto para o motorista:

– E a aeronave, hein? Mal posso acreditar, e vocês? O zepelim sobrevoou Hastings ontem à noite, embora eu deva dizer que não fui uma das almas obstinadas que ficaram ali esperando para vê-lo passar na escuridão. Um negócio terrível, terrível. Um jeito horrível de partir. Dizem que houve apenas oito sobreviventes, não é mesmo?

George aquiesceu, e a conversa prosseguiu até que Dene perguntou quais eram os planos para recuperar o MG.

– Bem, tive uma conversa com o proprietário da oficina esta manhã e parece que a carroceria não está muito avariada, surpreendentemente. Alguns arranhões profundos e uma mossa, mas nada de que Reg Martin não possa cuidar, embora eu esteja certo de que ele terá alguma coisa a dizer sobre isso, visto que acabou de terminar os reparos do último acidente!

Maisie lançou um olhar expressivo para George enquanto ele falava. O motorista entendeu e não mencionou os freios.

– É claro, há outros detalhes mecânicos para verificar, mas, considerando tudo, o carro deverá estar pronto em questão de dias.

Dene se voltou para Maisie.

– Você precisa tomar cuidado. Estava dirigindo muito rápido?

– Andrew!

Maisie franziu o cenho, mas aceitou a provocação de bom grado, querendo mudar de assunto quanto antes.

George saiu para retomar o trabalho e Maisie caminhou com Dene até o piquete.

– Então, o que fará sem um carro? Precisará ficar parada em um único lugar por alguns dias.

Maisie balançou a cabeça.

– Tenho que resolver um caso antes de tirar mais uma folga. Já perdi tempo na França, por isso estou com trabalho atrasado.

– Está se sentindo bem o bastante?

Ela aquiesceu.

– Estou muito melhor. Preciso investigar a fundo uma questão que tem me perturbado, mas prometo que irei para Hastings assim que concluir tudo.

– E quanto ao carro? Como fará para se locomover?

– Amanhã voltarei para Londres de trem. Preciso ir para Dramsford na segunda-feira à tarde. Depois disso, acho que não terei que sair da cidade para fazer meu trabalho, então usarei o metrô e os ônibus. Eu me virava antes de ter o MG e posso fazer isso novamente, tenho certeza.

– Uma das vantagens de estar em Londres, presumo.

Dene parecia pensativo e ficou quieto por um instante, e Maisie suspeitou de que ele nutrisse esperanças de ela escolher morar fora de Londres. Foi um comentário que a fez se lembrar de que precisava contatar os advogados com relação ao apartamento em Pimlico. Não estava pronta para se mudar para outra cidade, muito menos para uma que fosse distante de Londres.

Maisie se voltou para Dene, querendo evitar um mal-entendido.

– E uma das vantagens de estar em Londres é que é sempre um prazer visitar o litoral. Irei para Hastings, Andrew, quando esse trabalho específico estiver terminado, o que acontecerá em breve. Depois descansarei e poderemos compensar o tempo que ficamos separados.

Depois do jantar com Frankie Dobbs na casa do cavalariço, Dene foi embora de Chelstone, tomando Maisie nos braços e beijando-a intensamente quando ela o acompanhou até o carro.

– Eu me preocupo com você, Maisie. Sei como deve ter se sentido na França, e sei também que assumiu grande responsabilidade ao aceitar esse caso. – Ele fez uma pausa, trazendo-a para junto de si. – Nunca questionarei seu trabalho, Maisie, mas peço apenas que tome cuidado. Não sei o que eu faria se...

Maisie encostou o dedo nos lábios dele.

– Sei o que estou fazendo, Andrew. Lembre-se de quem foi meu tutor.

Dene assentiu e apertou a mão dela enquanto entrava em seu Austin Swallow.

– Até breve. Quem sabe nos vemos no próximo fim de semana?

Ela acenou para ele enquanto respondia:

– Ligarei durante a semana, Andrew.

Continuando a acenar enquanto ele guiava o carro para a saída, Maisie voltou lentamente à casa do cavalariço, onde se sentaria perto da lareira com o pai antes de ir para a cama e se levantar cedo no dia seguinte, quando pegaria o trem para Londres. Sim, ela ainda estava cansada, suas articulações ainda estavam fracas. Mas o pai tinha razão. O acidente parecia tê-la energizado, como se tivesse reavivado o fogo de sua determinação. Ia *confrontar* Jeremy Hazleton e sua esposa. E *descobriria* quem queria matá-la.

Ela parou à janela que dava para a salinha de estar onde o pai agora roncava em frente à lareira. Enquanto ela acompanhava Dene, ele havia cuidado do fogo e as chamas tinham aumentado, produzindo uma luz tremeluzente que naquele momento se projetava na fotografia emoldurada da mãe que ficava sobre a cornija da lareira. Maisie estava paralisada mirando a fotografia e pareceu então que a imagem se mexeu, embora isso certamente fosse impossível. Mas, naquela noite, Maisie adormeceu com o sentimento infantil de estar segura em casa, com a mãe e o pai.

Maisie chegou à casa dos Hazletons na tarde de segunda-feira. Eric havia se oferecido para conduzi-la, argumentando que lorde Compton lhe havia pedido que se assegurasse de que o Lanchester fosse tirado da garagem de tempos em tempos e que aquele seria um bom momento. Ele estacionou o majestoso carro na rua e, enquanto abria a porta do passageiro para Maisie descer, olhou para a casa e para o caminho sinuoso que levava à porta da frente.

— Meu Deus, senhora, eu não gostaria de ser a pessoa que precisa carregar as compras por aquela escada.

Maisie pisou na calçada, calçando as luvas e conferindo a posição de seu chapéu preto.

— Acho que a entrada dos fundos é um pouco mais amigável. É onde deixam o carro estacionado. Na verdade, deve ser mais acessível, já que o dono da casa não pode andar. Ele foi ferido na guerra.

Eric assentiu.

— Ficarei esperando, senhora.

— Não devo me demorar, e isso se eles me deixarem entrar!

Maisie sorriu e começou a subir os degraus. Ela percebeu as cortinas se movendo e soube que a Sra. Hazleton já a vira da sala de estar. Muito provavelmente, já estava correndo para a porta a fim de despachá-la. Ao chegar à entrada, de fato foi a mulher de Jeremy Hazleton, e não a empregada, que atendeu.

— O que está fazendo aqui? Achei que eu tivesse sido clara. A senhorita ouviu quando pedi que não voltasse novamente a esta casa!

A habitual seriedade na expressão e nas roupas era pouco atenuada pelo rosto ligeiramente corado, o que apenas servia para acentuar as cavidades sobre seu maxilar e sob os olhos.

– Bom dia, Sra. Hazleton. Eu gostaria de ver seu marido, embora minhas perguntas hoje não tratem de Ralph Lawton diretamente nem comprometam a memória dessa amizade. Preciso apenas pedir a ajuda dele em um assunto pessoal.

– O que quer dizer?

Com a porta parcialmente aberta, a mulher continuou a falar pela fresta. Maisie sorriu de novo, concentrando-se em mostrar simpatia.

– Levará apenas alguns instantes, Sra. Hazleton.

– Deixe a mulher entrar, pelo amor de Deus. Vamos terminar logo com isso – bramiu, do saguão, a voz de Jeremy Hazleton.

Charmaine Hazleton abriu a porta de maneira brusca e deu um passo para o lado para que Maisie entrasse. Jeremy se aproximou em sua cadeira de rodas e inclinou a cabeça para o lado.

– Vamos até o meu escritório, Srta. Dobbs. – Ele se virou para sua esposa. – Está tudo bem. Eu cuido dela.

Hazleton foi para escritório conduzindo sua cadeira de rodas, e sua mulher se postou atrás de Maisie, revelando no olhar uma intensa reprovação por aquela visita inesperada e indesejada. Maisie fechou a porta atrás de si, mas sabia que Charmaine Hazleton ficaria ouvindo a conversa.

– Então, o que quer?

Hazleton chegou à mesa e deu um giro com a cadeira até que estivesse de frente para Maisie. Seus olhos refletiam não apenas raiva, mas, reconheceu Maisie, também medo.

– A senhorita descobriu tudo o que queria sobre Ralph?

Maisie permaneceu de pé e começou a andar de um lado para outro, mantendo os olhos nos de Hazleton.

– Sim, descobri.

Ela parou diante da mesa e pegou um peso de papel de vidro, segurando-o contra a luz. Imediatamente o reconheceu como o ornamento do bar que aparecia diante de Jeremy Hazleton na fotografia tirada no Café Druk, em Paris. Naquele momento ela entendeu que a peça fora um presente de Lawton para seu amante. Hazleton pareceu desconfortável, mas não disse nada. Maisie continuou a segurar o peso de papel enquanto andava pelo escritório e falava com Hazleton.

– Compreendo que tinham uma relação profunda. No entanto, desta vez não estou aqui para falar de Ralph.

Ela virou o peso de papel de cabeça para baixo e depois começou a passá--lo de uma mão para a outra.

– A primeira pergunta que tenho diz respeito a mim, na verdade. E à sua esposa. Minha vida tem sofrido ameaças, Sr. Hazleton, e estou aqui para saber por que sua esposa correu da estação da Goodge Street apostando que eu perderia o controle do meu carro. Talvez ela possa me esclarecer isso.

Ela encarou Hazleton e, com as mãos mais afastadas, continuou passando o peso de papel de uma das mãos para a outra. Hazleton ainda não mencionara o ornamento, mas decidiu responder sua pergunta:

– Que besteira! Há meses que minha esposa não chega nem perto de uma estação de metrô.

– E ela não estava em Belgravia este fim de semana?

– Claro que não!

Maisie distanciou ainda mais as mãos, de modo que agora ela jogava lentamente o peso de papel de um lado para outro, aparentemente absorta, refletindo sobre a resposta dele.

– Escute bem: tome cuidado!

Ela sorriu.

– Ah, eu tomo cuidado, Sr. Hazleton, e foi por isso que fiquei ferida mas não morri no sábado.

– Já lhe disse que não tenho ideia do que está falando!

Agora Maisie segurava o peso de papel em uma única mão, mas continuava a brincar com ele enquanto andava pelo escritório, lançando-o no ar, no início apenas alguns centímetros acima da palma da mão, depois 3, 4 centímetros para o alto.

– Acho que precisaremos voltar à estação da Goodge Street, não é mesmo, Sr. Hazleton?

Hazleton ficou ruborizado, levando sua cadeira de rodas até a lateral da mesa.

– Esta é uma peça muito valiosa, saiba disso!

– Ah, não se preocupe, quando criança, eu jogava *rounders* muito bem.

Mas, sabe, brincávamos nas ruas para que alguém sempre pudesse dar uma boa rebatida.

Maisie lançou a bola a uma altura de cerca de meio metro e a pegou novamente, em seguida mudou de braço e repetiu a jogada.

Hazleton emitiu um som gutural e se lançou na direção de Maisie, que deu um passo para trás, aproximando-se da parede quando o homem que se dizia mutilado correu até ela.

– Me dê isso!

Quando ele pegou o peso de papel, Maisie o segurou com mais força. Então Charmaine Hazleton irrompeu no cômodo e viu o marido em pé diante de Maisie Dobbs.

– O que você fez? Olhe para ele!

– Acho que não mereço crédito nenhum pela cura espontânea, não é mesmo?

Hazleton caiu de joelhos no chão e começou a soluçar. Sua esposa correu para se colocar ao seu lado.

– Estamos destruídos. Está tudo acabado.

Maisie permanecia calma.

– O senhor estará se não começar a me contar a verdade. – Ela encarou Charmaine Hazleton com expressão severa. – Quero saber exatamente o que está acontecendo aqui. – Virando-se para Hazleton, Maisie estendeu a outra mão. – Bem, agora levante-se, Sr. Hazleton, porque sei que é capaz disso.

Hazleton se pôs de pé com dificuldade.

– Sentem-se, os dois.

Eles se sentaram. Charmaine Hazleton ficou perto do marido, que havia cambaleado até a cadeira de rodas.

– Qual dos dois estava na Goodge Street?

O casal trocou olhares, e em seguida a mulher de Hazleton falou:

– Ah, pelo amor de Deus! – Ela se virou para o marido. – A uma hora dessas, na certa ela já contou para a polícia. Deve ser um deles que está lá fora no carro.

Maisie não revelou para quem ela poderia ter contado de sua visita.

– Sra. Hazleton, é melhor explicar, e rápido.

– Sim, fui eu. Primeiro, eu queria falar com a senhorita novamente. Pensei que, se eu explicasse tudo, a senhorita desistiria dessa busca ridícula por Ralph Lawton. Eu a segui, comecei a descobrir aonde a senhorita ia, o caminho que fazia até o escritório. Eu a observei sair de casa aquele dia e, de repente – ela olhou para as mãos e depois estendeu o braço para o marido –, tive o impulso de assustá-la, queria fazê-la desistir. Sei que foi uma estupidez, uma enorme estupidez. Eu sabia que conseguiria chegar à Goodge Street antes que a senhorita entrasse na Tottenham Court Road. Tínhamos tanto a perder.

Mordendo o lábio, ela prendeu a respiração e voltou a explicar:

– Construímos uma vida aqui. O passado do meu marido... não tem consequências agora. Ele precisa de mim. Ele precisa de *mim*.

Maisie olhou de Hazleton para sua mulher, avaliando a situação. Ela se levantou e voltou a andar pela sala, e então parou diante do homem, agora sentado em sua cadeira de rodas.

– E por que raios mentiu sobre sua condição? O senhor sofreu ferimentos graves, sim, mas não a ponto de permanecer em uma cadeira de rodas. Estou surpresa que não tenha sido descoberto.

O casal Hazleton parecia abatido, como se toda a energia deles tivesse se esvaído, de modo que se inclinaram um na direção do outro para recobrar as forças. Se ela não tivesse sido uma vítima da fraude deles, Maisie talvez sentisse pena dos dois.

– Eu... Foi depois da guerra...

– Continue.

– Foi quando eu ainda estava na cadeira de rodas e começando a minha carreira política. Eu podia andar, mas ainda me sentia instável. – Hazleton engoliu em seco. – Houve uma reunião com eleitores, apenas um pequeno grupo. Nos primeiros dias, eles me viram ora na cadeira de rodas, ora sem ela, mas eu estava andando. E então tropecei e me esborrachei na frente de todos. Foi horrível. Fiquei me perguntando o que devem ter pensado.

– Tenho certeza de que eles tiveram a máxima compaixão, afinal, todo mundo pode sofrer uma queda.

– Não um político! – Enquanto falava, Hazleton foi perdendo a voz. – Eu me desequilibrei e depois não pude encarar outra situação assim, e Charmaine... – ele olhou de relance para a mulher, e então Maisie seguiu seu olhar, tendo naquele momento a medida do delicado equilíbrio da relação deles – ... Charmaine disse que seria melhor se eu usasse a cadeira de rodas quando estivesse fora de casa e andasse apenas dentro de casa, por via das dúvidas.

– Entendo.

– Então aconteceu outra coisa. Parecia que a imagem do membro do Parlamento mutilado significava algo para as pessoas. Era como um símbolo daquilo por que todas elas haviam passado, imagino. De todo modo, eu me convenci de que estar em uma cadeira de rodas me tornava mais popular, me ajudou a conquistar meu assento no Parlamento. Minha mulher foi outro motivo. Um político não pode sobreviver sem as pessoas certas dando--lhe apoio. Se minha amizade com Ralph viesse a público...

Ele estendeu o braço na direção da esposa e pegou sua mão.

– A senhora podia ter me matado! – interrompeu Maisie, tocando sua testa.

– Tínhamos tanto a perder! – exclamou Charmaine Hazleton, levando a mão à boca.

– E quanto a sabotar meu carro no último sábado de manhã?

– Eu... eu não sei do que está falando.

Hazleton pareceu ter ficado verdadeiramente perplexo.

Uma gota de suor escorreu da testa de Maisie quando ela começou a entender que os atentados amadores dos Hazletons não envolviam adulterar automóveis.

– E quanto ao que houve no metrô? Goodge Street foi sua única visita ao metrô para tentar me matar?

O casal voltou a trocar olhares. Hazleton falou:

– Eu juro, Srta. Dobbs, queríamos assustá-la, fazê-la interromper sua busca inútil por um homem que está morto. Sim, é claro que tínhamos segredos para proteger, mas matá-la? Não.

Maisie engoliu em seco.

– Os senhores se colocaram em uma posição muito difícil e vulnerável.

– Por favor, não nos entregue, não faça isso. Por favor, nos perdoe, estávamos cegos pela...

– Ambição? – completou Maisie rispidamente.

Hazleton balançou a cabeça.

– Não. Não do jeito que imagina.

Ele fez uma pausa, pegou um lenço no bolso e o passou pela testa.

– Eu tinha tanto medo de falhar, e eu... nós... queríamos fazer o bem. Nós dois vimos tantas coisas ruins, coisas perversas. Eu perdi meu querido amigo, e Charmaine presenciara jovens tentando reconstruir suas vidas apesar dos ferimentos terríveis. Achamos que trabalhando juntos, como uma equipe, poderíamos representar aqueles que não tinham voz, especialmente depois da guerra, e especialmente agora. Minha deficiência chamou a atenção e, por conta dela, todos passaram a acreditar no que eu tinha a dizer.

– O senhor não acha que o que tinha a dizer contava por si só? – perguntou Maisie, sua raiva aumentando.

– Estávamos equivocados.

– Equivocados? Podiam ter me matado! E mentiram para seus eleitores.

– A voz deles foi ouvida!

– Mesmo assim...

– Por favor, Srta. Dobbs, seremos arruinados.

Maisie novamente se pôs a andar pela sala. Ela parou duas vezes para encarar os Hazletons. Caminhando de um lado para outro, ela podia captar seus medos e esperanças. Os de uma esposa que tinha tanto receio de perder seu lugar como cuidadora e parceira essencial que encorajava um homem a permanecer na cadeira de rodas. Os de um homem forte o suficiente para lutar no campo de batalha e na Câmara dos Comuns, mas aterrorizado com a possibilidade de seu passado vir à tona. Em seu silêncio, ela pediu forças para perdoá-los e fazer o que era certo. Ela queria sair daquela casa, queria ter tempo para refletir sobre as ações deles e o sentido de suas vidas. Então olhou para o casal mais uma vez e soube que fazê-los esperar por sua resposta seria cruel. Será que os três já não tinham visto coisas cruéis demais?

Por fim, ela se virou para o casal e anunciou sua resignação em um suspiro antes de falar.

– Continuem sentados e discutiremos as condições do meu silêncio.

E, ao dizer essas palavras, ela jogou o peso de papel na direção de Hazleton, que esticou os braços para fazer uma recepção perfeita.

CAPÍTULO 29

— Bom dia, senhorita! É ótimo encontrá-la de novo radiante e bem cedo pela manhã. E devo dizer que está com uma aparência excelente!

Billy não estava tão certo assim de que sua patroa parecia de fato bem, mas sem dúvida estava menos pálida, e ele havia passado tempo o bastante em hospitais para saber que um pouco de estímulo produzia maravilhas.

— Sim, estou me sentindo melhor, Billy.

Maisie deixou o trabalho de lado e ergueu os olhos, fechando sua caneta-tinteiro.

— Estou apenas finalizando meu relatório para sir Cecil Lawton. Estou atrasada, mas ele sabe que andei ligeiramente indisposta. Enfim, puxe uma cadeira. Há algo que preciso lhe contar antes que você ouça de outra pessoa.

A cor do rosto de Billy havia desaparecido quando ele se virou depois de pendurar o casaco no gancho atrás da porta.

— O que houve, senhorita?

— Não se preocupe, Billy. Não vou fechar meu negócio.

— Ufa! A senhorita me assustou. Está tudo bem?

Maisie se recostou em seu assento, em parte para dar a impressão de que não havia nada com que se preocupar, em parte para transparecer certo domínio sobre os acontecimentos.

— O que eu queria lhe dizer, antes que o Sr. Dene ou o inspetor Stratton lhe contem, é que houve um acidente no sábado.

Billy franziu a testa.

— Com quem? Quer dizer, foi com a senhorita? Está se sentindo bem?

Ele foi até a mesa de Maisie, que abanou a mão num gesto para ele se sentar.

– Sim, foi comigo e, francamente, não foi um acidente. Os freios do meu carro falharam. Tive sorte... de fato, tive muita sorte... mas há alguém tentando acabar comigo com muita insistência.

– A senhorita está parecendo muito calma em relação a isso. Quer dizer, se eu estivesse na sua pele, ficaria preocupado olhando para trás o tempo todo. Talvez precise falar com Stratton novamente... isto é, sobre andar com proteção.

– *Havia* proteção, Billy. Ficou claro que o homem que correu de seu carro para chamar a polícia *era* da polícia. Não adiantou grande coisa. Não, acredito que encontrarei a resposta em algum lugar no caso Lawton. Todos os atentados parecem ter começado depois que eu o assumi. – Maisie balançou a cabeça. – Sinto que estou deixando escapar alguma coisa, algo quase palpável, mas...

Billy assentiu.

– Também estou quebrando a cabeça, realmente estou. – Ele fez uma pausa, depois se inclinou para a frente. – Veja bem, acho que a senhorita não deveria ficar andando por aí sozinha.

– Está parecendo meu pai.

– Não, não pense assim, senhorita. Acho que eu deveria acompanhá-la para ir ao escritório e voltar para casa. Isso faria parte do meu trabalho até que o sujeito esteja atrás das grades. Afinal, se a senhorita morrer, não terei emprego nenhum, certo?

Maisie também se inclinou para a frente.

– Está certo. Vou aceitar sua oferta, Billy. Bem, eu gostaria agora que você desse atenção aos novos casos enquanto termino este relatório. – Ela pegou quatro fichas de arquivo e as entregou a seu assistente. – Sublinhei quatro nomes aqui. Veja o que você consegue descobrir sobre cada pessoa. Comece com a ficha, verifique se há algo na pasta do cliente, depois confira os jornais.

– E por falar neles...

Billy afastou a cadeira, andou até onde estava seu casaco e tirou dois jornais do bolso interno. Voltou a se virar para Maisie, colocando-os sobre a mesa dela.

– O *Times* e o *Express*. Há uma reportagem neles que vai interessar a senhorita. Essa história me lembrou a pobre Sra. Lawton.

Maisie ergueu o olhar, franzindo o cenho.

– Do que se trata?

– Bem, ocorre que ontem houve uma sessão em um lugar dirigido por um sujeito chamado Harry Price. Tenho certeza de que já vi esse nome em uma das fichas antigas... Era um amigo do Dr. Blanche, não era? – Quase sem respirar, Billy continuou a contar sua história cada vez mais rápido: – Enfim, houve essa sessão... sabe, só de pensar nisso me dá arrepios... e lá estava aquela turma interessada nesse tipo de coisa, e uma médium que esse sujeito, o Price, tinha testado e comprovou ser genuína. Bem, eles estavam ali tentando entrar em contato com um escritor, sabe, aquele camarada que morreu alguns meses atrás. Qual era mesmo o nome dele?

– Você está falando de Conan Doyle?

Maisie se inclinou ainda mais para a frente, se perguntando que história era aquela que Billy estava contando.

– Sim, esse mesmo! Enfim, como eu estava dizendo, eles estavam todos ali, fazendo o que quer que se faz nessas reuniõezinhas, e a senhorita não vai adivinhar... eles receberam uma mensagem do capitão do R-101, sabe, o que caiu no fim de semana. – Billy correu o dedo pelas linhas do jornal. – Uma mulher chamada Eileen Garrett era a médium e, como está escrito aqui, esse Harry Price do Instituto Psíquico consegue identificar quem tem dons de verdade e quem não tem...

Maisie pegou sua pasta.

– Sei muito bem quem ele é, Billy. Lembra que contei sobre alguns casos em que Maurice e eu trabalhamos depois da guerra, quando havia bandos de médiuns e paranormais fraudulentos dizendo que tinham recebido mensagens do além? O mesmo tipo de pessoa que fez Agnes Lawton de boba... Bem, Maurice consultou Price.

Maisie fez uma pausa, lembrando-se de sua primeira experiência como testemunha no tribunal quando os réus foram individualmente julgados. Fechando os olhos, ela rememorou a cena, sua atenção voltada para uma pessoa em particular, sentada na galeria desacompanhada, e para o jeito como ela se inclinava para a frente a fim de ouvir, completamente concentrada em Maisie enquanto ela dava seu depoimento. Ela abriu os olhos.

– Billy, preciso ver Price agora mesmo.

Billy franziu a testa, imediatamente ajudando Maisie a vestir o casaco Mackintosh antes de pegar o seu próprio.

– Eu não entendo, senhorita, o que temos a ver com o R-101?

– Nada e tudo.

Ela abriu a porta e saiu para a rua, esperando seu assistente trancar o escritório.

– Vamos apenas dizer que uma coincidência me fez lembrar que eu provavelmente deveria ter falado com o Sr. Price há um mês.

– Então, para onde estamos indo agora?

– Para o Laboratório de Pesquisa Psíquica. – Maisie se virou para Billy enquanto desciam a escada e atravessavam a praça. – Tudo bem para você, não é? Ou está preocupado em ir até lá? Pois se você...

Billy balançou a cabeça, embora Maisie tivesse achado que ele estava pálido.

– Não, tudo bem, senhorita. Como meu velho pai costumava dizer: os mortos não podem nos machucar, são os vivos que temos que vigiar.

Maisie e Billy chegaram ao laboratório e tiveram sorte em conseguir uma breve audiência com Price, um homem renomado em uma área que tinha um grande número tanto de céticos quanto de seguidores, os quais eram considerados no máximo clarividentes pelos descrentes. Seguiram-se as cortesias, quando falaram da saúde do Dr. Maurice Blanche, antes que o verdadeiro motivo da visita fosse discutido.

– De fato, eu me lembro muito bem daquele caso. – Ele assentiu. – Estremeço ao pensar nos milhares que foram prejudicados por essas pessoas. E quando lembro que, em meio a uma guerra, tabuleiros ouija eram vendidos como pão quente e que qualquer mulher com um xale velho e uma toalha de mesa vermelha tomava dinheiro dos que tinham perdido seus entes queridos! Mas aquele caso foi particularmente perverso. Pelo que me recordo, as falsas médiuns formaram uma espécie de grupo, não?

Maisie assentiu, enquanto Billy permaneceu inquieto em seu lugar.

– Elas formavam uma aliança fraudulenta, tomando, em troca de palavras do além, o dinheiro que as pessoas haviam poupado durante a vida inteira. Elas podiam ter sido acusadas segundo a Lei de Bruxaria, mas acabaram sendo mandadas para a Holloway por seus negócios escusos, que culminaram no suicídio de uma jovem viúva de guerra, embora a defesa tenha argumentado que desde o início ela sofria de um transtorno mental. Duas delas foram soltas depois de cumprirem suas respectivas penas, e uma morreu na prisão, acho que devido a uma doença coronária.

Price assentiu e, em seguida, consultou o relógio antes de pegar a lista de Maisie.

– Srta. Dobbs, vou pedir que um de meus colegas a ajude com esses nomes e lhe entregue um relatório sobre as atividades dessas pessoas. Como sabe, até onde é possível, mantemos o registro de quase todos os médiuns e paranormais. Devo me retirar agora, por causa da imprensa e de uma ou outra coisa que preciso resolver.

– É claro, obrigada.

Maisie e Price trocaram um aperto de mãos, enquanto Billy dava um passo para trás, como se tocar um homem que trabalhava com espiritualistas, médiuns e paranormais pudesse arrastá-lo para um canal que inescapavelmente o levasse ao além. Price, em sua pressa para tratar de outros assuntos, não lhe estendeu a mão.

Um jovem alto e magro entrou na sala pouco depois. Seu cabelo preto estava partido ao meio e penteado para trás. Trajava um terno listrado azul-escuro e uma gravata-borboleta vermelha e azul no colarinho da camisa branca engomada.

– Ah, Srta. Dobbs, Sr. Beale. É um prazer conhecê-los. Archibald Simpson, a seu dispor. Bem, agora vejamos o que temos aqui sobre essas três mulheres.

Simpson colocou três pastas de papel-manilha sobre a mesa.

– Esta será de particular interesse para a senhora.

Ele se inclinou na direção de Maisie, entregando-lhe a primeira folha de uma volumosa pilha de papéis.

Enquanto Maisie lia, a cor renovada que Billy havia notado mais cedo se esvaiu novamente do rosto dela. Ela devolveu a folha de papel.

– Obrigada. Acho que isso é tudo.

– Mas...

– O que foi, senhorita? – perguntou Billy, inclinando-se na direção de Maisie com se fosse protegê-la.

– Sr. Simpson, posso usar seu telefone? Reembolsarei os custos da ligação, é claro.

Maisie se levantou, ansiosa para agir. O homem gaguejou, surpreso com a mudança de comportamento de Maisie.

– É-é claro. Venha por aqui.

Ele estendeu a mão para que ela saísse da sala antes de Billy, que se apressou como se temesse ser deixado para trás.

Simpson acompanhou Maisie até um pequeno escritório com um telefone, enquanto Billy ficou esperando ansioso do lado de fora. Ele não queria perder Maisie de vista. Ela voltou da sala dez minutos depois, se despediu de Simpson novamente e saiu do prédio depressa, com Billy em seu encalço.

– O que está havendo, senhorita? Para quem precisou telefonar?

– Stratton.

– Para pedir proteção?

Maisie balançou a cabeça enquanto olhava os dois lados da rua e acenava para chamar um táxi.

– Não. Preciso de Stratton para que ele testemunhe. – Ela se virou para Billy enquanto eles entravam no carro preto. – Minha palavra apenas não bastará. Nem a sua.

– O que está acontecendo, senhorita? E para onde estamos indo?

– Contarei no caminho. Eu posso errar, e errei ao não fazer as perguntas certas na hora certa. Mas agora vamos.

∞

Quando Maisie e Billy chegaram ao prédio em forma de navio, dois carros da polícia estavam estacionados em uma rua lateral e a única evidência visível da presença das autoridades era Stratton, encostado na parede de uma loja da esquina, e Caldwell, no lado oposto da rua. Caldwell conversava com uma mulher que carregava uma sacola de compras, possivelmente uma das novas recrutadas para a investigação criminal, disfarçada de transeunte. Maisie assentiu para Stratton quando ela e Billy se dirigiram à entrada principal do prédio. Ela não tinha necessidade de falar com ele. Já haviam falado o suficiente ao telefone.

– Tudo bem, Billy?

– Não sei. Acho que eu estava melhor quando me rastejava para esticar o arame farpado entre as nossas trincheiras e as dos inimigos. Durante a guerra pelo menos eu sabia quem era o inimigo e não havia nada desse negócio de espíritos. – Billy se interrompeu e estreitou os olhos. – Veja, o que é aquilo em que estão falando?

Maisie olhou de relance para a polícia.

– É o novo rádio sem fio da polícia, Billy. Foi inventado a pedido do comandante de Brighton. A Scotland Yard está testando há cerca de um mês... Parece que hoje ele será bastante útil.

– Ah, veja só!

Maisie sentiu algo no pescoço, como se uma brisa gelada o tivesse roçado. Ela fechou os olhos por um instante e tocou no peito tentando sentir o próprio batimento cardíaco com a ponta dos dedos. Mesmo em ocasiões como aquela, ela precisaria mostrar compaixão. Precisaria ouvir e agir com integridade. Tocou a campainha e depois se apresentou usando o alto-falante. A Sra. Kemp respondeu de maneira brusca.

– Bem, eu já estava indo embora, pois hoje trabalho meio expediente, mas a Srta. Hartnell virá vê-la.

Maisie acenou para Billy e abriu a porta quando a campainha soou. Antes de a porta se fechar, Stratton, Caldwell e a mulher se esgueiraram pela abertura. Eles atravessaram o pátio e foram até a escada. Maisie apontou para um canto sombreado abaixo da escada que levava ao apartamento de cima, fez sinal com o dedo para que Billy a seguisse e mostrou uma arcada onde ele deveria esperá-la. Ela foi sozinha ao apartamento de Madeleine Hartnell.

A Sra. Kemp estava enfiando um alfinete no cabelo para fixar sua boina quando Maisie chegou.

– Preciso sair agora. A Srta. Hartnell está na mesma sala onde a recebeu da outra vez. Ela sabe que a senhorita está a caminho, e acabei de levar algo para beber enquanto ela se prepara.

Maisie assentiu. *Enquanto ela se prepara.* Madeleine Hartnell precisava de um tempo sozinha antes de ver uma cliente, assim como Maisie meditava para aquietar sua mente antes de uma reunião. A empregada saiu, indo depressa até a escada, de onde emergiu Billy, saindo de seu esconderijo. Ele andou até a porta, que Maisie tivera o cuidado de deixar encostada, e não fechada. Maisie o viu lançar um olhar sobre a mureta do corredor para verificar se a empregada já havia partido e se Stratton estava a caminho.

Nenhum raio de sol brilhava pelas janelas naquele cinzento dia londrino. Em vez disso, névoa e fumaça davam um amarelo enfermiço ao ar, e as pessoas cuidavam de seus afazeres com cachecóis cobrindo a boca e o nariz, evitando assim respirar o ar tóxico. A casa abrigava um frio que nem mesmo as brasas vermelhas e quentes na lareira eram capazes de atenuar. Maisie estremeceu ao bater à porta da sala de Madeleine Hartnell.

– Entre.

Maisie abriu a porta e entrou. Hartnell trajava um vestido preto longo e justo com uma chamativa costura dupla na altura do quadril e um cinto prateado. O decote canoa acentuava suas clavículas, e sua pele branca leitosa parecia refletir a volta única do colar de pérolas de cor creme e os brincos combinando. Seus cabelos louros platinados brilhavam, e seus lábios se destacavam com uma generosa camada de batom vermelho. Maisie sabia que sua visita era esperada.

– Fico contente por ter podido me atender, Srta. Hartnell.

Hartnell apontou para uma poltrona igual à sua e então se inclinou para a frente a fim de servir água nos dois copos. Ela empurrou um copo na direção de Maisie e levou o outro aos lábios. Maisie pegou o copo, se sentou e se recostou.

– A senhorita estava me esperando?

– Eu tinha um pressentimento.

Maisie assentiu. Ela compreendeu.

– A senhorita sabe por que estou aqui – disse Maisie como uma afirmação, não uma pergunta.

Hartnell sorriu lentamente e se virou para ela, piscando de um jeito langoroso que fez Maisie pensar em um gato acordando, talvez despertado pela entrada indesejada de alguém que fora perturbar o silêncio de seu sono.

– Sim.

Maisie manteve o vagar de seus próprios movimentos. Não apenas ela precisava demonstrar um comportamento tranquilo que espelhasse o de Hartnell, como também era necessário que suas testemunhas tivessem tempo de se posicionar. Intencionalmente, ela evocou imagens da mãe e de Simon. Seu pensamento seguinte foi Andrew Dene. Foi essa última imagem que a deixou calma. Calma o suficiente para começar a atuar.

– Então, como descobriu quem eu era? – quis saber Madeleine Hartnell, mal se mexendo.

Maisie se levantou com a mão erguida. Ela pegou o copo com água para exagerar a impressão de calma, embora não desse um gole sequer.

– No início, eu não percebi. A senhorita mudou, afinal de contas.

Hartnell soltou um riso curto, acompanhado por um sorriso malicioso que lhe caiu mal. Maisie acrescentou:

– Seu cabelo louro, suas roupas...

– Cortesia de uma cabelereira e de uma ótima costureira, que sabe como me vestir à perfeição. Eu cresci, Srta. Dobbs.

Maisie assentiu, lembrando-se da jovem que, havia mais de dez anos, não conseguia tirar os olhos dela no tribunal enquanto via a mãe ser acusada com base nas evidências fornecidas por Maisie Dobbs. A jovem menina era agora uma mulher amargurada e perigosa.

– Sei por que tentou me matar, *Srta. Adele Nelson.*

Os olhos de Hartnell se estreitaram, seu sorriso evaporou. Ela não perdeu tempo em reagir à provocação, mas se levantou e se aproximou de Maisie.

– Ah, não, não sabe, Srta. Dobbs, não tem a menor ideia do motivo. Acha que sabe... apenas porque descobriu meu verdadeiro nome, um nome que tive que mudar por ter sido manchado pelo julgamento da minha mãe. Mas esta mente afiada que a senhorita tem parou na superfície da história, assim como fez quando aquele velho tirano e sua nova e ambiciosa assistente jogaram a pobre Irene Nelson na cadeia. Isso significou a morte dela!

– Sua mãe morreu de causas naturais. A necropsia indicou uma cardiomegalia, um coração grande, e o exame médico que ela fez ao dar entrada na Holloway revelou um batimento cardíaco irregular, então...

– Um coração grande! Sim, ela tinha o coração grande. Ele foi preenchido pela dor do luto, então, enquanto ainda havia espaço naquele coração, ela tentou ajudar as pessoas. É claro que ela tinha o coração grande. O corpo faz o que a alma o estimula a fazer!

Maisie sentia a garganta seca. Embora quisesse muito dar um gole na água, sabia que sua réplica precisaria ser rápida.

– Ela enganou pobres viúvas para ficar com o dinheiro de suas economias. Ela se associou a outras duas, Frances Sinden e Margaret Awkright, para cometer um crime. A jovem viúva de um soldado morto ficou tão deprimida por causa das mentiras delas que se suicidou! Srta. Nelson, precisa entender: sua mãe, Sinden e Awkright agiram de forma fraudulenta. – Maisie fez uma pausa, desapontada. – Afinal, a senhorita era uma criança.

A mulher irrompeu a falar. Naquele momento, seu cabelo quase prateado contrastava com uma expressão que evidenciava sua instabilidade.

– Eu tinha 14 anos! Tinha idade suficiente para saber o que estava acontecendo. E eu me lembro da *senhorita*. – Ela cutucou Maisie com o dedo. – Sim, a senhorita. No tribunal. – Ela mal continha sua fúria. – Eu me lembro da senhorita no tribunal, dando seu depoimento, virando-se para o júri com aqueles olhos grandes para falar sobre o luto das pessoas. Vou lhe dizer quem estava de luto: minha mãe, depois que meu pai morreu na França. Era ela quem estava enlutada! Tentou ajudar a si mesma e aos outros do único jeito que sabia.

Maisie apoiou o copo na mesa.

– Ela não tinha o seu dom.

– Você a matou!

Adele se levantou e cruzou os braços, abraçando a si mesma na tentativa de se tranquilizar.

Maisie ficou em silêncio. Em sua mente, viu a imagem do sonho que tivera: sua mãe estendendo o braço para ela enquanto segurava a mão de uma menina nas sombras. *Será que eu neguei a essa menina o amor de sua mãe?* Ela hesitou um instante, mas lembrou a si mesma que não deveria baixar a guarda. Endireitou a postura e encarou Adele.

– Eu não matei sua mãe. Agi no melhor dos interesses das viúvas inocentes que haviam sido atormentadas... atormentadas pelas ações de três indivíduos muito mal-intencionados. A senhorita era muito jovem e muito impressionável para conseguir ver a verdade.

Adele se aproximou de Maisie.

– Verdade? Está falando comigo sobre *verdade*? Sua criatura egoísta. Vou lhe falar a verdade. Minha mãe morreu em uma cela úmida e infestada de ratos, ao lado de criminosos comuns, prostitutas e assassinos. Uma mulher com o *coração grande* morreu com a escória de Londres, e eu a amava. Eu a *adorava*. – Sua voz sucumbia à emoção. – E eu jurei que um dia, *um dia*, me vingaria da senhorita e daquele homem horrível.

Ela jogou a cabeça para trás e começou a rir, parando bruscamente para continuar a falar:

– Ah, como fui abençoada quando a senhorita veio aqui me ver, como eu comemorei a minha sorte! Fiquei esperando o momento certo, mas o destino a trouxe para mim e eu soube que minha hora havia chegado.

– Srta. Nelson... Adele.

Maisie percebeu que a mulher mal a escutava, concentrada no que tinha a dizer, palavras que ensaiara todos os dias por quase dez anos. Ela andou até a janela para ganhar tempo, perguntando-se como acalmaria uma mulher tão cega pela dor do luto que mal conseguia enxergar um palmo à sua frente.

– Senhorita... – disse Maisie, virando-se para a outra.

– Sua bruxa!

Adele Nelson apontava uma pequena pistola de cabo de marfim para Maisie, seus olhos faiscando, os lábios vermelhos contraídos contra os dentes. Na outra mão ela segurava o copo d'água, que levou à boca, ainda focando sua vítima.

Maisie não se mexeu, não berrou, não gritou aterrorizada. Em vez disso, recorreu às lições de Khan para certificar-se de que cada célula de seu corpo permanecesse calma. Driblando o impulso de se mexer cedo demais, ela assumiu um olhar de preocupação, como se olhasse para uma criança com o joelho ralado depois de uma queda.

Adele riu, levantando a pistola, seu dedo tremendo no gatilho.

– Adele, não seja tola, querida.

Maisie ouviu as palavras saindo de sua boca, escutou-se falando como sua própria mãe poderia ter falado, tão suavemente, vendo não uma mulher cega pela necessidade de vingança, mas uma menina sozinha no tribunal, uma menina que a encarava enquanto ela dava seu testemunho e que, afinal, fora deixada sozinha no mundo, sem uma única alma para acompanhá-la. Então, quando Adele lentamente começou a engatilhar a pistola, seus olhos agora baços, Maisie se deu conta de que a oportunidade de conversarem já havia passado. Já não seria capaz de tranquilizar nem o coração dolorido nem a alma atormentada daquela mulher.

Quando o dedo indicador de Adele voltou a se mover, quase imperceptivelmente, Maisie lançou seu corpo inteiro sobre a mulher, girando o punho e erguendo a pistola no ar. Um único tiro foi disparado, e Maisie gritou: "Stratton!"

Um tumulto se seguiu, com a polícia irrompendo na sala enquanto Maisie se ajoelhava no chão ao lado da mulher que se autodenominava Madeleine Hartnell.

– Que inferno, ela tinha uma arma! – Billy se agachou ao lado de Maisie. – A senhorita está bem?

– Sim.

Ela se virou, erguendo o olhar para Stratton.

– Por que não entrou antes? Já não tinha escutado o suficiente?

Stratton tocou o ombro de Maisie e a puxou para cima, ajoelhando-se em seguida ao lado de Adele. Ele pressionou dois dedos para sentir o pulso da carótida da mulher, a pele suave contra a mão áspera do policial.

– Ela se foi.

– Sei que se foi, mas ela não precisava ter feito isso...

Stratton se levantou e, tomando Maisie pelo cotovelo, levou-a para outro canto enquanto Caldwell e a oficial se lançavam ao trabalho, isolando a sala e usando o rádio para chamar o socorro e o patologista.

– Eu estava prestes a entrar.

Maisie balançou a cabeça.

– Ela poderia ter sido salva. Não precisava ter sido assim.

Stratton se virou para encarar Maisie.

– Não, não precisava ter sido, mas foi. E ela estava preparada para se matar. Não era o seu copo que estava envenenado, mas o dela.

Maisie olhou mais uma vez para o corpo sem vida de Adele Nelson e depois andou até a bandeja.

– Ei! Não toque nisso, será necessário como prova.

Ela ignorou Caldwell e pegou o copo de água que Adele Nelson havia servido para ela. Mergulhou o dedo mindinho no líquido e depois o tocou com a ponta da língua. Balançou a cabeça e se virou para Stratton.

– O senhor está errado, inspetor. Ela queria matar ambas.

EPÍLOGO

Outubro e novembro de 1930

Pelo resto do mês, Maisie teve pouco tempo para si mesma. Passou muitas horas na Scotland Yard antes de poder começar o processo de concluir os casos das últimas semanas. O MG foi entregue em perfeito funcionamento, e Maisie já estava novamente dirigindo por Londres e Kent com confiança cada vez maior. Queria desesperadamente passar algum tempo em Chelstone com o pai e em Hastings com Dene, mas sabia que não poderia descansar enquanto não completasse seu ajuste de contas final. E os telefonemas diários de Dene tornavam essa tarefa ainda mais urgente.

Ela entregou o relatório final para sir Cecil Lawton e, embora o encontro tivesse sido breve, ela pôde ver um homem finalmente em paz. Maisie torcia para que chegasse o dia em que não haveria mais motivo para essa desunião entre pai e filho, mas, naquele momento, considerando a expressão no rosto daquele homem, que se parecia tanto com a do filho ao falar de sua vida em Biarritz, ela se sentiu menos desconfortável com a decisão tomada, embora soubesse que sempre restaria um elemento de dúvida.

Em sua viagem de volta de Cambridge, Maisie passou pela casa onde Jeremy Hazleton morava com a esposa. Do lado de fora, a casa exibia uma faixa propagandeando Hazleton, o servidor público tenaz. Em um comício recente, ele havia discursado sobre sua luta para andar depois dos ferimentos sofridos na Batalha de Passchendaele. Apoiando-se em uma bengala, pegou a mão da esposa e discursou para a multidão sobre os temores e a resiliência que um veterano ferido precisava ter para realizar mesmo as tarefas mais simples. Ele foi direto, pedindo mais apoio para os soldados que voltaram para casa feridos e para aqueles que cuidavam deles, como sua querida esposa fizera. Quase sem consultar suas anotações, reiterou seu compromisso com os desvalidos e traçou um novo plano de ação, explicando a necessidade de obter mais apoio para as muitas crianças londrinas que não tinham um lar, meninas jovens compelidas a viver nas ruas, meninos que se tornavam criminosos incorrigíveis antes mesmo de atingir a idade adulta. Ele falou com eloquência sobre novas medidas para impedir que tirassem vantagem dos jovens destituídos e prometeu dedicar tempo considerável no Parlamento para pôr fim a essa exploração. Assegurou que sua voz se tornaria cada vez mais contundente até que seu trabalho estivesse concluído.

Quando terminou de discursar, ele teve ajuda para descer do palanque e andou até a multidão que o ovacionava. Em seu íntimo, ele sabia que não ousaria recuar, pois não apenas Maisie Dobbs estava no meio do público escutando cada palavra dele, mas também porque ela acompanharia sua carreira muito atentamente nos meses e anos futuros.

Maisie visitou dois túmulos para prestar suas homenagens. Diante do túmulo de Agnes Lawton, depositou flores frescas e sussurrou: "Ele está vivo. A senhora pode ficar em paz." Mais tarde, no cemitério em Balham, Maisie postou-se ao lado da Sra. Kemp durante o enterro de Adele Nelson e, ao partir, depositou uma única rosa no túmulo. Quando o funeral chegou ao fim, uma pedra memorial simples exibia não o nome por ela adotado, mas o que sua mãe lhe dera no dia em que nascera.

Avril Jarvis não retornou imediatamente para sua casa em Taunton. Em vez disso, foi levada para a escola de Khan em Hampstead para ser curada pela compaixão e aconselhada por aqueles que a ajudariam a restabelecer seu jovem espírito destroçado. Maisie soube instintivamente que Avril tinha certos dons que precisavam de espaço para florescer e vir à luz, diferentemente de Adele Nelson, que nunca encontrou a paz, vivendo em meio às trevas. E Maisie sabia que *ela mesma* não descansaria até que estivesse em paz com o resultado de seu trabalho. Nos anos em que trabalhou ao lado de Maurice, ela aprendeu que o sentimento de reparação podia surgir lentamente, com o reconhecimento das lições aprendidas no caminho.

Maurice ficou um tempo em Londres antes de voltar para Chelstone, mais por preocupação com o bem-estar de Maisie do que por suas próprias necessidades. Eles passaram alguns momentos juntos conversando tranquilamente, cada um se esforçando para remendar a trama da amizade, de modo que o passado pudesse ser lembrado com afeição enquanto trabalhavam sobre uma tela em branco para criar um laço para o futuro. Ambos sabiam que a confiança que Maisie nutria por ele ficara abalada, e entendiam que o que havia acontecido não podia ser desfeito, apenas ajustado. Mas a ruptura lhe trouxera um presente inesperado. Maisie agora se sentia mais independente de seu tutor, mais capaz de confiar em seus próprios instintos em vez de evocar seus tempos de treinamento. No entanto, ela também sabia que, para continuar se recuperando, precisaria da orientação dele. Não estava totalmente fora de perigo.

Maisie pegou as chaves de seu novo apartamento térreo no fim de outubro, sua mão tremendo quando assinou os muitos documentos exigidos para a compra da propriedade em Pimlico. Uma carta de Priscilla lhe foi entregue depois que ela tratou de todos os documentos necessários.

Minha querida Maisie,
Por mais que eu agradeça, estarei sempre em dívida com você. Foi muito injusto de minha parte infligir-lhe a missão de encontrar o lugar em que Peter finalmente descansou, mas, como você deve ter imaginado, eu não conseguiria dar conta disso sozinha. Não apenas não saberia por onde começar, como também, se era para alguém empreender essa busca por mim, queria que fosse uma pessoa em quem confio, e eu confiaria minha vida a você, Maisie Dobbs.
Sou agora uma tia afetuosa para a filha maravilhosa do meu irmão, mas sou suspeita para falar. Aprendi a ser um pouco mais contida na companhia da velha Chantal, embora eu acredite que, na opinião dela, meus meninos já deveriam há muito tempo ter levado umas chicotadas! Tenho certeza de que você vai adorar seu novo apartamento, e estou exultante por saber que meus advogados puderam ajudá-la. Na verdade, quis que você recebesse esta carta hoje porque é um dia tão maravilhoso, e eu estou tão feliz por você! Parabéns, Maisie, por seu novo lar! Não posso esperar para conhecê--lo e tenho certeza de que o ver me fará desejar uma vida de solteira – que isso fique entre nós duas.
Douglas, os meninos e eu vamos todos a Sainte-Marie para o

Dia do Armistício. Farei um memorial no bosque próximo à propriedade dos Clements. O lugar me lembra tanto a Inglaterra, consigo imaginar muito bem Peter caminhando ali para ter a sensação de estar em casa. O memorial de pedra será colocado na base de um carvalho enorme e antigo. Peter era uma pessoa mágica, ele encantava todos que o conheciam, e é assim que ele merece ser lembrado em um lugar desses.

Bem, preciso ir agora, os meninos...

Maisie dobrou a carta, colocou-a de volta no envelope e a guardou em meio aos documentos que enfiara em sua pasta. Ela a leria na íntegra mais tarde. Maisie agradeceu aos funcionários do banco com um aperto de mãos, comentando que sabia que eles deviam ter trabalhado arduamente para garantir uma hipoteca em seu nome, uma vez que ela entendia muito bem as limitações de sua situação como solteira. Quando ela saiu, os homens se viraram uns para os outros e sorriram. A cliente deles, a riquíssima Sra. Partridge, dera instruções muito claras de que a Srta. Dobbs nunca poderia saber que sua hipoteca tinha a garantia do fundo fiduciário da família Evernden.

∽

Maisie saiu cedo de seu escritório na segunda segunda-feira de novembro para fazer uma visita incomum – bem no meio da semana – a Dene, em Hastings, e, na volta, a seu pai, em Chelstone. Antes de trancar a porta, porém, deixou um pequeno pacote sobre a mesa de Billy Beale. Ela sabia que ele ficaria sem graça ao receber o presente, que ficaria tateando a boina quando fosse lhe agradecer mais tarde. Ela lhe diria que o presente era útil para o escritório, outra ferramenta para o trabalho conjunto que faziam. Mesmo assim, ele ficaria comovido pelo gesto.

O ar marítimo em Hastings soprava sobre o cume das falésias enquanto Maisie caminhava com Andrew na East Hill, parando para olhar abaixo a Cidade Velha. As nuvens, em uma miríade de tons de cinza, moviam-se rapidamente pelo céu. Embora não estivesse chovendo, o vento se agitava, impregnado de umidade fria, fazendo com que Maisie precisasse segurar seu chapéu.

– Vai acabar perdendo essa coisa se não prestar atenção. Eu disse que era melhor vir sem chapéu.

Maisie riu quando finalmente desistiu, tirando o chapéu da cabeça e soltando os cabelos pretos, que balançavam ao redor do rosto. Ela se virou para Dene quando ele passou o braço sobre seus ombros.

– Então, você vai revelar a surpresa? Já a guardou para si por tempo demais.

Ela engoliu em seco, desejando que a "surpresa" acabasse de vez para que pudesse lhe dar uma resposta e lidar com as consequências.

– Ah, sim, a "surpresa". – Dene abriu um grande sorriso e sua franja caiu nos olhos. – Eu me segurei como pude, achei melhor esperar até que o caso da França estivesse concluído. Bem, não sei se vai gostar disso, mas espero que sim.

– Diga logo – insistiu Maisie, sorrindo sem muito entusiasmo.

– Bem, estou eufórico, para falar a verdade.

– Com o quê?

– Com o fato de que, a partir do próximo ano, vou dar aulas no departamento de ortopedia do St. Thomas. – O sorriso largo de Dene parecia preencher todo o seu rosto. – Mas não se preocupe, sofisticada Srta. Maisie Dobbs, não é um trabalho em tempo integral. Na verdade, vou encontrar meus alunos uma vez a cada quinzena e em cursos especiais, então não vou sufocar você quando estiver em Londres. – Ele prosseguiu, mal parando para tomar fôlego. – É uma oportunidade excelente, e foi resultado daquele artigo que escrevi sobre a reabilitação de lesões da medula espinhal. O Conselho Diretor do All Saints está muito entusiasmado, já que isso contribui para a reputação do hospital, então está tudo indo às mil maravilhas, como dizem!

– Ah, Andrew, estou muito animada por você! Será ótimo tê-lo em Londres.

Maisie foi sincera em sua resposta, pois ela sabia que Dene a encorajava e trazia uma energia para a vida dela que havia anos não sentia.

Dene sorriu para ela e em seguida franziu o cenho, fingindo seriedade.

– Presumo que vai ser o melhor dos mundos para você, hein, Maisie?

– Acho que sim – respondeu ela, devolvendo a provocação.

Dene puxou Maisie para si e a beijou.

– Bem, por ora, isso resolve as coisas.

Maisie se afastou, pegando sua mão.

– Venha, vamos comer peixe e batatas fritas. Sei que ainda é cedo, mas estou morrendo de fome!

Ao descer os degraus em direção a Tackleway e depois passar por uma ruela que dava na Rock-a-Nore, onde os barcos ficavam atracados na praia depois da pesca matinal, Maisie se lembrou do comentário de Priscilla a respeito de Andrew Dene.

– Andrew, espero que você não se importe com esta pergunta, mas...

– Arrá, você não descansa nunca, hein, Maisie? Vá em frente, pode atirar!

– Bem, por que você nunca se casou? Tenho certeza de que houve muitas oportunidades.

Dene parou de andar e corou ligeiramente.

– Confesso que já me fiz a mesma pergunta, mas, você sabe, a vida de um médico nem sempre é propícia a uma união, embora o trabalho aqui seja mais tranquilo do que um de horário integral em um hospital londrino. Para falar a verdade, sempre que refletia sobre isso, meu pensamento seguinte era que eu poderia estar dando um tiro no escuro, que a mulher perfeita para mim talvez estivesse logo ali na esquina, e eu me dava conta de que a garota com quem eu estava não era aquela com quem eu deveria me casar, do contrário eu não estaria pensando daquela maneira. Minha hesitação me mostrava que eu estava inseguro, que aquilo simplesmente não estava certo. E, eu sei, sorte a minha por ter esse privilégio. Isso me lembra algo que minha mãe certa vez disse sobre um primo que estava prestes a se casar depois de um breve período de namoro: "Quem às pressas se casa tem toda a vida para se arrepender." E eu nunca fui de me arrepender, sabe?

Dene começou a rir e o vento voltou a fustigá-los enquanto andavam à beira-mar.

– Foi uma boa resposta para você, Maisie?

– Sim, bastante boa, Andrew.

– E, claro, há outro motivo...

– Qual?

Ele olhou para a linha do horizonte, o cabelo castanho desordenado novamente esvoaçando sobre seus olhos.

– Eu sou mesmo um garoto de Bermondsey, não sou? – Ele abriu um largo sorriso, forçando o sotaque de sua infância, e depois ficou sério. – E nem todo mundo consegue entender como vim de lá e cheguei aqui, se é que você me entende.

Maisie se virou para a frente e começou a andar em direção à barraca de peixe e batatas fritas, depois voltou a olhar para Dene e sorriu, soltando sua mão.

※

No dia seguinte, 11 de novembro, às 10h20, Andrew Dene ligou o rádio sem fio para que pudessem escutar juntos quando a hora certa fosse transmitida de Greenwich às dez e meia, para que a nação inteira sincronizasse seus relógios em preparação para os dois minutos de silêncio que se iniciariam às onze em ponto. Maisie olhou para seu relógio e imaginou Billy Beale abrindo o pacote onde estava seu novo relógio de pulso, depois verificando os ponteiros para garantir que estivessem marcando a hora exata. Depois de pregar papoulas de tecido de um vermelho-vivo nas lapelas um do outro, ao lado das medalhas do serviço militar, Maisie e Andrew, respeitosamente vestidos de preto, se dirigiram ao memorial de guerra. Uma vez ali, eles se juntaram a outros cidadãos na cerimônia do Dia do Armistício para se lembrar dos meninos e homens da cidade que morreram na Grande Guerra. Quando os nomes dos soldados foram lidos em voz alta, Maisie olhou à sua volta. As pessoas secavam os olhos com os lenços, ora balançando a cabeça ao ouvir a citação de um nome, ora, com o toque de uma das mãos, reconfortando uma mulher que havia perdido o marido, um casal que perdera o filho, e uma criança, o pai. Maisie se apoiou em Dene enquanto discursos eram feitos e orações celebradas, lembrando-se dos acontecimentos dos últimos dois meses e daqueles em cujas vidas ela havia se envolvido e que experimentaram a mão cruel da morte nos tempos de guerra. Ela pensou nas crianças órfãs, em Avril Jarvis, Madeleine Hartnell e Pascale Clement. Pensou nos que haviam arriscado suas vidas, em Peter Evernden, Ralph Lawton e no mutilado Jeremy Hazleton.

Um menino da cidade que ainda cresceria para se tornar um homem levou o clarim aos lábios e, quando o "Last Post" ressoou com sua melodia fúnebre, Maisie prendeu a respiração, fechando os olhos. Ela sentiu Dene, um veterano da Grande Guerra, dar um passo à frente e elevar a voz grave e ressoante acima do vento salgado enquanto dizia as seguintes palavras:

> *Eles não envelhecerão como nós que aqui estamos:*
> *A idade não os debilitará nem os anos os condenarão.*
> *No ocaso do dia e a cada manhã*
> *Deles nos lembraremos.*

Em seu pensamento, Maisie viu o posto avançado de tratamento de feridos, viu seu amado Simon encerrado em sua caverna do trauma de guerra. *Fui enfermeira.* Uma única lágrima escorreu de cada olho fechado enquanto ela tocava o precioso relógio que por tantos anos havia sido seu talismã. Dene retomou seu lugar ao lado dela e Maisie sentiu nos ombros o peso reconfortante do braço dele a aproximando de si. *Deles me lembrarei.*

AGRADECIMENTOS

Costuma-se pensar no ato de escrever um romance como uma jornada solitária que começa com a magia da inspiração diante da primeira página em branco e segue dessa forma até o *fim*. Contudo, o fato de a maioria dos autores expressar seus agradecimentos revela a presença de uma equipe nos bastidores, que oferece conselhos, apoio, informações, um ombro no qual chorar ou a companhia para o riso. Uma equipe geralmente é uma mescla de novas conexões e velhos amigos e, quando penso na minha, sei que tenho sido mais do que afortunada.

Holly Rose, minha queridíssima amiga e companheira de escrita (e brilhante autora), foi incumbida de ler o primeiro esboço de todos os meus textos. Alguém lhe dê uma medalha! Meu *cheef resurcher*, meu pesquisador-chefe, que sabe exatamente quem é, não apenas é um amigo maravilhoso – e cúmplice –, mas alguém a quem recorro quando busco imprimir cor e profundidade à vida e à época de Maisie Dobbs.

Enquanto escrevia *Mentiras perdoáveis*, contei com o conhecimento e a expertise de alguns profissionais. No Reino Unido: James Powers, do Somme Battlefield Tours, que, junto com sua esposa, Annette, tornou minha visita aos campos de batalha do Somme e de Ypres uma peregrinação inesquecível; e a equipe erudita e extremamente eficiente do Museu Imperial de Guerra e do Museu Nacional Ferroviário. Ian Langlands, do Smith & Nephew, fez a gentileza de pesquisar nos arquivos da empresa informações sobre a história das bandagens adesivas. Meus profundos agradecimentos a Carolyn Bleach, subsecretária do Museu do Corpo de Inteligência em Chicksands, e também ao major (da reserva) A. J. Edwards, agraciado com a Ordem do Império

Britânico, historiador do Museu da Inteligência Militar. Todos os erros factuais na história se devem à autora e não podem diminuir a integridade e a coragem do Corpo de Inteligência. Na França: sou grata a Pascal Berger, da AJECTA Association, e ao meu amigo Stéphane Bidan. Nos Estados Unidos, tenho a honra de pertencer à Sociedade da Grande Guerra e devo meus agradecimentos ao secretário Mike Hanlon, por seu maravilhoso apoio e pelos recursos que me disponibilizou.

Sou abençoada também por ter como editores Jennifer Barth, na Henry Holt, em Nova York, e Anya Serota e John Murray, em Londres. Devo meus sinceros agradecimentos a John Sterling, presidente e publisher da Henry Holt, por seu apoio inspirador a Maisie Dobbs. Minha agente, Amy Rennert, é ao mesmo tempo uma querida amiga e mentora, assim como uma extraordinária entusiasta de Maisie Dobbs, e devo agradecimentos também a Dena Fischer, da Amy Rennert Agency.

Por fim, guardando o melhor, ao meu marido, John Morell – obrigada, querido, por seu apoio inesgotável.

LEIA AGORA UM TRECHO DO
QUARTO LIVRO DA SÉRIE MAISIE DOBBS

MENSAGEIRO DA VERDADE

Romney Marsh, Kent, terça-feira, 30 de dezembro de 1930

O táxi desacelerou diante dos portões da Abadia de Camden, um antigo casarão de tijolos vermelhos que parecia ainda mais um local de refúgio sob o granizo cortante que se precipitava sobre a paisagem cinzenta e hostil.

– É este o lugar, senhora?

– Sim, obrigada.

O motorista estacionou diante da entrada principal, e a mulher, como num reflexo tardio, cobriu respeitosamente a cabeça com um lenço de seda antes de sair do carro.

– Não devo me demorar.

– Certo, senhora.

Ele a observou entrar pela porta principal, que depois bateu com força.

– Eu não gostaria de estar na sua pele, querida – falou consigo mesmo enquanto pegava um jornal para passar o tempo até que ela estivesse de volta.

A sala era aquecida por uma lareira acesa, pelo tapete vermelho estendido no chão de pedras e pelas pesadas cortinas vedando as correntes de ar que o antigo caixilho de madeira das janelas não era capaz de conter. Sentada diante de uma grade, a mulher conversou com a madre por cerca de 45 minutos.

– O luto não é um acontecimento, minha querida, é uma passagem, uma peregrinação por um caminho que nos permite refletir sobre o passado a partir de pontos de rememoração ancorados na alma. Por vezes há pedras nesse caminho e sentimos que nossas memórias são dolorosas. Há, contudo, dias em que as sombras projetam nossa nostalgia e as alegrias compartilhadas.

A mulher aquiesceu.

– Queria apenas que não restasse essa dúvida.

– A incerteza sempre surge nessas circunstâncias.

– Mas como posso me tranquilizar, madre Constance?

– Ah, você continua a mesma, não é? – comentou a madre superiora. – Sempre busca *fazer* em vez de *ser*. Está realmente buscando orientação espiritual?

A mulher começou a empurrar as cutículas com o polegar.

– Sei que perdia quase todas as suas tutorias quando estava na Girton, mas pensei...

– Que eu poderia ajudá-la a encontrar paz? – Madre Constance fez uma pausa, pegou um lápis e um caderninho num bolso escondido no hábito e rabiscou algo. – Às vezes a ajuda assume a forma de uma orientação. E a paz é algo que encontramos quando temos companhia em nossa jornada. Eis alguém que poderá ajudá-la. Na verdade, vocês têm interesses em comum, pois ela também estudou na Girton, embora tenha ingressado mais tarde, em 1914, se não me falha a memória.

A madre superiora lhe passou o papel dobrado pela grade.

Scotland Yard, Londres, quarta-feira, 31 de dezembro de 1930

– Então veja, senhora, há muito pouco que eu possa fazer nessas circunstâncias, que são bastante inequívocas, em nossa opinião.

– Sim, o senhor deixou isso muito claro, detetive-inspetor Stratton.

A mulher se sentou ereta na cadeira e ajeitou o cabelo para trás com um ar desafiador. Por uma fração de segundo ela olhou para as próprias mãos, esfregando uma mancha de tinta na pele calosa onde seu dedo médio habitualmente pressionava a pena da caneta-tinteiro.

– No entanto, não posso parar minhas buscas porque suas investigações foram infrutíferas. Portanto, decidi contratar um serviço de investigação particular.

Lendo suas anotações, o policial revirou os olhos e em seguida ergueu a vista.

– A senhora tem essa prerrogativa, claro, embora eu tenha certeza de que as descobertas dele coincidirão com as nossas.

– Não se trata *dele*, mas *dela*. – A mulher sorriu.

– Será que eu poderia saber o nome *dela*? – perguntou Stratton, embora já imaginasse a resposta.

– Uma tal Srta. Maisie Dobbs. Ela foi muito bem recomendada.

Stratton assentiu.

– De fato, conheço o trabalho dela. É honesta e sabe o que está fazendo. Na verdade, já a consultamos aqui na Scotland Yard.

A mulher se inclinou para a frente, intrigada.

– Sério? Não é do feitio dos meninos admitir que precisam de ajuda, não é mesmo?

Stratton inclinou a cabeça, acrescentando:

– A Srta. Dobbs tem certas habilidades, certos... métodos que parecem render bons resultados.

– Eu estaria passando do limite se perguntasse o que o senhor sabe dela, de sua formação? Sei que estudou na Girton College alguns anos depois de mim e que foi enfermeira durante a guerra, tendo se ferido em Flandres.

Stratton olhou para a mulher, avaliando se deveria compartilhar o que sabia sobre a investigadora particular. Naquele momento, queria apenas que ela parasse de perturbar, então ele faria e diria o que fosse necessário para se livrar dela.

– Ela nasceu em Lambeth e aos 13 anos foi trabalhar como criada.

– Como criada?

– Não se deixe desencorajar por isso. A inteligência dela foi descoberta por um amigo de sua patroa, um homem brilhante, especialista em medicina legal, ele mesmo um psicólogo. Quando ela regressou de Flandres, até onde sei, passou por um período de recuperação e em seguida trabalhou por um ano como enfermeira em um hospital psiquiátrico, cuidando de homens com traumas de guerra. Ela concluiu sua formação, estudou durante algum tempo no Departamento de Medicina Legal em Edimburgo e de lá foi trabalhar como assistente de seu mentor. Ela aprendeu a profissão com o melhor, para ser franco.

– E ela nunca se casou? Qual é a idade dela, 32, 33?

– Sim, algo em torno disso. E não, ela nunca se casou, embora eu saiba que o namorado dela dos tempos de guerra foi gravemente ferido. – Ele deu uma batidinha na têmpora. – Bem aqui em cima.

– Entendi.

A mulher fez uma pausa e em seguida estendeu a mão.

– Gostaria de poder lhe agradecer por tudo o que fez, inspetor. Talvez a Srta. Dobbs seja capaz de lançar uma luz onde o senhor não viu nada.

Stratton se ergueu, se despediu da mulher com um aperto de mão e chamou um policial para que a acompanhasse até a saída do prédio. Assim que a porta se fechou, enquanto refletia sobre o fato de que os dois nem ao menos desejaram um ao outro um cordial "Feliz Ano-Novo", pegou o telefone e fez uma chamada.

– Sim?

Stratton se reclinou na cadeira.

– Bem, você ficará satisfeito em saber que eu me livrei daquela mulher terrível.

– Muito bem. Como conseguiu?

– Um movimento oportuno da parte dela: decidiu lançar mão de uma investigação particular.

– Alguém com quem eu deva me preocupar?

Stratton balançou a cabeça.

– Nada de que eu não possa dar conta. Vou ficar de olho nela.

– Ela?

– Sim, *ela*.

Fitzroy Square, Londres, quarta-feira, 7 de janeiro de 1931

A neve recomeçara a cair em flocos pequenos e incômodos e rodopiava em volta da mulher quando ela surgiu na Conway Street e entrou na Fitzroy Square. Levantando a gola de seu casaco de pele para proteger o pescoço, pensou que, embora não gostasse muito de chapéus, era o que ela devia ter usado naquela manhã. Alguém poderia imaginar que a falta de discernimento quase inconsequente era um traço característico seu e que provavelmente ela queria chamar atenção para si, com aquele cabelo acobreado espesso e úmido caindo sobre os ombros em ondas feito uma cascata, e ignorando qualquer decoro. Mas a verdade era que, apesar de atrair olhares aonde quer que fosse, naquela ocasião, como nas manhãs dos dois dias anteriores, ela não queria ser vista. Bem, não até que estivesse finalmente pronta.

Ela atravessou a praça, andando com cuidado para não escorregar nas lajotas cobertas de neve, e então se deteve ao lado do gradil de ferro que cercava o monótono jardim de inverno. A investigadora que madre Constance a instruiu a encontrar – sim, a *instruiu*, pois uma indicação da abadessa nunca se tratava de mera sugestão – trabalhava na sala do prédio que ela observava naquele momento. O assistente da investigadora informara à mulher que ela deveria ir ao escritório do primeiro andar às nove da manhã de segunda-feira. Quando teve que cancelar o compromisso, ele calmamente sugeriu o mesmo horário no dia seguinte. E quando, de última hora, ela cancelou o segundo compromisso, ele o transferiu para 24 horas depois. Ela estava intrigada pelo fato de uma investigadora bem-sucedida, com uma reputação crescente, empregar um homem que falava um dialeto comum. Na verdade, esse desvio em relação ao convencional serviu para reafirmar sua decisão de seguir a orientação de madre Constance. Afinal, ela mesma nunca dera importância para convenções.

Enquanto andava de um lado para outro diante do prédio, perguntando-se se teria coragem de encontrar Maisie Dobbs – e falta de coragem não era um sentimento comum em seu passado –, ela olhou para cima e viu uma mulher no escritório do primeiro andar, postada diante da janela alta, olhando na direção da praça. Havia algo na mulher que a intrigou. Ali estava ela, contemplando a praça, seu olhar dirigindo-se primeiro para as árvores desfolhadas e, em seguida, para um ponto a distância.

Afastando um cacho de cabelo que o vento soprara em seu rosto, a visitante continuou a observar a mulher à janela. Ela se perguntou se aquele seria seu método, se aquela janela seria o lugar onde ela se postava para refletir sobre um caso. Imaginou que fosse. Estava surpresa de que a mulher na janela fosse Maisie Dobbs. Tremendo novamente, ela enfiou as mãos por dentro das volumosas mangas do casaco e começou a se afastar. Mas então, como se dominada por uma força que podia sentir mas não ver, mirou a janela mais uma vez. Agora Maisie Dobbs olhava diretamente para *ela* e levantava a mão de um jeito tão persuasivo que a visitante não pôde ignorá-la, não pôde fazer nada além de encará-la. E naquele momento, quando Maisie Dobbs a capturou com o olhar, a mulher sentiu um calor inundar seu corpo, insuflada pela confiança de que poderia atravessar qualquer território, qualquer fronteira, e manter-se firme. Foi como se, ao erguer a mão, Maisie Dobbs estivesse prometendo que, quando ela desse o primeiro passo em sua direção, garantiria sua segurança.

Ela começou a se movimentar, mas hesitou ao olhar as lajotas sob seus pés. Virando-se para ir embora, surpreendeu-se ao ouvir uma voz chamá-la atrás de si.

– Srta. Bassington-Hope...

Não era uma voz dura, entrecortada pelo frio e pela neve sob o vento fustigante do inverno, mas transmitia uma força que a deixou confiante, como se ela tivesse sido amparada.

– Sim...

Georgina Bassington-Hope ergueu os olhos e encarou a mulher que observara à janela, a mulher a quem ela havia sido enviada. Contaram-lhe que Maisie Dobbs ofereceria um refúgio no qual compartilhariam suas suspeitas, que a investigadora provaria estarem certas ou erradas, dependendo do caso.

– Venha.

A instrução não soou de forma ríspida nem suave, e Georgina ficou impressionada quando percebeu que Maisie, portando uma manta de casimira azul-clara sobre os ombros, mantinha-se impávida sob a neve que o vento soprava e transformava em granizo, ao mesmo tempo que lhe estendia gentilmente a mão com a palma virada para cima. Georgina Bassington-Hope não falou nada, apenas seguiu a mulher, que a conduziu pela porta, ao lado da qual uma placa de identificação dizia: M. DOBBS, PSICÓLOGA E INVESTIGADORA. E ela soube instintivamente que fora bem instruída, que lhe dariam espaço para descrever o lugar ermo no qual, obcecada pela dúvida, ela definhava desde aquele terrível momento em que soube em seu âmago – e antes mesmo que tivessem lhe contado – que o ser que lhe era mais querido na vida, que a conhecia tão bem quanto ela mesma e com quem ela compartilhava todos os seus segredos, estava morto.

CONHEÇA OS LIVROS DA SÉRIE

Maisie Dobbs
O caso das penas brancas
Mentiras perdoáveis

Para saber mais sobre os títulos e autores da Editora Arqueiro,
visite o nosso site e siga as nossas redes sociais.
Além de informações sobre os próximos lançamentos,
você terá acesso a conteúdos exclusivos
e poderá participar de promoções e sorteios.

editoraarqueiro.com.br